FIEBRE

FIEBRE

UNA NOVELA *sobre* MARY TIFOIDEA

MARY BETH KEANE

HarperCollins *Español*

Fiebre. Copyright © 2020 de Mary Beth Keane. Impreso en los Estados Unidos de América. Ninguna sección de este libro podrá ser utilizada ni reproducida bajo ningún concepto sin la autorización previa y por escrito salvo citas breves para artículos y reseñas en revistas. Para más información, póngase en contacto con HarperCollins Publishers, 195 Broadway, New York, NY 10007.

Los libros de HarperCollins Español pueden ser adquiridos para propósitos educativos, empresariales o promocionales. Para más información envíe un correo electrónico a SPsales@harpercollins.com.

Primera edición

Jefe de edición: Edward Benítez
Traducción: Sonia Figueroa Martínez
Diseño de cubierta: Shasti O'Leary Soudant
Fotografía de transfondo cortesía de la Biblioteca del Congreso de los Estados Unidos.
Foto de la reja: iStock photos

Este libro ha sido debidamente catalogado en la Biblioteca del Congreso de los Estados Unidos.

ISBN 978-1-41-859874-7

20 21 22 23 24   LSC   10 9 8 7 6 5 4 3 2

Para Marty

Jesús, ten piedad
—Lápida de Mary Mallon
Cementerio de St. Raymond
Bronx, Nueva York

PRÓLOGO

1899

El día comenzó con leche cortada y fue a peor. «Has ido demasiado rápido», se reprendió Mary a sí misma cuando la leche fue devuelta a la cocina en su jarra de porcelana junto con un mensaje del señor Kirkenbauer exigiendo que tuviera más cuidado. Ella sabía que estaba cansado porque el niño se había pasado la noche entera llorando y gimiendo y pidiendo que lo mecieran, sabía que estaba preocupado. Todas habían intentado aligerar su carga (la señora Kirkenbauer, la niñera y ella misma habían ido turnándose para cuidar al pequeño), pero la habitación del niño estaba justo enfrente de la de sus padres y las tablas del suelo de la casa nueva crujían y chirriaban, y ellas olvidaban a veces hablar en voz baja, y el señor Kirkenbauer había emergido al final del dormitorio principal enfundado en su camisa de dormir para preguntar qué se podía hacer. «Démelo a mí», le había dicho a la propia Mary justo cuando esta acababa de empezar su turno y la niñera, agotada, se retiraba con rapidez a su pequeña habitación, situada en la parte trasera de la casa.

A las dos de la madrugada, a ninguno de ellos le importaba ser visto en ropa de dormir. Ella había puesto al muchachito en brazos de su padre... bueno, en realidad era un niñito pequeño, aun no había dejado de serlo. Le decían que era un «niño grande» porque él había empezado a afirmar que lo era, pero aun no era cierto del todo; puede que en unos seis meses más se le pudiera considerar como tal, sí, pero todavía no (solo había que ver aquellas piernas y mejillas regordetas, aquel caminar torpe y tambaleante, y el hecho de que aun prefiriera un regazo a sentarse en una silla). «Lo noto muy caliente», había susurrado el señor Kirkenbauer, antes de posar los labios fruncidos sobre la frente del pequeño. Entonces se lo había entregado de nuevo a Mary y, mientras ella lo mecía, él se había sentado en la silla situada en el rincón y había empezado a contarle al niño todas las cosas maravillosas que iba a traer consigo la mañana. Ella le había preguntado al pequeño si quería ver un velero, si quería lanzar piedras al río, si quería un panecillo calentito recién salido del horno, pero él se había limitado a mirarla sin contestar y había seguido llorando, había entrelazado aquellos bracitos tan calientes alrededor de su cuello y se había aferrado a ella con fuerza, como si estuvieran en medio del mar y ella fuera la boya salvavidas que lo mantenía a flote y le aterrara la idea de soltarla.

Ella intentó restarle importancia al hecho de que devolvieran la leche y también a la expresión que había adoptado el mayordomo, que se suponía que era un reflejo de la cara que había puesto a su vez el señor Kirkenbauer. Se recordó a sí misma que el dueño de la casa estaba exhausto cuando se había quejado de la leche, que todos lo estaban; además, vete tú a saber qué tono de voz habría empleado en realidad al transmitirle el mensaje al mayordomo, que a ella le había dado la impresión de ser un hombre de carácter bastante nervioso desde el primer día. La señora Kirkenbauer aún estaba en la planta de arriba, durmiendo o intentando hacerlo, y la niñera estaba dándole al niño un baño de agua fría (el tercero en otras tantas horas). Al pequeño le había salido una ligera erupción roja por el pecho y la señora Kirkenbauer, cuando el día apenas empezaba a despuntar, había propuesto aplicarle una cataplasma de pan y leche o ir a pedirle aceite de linaza a algún vecino, pero Mary le había dicho que no, que ya había visto antes ese tipo de erupción y que lo único que se podía hacer al respecto era procurar que el niño descansara e intentar que comiera algo.

Los Kirkenbauer no eran la familia más rica para la que había trabajado, la cocina que tenían no era tan moderna como las que solía usar, pero eran buena gente y le pagaban un buen salario y, aparte de varios requerimientos específicos establecidos por el señor Kirkenbauer, tenía plena libertad para hacer la compra y servir lo que ella quisiera.

A veces, después de la cena, la señora Kirkenbauer colaboraba con la limpieza de la cocina. Cabría pensar que a Mary le molestaría esa intromisión, pero, para su propia sorpresa, no era así. Por regla general, el que la señora de una casa se atareara en la cocina con las ollas y las sartenes y trasteara en la alacena sería intolerable —de hecho, si a Mary le hubieran dicho en un primer momento que las cosas iban a ser así no habría aceptado aquel empleo—, pero ahora que estaba allí y que los conocía era la primera sorprendida al darse cuenta de que no le molestaba en lo más mínimo. La señora Kirkenbauer tenía tres hermanas en Filadelfia y decía que lo que más echaba de menos era contar con algo de compañía femenina. Mary intentaba calibrar continuamente lo abierta y relajada que se la veía, por si algún día llegaba a armarse del valor necesario para preguntarle si siempre había sido una mujer adinerada o si había ascendido a aquella posición económica al casarse con el señor Kirkenbauer. El matrimonio no conocía todavía a demasiada gente en Dobbs Ferry y eso hacía que apenas recibieran visitas, lo que significaba a su vez que Mary casi nunca tenía que cocinar para más comensales aparte de los tres miembros de la familia, la servidumbre y ella misma. La casa estaba situada frente al Hudson, y los domingos en que hacía buen tiempo la pareja organizaba pícnics en la orilla del río y siempre invitaba a todos los criados que no hubieran ido a pasar el día en casa con la familia.

—¿Seguro que está cortada? —preguntó Mary, tras aceptar la jarra de leche de manos del mayordomo. Se la llevó a la nariz para olerla y tuvo que apretar los dientes mientras reprimía las ganas de vomitar—. Sí, sí que lo está.

Se acercó a paso rápido a la estrecha puerta trasera para echarla a la calle. La leche hizo un suave sonido de succión al salir despedida de la jarra, voló por el aire como una masa sólida que aterrizó a poco menos de dos metros de distancia y quedó como un pegote blanco sobre la hierba húmeda; en cuestión de segundos, el desagradable olor impregnó el espacio entre el pegote y el umbral de la puerta. Fue de inmediato a por la tetera que acababa de hervir, salió a toda prisa con ella, se detuvo junto a la masa blancuzca y, con la cara girada hacia un lado, vertió encima el agua humeante. Se volvió justo a tiempo de ver cómo desaparecía en ríos cuajados, cómo se deslizaba por las verdes briznas y era absorbida por el suelo.

—¿Era toda la que había? —preguntó el mayordomo con preocupación mientras dirigía la mirada hacia el largo pasillo que conducía al comedor.

—No, hay más. Mucha más —le contestó ella—. Esa tan solo era la que tenía reservada para el pan, pero se me había olvidado que anoche, al hacer el pan, usé el suero de leche. Fui demasiado deprisa. Andamos cortos de hielo. Piqué varios trozos bastante grandes para ponerlos en el baño del niño, y a lo que queda del bloque le hace falta más serrín. Lo que habría que tener aquí es una buena nevera, uno de esos trastos con recubrimiento de zinc. Guardé la leche en buen estado al fondo del todo, pero esta mañana... —Le pareció oír pasos en el pasillo, así que alzó un dedo para indicarle que esperara.

—¿Qué ha pasado esta mañana? —insistió él al cabo de unos segundos, cuando quedó claro que estaban solos.

Las vigas de madera verde de la casa crujían bajo el peso de la lluvia que los había azotado durante la noche y, a pesar de que en ese momento todas las ventanas y las puertas estaban abiertas de par en par, un aire cálido y sofocante lo cubría todo. Mary llevaba toda la mañana sintiendo que el cuello del vestido la oprimía como una soga.

—Nada. —No serviría de nada intentar dar explicaciones. El señor Kirkenbauer estaba esperando en el comedor con un cuenco de arándanos secos y el café solo, sin una gota de leche—. Aquí tienes —añadió mientras le ponía una nueva jarra en la bandeja.

Para compensar el error, iba a tener que volver a preparar pan para la comida del mediodía a pesar de que aún quedaba una hogaza casi entera del día anterior, a pesar de que dicha hogaza estaría perfectamente bien tostándola un poco y untándole algo de mantequilla.

—¿Cómo ha amanecido el niño? —le preguntó el mayordomo. Su dormitorio se encontraba en la tercera planta y, gracias a esa distancia, había podido dormir durante toda la noche.

—Ni mejor ni peor, pobrecito.

Él asintió.

—Mary, en lo que respecta a la leche, es normal que pase algo así con el calor que hace. Lo más probable es que la fiebre del niño también sea por eso, yo mismo me siento algo indispuesto.

No todos los mayordomos eran tan amables, pero, a juzgar por lo que había visto en las casas donde había estado empleada, eso podía variar de un extremo al otro. O los miembros del servicio eran un equipo donde se hacían indicaciones unos a otros con silencios o con algún gesto disimulado, o eran competidores y los unos intentaban boicotear el trabajo de los otros.

Mary tan solo llevaba un mes con los Kirkenbauer cuando el niño había enfermado y tiempo después, volviendo la vista atrás, se había esforzado por recordar las circunstancias exactas que la habían llevado hasta allí, hasta la alejada localidad de Dobbs Ferry, cuando había multitud de puestos disponibles en Manhattan. Alfred todavía encontraba una buena cantidad de trabajo en 1899. Todavía se afeitaba cada dos días, obtenía cada viernes un salario que le entregaba a ella para pagar una parte del alquiler de ambos, de la comida. La agencia había propuesto a menudo mandarla a Nueva Jersey, a Connecticut o a la zona oeste del Hudson (zona a la que no llegaban los trenes), pero ella se negaba siempre a menos que se tratara de trabajos de corta duración con un salario demasiado bueno como para rechazarlo, y al final esas familias solían decantarse por algún cocinero de menos renombre, alguien que no pudiera conseguir trabajo en alguna casa de Manhattan. Pero ella sí que podía conseguir un trabajo en dicha zona, así que cabía preguntarse por qué había aceptado ir a trabajar a Dobbs Ferry para una mujer que, por la forma en que se inclinaba hacia delante para poder fregar a fondo una olla, por cómo repasaba con la mirada la cocina en busca de algún resto de grasa, más que una señora dueña de su casa parecía medio criada. Quizás fuera porque, al conocerla en la agencia, había habido algo en aquella mujer que le había gustado. La señora Kirkenbauer no le había preguntado si era cristiana ni si estaba casada o tenía pensado contraer matrimonio, tan solo le había preguntado sobre su trabajo como cocinera; además, cuando hablaba sobre comida, sobre la responsabilidad de preparar menús para cada día de la semana, parecía estar hablando por experiencia propia.

En un momento dado, durante aquel primer encuentro, la señora Kirkenbauer le había preguntado si había cocinado alguna vez chucrut o si siempre lo compraba hecho, y ella había admitido no haber hecho nunca ninguna de las dos cosas. Había decidido no añadir que en ninguna de las casas donde había trabajado hasta el momento habían deseado tener col agria (y su fuerte olor) cerca de los motivos florales que adornaban las estancias, de las intrincadas molduras de los techos. Si a Alfred le apetecía cenar un poco de chucrut, él mismo salía a la calle en busca del vendedor ambulante que recorría la ciudad con su barril de acero.

«¿Estaría dispuesta a aprender si yo le mostrara una vez cómo se prepara? ¿Aprende usted con facilidad?». Al oír aquellas preguntas, Mary se había preguntado lo familiarizada que estaría aquella mujer con lo que en su Filadelfia natal sería el equivalente a la zona baja del East Side, pero se había limitado a contestar que sí.

¿Había sido eso lo que la había impulsado a acceder a trabajar fuera de la ciudad aquel verano? Quizás el sueldo había sido mejor de lo que recordaba... No. Años después, cuando tuvo todo el tiempo del mundo para pensar en ello, cuando podía pasar todas las horas del día reflexionando al respecto si así lo deseaba, hasta el último minuto, nada parecía encajar. Le costaba visualizar una versión más joven de sí misma bajando de un tren y esperando a que llegara a recogerla el señor Kirkenbauer en persona, porque no disponían de un chófer a tiempo completo. Alfred le había rogado que no aceptara el trabajo. Él quería que encontrara algo más cerca de casa, le había prometido unos fuegos artificiales inolvidables para el cuatro de julio; de hecho, ya había empezado a almacenar los cohetes y las bengalas, y tenía pensado invitar a ver el espectáculo a todos los vecinos del edificio. Pero aquel año la festividad caía en martes y ella no quería planificar todo su verano en función de un solo día, así que dejó que Alfred se las apañara solo en la calle 33. Puede que esa fuera la primavera en la que él le dijo de una vez por todas que no se casaría jamás con ella. No porque no la amara, sino porque no creía en el matrimonio. Sí, de acuerdo, en sus respectivos países de origen había costumbres inamovibles, pero la gracia de vivir en América era, precisamente, que allí había libertad para que dos personas pudieran hacer lo que les viniera en gana, ¿no?

Tenía gracia, se había acostumbrado tanto a Alfred y a cómo funcionaban las cosas entre ellos que resultaba difícil creer que hubiera existido una época en la que había deseado que se casara con ella; una época en la que estaba convencida de que él acabaría por hacerlo tarde o temprano, cuando reflexionara al respecto y admitiera, ante sí mismo y ante ella, que era lo correcto. Y más difícil de creer aún era el hecho de que ella pensara que no estar casados era el mayor problema que tenían. Fue quizás en el verano de 1899 cuando ella acabó admitiendo al fin la posibilidad de que lo que Alfred decía fuera realmente lo que pensaba. No había ningún código secreto por descifrar, ninguna puerta a la que ella pudiera acudir para hacerle cambiar de opinión. Una mujer como ella no tendría por qué verse en la necesidad de convencer a un hombre de que se casara con ella, había muchos que estarían encantados de tener esa oportunidad... Claro, esa era la razón, recordaría una eternidad después al repasar de nuevo los detalles de aquel verano. Sí, seguro que había sido eso. Se había sentido herida en su orgullo, quería darle una lección a Alfred. Quería crear algo de distancia. Distancia para que él pudiera pensar y puede que para encontrar el valor necesario para abandonarlo, para intentar construir otra clase de vida. Así que aquel verano ella se fue y le deseó a Alfred que le fuera de maravilla con su espectáculo piro-técnico, y le había dicho que puede que volviera a casa los domingos o quizá no, que haría lo que le apeteciera.

«En la casa hay un bebé, ¿verdad?». La mujer de la agencia había hecho ese comentario durante aquel primer encuentro, y había bajado la mirada para repasar la hoja donde tenía anotada la información. La ropa de la señora Kirkenbauer era exquisita, no había ni una sola puntada fuera de lugar y la tela lograba moldear su delgada figura al mismo tiempo que la ocultaba. Era más joven que Mary y tenía un bello rostro germano. Cuando había contes-tado que sí, que tenía un hijo y que si eso suponía algún problema, la mujer de la agencia le había asegurado que no, que ninguno en absoluto, y le había asegurado que a Mary le encantaban los niños. «¿Verdad que sí, Mary?», le había preguntado, a lo que ella había respondido con un escueto «Sí» carente de inflexión.

Lo cierto era que no le encantaban todos los niños, pero aquel pequeño le robó el corazón. Apenas habían pasado cuarenta y ocho horas desde su llegada a Dobbs Ferry cuando vio claro que no iba a haber forma humana de mantener al pequeño Tobias fuera de su cocina, así que le dijo a la niñera que no se lo llevara, que lo dejara en el suelo con un juguete y le permitiera observar a sus anchas. Aquel niñito tan listo se limitaba a jugar tan tranquilo hasta que la niñera se marchaba y entonces levantaba las manos para que Mary lo alzara en brazos y poder ver por sí mismo lo que estaba cocinándose. «Cuchara», decía cuando quería probar la comida; «¡Quema!», le advertía muy serio al ver el humo saliendo de una olla. Ella le daba una palabra nueva cada día y él la almacenaba y la soltaba varios días después como si hubiera nacido sabiéndosela. Llegó un punto en que la cocina le parecía muy vacía sin él, cuando estaba con ella se pasaba toda la tarde hablándole. «Eres un niño bueno», le decía, a lo que él respondía llevándose un puño al pecho y exclamando: «¡Niño bueno!». Al vestirse por la mañana, mucho antes de que el resto de la casa despertara, ya estaba deseosa de sentir aquella manita regordeta tironeándole de la falda, de ver aquellas piernas rechonchas enfundadas en unos pantalones cortos. Esperaba ese momento en que oía sus pasos por el pasillo antes del desayuno, cuando el pequeño corría tan rápido como podía hacia la cocina para verla, para apretar su suave mejilla contra la suya y pronunciar su nombre.

Y entonces llegó la mañana en que Tobias no corrió hacia ella, la mañana en que caminó lentamente y al entrar en la cocina se limitó a sentarse en una esquina y a observar en silencio, en que sus regordetes mofletes estaban sonrosados y calientes al tacto. Al levantarlo del suelo su cuerpecito permaneció lacio, como si ya estuviera dormido; al sostenerlo entre sus brazos, el niño apoyó la cabeza en su hombro con completo abandono, con las piernas abiertas sobre sus caderas y los brazos colgando a los lados. Ella le preguntó si quería pan con mermelada a modo de prueba, ya que no había comida en todo el mundo que le gustara más, pero él se limitó a mirarla con ojos vidriosos como si se hubiera vuelto mayor y más sabio de la noche a la mañana, como si hubiera avanzado más allá del entusiasmo provocado por el pan con mermelada; como si el niño al que le encantaba el pan con mermelada fuera otro totalmente distinto y aquel fuera un niño nuevo, uno más serio, uno que sabía tanto como cualquier adulto. Durante unos minutos, mientras lo mecía en la cocina y enumeraba todas las comidas preferidas del pequeño, se mintió a sí misma fingiendo no saber lo que pasaba.

Le dijo a la niñera que Tobias no se encontraba bien, esta alertó a su vez a la señora Kirkenbauer y las tres mantuvieron una conversación en el salón, donde el niño se había quedado dormido sobre un cojín.

—Ayer le dio demasiado el sol y después de cenar comió mucho pastel —dijo la señora Kirkenbauer al posar una mano en la mejilla de su hijo. Cuando le preguntaron si deseaba que se mandara a llamar al médico, respondió—: No, dormir lo curará. Para la cena ya estará mejor, dejemos que siga durmiendo aquí.

Pero el niño no mejoró, sino que fue a peor y, tras cuatro días en los que el médico lo visitaba y les decía que no había nada que se pudiera hacer más allá de darle baños de agua fría e intentar que comiera, y el mismo día en que Mary le sirvió al señor Kirkenbauer una jarra de leche que se había echado a perder durante la noche, la señora Kirkenbauer empezó a sentirse mal y después fue la niñera, seguida del mayordomo y del jardinero, que tan solo iba a la casa dos veces por semana y siempre comía con todos ellos cuando se encontraba allí. Después de Tobias dio la impresión de que todos los demás caían enfermos al mismo tiempo, a la misma hora y, que Dios la perdonara, pero ella ignoró a los demás hasta que metió al niño en la bañera. «Bañera», susurró él, cuando lo sumergió en el agua manteniendo una mano bajo su bracito para evitar que resbalara. Hizo flotar trozos de hielo que ella misma había partido a martillazos del bloque y le dijo que eran icebergs, y él un capitán de barco, y que era el encargado de asegurarse de que el barco no se hundiera. Él no se quejó del frío, no lloró. Después del baño, cuando ya tenía los deditos arrugados como pasas y ella no se había atrevido a dejarlo más tiempo en el agua, lo había envuelto en una toalla limpia y le había contado cuentos mientras él permanecía aovillado como un recién nacido, con las rodillas encogidas contra el pecho. Parecía más aun un bebé así, envuelto en la manta, con el pelo húmedo y las mejillas tan sonrosadas que si se hubiera hecho un retrato de él en ese momento podría parecer que era un niño sano, el más sano del mundo, que acababa de pasar una hora correteando fuera en un gélido día invernal.

Y entonces, cuando llevaba siete días enfermo, tras varias horas de estar meciéndolo, mientras los demás la llamaban desde distantes habitaciones, su cuerpecito quedó completamente laxo, descargó todo su peso entre sus brazos. Aquella cabecita apoyada en su hombro parecía pesar una tonelada, las delicadas piernas eran como anclas contra sus caderas. El cálido y suave hálito que había estado acariciándola en el cuello durante varias horas se había apagado. Lo meció más rápido, se dijo a sí misma que iba a sentirse más repuesto después de unas buenas horas de sueño reparador. El niño no había descansado bien en una semana y en ese momento tan solo estaba durmiendo. Sí, solo estaba dormido. Profundamente dormido.

Al cabo de un rato lo tumbó en la cuna y fue a avisar al señor Kirkenbauer, el único otro ocupante de la casa que no había enfermado. Le informó con un escueto: «El niño ya no está entre nosotros, señor», y le puso la mano en el hombro de forma instintiva. El médico dijo que no había que informar a la señora Kirkenbauer para evitar que la noticia destruyera por completo cualquier posibilidad que pudiera tener de recuperarse, así que Mary se esforzó por evitar que la expresión de su rostro revelara lo sucedido cada vez que entraba a cuidarla. Pero una semana después la señora Kirkenbauer falleció tan silenciosamente como su hijo, y el mayordomo el día después. La niñera y el jardinero se recuperaron.

Dos semanas después de la muerte del niño, tras encargarse de su pequeño traje funerario, Mary empacó sus cosas y salió caminando rumbo a la estación. Dejó al señor Kirkenbauer a solas en la casa, enfrentado a la tarea de decidir qué hacer con todos aquellos vestidos, con aquella enorme casa infectada, con todos aquellos barquitos de juguete, con los caballitos de madera, con la multitud de zapatitos y gorras. A lo mejor había sido por culpa de la madera, decía la gente. ¿De dónde la habían traído? Puede que fuera por la pendiente del terreno y por cómo bajaba el agua hasta el río, o por la tubería procedente de la letrina interior; a lo mejor había sido por los arenques en escabeche y los codillos de cerdo que la cocinera compraba en el pueblo por orden de la señora Kirkenbauer; puede que la señora no supiera cómo manejar una casa, ya que era hija de un tendero de Filadelfia y nieta de un cortador de coles. Qué afortunado para ella, decían los vecinos, el haber despertado el interés de Alexander Kirkenbauer. Qué desafortunado para él.

La gente decía que la vieja patria, tanto la de Mary como la de cualquier otro, estaba llena de muerte. Leyendo lo que publicaban los periódicos americanos, daba la impresión de que Europa era una gran enfermería, un lugar donde la gente moría en zanjas y caía desplomada ante una ráfaga fuerte de viento; al parecer, la Alemania de Alfred era idéntica a su Irlanda natal: la gente luchaba cada minuto del día por permanecer en el mundo de los vivos, se mataban unos a otros por un plato de guiso de conejo, y todos rezaban a diario pidiendo que el techo bajo el que se cobijaban permaneciera en su sitio. Cuando nacía un bebé todo el mundo anhelaba con todas sus fuerzas que saliera adelante, pero a nadie le sorprendía que al final acabaran muriendo casi todos, incluyendo los dos a los que había cuidado ella misma. Les había llevado ocho, nueve, diez veces al día a las ubres de la cabra de una vecina para que pudieran obtener de allí el alimento que no podían ofrecerles ni la hermana de Mary, quien había muerto al traerlos al mundo, ni ella misma, que en aquel entonces tan solo tenía catorce años y no tenía hijos propios. Aunque la cabra les había dejado succionar, los bebés habían terminado muriendo de todas formas, primero el niño y después la niña, y había sido entonces cuando la abuela de Mary le había dicho que había llegado el momento de que se fuera de Irlanda, de que se marchara mientras aún podía hacerlo. La gente no moría con tanta facilidad en América, le había dicho su abuela; quizás fuera por el aire, por la carne que comían.

Pero Mary no había tardado en descubrir que la gente también moría en América. Solo que era una muerte más sibilina, más cruel en cierta forma, porque siempre parecía llegar por sorpresa. Al principio no se dio cuenta, pero entonces empezó a verlo por todas partes a su alrededor. Una mano que apartaba un plato de comida por falta de apetito; una siesta por la tarde; una sensación de cansancio que desembocaba en un catarro, una erupción cutánea que se convertía en un anillo de fuego, un catarro que daba paso a una fiebre que hacía estragos con la persona, que la dejaba en tal estado que ya no había nada que pudiera hacerse para ayudarla. Si no morían por una enfermedad era a causa de algún incendio, les atropellaba un tranvía, se asfixiaban cuando se hundían en un montículo de carbón y no podían abrirse paso de nuevo hasta la superficie. Vecinos, desconocidos que pasaban por la calle, vendedores ambulantes del mercado, niños, párrocos, hombres adinerados, damas... todos morían y cada muerte era brutal. «Esa es la pura realidad, qué se le va a hacer», se dijo mientras contemplaba el Hudson por la ventanilla del tren y contaba los minutos que faltaban para ver de nuevo a Alfred.

Pero en aquella ocasión había sido aquel niño tan lleno de calidez, tan despierto. Cuanto más intentaba pensar en otras cosas más pensaba en él, como quien levanta una lona negra para ver por un instante algo horrible que se encuentra debajo. Breves destellos eran todo cuanto alcanzaba a soportar. El rostro del niño; aquella peculiar luz angular que iluminaba la cocina de los Kirkenbauer; el peso muerto de su cuerpecito.

Poco tiempo atrás, durante una conversación con Alfred sobre el tema del matrimonio en la que ambos habían conseguido no alzar la voz, él le había preguntado si quería tener un hijo y había afirmado que, de ser así, la situación sería distinta y tendrían que casarse por el bien del niño. «Pero yo creía que no querías ser madre», había añadido él y, a decir verdad, seguramente tenía esa impresión debido a algo que ella misma debía de haber dicho. No era que pensara que no iba a querer a un hijo, ni que se considerara incapaz de ser una buena madre. Sabía que si tenían un hijo lo querría con todas sus fuerzas, con todo su corazón. Estaría pensando en él o en ella cada minuto de su vida, y ahí radicaba el peligro. Eran tan frágiles y tardaban tanto en crecer y hacerse fuertes... Recordó a los hijos de su hermana acurrucados el uno contra el otro en la cuna y cómo después, cuando la niña se había quedado sola en la cuna, con tan solo ocho días de vida, parecía estar buscando a su hermano y sus puños de recién nacida se habían apretado con tanta fuerza que, por un día, había dado la impresión de que a lo mejor iba a lograr sobrevivir; recordó al señor Kirkenbauer el día en que había ido a recogerla a la estación, ajeno por completo a lo que se avecinaba.

«Siento haberme ido». Eso era lo que pensaba decirle a Alfred, que iba a sorprenderse al verla regresar tan pronto a casa. Pero no iba a contarle lo que había pasado, porque ¿cómo iba a explicarle a alguien lo ocurrido con aquel niño, con aquel pequeñín? No sabría ni por dónde empezar. Pensar en él por un solo segundo —en la fuerza con la que se aferraba con la manita, en su barriguita, en cómo hacía oscilar la pierna cuando estaba sentado tan feliz en la silla comiéndose un gajo de naranja—, el más mínimo recuerdo desencadenaba un ensordecedor zumbido que inundaba sus oídos como si acabaran de zambullirla en el océano con un peso atado al pie.

«No», decidió con firmeza, «¡No!». Iba a ir a casa, e intentaría olvidar y hacer lo que siempre había hecho: trabajar duro y sentirse agradecida cada día por la buena salud de la que gozaba, por la vida que tenía.

HABEAS CORPUS

NEW-YORK DAILY COURANT

24 de marzo de 1907

Cocinera acusada de contagiar la fiebre tifoidea a destacadas familias de Nueva York.

Así lo afirman las autoridades, que la mantienen retenida.

Ingeniero sanitario sostiene que la mujer transmite la enfermedad a los demás, aunque ella es inmune.

(Redacción) Nueva York — La cocinera de una destacada familia del Upper East Side ha sido retirada a la fuerza de su trabajo y puesta en cuarentena en el Hospital Willard Parker después de que George A. Soper, ingeniero sanitario e investigador médico, afirmara que la mujer ha estado transmitiendo la fiebre tifoidea a través de la comida, aunque ella no manifiesta síntomas de la enfermedad. En el momento de su detención, la mujer estaba cocinando para una de las familias más adineradas de Park Avenue. El doctor Soper alega también que la hija de la familia estaba luchando contra la fiebre tifoidea cuando la cocinera fue apresada, y falleció finalmente debido a la enfermedad.

El doctor Soper, el sabueso de la medicina que se encuentra en el meollo de este caso, hizo encajar las piezas de este revolucionario rompecabezas tras ser llamado a investigar un brote de fiebre tifoidea ocurrido

3

el verano pasado en Oyster Bay. Identificó a la cocinera como una «portadora asintomática» de dicha enfermedad, lo que, en lenguaje llano, hace referencia a una persona que parece estar sana y que transmite una enfermedad sin sufrir ningún síntoma de la misma y, casi con toda probabilidad, sin ser consciente de ello. El doctor Soper lleva varios meses presentando sus alegaciones ante el Departamento de Salud, y una fuente nos informa que son muchos los miembros de dicha organización que, a pesar de las pruebas, se muestran escépticos ante la idea de una portadora sana.

El doctor Soper sostiene que la mujer pone en peligro de muerte a quienes comen lo que ella cocina, y que ha sido la causa de brotes de fiebre tifoidea en casi todas las familias para las que ha trabajado en los últimos cinco años como mínimo, puede que incluso más. El caso de este tubo de cultivo humano (así la describirían algunos) está tratándose con más secretismo que cualquier otro que este periodista haya encontrado a lo largo de su carrera, y cabe suponer que las autoridades no desean avergonzar aún más a las familias que la contrataron y le abrieron las puertas de su casa. Cuando se le preguntó hasta qué punto es inusual el caso de esta mujer para la ciencia, un médico que ha pedido permanecer en el anonimato contestó: «La verdad es que no lo sabemos».

Se rumorea que la mujer tiene tez clara, figura voluptuosa y mejillas sonrosadas. El hecho de si comprende o no los cargos que hay en su contra es motivo de preocupación para el Departamento de Salud. Según un inspector de salud con muchos años de experiencia en su haber, «Estamos hablando de algo completamente nuevo en la ciencia. Si lo que plantea el doctor Soper es cierto, esta mujer es la primera portadora sana de fiebre tifoidea en Norteamérica».

El mayordomo de la última familia en contratar a la cocinera, que ha pedido ser mencionado simplemente como «Francis», afirma que el hecho de que la hija de la familia enfermara y falleciera no fue más que una trágica coincidencia. Según nos explicó, su propia esposa falleció de esa enfermedad varios años atrás, al igual que otros conocidos suyos que jamás tuvieron contacto alguno con la cocinera que está siendo acusada;

más aun, Francis asegura que se trata de una mujer sana que no mostraba ningún síntoma de enfermedad. Claramente afectado, afirmó: «Se la llevaron como si fuera una vulgar criminal, y ¿por qué? No me creo lo que han dicho sobre ella». Una testigo que presenció la detención dijo que la cocinera «Luchó con la fuerza de diez hombres, pero la redujeron entre todos».

Según las autoridades, esta incredulidad se debe a una cuestión de educación, y las constantes negativas de la mujer pueden llevar a ponerla en cuarentena permanente. Una enfermera del Willard Parker que prefiere permanecer en el anonimato afirma que la acusada está hecha una furia; al parecer, se niega a comer y a estar acompañada, y camina de acá para allá como un animal enjaulado. Al preguntársele si cree que sean ciertas las afirmaciones efectuadas sobre la cocinera, la enfermera contestó: «Yo no comprendo cómo puede ser posible algo así, pero creo que esa mujer debería intentar al menos atender a lo que se le está diciendo. No está haciéndose ningún favor a sí misma con su actual comportamiento».

Varios doctores de reconocido prestigio consideran que los bacilos tifoideos se originan en la vesícula biliar, y un representante del Departamento de Salud ha manifestado que, si la mujer no se somete a la extirpación quirúrgica de la vesícula biliar en un mes, será trasladada a la isla de North Brother, situada en el río Este, donde permanecerá apartada de la sociedad por un periodo indefinido de tiempo.

El señor Robert Abbot, un abogado penalista que ejerce en la ciudad de Nueva York, afirmó cuando se le preguntó su opinión sobre el caso que la situación de la cocinera le parece algo similar a la de Niall E. Joseph, quien ha sido aislado por las autoridades de Boston ante la sospecha de que padece la lepra.

1

Mary no fue arrestada de buenas a primeras. Hubo avisos previos, solicitudes. Todo empezó con cierto aire de cortesía, como si el doctor Soper creyera que, si se limitaba a ponerla al tanto del peligro que se ocultaba en su cuerpo, ella se apartaría de la sociedad. Y después, cuando sus colegas y él recurrieron a métodos menos corteses, alegaron que la culpa la tenía ella por levantar un cuchillo en vez de atender a las explicaciones, por no hacer lo que se le decía.

En una fría mañana de marzo de 1907, el Departamento de Salud se coordinó con el Departamento de Policía de Nueva York y se decidió que había que aprehender a Mary Mallon. El doctor Soper sugirió que quizás se entregaría con mayor facilidad si quien iba a por ella era una mujer, así que enviaron a una doctora llamada Josephine Baker, quien llamó a la puerta principal de los Bowen con cuatro agentes de policía a su espalda. No se les ocurrió pensar que, incluso ante la presencia de las autoridades, los amigos de Mary pudieran mentir por ella, ayudarla a esconderse, insistir en que ella no podía ser la persona a la que estaban buscando. Opuso resistencia cuando finalmente lograron encontrarla, de modo que cada agente la agarró de una extremidad y se la llevaron en volandas por el nevado jardín delantero, ante la mirada de los demás miembros del servicio doméstico de la casa. Una vez que la metieron en el vehículo policial, empezó a forcejear y a patear hasta que finalmente la encajonaron entre varios robustos cuerpos; mientras la sujetaban como buenamente podían, la doctora Baker se sentó en su regazo y le pidió que se calmara. «¡Por favor, señorita Mallon!», fueron las palabras que repitió una y otra vez y que, tras un largo intervalo, acabaron por transformarse en: «¡Por favor, Mary!».

Mary supuso que estaban llevándola a la jefatura de policía de la calle 67 Este, así que al ver que el vehículo continuaba en dirección sudeste por la misma ruta que ella tomaba para volver desde la casa de los Bowen hasta las habitaciones que compartía con Alfred, situadas en la calle 33 Este, creyó esperanzada por un momento que iban a dejarla en casa. Tan solo habían ido a darle una lección, se dijo rezando para sus adentros, y se disponían a dejarla en libertad. Cuando el conductor viró y fueron en dirección este por la 42, alcanzó a vislumbrar algunas señales de tráfico a través de la pequeña ventanilla con barrotes; bajaron en dirección sur por la Tercera Avenida hasta la calle 16, y después avanzaron de nuevo hacia el este con tanta urgencia que se percibía el rítmico movimiento de las estilizadas cabezas de los caballos. El vehículo policial se detuvo justo frente al río ante la puerta principal de un edificio que Mary no reconoció, un edificio situado al final de una calle tan inhóspita que lo primero que se le pasó por la cabeza fue que nadie conocido podría encontrarla jamás en aquel lugar. Fue entonces cuando un pánico incipiente empezó a adueñarse de ella.

El doctor Soper estaba esperando en la entrada del Hospital Willard Parker, pero en vez de hablar con ella se limitó a hacerles un gesto de asentimiento a los dos agentes que la tenían agarrada de los codos. La subieron a la sexta planta y la condujeron a toda prisa por el pasillo de la Sección Tifoidea, donde un grupo de médicos esperaba en una sala dotada de una reluciente mesa de caoba. Uno de los agentes le indicó dónde debía tomar asiento y, sin darle tiempo siquiera a echar una buena ojeada al resto de la sala, el doctor Soper procedió a explicarles tanto a ella como al resto de las personas presentes que la teoría más reciente sobre la enfermedad se basaba en la existencia de gérmenes y bacterias y que, aunque Mary parecía estar completamente sana, él tenía amplios motivos para creer que en ese preciso momento estaba fabricando bacilos tifoideos en el interior de su cuerpo y transmitiendo la enfermedad a víctimas inocentes. La acusó de enfermar a veintitrés personas y de ser la causante de un mínimo de tres muertes. «Esos son los casos de los que tenemos constancia, pero quién sabe cuántos más encontraremos cuando podamos investigar el historial laboral de la señorita Mallon al completo». Tras hacer aquella afirmación ante aquellos cinco médicos y la doctora Baker, el doctor Soper se volvió al fin hacia ella, hacia la causa de todo aquel revuelo, como esperando a que dijera algo, pero Mary se sentía como si la mente se le acabara de caer de la cabeza como si de una piedra se tratara.

—George, aún no lleva ni cinco minutos aquí —dijo la doctora Baker—. Quizás deberíamos darle algo de tiempo para que se recomponga.

—¿Retomamos la reunión en media hora? —propuso uno de los médicos.

—Mañana por la mañana, caballeros —dijo la doctora con firmeza—. No hay nada que no pueda esperar hasta entonces, ¿verdad?

Mary pensó para sus adentros que para entonces aquel error ya se habría corregido y ella ya estaría fuera de allí. Se aseguró a sí misma que a la mañana siguiente regresaría directa a casa, prepararía una cafetera, le contaría a Alfred toda aquella historia y no volvería a acercarse en toda su vida al Hospital Willard Parker.

El doctor Soper ladeó un poco la cabeza y, tras observarla pensativo desde el otro lado de la mesa unos segundos, terminó por decir:

—De acuerdo, seguiremos mañana.

* * *

La cama de Mary se encontraba al final de una hilera en una espaciosa sala que contenía otras quince camas. Todas estaban ocupadas excepto la suya, que la esperaba con las sábanas bien ajustadas y la pequeña y plana almohada colocada justo en el centro de la cabecera. Había varios guardias apostados en el pasillo, situados estratégicamente para poder verla a través del estrecho panel de vidrio de la puerta. Una enfermera la había dejado sola un momento poco después de conducirla a la sala y ella se había limitado a salir sin más y a poner rumbo a la escalera, pero uno de los guardias le había gritado que se detuviera y un médico que pasaba por allí en ese momento le había cerrado el paso.

«¡Me han dicho que se me permitiría avisar a alguien! ¿Cuándo podré hacerlo?», había protestado ella mientras el guardia la llevaba de vuelta a la sala. El tipo se había limitado a encogerse de hombros mirándola en silencio y meciéndose hacia adelante y hacia atrás, desde el talón del pie hasta la punta, y ella había reprimido el súbito impulso de echar a correr que la había sacudido al calcular mentalmente la distancia que la separaba del final del pasillo.

Aquella primera noche que pasó en el Willard Parker, mientras yacía tumbada en su cama, se tapó los oídos con fuerza cuando una enfermera entró a apagar las lámparas. Seguro que todo aquello no era más que un malentendido y las cosas se aclararían en cuestión de días. Alfred no la esperaba de vuelta en casa hasta el sábado y no tenía forma de enterarse de lo sucedido; de hecho, puede que al llegar el sábado ni siquiera se preocupara porque podría suponer que ella había tenido que quedarse a trabajar todo el fin de semana a petición de los Bowen. Estaba allí encerrada y tan solo contaba con el dinero que llevaba en el bolsillo y la ropa que llevaba puesta. La doctora Baker le había dicho que se le iba a permitir una llamada telefónica, pero ¿a quién iba a llamar? En las habitaciones que compartía con Alfred no había teléfono, ninguno de los inquilinos del edificio lo tenía. Y huelga decir que intentar contactar con los Bowen estaba descartado.

Aplastó las manos contra los oídos con más fuerza mientras permanecía tumbada de costado, de cara a la pared, pero aun así seguía oyendo a sus compañeras de habitación sufriendo sonoras arcadas, sollozando y llamando en voz alta a vete tú a saber quién... familiares, probablemente; seres queridos que ya habían fallecido.

No era nada que ella no hubiera visto ya antes, pero nunca había sido algo así. Nunca había visto tantos casos en una sola habitación, quince pesadillas entrelazadas más la suya propia, la decimosexta, la hebra que no se parecía a ninguna de las otras. Finalmente cejó en su intento de intentar conciliar el sueño y se acercó a la ventana, que estaba orientada al oeste y daba a la calle 16. La acera estaba sumida en la penumbra, salvo por el tramo bañado por la luz amarillenta de una única farola. Escudriñó la oscuridad en busca de otra ventana situada en una sexta planta, una ventana que no estaba ni a veinte manzanas de allí y tras la cual podría ver silueteado a Alfred. Se preguntó hasta dónde llegaría su voz si se ponía a gritar, intentó imaginar qué estaría haciendo él a aquellas horas. Alfred nunca dormía bien cuando ella no estaba en casa.

Al oír que la ocupante de la cama más cercana a la ventana soltaba un gemido, bajó la mirada y descubrió que se trataba de una muchacha de unos trece años como mucho; al ver que el largo cabello de la muchacha estaba húmedo de sudor y varios mechones se le habían pegado alrededor del cuello, se lo recogió y se lo apartó de la cara. Le dio la vuelta a la almohada para que quedara arriba la parte más fresca, le dijo que todo aquello terminaría pronto (y así sería, para bien o para mal), y le dio un vaso de agua. Procedió entonces a hacer lo mismo para las demás y una mujer la agarró de la muñeca, la llamó Anna y le suplicó que no la dejara. «Pronto volveremos a casa, Anna», le aseguró la enferma. Mary asintió y le dijo que sí, que sin duda sería así.

Para cuando amaneció había otra pareja de guardias custodiando la puerta y ella estaba de vuelta en su propia cama observando cómo las enfermeras, con una eficiencia nacida de la práctica, iban de paciente en paciente con un cubo de agua fría y llevando tras de sí un carrito con ruedas donde había apilados un montón de paños limpios. Se olvidó por unos instantes de sus propios problemas mientras veía cómo el súbito contacto de un frío paño húmedo en la cabeza y el cuello hacía que, por un momento, cada una de aquellas mujeres se quedara inmóvil, como si estuviera aguzando el oído intentando escuchar algo. Un paño deslizándose bajo cada brazo lograba calmar las facciones de aquellos rostros, les daba esperanza, y uno en la entrepierna suponía un alivio para todo el cuerpo y hacía que de los ojos de algunas de las pacientes brotaran lágrimas.

Cuando la enfermera que estaba encargándose de la hilera donde estaba Mary llegó a su cama, alzó un paño y la observó con detenimiento antes de afirmar:

—Tú no tienes fiebre.

—No.

—Se supone que tengo que aplicarle las compresas frías a todo el mundo, pero no me han dicho qué hacer en tu caso.

—Les diré que sí que lo has hecho.

—De acuerdo. —La enfermera la observó unos segundos más en silencio—. ¿Cuándo tuviste la enfermedad?

—Nunca.

—Pero ¿tú se la pasas a los demás?, ¿la gente enferma a través de ti?

—¿Es eso lo que te han dicho?

—Se lo han dicho a los médicos y a todo el personal de enfermería.

—Es mentira.

La enfermera ladeó ligeramente la cabeza mientras la miraba de arriba abajo; tras bajar desde la cabeza hasta los dos bultos protuberantes que marcaban la presencia de sus pies bajo las sábanas, su mirada volvió a ascender de nuevo hasta su rostro.

12

—Bueno, ¿quieres que te deje el paño y el agua de todas formas para que puedas lavarte? Por lo que tengo entendido, ayer no fue un día nada fácil para ti.

—Sí. Sí, gracias —contestó antes de sentarse en la cama.

Las enfermeras repitieron la misma rutina a cada hora, pero a ella se la saltaron en cada ocasión tras aquella primera vez. Soper hizo acto de aparición a media mañana, se sentó en el brazo de una silla situada entre la cama de Mary y la pared, y le dijo que había llegado el momento de que ella cooperara y que tenían mucho trabajo por delante. Mientras hablaba, su mirada se desviaba de vez en cuando hacia las enfermeras, que estaban atareadas yendo de cama en cama alzando sábanas y abriendo piernas, y de repente se levantó de la silla y le pidió a Mary que salieran a hablar al pasillo.

—¿Cuánto tiempo piensa tenerme retenida aquí? —le preguntó ella. No pensaba moverse de allí hasta haber obtenido una respuesta.

—Salga conmigo al pasillo, señorita Mallon.

—No. —Se reclinó en la almohada y se subió la sábana hasta la barbilla.

—No quiero verme obligado a pedirle a ese hombre que me ayude. —Señaló hacia uno de los guardias con un gesto de la mano—. Sea como sea, debo hablar con usted sobre su vesícula biliar.

—Sea como sea, debo contactar con mis amigos para hacerles saber lo que me ha ocurrido.

—Podrá hacerlo después, señorita Mallon. Dentro de muy poco.

Mary había visto por primera vez al doctor Soper en la cocina de los Bowen, cerca de un mes antes. Lo había tomado por un invitado que había llegado demasiado pronto. Aquel día hacía mucho frío y había lumbres encendidas en todas las habitaciones exceptuando las de la servidumbre, que contaban con una estufita que permanecería fría hasta la hora de dormir. Los Bowen tenían una de esas casas donde uno podía perderse con facilidad: grande en cierto sentido, alta y ancha, dotada de enormes estancias en cuyos distantes techos había plasmadas escenas de lejanos lugares, con ventanas que daban a Park Avenue. Pero la luz natural desaparecía conforme uno iba adentrándose más y más en la casa, y en la parte posterior los miembros del servicio tenían que trabajar todo el día a la luz de las lámparas.

Mary había alzado la mirada de la tarea que tenía entre manos (estaba pinchando la piel de un par de hermosos patos con el cuchillo, para que al asarlos saliera el jugo), y había visto a un hombre alto que sostenía su sombrero contra el pecho; caminaba sin hacer apenas ruido y no lo oyó llegar hasta que lo tuvo prácticamente al lado. Tenía ese atractivo tan típico de algunos neoyorquinos: pulcro a más no poder, ropa planchada, pelo y bigote impecables. Estaba claro que aquel hombre no había recogido nunca paletadas de carbón, que no había cargado bloques de hielo ni había sacrificado a un animal, que no tenía un par de botas de trabajo. A primera vista le pareció mayor que ella, pero más tarde se enteró de que tenían la misma edad y que, de hecho, tan solo había una semana de diferencia entre sus respectivos cumpleaños.

Hacia el final de su segundo día en el Willard Parker, Mary había contestado a algunas de las preguntas del doctor Soper y tenía la esperanza de que eso fuera todo, de poder quedar libre en breve. Pero durante la tercera mañana de su estancia allí, justo después del desayuno, él hizo que la llevaran de nuevo a la sala de la mesa de caoba e invitó a otros cinco médicos a que la interrogaran también. Mary reconoció a tres de ellos del día de su llegada al hospital y se dio cuenta de que la doctora Baker no se encontraba entre los presentes. Encabezados por el doctor Soper, los médicos le preguntaron con insistencia si estaba totalmente segura de no haber padecido nunca la fiebre tifoidea, y si podía hacer memoria y hacerles un listado de todas las personas a las que había conocido en los últimos veinticuatro años, desde su llegada a Estados Unidos, que hubieran padecido una fiebre.

—¿Quieren saber a cuántas personas he conocido que hayan tenido fiebre? ¿Desde 1883? —Mary estuvo a punto de echarse a reír. ¿Acaso serían ellos capaces de recordar algo así?

—También las de Irlanda —dijo uno de ellos—. Todas aquellas de las que se acuerde, hasta donde le alcance la memoria.

Tan solo tenían información sobre ella desde 1901 en adelante y Mary decidió que tenían más que suficiente con esos cinco años y medio. No pensaba darles nada más, así que se limitó a contestar:

—No me acuerdo.

El doctor Soper se acercó a su silla y le pidió que les mostrara cómo se lavaba las manos después de ir al baño. Sintiendo el peso de todas aquellas miradas, consciente de que si se negaba a hacerlo ellos iban a seguir insistiendo, Mary visualizó mentalmente la escena con serenidad y se dirigió hacia el lavamanos que había al fondo de la sala con el corazón atronándole en los oídos. Se colocaron tras ella para poder observar bien de cerca, así que realizó la tarea lentamente. Se frotó con la pastilla de jabón tanto el dorso de las manos como las palmas y entre los dedos, tomándose un tiempo del que nunca disponía cuando tenía que encargarse de poner la comida en la mesa a una hora determinada. Se secó las manos con la toalla que había colgada junto al lavamanos bajo la atenta mirada de los médicos, y entonces todo el mundo procedió a regresar a su asiento.

—¿Qué se nos estará escapando? —preguntó el doctor Soper desconcertado.

Mary sabía que en las notas que él había tomado faltaban los detalles, aquellas pequeñas cosas que una mujer es capaz de percibir como, por ejemplo, la expresión que se refleja en el rostro de un hombre cuando gira la cara y cree que nadie lo observa. Cuando el doctor Soper había entrado en la cocina de los Bowen aquella primera noche, ella había alzado una mano para apartar un mechón de pelo que se le había escapado del moño, había alzado el delantal para limpiarse la grasa de pato que tenía en las manos, había cerrado el puño alrededor del mango del cuchillo y le había preguntado si podía ayudarlo en algo. Él tenía los ojos azules, un rostro alargado y pálido, y sus mejillas estaban rasuradas tan a fondo que, dejando a un lado el bigote, su tez parecía tan tersa como la de ella. Tenía los labios entreabiertos por la emoción y unos ojos vidriosos que, en cuanto se posaron en ella, no se desviaron ni un ápice y la observaron como intentando asimilar hasta el más mínimo detalle. Soper había fijado la mirada directamente en su rostro, en sus labios y en su cuerpo como si fuera su dueño, como si nadie en el mundo conociera su cuerpo mejor que él. «¿Desea que avise al señor Bowen? ¿Le pido a alguien que lo conduzca de vuelta al salón?», le había preguntado ella mientras intentaba empuñar mejor el cuchillo, que estaba resbaladizo por culpa de la grasa. Escasos días atrás, había leído algo en el periódico sobre una profesora que había sido atacada en su propia casa, un griego la había violado y la había dejado moribunda. No había ni rastro de Bette, la lavandera, que había salido por la puerta lateral que daba a un estrecho corredor exterior techado.

En las notas de Soper no constaba que a ella le había dado un vuelco el estómago cuando había alzado la mirada y había visto a un desconocido entrando de buenas a primeras en la cocina, cuando dicho desconocido había querido saber si ella era Mary Mallon. En las notas no se mencionaba lo desconcertante que resultaba oír su nombre completo en boca de un hombre como él, con su chaqueta de corte perfecto y sus uñas de un blanco marfileño, con sus abrillantados zapatos asomando bajo los pantalones y sus dobladillos inmaculados (como si flotara por encima del barro y de la mierda que conformaban las calles de Nueva York, como si no caminara a través de ellos como el resto de los mortales); no se mencionaba la confusión que había sentido al saber que él no había entrado en la cocina por error, sino que era a ella a quien estaba buscando. Él había acabado por detenerse al fin delante de los fogones, lo tenía justo enfrente y alcanzaba a ver el sudor que le perlaba las patillas. Era un hombre de pómulos elevados y bien marcados, y en ese momento se lo veía acalorado. Mary había supuesto que debía de tratarse de un acreedor, y se había limitado a preguntarle a su vez por qué andaba buscándola.

Había aferrado con más fuerza el cuchillo al verlo avanzar un paso más hacia ella, lo tenía tan cerca que le había llegado el olor a tabaco que desprendía su piel. Él le había explicado que era George Soper, un ingeniero sanitario, y que el señor Thompson lo había contratado para investigar el brote de fiebre tifoidea que había surgido en su casa de Oyster Bay durante el pasado verano. Había añadido entonces que tenía razones para creer que ella era la causa no solo de dicho brote, sino de varios más que había habido en la ciudad y sus inmediaciones. Le había dicho que debía acompañarlo de inmediato, que había que someterla a varias pruebas, y le había pedido que le confirmara que había sido contratada por la familia Warren el verano previo y que había trabajado para ellos durante seis semanas en la casa de Oyster Bay que le habían alquilado al señor Thompson.

Mary no se acordaba de cuál había sido su primera respuesta. Tan solo recordaba que se había sentido desconcertada, que no había entendido qué tenía que ver una cosa con la otra.

—¿Disculpe? —había alcanzado a decir, perpleja.

—Usted está enferma, señorita Mallon. Hay que realizarle unas pruebas.

—¿Que estoy enferma, dice? —Había soltado una carcajada forzada antes de afirmar—: ¡Me siento mejor que nunca!

—Lleva una enfermedad en su interior. Estoy convencido de que es portadora de la fiebre tifoidea.

Ella se había sentido desorientada y lenta, como si la hubieran hecho girar varias veces sobre sí misma antes de pedirle que caminara en línea recta. Había apoyado las caderas contra el poyo de la cocina para poder mantener el equilibrio antes de decir:

—Márchese de aquí ahora mismo, por favor. No sé de qué me está hablando.

—¡Usted no es consciente de lo que ocurre, señorita Mallon! Es de vital importancia que me acompañe para que se le realicen las pruebas necesarias. He avisado al laboratorio del Hospital Willard Parker para que lo tengan todo listo para cuando usted llegue. Debe dejar de cocinar de inmediato.

Al ver que intentaba agarrarla del brazo, ella había empuñado el cuchillo y el trinchador con una mano, había lanzado una estocada de advertencia hacia él y le había exigido que se fuera en voz baja y firme. La señora Bowen estaba arriba, arreglándose, a pesar de que se había sentido un poco indispuesta durante todo el día, y el señor Bowen era algo duro de oído. Estaba claro que alguien había tenido que dejar entrar al tal George Soper en la casa. Alguien sabía que ese hombre estaba allí abajo, en la cocina, pero no se oían pasos ni nada que indicara la inminente llegada de alguien.

Le había lanzado otra estocada con el trinchador por delante y él había retrocedido apresuradamente hasta la puerta que daba al pasillo.

—¡Debe hacerme caso, señorita Mallon! —había insistido.

—¡Estoy dispuesta a clavarle este trinchador, así que le aconsejo que salga de mi cocina!

—La cocina no es suya, señorita Mallon.

Él había retrocedido varios pasos más al verla blandir el trinchador con otro súbito movimiento amenazante, había trastabillado por un momento, había apretado con tanta fuerza el ala del sombrero que los nudillos se le habían puesto blanquecinos. Se había quedado mirándola por un momento como si quisiera añadir algo más, pero finalmente se había ido por el pasillo a paso apresurado.

Varios minutos después de que Soper saliera de la cocina había hecho acto de presencia Frank, el mayordomo.

—¿Dónde estabas? —le había preguntado ella.

—La señora Bowen estaba dándome instrucciones. ¿Quién era ese hombre? Se ha quedado parado en la acera, mirando la casa. Me parece que está planteándose volver a entrar.

—Ha venido con no sé qué historia de lo más absurda, querrá contársela a los señores. —Había dejado el cuchillo y el trinchador a un lado, y había empezado a ir de acá para allá con nerviosismo.

La campanilla de la puerta principal no había tardado en sonar.

—Déjamelo a mí —le había dicho Frank al cabo de un momento.

Ella había permanecido agazapada en el pasillo y había oído a Soper preguntar por los dueños de la casa.

—El señor y la señora Bowen no pueden recibir visitas en este momento, ¿desea dejar algún mensaje? —había contestado Frank.

—Estoy dispuesto a esperar.

—Me temo que no será posible, tienen invitados a cenar.

—En ese caso, dejaré un mensaje —había mascullado Soper, antes de sacarse una tarjeta y una pluma del bolsillo de la chaqueta. Escribió todo lo que pudo en el reducido espacio y le sostuvo la mirada a Frank al decirle con firmeza—: Asegúrese de entregársela.

El mayordomo había respondido con una somera inclinación de cabeza y, tras aceptar la nota, se había despedido de él deseándole buenas noches. Tras cerrar la puerta, se había acercado a la lumbre y había lanzado la tarjeta a las llamas.

—Gracias —le había dicho ella.

Habían permanecido allí, viendo en silencio cómo desaparecía el papelito, hasta que el tintineo de las pulseras de la señora Bowen los había alertado desde la planta de arriba.

La aparición de Soper en la cocina de los Bowen había sido la primera advertencia para Mary, pero ella no había sabido descifrar el mensaje velado. Con la tranquilidad de saber que Soper ya se había marchado de allí, para cuando tuvo los patos asados y trinchados estaba convencida de que todo aquello no había sido más que un malentendido y, más aun, se preguntó por qué se había quedado tan callada. Tendría que haberle dicho que nunca había padecido la fiebre y que, de hecho, había sido ella quien había cuidado a los Warren;

19

tendría que haberle aconsejado que se informara mejor, porque estaba claro que no sabía que el médico de Oyster Bay había concluido ya que los Warren habían enfermado por culpa de unos cangrejos de caparazón blando. Le gustaba trabajar para los Bowen, pero si aquel hombre volvía a aparecer por allí y les contaba aquel cuento, si les enviaba una carta por correo y ellos le creían y la despedían, ella se limitaría a ir a la agencia para que la mandasen a otra casa; si él les iba con el cuento a los de la agencia, ella se buscaría otra; si se lo contaba a todas las agencias, pues se iría a Nueva Jersey, donde no les gustaba pagar comisiones.

Mary llevaba una semana en el Willard Parker cuando la doctora Baker fue por fin a visitarla.

—¿Dónde estaba, doctora? Me dijo que podría ponerme en contacto con alguien.

—¿No ha sido así?

—Lo he solicitado infinidad de veces, pero ya ha pasado una semana.

—Lo siento, Mary.

La frustración de Mary se aligeró un poco al oír que la llamaba por su nombre, ya que los demás médicos siempre le decían señorita Mallon.

—Trabajo en un laboratorio en el norte de la ciudad y no puedo venir tan a menudo como me gustaría —añadió la doctora antes de sacar algunas de las hojas que llevaba en un portapapeles—. ¿Sabes...?

—Sí, por supuesto que sí. —Estaba tan agradecida que no se sintió ofendida.

La doctora Baker le entregó también un sobre.

—En la sala de enfermería debe de haber una pluma, les diré que te permitan usarla. Cuando termines, entrégales la carta a ellas y se encargarán de enviarla.

—Gracias.

Mary dejó la hoja y el sobre sobre su mesita de noche. Ahora que ya disponía de los medios para contactar con Alfred quería pensar bien lo que le iba a decir, cómo describir exactamente lo sucedido. La última vez que se habían visto habían discutido, pero eso carecía de importancia en ese momento; además, también había que tener en cuenta algunas consideraciones prácticas. Su amiga Fran le había pedido que le preparara el pastel de cumpleaños de su hija, y todo empezaba a apuntar a que no iba a salir de allí a tiempo. Había planeado hacer el pastel con forma de margarita, y decorarlo con un glaseado de crema de mantequilla amarillo y blanco. La niña iba a llevarse una desilusión.

—Mary, ¿te apetece que caminemos un poco?

Salieron a pasear por el pasillo con el vigilante siguiéndolas de cerca, y la doctora esperó unos minutos antes de tomar la palabra de nuevo.

—Me han pedido que hable contigo sobre la operación para extirparte la vesícula biliar. Soy consciente de que el doctor Soper te ha explicado ya el procedimiento, pero puede que no haya dado respuesta a todas tus dudas.

Durante el transcurso de aquella semana, habían sido varios los médicos que habían aunado esfuerzos con el doctor Soper para intentar convencerla de que les permitiera extirparle la vesícula biliar; de hecho, aquella misma mañana la habían convocado a una reunión con tres médicos y uno de ellos, un tal doctor Wilson, le había asegurado que elegirían al mejor especialista para practicar la incisión. Ella les había preguntado si accederían también a que los rajaran, teniendo en cuenta que tampoco padecían ninguna enfermedad. ¿A dónde iría a parar Nueva York si los médicos se dedicaran a abrir en canal a gente sana con el mero propósito de ver lo que había dentro? Ellos repitieron sus explicaciones una y otra vez como si ella no supiera lo que suponía cortar en canal un cuerpo. ¡Por el amor de Dios, era cocinera! En una ocasión había carneado una ternera Jersey con la ayuda de una única persona y cuando terminó, y a pesar de haber drenado bien al animal antes de empezar a cortar, estaba manchada de sangre de los pies hasta los hombros; una vez que todas aquellas húmedas y viscosas piezas quedaron dispuestas sobre la mesa, no habría habido forma de volver a colocarlas en el animal tal y como Dios lo había creado. Si a ella se le hubiera ocurrido cambiar de opinión y volver a reconstruir a aquel animal, intentar coserlo para que quedara como nuevo, habría sido imposible hacerlo, ¡y resulta que a ella querían abrirla estando viva!

—No voy a dejar que me abran en canal, ya se lo he dicho a ellos. Dígaselo usted también si quiere.

La doctora Baker la observó en silencio un momento y finalmente asintió.

—Te enviarán a la isla de North Brother, te pondrán en cuarentena.

—No pueden hacer eso, no estoy enferma. ¡No he hecho nada malo!

Pensó en la hoja de papel y el sobre que estaban esperándola junto a la cama. Daba igual cómo pudiera estar sintiéndose Alfred en ese momento, cómo estuviera yéndole la semana; al leer su mensaje, él oiría el palpitante corazón que iba a resonar a través de sus palabras, dejaría a un lado todo lo que tuviera entre manos y acudiría en su busca para ayudarla a encontrar la forma de salir de aquel embrollo. Cinco años atrás, en una ocasión en que ella estaba empleada en una casa de Riverdale donde no se sentía nada cómoda, una mañana él se había presentado de improviso en la cocina para ver por sí mismo cómo se encontraba; cuando ella le había contado todo lo que había preferido ocultarle (que la señora había abofeteado a un tutor y había amenazado con agredirla a ella también, que el señor de la casa buscaba excusas para pasar rozándola), él no había hecho ninguna escena ni había alzado la voz. Se había limitado a escucharla y, tras oír sus explicaciones, le había dicho que era ella quien tenía la decisión en sus manos, que él había ido a verle la cara, pero que si poseyera su talento para la cocina se largaría de aquella horrible casa y buscaría otro empleo. Le había dicho que se fuera con él de inmediato y, aunque ella había protestado diciendo que ya había batido la mantequilla para las magdalenas y que ya había metido la pechuga de pavo en un cubo de salmuera, la había recorrido una vibrante osadía y se había dado cuenta de que realmente deseaba marcharse de allí sin más. Alfred la había instado a dejar la comida tal y como estaba, así que había dejado la mantequilla endureciéndose sobre la mesa y, mientras iban rumbo a la estación, él había entonado una canción popular alemana y se había puesto a bailar en la acera para hacerla reír. Por suerte, la familia no le había contado lo sucedido a la agencia o el mensaje se había perdido, porque dicha agencia le había asignado otro puesto a la semana siguiente.

Se imaginó a Alfred llegando hecho una furia al Willard Parker. Si le impedían acceder por la puerta principal, entraría por la de atrás; si la de atrás la cerraban a cal y canto, excavaría un túnel, escalaría las paredes, caería desde el cielo para enfrentarse a ellos y poder llevarla de vuelta a casa. Lo llamó mentalmente, deseando con todas sus fuerzas que pudiera oírla... «¡Alfred!». Era algo que solía hacer cuando empezaban a salirle más trabajos que la llevaban lejos de casa, lejos de él. En un descanso salía a sentarse en algún porche donde reinaba la calma y pensaba en su nombre; al meterse exhausta en la cama por las noches, apartaba todo lo demás de su mente y solo pensaba en él. Después, cuando regresaba a casa, le contaba lo que había hecho y él se ponía alerta y le preguntaba las fechas exactas, la hora concreta, porque cierta tarde estaba paseando por el parque y había tenido la sensación de que ella estaba allí, a su lado, intentando decirle algo.

—Sí que pueden, Mary. Y una vez que estés en North Brother te resultará más difícil...

—¿Qué?

—Regresar.

Se volvieron al oír la voz de una enfermera.

—¡Señorita Mallon! ¡Hay que tomarle otra muestra!

La doctora Baker posó la mano con delicadeza en el brazo de Mary antes de decir:

—Volveré en un par de días.

—¡Espere! —La propia Mary oyó el pánico que tenía su voz—. ¡No olvide decirles a las enfermeras lo de la pluma, lo de enviar mi carta!

—No lo olvidaré.

Cuando Mary regresó a la habitación, el papel y el sobre se habían esfumado. Abrió el cajón de la mesita de noche, se arrodilló y buscó por el suelo; buscó también bajo la almohada y dentro de la funda, por debajo de la manta, junto a las ruedecitas de acero por si se los había llevado alguna corriente de aire.

—¿Se ha llevado alguien el papel y el sobre que tenía sobre mi mesita de noche? —Recorrió las camas con la mirada intentando deducir cuáles de entre todas aquellas mujeres eran las que estaban más sanas, cuáles habrían osado hacer algo así—. ¡Eran míos y me gustaría recuperarlos de inmediato!

Su voz era el sonido más fuerte que habían oído aquellas mujeres desde que estaban en el hospital, y algunas de las que llevaban días sin moverse se volvieron a mirarla.

—Ha sido uno de los médicos —contestó la muchacha de la cama junto a la ventana—. Cuando ha venido y ha visto que no estabas aquí, se los ha metido en su portapapeles.

—¿Cuál de ellos?

—Él.

La muchacha señaló con el dedo hacia un punto situado por detrás de Mary, quien en ese preciso momento oyó la voz del doctor Soper a su espalda.

—Señorita Mallon, ¿le ha hablado la doctora Baker acerca de la operación?

24

Se volvió a mirarlo y lo vio allí parado, iluminado desde atrás por la luz del pasillo.

—¿Podría devolverme mi papel?

—Antes debemos hablar de su operación.

Ella se apretó las sienes con las yemas de los dedos. Por Dios, ¿acaso aquellos médicos eran incapaces de comprender que un tema había quedado cerrado? Ella les había dejado muy claro cuál era su postura al respecto, ¿no? ¿Querían enloquecerla a base de repetirle las mismas preguntas una y otra vez? Tuvo la sensación de que la sala entera oscilaba hacia la izquierda, se acercó a toda prisa a la ventana y la abrió. Tenía que preparar un pastel de cumpleaños, tenía un hombre esperándola en casa que no tenía ni idea de su paradero, tenía que encontrar otro trabajo. Dentro de dos semanas actuaba un cuarteto en Nuestra Señora del Escapulario, y su amiga Joan se había ofrecido a confeccionarle un vestido. El frío que entraba por la ventana actuó como un bálsamo sobre su acalorada piel, oyó que alguien silbaba llamando a un taxi, la música de un banjo flotaba en el aire desde algún lugar al norte del hospital, delicados copos de nieve iban cayendo bajo la luz de la única farola que había en la calle.

—La doctora Baker ha dicho que...

—No es ella quien manda aquí, no debería haber hecho promesas —afirmó Soper.

Aquellas palabras fueron como un puñetazo en el estómago para ella. Se asomó todo lo que pudo por la ventana y gritó pidiendo ayuda, agitó los brazos para intentar que alguien la viera, gritó de nuevo, pero tenía la voz estrangulada y el doctor Soper le había rodeado la cintura con un brazo para sujetarla.

—¡Socorro! ¡Ayúdenme! —les pidió a las demás, mientras él y el vigilante la sacaban a rastras de la habitación.

La condujeron por el pasillo sin contemplaciones hasta llegar a una habitación privada y, una vez dentro, el doctor Soper siguió sujetándola desde atrás mientras una enfermera se apresuraba a abrir una pequeña ampolla y a pasársela por debajo de la nariz.

—No sé por qué siempre insiste en hacer una escena, señorita Mallon —le murmuró Soper al oído mientras forcejeaban.

Ella notó su aliento en el cuello, notó el duro filo de su barbilla apretado contra el cráneo.

—Relájese, solo tiene que relajarse —susurró la enfermera.

2

Tal y como le había advertido la doctora Baker, tras dos semanas de pruebas en el Hospital Willard Parker, el doctor Soper le dijo a Mary que, dado que se negaba a permitir que le extirparan la vesícula biliar, al Departamento de Salud no le quedaba más alternativa que trasladarla a la isla de North Brother; al parecer, allí disponían de instalaciones donde los investigadores podrían seguir realizando las pruebas necesarias «en un ambiente más sereno, más centrado». Se le permitiría notificarlo a familiares y amigos una vez que hubiera llegado a la isla, pero no antes. Soper se dedicaba a observarla siempre que podía y, cuando él se daba la vuelta, Mary sentía que tenía algo de espacio para respirar por un momento hasta volver a ser de nuevo el foco de aquella escrutadora mirada. No estaba dispuesta a suplicar, ya tenían suficiente autoridad sobre ella. Por orden de Soper, el personal del Willard Parker tenía prohibido ofrecerle alguna forma de contactar con sus amistades (no más promesas de cartas que serían enviadas por correo), y ella se aferraba a su compostura recordándose a sí misma que Alfred debía de haber visto los artículos de los periódicos. Una de las enfermeras del turno de noche le había mostrado uno que había aparecido en *The Sun* y le había dicho que se habían publicado otros, que en la mayoría de los principales periódicos se había mencionado su captura. No sabían cómo se llamaba y se referían a ella como «la mujer de los gérmenes», pero Alfred deduciría sin duda que se trataba de ella. A lo mejor ya había intentado acudir en su ayuda, a lo mejor había ido al hospital y había exigido que lo dejaran verla y le habían impedido pasar.

—¿Esa no era una isla para tuberculosos? —le preguntó al doctor Soper en una ocasión.

—Es cierto que el Riverside es un hospital especializado en tuberculosis, pero también han tratado casos de fiebre tifoidea, de difteria, de sarampión... en fin, de todo.

Ella se estremeció al oír aquello.

—¿Cuánto tiempo permaneceré allí?

—Unas cuantas semanas —contestó él.

Mary se dijo que podría soportar cualquier cosa durante un par de semanas. Iba a someterse a las pruebas y, una vez que hubieran obtenido de ella lo que necesitaban (vete tú a saber lo que era), aquella pesadilla llegaría a su fin y no tendría que volver a ver a Soper en toda su vida.

A su llegada a la isla de North Brother, Mary tuvo la impresión de que aquel lugar parecía demasiado endeble para las agitadas aguas del río Este. Era como si un dentado pedazo de Manhattan se hubiera desprendido y se hubiera alejado flotando antes de quedar atrapado en las prehistóricas rocas que acechaban bajo la superficie del agua. North Brother era una pequeña extensión de tierra, una balsa enorme formada a base de hierba y tierra a la que iban los moribundos para esperar a que les llegara su hora. Se encontraba justo por encima de Hell Gate, ese punto del río Este donde confluían media docena de riachuelos menores antes de salir al mar, y tan solo un loco metería el dedo de un pie en esas aguas. De encontrarse en otro lugar, North Brother en su totalidad apenas sería lo bastante grande como para ser considerada una finca de tamaño decente, pero en Nueva York (al

28

menos en Manhattan, donde incluso los más ricos vivían a escasa distancia de los vecinos) era una verdadera rareza. Se trataba de un lugar tranquilo y apartado donde estaba quien tenía que estar, un lugar ocupado por hombres y mujeres cuyos nombres aparecían en el listado de personas autorizadas que el capitán del transbordador guardaba bajo el asiento de su pequeña embarcación, a salvo de la salpicadura del agua.

En North no había automóviles. Tan solo había un caballo, un animal viejo y sarnoso que, después de tirar durante años de un carro de recogida de basuras, había sido donado a la ciencia. De día siempre había unas cuantas bicicletas apoyadas contra la pared oeste del hospital (la que quedaba más cerca del transbordador que llevaba y traía a las enfermeras y a los médicos desde la calle 138 del Bronx), pero nadie las usaba para pedalear por la isla y verlas allí, apoyadas sin orden alguno contra la pared de ladrillos rojos o tiradas sobre la hierba, era prueba más que suficiente de que Mary ya no se encontraba en la ciudad; de estar allí (en la ciudad propiamente dicha, no en ese lugar intermedio), esas bicicletas se habrían esfumado en menos de una hora. Adolescentes del Lower East Side se habrían adueñado de ellas y se habrían largado pedaleando en un periquete. En North Brother apenas se oían los ruidos típicos de una zona urbana. No se oía el crujido de los cierres de las tiendas abriéndose por la mañana, cerrándose al final de la jornada; no se oían campanas, ni el ruido del ferrocarril elevado pasando por encima, ni voces de vendedores ambulantes ofreciendo su mercancía, ni ancianas hablando a gritos desde alguna elevada ventana; en vez de eso, en aquella isla se oía el croar de las ranas de árbol, el piar de los pájaros, el chasquido de las tijeras del jardinero podando los setos... y en todas partes, siempre, el rítmico sonido del agua bañando la orilla. Todo y todos permanecían allí hasta que, cuando el día llegaba a su fin, los médicos se dirigían al embarcadero y subían con torpeza al transbordador mientras los del turno de noche subían por aquel camino de suave pendiente y cruzaban la amplia puerta principal del hospital.

Al anochecer, el graznido de una garza procedente de la orilla este de la isla sonaba a oídos de Mary como una mofa que la dejaba helada por dentro.

En North Brother había dieciséis construcciones de distinto tamaño, empezando por el edificio principal del Hospital Riverside y terminando por el cobertizo donde el jardinero guardaba sus herramientas. También estaban el depósito de cadáveres, la capilla, el departamento de mantenimiento, el almacén de carbón, las viviendas de los médicos, las residencias de las enfermeras, el edificio de rayos X, el invernadero... La circunferencia de la isla podía recorrerse a pie en menos de tres cuartos de hora y desde cualquier punto dado, a menos que hubiera un edificio o un árbol obstruyendo la vista, uno podía volverse y ver el norte de Manhattan y, más arriba, la línea invisible donde Manhattan se encontraba con el Bronx. Cuando llovía, la corriente que se abalanzaba sobre los guijarros y las serradas piedras de la orilla dibujaba en la mente de Mary la imagen de una manada de caballos galopando rumbo al mar.

El día en que Mary llegó al Riverside no había ningún paciente con fiebre tifoidea. Le asignaron una cama situada en la unidad de tuberculosis y una enfermera le facilitó papel y sobres además de una pluma y tinta. Le escribió a Alfred contándole lo que, sin duda, para entonces él ya debía de saber, pero, a diferencia de la carta que había redactado mentalmente cuando aún se encontraba retenida en el Willard Parker, aquella primera que envió desde North Brother relataba los hechos de forma objetiva y directa. A los pacientes del Riverside no se les permitía recibir visitas, así que aconsejó a Alfred que tuviera paciencia; le dijo que quizás lo ayudaría imaginarse que ella estaba trabajando demasiado lejos de casa como para volver cada fin de semana (en Maine, por ejemplo, o Massachusetts), y que estaría de vuelta en casa en un abrir y cerrar de ojos. Estaba enfadada, pero se había dado cuenta de que la furia no iba a servirle de nada. *Así que es posible que no te vea hasta el Día de los Caídos*, añadió, convencida de que ese sería el peor de los casos. Seguro que dos meses era tiempo de sobra. Alfred había pasado una temporada bastante mala ese invierno, no había trabajado apenas y había pasado demasiado tiempo en el *pub*, pero decidió no mencionar nada de eso. *Si no has pagado ya el alquiler, acuérdate de hacerlo.*

Después de oír la tos hueca del resto de las pacientes durante un par de días, aprendió a predecir cuándo se acercaba el momento final: cuando un estertor sonaba como una moneda lanzada a un pozo muy profundo que se había secado. Se dio cuenta de que los tuberculosos se parecían entre sí, como si todos ellos estuvieran emparentados: todos tenían la misma tez mortecina, las mismas profundas ojeras. La miraban preguntándose qué estaría haciendo ella allí. Por la noche se tapaba la cara con la sábana por miedo a contraer la enfermedad al inhalar, pero al cabo de una semana dejó de preocuparse por ello. Durante el día no podía evitar hacer gala de su buena salud, caminaba de acá para allá junto a las ventanas y les preguntaba a las enfermeras si podía ayudarlas en algo. En las tardes soleadas sacaba algún libro de la biblioteca del hospital y salía a leerlo al patio, en los días en que no hacía tan buen tiempo anotaba ideas para distintas recetas porque no quería quedarse desmotivada. Se aseguraba de salir cada día aunque solo fueran unos minutos y, cuando al regresar a su cama saludaba a sus compañeras con un gesto de la cabeza, era consciente del lozano rubor que teñía sus propias mejillas, del rítmico movimiento de su pecho, de la energía de sus propios pulmones. Ellas la miraban con un desconcierto que confirmaba lo que ella ya sabía: aquello había sido un error. Se había cometido un terrible error, pero no tardaría en corregirse.

Se sometió sin protestar a las pruebas que le hicieron con la esperanza de que, cuanto antes recabaran toda la información que necesitaban, antes la dejarían en libertad. No había vuelto a ver al doctor Soper desde el día de su llegada a la isla y, cuando preguntó al respecto, el doctor Albertson le dijo que lo más probable era que solo

31

volviera a verlo en contadas ocasiones de allí en adelante; según Albertson, puede que Soper fuera a visitarla alguna que otra vez para ver cómo estaba y ni que decir tiene que se le mantendría informado sobre los resultados de las pruebas, pero lo más probable era que su participación en el caso hubiera llegado a su fin. Aquella buena noticia la mantuvo de buen humor durante un día entero.

Los médicos de North Brother parecían estar más ansiosos por examinar su cuerpo que los del Willard Parker. Querían sus manos, su vientre, sus pechos y sus caderas, querían todas y cada una de las sustancias húmedas que salieran de ella... pero cuando llegaban a su cara apartaban la mirada. Algunos de los doctores que la interrogaban no eran médicos con pacientes, sino otra clase de profesionales de la medicina (como Soper, por ejemplo, que afirmaba ser ingeniero pero parecía saber de enfermedades); algunos de ellos se limitaban a observar con atención y a tomar notas. Las preguntas habían cambiado con respecto a las del Willard Parker. Allí le habían preguntado sobre todas las fiebres que había tenido, o si alguna vez le había salido una erupción en el pecho; en la isla, sin embargo, querían saber cuándo se había dado cuenta. «Usted es una mujer inteligente», le decían. «Varias de las personas para las que ha trabajado afirmaron que leía novelas en sus ratos libres, así que debió de darse cuenta de lo que pasaba. ¿Acaso espera que creamos que no era consciente de ello?».

Mary intentaba visualizar imágenes en su mente para bloquear las preguntas, intentaba evocar cualquier recuerdo que pudiera alejarla de North Brother, pero la mayoría de las veces pensar en Alfred y en sus amigas tan solo contribuía a que se impacientara ante tanta pregunta, a que se sintiera más desesperada por volver a casa. Paseaba de un lado a otro, contaba hasta cien y al terminar volvía a empezar desde cero; cerraba los ojos, se tapaba los oídos con las manos y, aun así, cada pregunta era como un grifo goteante, una teja floja que golpeteaba bajo el envite del viento, una mosca que le zumbaba en el oído y que no había forma de apartar de un manotazo.

Una mañana, cuando su segunda semana en North Brother estaba llegando a su fin, miró hacia fuera por una ventana de la cuarta planta para ver si conseguía ver cuándo descargaban la saca del correo del transbordador y vio a tres hombres levantando una pequeña estructura de madera cerca de allí. Le bastó con ver aquella construcción para saber que tenía algo que ver con ella y quiso descartar aquella idea de inmediato; al fin y al cabo, no tenía sentido tomarse la molestia de construir algo para una persona que iba a marcharse de allí en cuestión de un par de semanas. Sí, seguro que debía de tener otra finalidad.

Aprovechó que una enfermera pasaba por allí para preguntárselo.

—Disculpe, ¿sabe qué es lo que están construyendo? —Señaló hacia el lugar en cuestión.

—Es una vivienda para usted, ¿no se lo han dicho? —La enfermera la miró extrañada.

—¿Qué?

—La trasladarán allí cuando la casa esté acabada, ya no tendrá que estar aquí con los pacientes tuberculosos.

La mujer la miró con una sonrisa, como si acabara de darle una buena noticia, pero Mary sintió como si acabara de meterse en un lago de agua helada y hubiera dejado de hacer pie de repente.

—¿Por qué?, ¡pero si van a dejar que me vaya de aquí dentro de poco!

—¿Está usted segura de eso? ¿Le han dicho que van a dejarla ir?

—¡Sí!

Lo dijo con voz queda, sintió que se le cerraba la garganta y empezaba a temblarle todo el cuerpo. Retrocedió tambaleante hasta su cama y se sentó en el borde, calculó cuántos días habían pasado desde que se la habían llevado de la casa de los Bowen... casi un mes. ¿Cuántas pruebas más tenían que hacerle? Sacó una hoja de papel y le escribió otra carta a Alfred.

Querido Alfred:

Si me has mandado una carta en respuesta a la otra que te mandé, quiero que sepas que no la he recibido. No confío en ninguna de las personas que trabajan aquí, a lo mejor me la enviaste y no me la han entregado. Están construyéndome una vivienda aparte, debe de estar a unos noventa metros escasos del hospital. No sé por qué se toman tantas molestias si van a tener que dejarme en libertad dentro de poco. ¿Podrías preguntar por ahí para ver si alguien conoce a un abogado que pueda ayudarme? Espero que estés bien. No puedo quitarme de la cabeza que la última vez que vi tu rostro estábamos discutiendo, y me duele no haber sabido nada de ti desde entonces. Intenta enviarme otra carta, Alfred. Así me sentiré más tranquila.

Con amor,
Mary

Le pidió a una enfermera que enviara la carta por correo de inmediato y, una semana después, recibió una respuesta.

Querida Mary:

Recibí tu segunda carta justo cuando estaba mandándote una respuesta a la primera. Vi el artículo en el periódico y supe que tú eras esa tal «mujer de los gérmenes», ya que se suponía que ibas a llegar a casa aquel sábado por la noche y no fue así. Y también porque en el artículo se mencionaba Oyster Bay. Fui a casa de los Bowen y Frank me lo contó todo, entonces fui directo al Willard Parker y una enfermera me dijo que ya te habían trasladado a North Brother.

Dime qué puedo hacer. Ya sé que las cosas no estaban demasiado bien cuando nos vimos por última vez, pero ahora me siento mejor. No llego tarde a casa, y conocí a un polaco que tiene un contacto en los túneles de aguas. Tenemos que pensar en la forma de sacarte de esa isla. Billy Costello tiene una barca,

pero me dijo que las aguas que rodean North Brother son dema-
siado peligrosas y nadie en su sano juicio correría ese riesgo. En
un principio no le creí y fui a la lonja que hay en el East Side,
pero los pescadores me dijeron lo mismo. ¿Qué quieren esos
médicos de ti? Si están realmente convencidos de que tienes fiebre
tifoidea, ¿no podrían tratarte en el Willard Parker o en el
St. Luke?

Voy a preguntar por aquí para ver quién conoce a un abo-
gado, no te preocupes.

Alfred

Mary leyó la carta tres veces antes de doblarla y dejarla con cuidado sobre la mesita de noche. Era la más larga que había recibido de él
en los cerca de veintidós años que hacía que lo conocía, y al imaginárselo sentándose para escribirla se exacerbaba aún más su anhelo de
regresar a casa. En ese momento, la construcción que estaban levantando para ella tenía cuatro paredes, un techo y una puerta, tan solo le
faltaban tejas y una ventana. El doctor Anderson le había dicho que la
trasladarían en cuestión de días. Alfred no había mencionado cómo
estaba arreglándoselas sin ella ni si había pagado el alquiler de abril,
pero él sabía dónde había algo de dinero guardado en casa y puede que
tuviera suerte con ese trabajo en los túneles que había mencionado. A lo
mejor se sentía la mar de satisfecho con un trabajo así, quizás encontrara a alguien que supiera cómo ayudarla y para el verano ya la habrían
dejado en libertad y estaría de vuelta en casa.

Algunas veces llamaban «habitáculo» a la construcción, otras
veces se referían a ella como una «cabaña». Bungaló, caseta, habitación, choza... fuera lo que fuese, la trasladaron allí en abril de 1907.
Era una estructura sencilla de tres metros por cuatro dotada de una
hornilla de gas, una tetera y un fregadero con agua corriente. Le dieron una cajita de té, un tarro de azúcar y dos tazas; tenía prohibido
cocinar, pero la cafetería del hospital le enviaría comida tres veces al
día. Le sugirieron que, para distraerse en los ratos libres entre las

distintas visitas del personal médico, podía coser para el hospital; le dijeron que ellos le proporcionarían agujas y lana si se le daba bien hacer ganchillo, que podía leer, que podía explorar la isla. Ella aceptó toda aquella información sin saber cómo reaccionar, sin acabar de asimilarlo todo, y se sintió desorientada al recorrer con la mirada por primera vez su nuevo hogar.

—Ah, y aquí tiene ropa de cama y toallas —le dijo la menudita enfermera que iba de acá para allá, mostrándoselo todo. Le indicó una cesta de mimbre que contenía sábanas, una toalla grande y otra de mano—. Déjelas fuera, junto a la puerta, cuando haya que lavarlas.

—¿Cuándo? —Mary se preguntó cuántas veces tenía que repetir la misma pregunta una persona.

—En el edificio principal las lavamos una vez a la semana, organícese de acuerdo a eso.

—No me refería a... —Suspiró y se sentó en el borde de la cama—. Por favor, ¿podría dejarme sola?

—Ya casi he terminado —contestó la enfermera antes de colocar doce botes de cristal alineados sobre la mesa.

Cuando la mujer se fue por fin y Mary se quedó sola por primera vez desde su captura, se sintió como si acabara de salir de una habitación abarrotada y hubiera entrado en la misma habitación, pero desde otra puerta. Se vio a sí misma desde la distancia: las paredes de su cabaña, el río un poco más allá, el ruido de los trenes y los carros circulando por Manhattan y por el Bronx, tan cerca que alcanzaba a oír los silbatos.

—No van a dejar que me vaya. —Se obligó a decirlo en voz alta.

Cada día estaba pendiente de la llegada de la saca del correo con la esperanza de recibir una carta de Alfred diciéndole que había encontrado un abogado, que la ayuda ya estaba en camino, pero podía ser que él ya supiera que no iban a dejarla jamás en libertad; puede que él no supiera qué decirle y que ese fuera el motivo por el que no había vuelto a escribir. A diferencia de otras etapas de su vida (cuando había pasado de lavandera a cocinera, o cuando se había ido a vivir con Alfred sin que hubiera ni una sola promesa de por medio), daba la sensación de que North Brother era un lugar que estaba completamente fuera del mapa, de que tras ella no había quedado ni una sola huella que sus amigos pudieran seguir para encontrarla. Algunos de ellos estaban enterados de lo ocurrido (los que habían vivido el arresto, los que habían ayudado a esconderla durante todas aquellas horas y, al final, habían acabado presenciando una escena de la que hablarían el resto de su vida: el espectáculo de una mujer adulta pateando, soltando improperios y dando puñetazos mientras la metían a la fuerza en un vehículo policial). Por otra parte, también estaban los periódicos, pero en ninguno de ellos se explicaba lo que ella sentía, lo que pensaba. Estaba convencida de que la noticia de su arresto se había extendido ya entre las cocineras, las lavanderas y los jardineros de Manhattan, pero también tenía la certeza de que, al igual que las corrientes que discurrían veloces en las profundidades del océano sin agitar lo más mínimo la superficie del agua, eran muchos los que aún no estaban enterados. Existía la posibilidad de que los Bowen, después de que la arrestaran y sintiéndose humillados por todo aquello, no le hubieran hablado a nadie de ella y se hubieran limitado a comentar el asunto entre ellos; en cuanto a los de la agencia, seguro que no decían ni una palabra por miedo a perder clientes. Los periódicos iban a hacer un seguimiento de su historia por un tiempo, pero tarde o temprano acabarían por olvidarse del tema y ella seguiría viviendo en su cabaña, preguntándose cómo podía regresar a casa.

A la mañana siguiente, después de pasar la noche dando vueltas en su nueva cama, la despertó el sonido de un sobre deslizándose bajo la puerta. Reconoció la letra de Alfred desde el otro extremo de la habitación, abrió la carta con apremio y se puso a leerla junto a la ventana.

Querida Mary:

¿Te encuentras bien? ¿Te han dicho algo más sobre cuándo se te permitirá volver a casa? Fui hasta allí para ver si podía convencer al capitán del transbordador de que me llevara a visitarte, pero tiene órdenes estrictas. Le ofrecí dinero, pero se negó a aceptarlo. Miré hacia la isla para ver cómo estarás viviendo, pero resulta difícil hacerse una idea.

El trabajo en los túneles no estaba hecho para mí, a lo mejor auguraste ya que sería así. He estado preparándome para trabajar en la construcción.

Estuve preguntando por aquí para ver si alguien conocía a algún abogado y fui a ver a uno que se anunciaba en el periódico, pero cuando le expliqué la situación me dio la impresión de que no entendía nada. Regresé a verlo después con los artículos de periódico que hablan sobre ti, pero no estaba interesado en aceptar el caso. Seguiré intentando encontrar a alguien.

Ojalá supiera cómo ayudar. ¿Hay alguien en esa isla en quien puedas confiar y que pueda aconsejarte?

Alfred

—Alfred —dijo en voz alta.

Sintió cómo le subía la bilis por la garganta, cómo se le encogía el estómago. Salió de la cabaña y se acercó a la orilla del agua. Se preguntó en qué fecha habría estado él allí parado, intentando verla. Quizás podrían coordinarse, en la siguiente carta le propondría una fecha y una hora concretas. Pero se sintió descompuesta de nuevo en cuanto la idea asomó a su mente. ¿Para qué hacer algo así? ¿Para saludarse con la mano desde la distancia?, ¿para lanzarse besos desde extremos opuestos de Hell Gate? Se apretó los puños contra la boca, cerró los ojos e intentó pensar en qué podía hacer.

3

Intentaron convencerla de que aceptara la pauta que se estableció. Intentaron que dejara de protestar por los análisis de sangre, orina y heces que le hacían dos veces por semana, por la entrega de muestras y las visitas al laboratorio, por las revisiones físicas mensuales, por tener que meter las manos en aquellas sustancias químicas, por tener que dejar que le examinaran las uñas. Según un médico al que le había preguntado en una ocasión por qué tenía que ser dos veces por semana, tenían que hacer un seguimiento de sus pautas habituales. Las enfermeras charlaban con ella como si todo aquello hubiera terminado por resultarle de lo más normal, pero al darse cuenta de que era incapaz de restarle importancia, al ver que para ella era una humillación a la que no iba a acostumbrarse por muchas veces que se repitiera, le tomaron antipatía. Siempre llegaban en pareja, y al final dejaron de tomarse la molestia de intentar incluirla en la conversación y se limitaban a charlar entre ellas. Cada semana, al llegar un nuevo lunes y pasar todo el fin de semana diciéndose que tenía que portarse mejor, que tenía que hacer un esfuerzo para demostrar que podía tomarse las cosas bien y que era una persona en quien se podía confiar, una persona responsable a la que podían dejar libre, aparecían en la puerta de la cabaña con esos rostros sonrientes y esos recipientes de cristal y la enfurecían de nuevo.

—¿Qué dicen los resultados? —les preguntó en una ocasión a dos de las enfermeras—. Me someto a estas pruebas una y otra vez, pero nunca me dan los resultados.

—Deben de ser positivos —contestó una de ellas—. De no ser así, ¿por qué habrían de tenerla aquí?

Cuando le hacía la misma pregunta al doctor Albertson o al doctor Goode, ellos se limitaban a contestar que los resultados de unas pruebas puntuales, de unas meras semanas, carecían de importancia y que le comunicarían los resultados en cuanto tuvieran la información suficiente para sacar conclusiones firmes. Le aconsejaban que tuviera calma, argumentaban que todo requería su debido tiempo.

La única persona con la que no le molestaba hablar era John Cane, el jardinero, quien no tenía nada que ver con las pruebas y a menudo le dejaba un ramito de flores en la puerta. Incluso cuando la furia que la embargaba se expandía tanto que lo barría todo a su paso, incluso a él, John apenas parecía darse cuenta de ello, se limitaba a seguir hablando y hablando y, cuando era ella la que hablaba, la escuchaba con atención.

Mary buscaba anuncios de abogados en los periódicos que John le llevaba, mandaba cartas pidiendo ayuda. Le escribió al jefe de policía, y también a la directora de la agencia que le había conseguido el empleo en casa de los Bowen; al ver que los médicos y las enfermeras seguían negándose a compartir con ella los resultados de las pruebas, se puso en contacto con un laboratorio independiente para preguntar si estarían dispuestos a realizar los análisis necesarios si les mandaba unas muestras, y les pidió unos recipientes a las enfermeras. En su siguiente carta dirigida a Alfred le indicó que entrara en la alacena de casa y que apartara la harina y el azúcar, que encontraría allí su libreta bancaria; le pidió que la llevara al banco de la calle 23 (ella tenía una cuenta allí), y que gestionara el pago pertinente a los Laboratorios Ferguson. *Después saca todo el dinero que quede, quédatelo para ir pagando tus gastos y cierra la cuenta. Si no te creen, muéstrales esta carta*, añadió. No quedaría una suma demasiado grande, pero algo era algo. Ella no necesitaba dinero en North Brother, y le preocupaba cómo estaría arreglándoselas Alfred.

Algunos días pasaban con rapidez, plácidamente, y otros parecían tan largos y vacíos que ni siquiera era capaz de encontrar las fuerzas necesarias para entretenerse con alguna tarea. Pasaron seis meses, diez. Le escribía a Alfred cada dos semanas e intentaba llenar de esperanza esas cartas, le recordaba que lo de North Brother era algo temporal y que algún día no muy lejano regresaría a casa y la vida seguiría como antes. Sabía que era importante estar convencida de ello, y que era igual de importante que él tuviera también esa convicción. Al principio, en las cartas que él le enviaba se reflejaba el mismo tono de firme determinación que había en las suyas pero, conforme fueron pasando los meses, sus respuestas empezaron a llegar cada vez con menos frecuencia; además, cuando por fin llegaba una de ellas, los mensajes eran tan escuetos que no veía reflejado a Alfred en las palabras. Tras un largo silencio, él le envió una carta en febrero de 1908 que a duras penas podría considerarse como tal:

> *Querida Mary:*
> *Te echo de menos. ¿Se sabe algo nuevo? Aquí las cosas van bien.*
> *Alfred*

Tal y como hacía siempre, ella había sostenido el sobre en la mano por un momento antes de abrirlo, había contemplado su propio nombre escrito por él. Permitirse por fin el placer de desdoblar aquella hoja después de haber estado tanto tiempo esperándola y encontrarse algo así, algo tan vacío de contenido, era casi peor que no haber recibido carta alguna. Se había prometido a sí misma que no iba a contestarle, pero al cabo de unos días acabó por flaquear.

41

Querido Alfred:

Recibí tu nota. Por favor, la próxima vez extiéndete algo más, no sabes lo sola que me siento aquí y siempre estoy preguntándome cómo estarán yéndote las cosas. A lo mejor crees que estoy rodeada de gente a todas horas, pero ten en cuenta que la mayoría de las personas que se encuentran en esta isla están muy enfermas y, en cuanto a los médicos y a las enfermeras, mi relación con ellos no es demasiado amistosa. He estado cosiendo e intentando hacer ganchillo. El jardinero me deja ayudarlo cuando hay trabajo y eso me sirve de distracción, pero el terreno lleva helado desde diciembre y los tulipanes no florecerán hasta abril. He leído todos los libros de la biblioteca. Cuando llevo mucho tiempo sin saber de ti es cuando temo tener que quedarme aquí para siempre, cuando tengo noticias tuyas recuerdo que la isla de North Brother no constituye mi mundo entero. Aquí no saben qué hacer conmigo. No me pueden tratar como a una enferma porque estoy perfectamente sana, pero si admiten que lo estoy tendrían que dejarme marchar. Cuando hago preguntas, me doy cuenta de que me ven como a un estorbo. No sé por qué están tardando tanto en solucionar este embrollo, ¡el mes que viene hará un año que estoy recluida!

Cada día me levanto decidida a regresar a casa, a retomar nuestra rutina. Creo que, al menos por mucho tiempo, cuando esté allí no aceptaré ningún puesto que no me permita volver a casa cada día.

¿Cómo estás? En dos de tus cartas mencionaste que estabas trabajando con regularidad, ¿sigue siendo así? ¿Alguna novedad sobre alguno de los vecinos del edificio?, ¿te preguntan por mí? Recuerda cuidarte mucho.

Y por favor, Alfred, intenta escribirme más a menudo.

Mary

Habría querido preguntarle si estaba bebiendo, si iba aseado y con ropa limpia, cómo estaba ingeniándoselas para pagar el alquiler teniendo en cuenta que todos los ahorros de ella debían de habérsele agotado hacía mucho, si tenía dinero suficiente para pagar el gas... pero no quería recordarle las discusiones que solían tener en el pasado.

En el día en que se cumplía un año de su llegada a la isla (fue un aniversario que, al parecer, pasó desapercibido para todos menos para ella), contó las cartas de Alfred y las apiló una encima de la otra sobre la pequeña mesa que tenía en su cabaña. Había nueve en total. Haciendo cálculos, se dio cuenta de que ella le había escrito veinticinco veces como mínimo. Se fijó en la fecha estampada en cada sobre y vio que entre el octavo y el noveno había dos meses de diferencia. Ella le había escrito por última vez un mes atrás, era la primera vez que pasaba tanto tiempo sin hacerlo desde que estaba en North Brother. Teniendo en cuenta cuántos años llevaban juntos y lo bien que se conocían el uno al otro, no tendría que verse en la necesidad de explicarle que quería saber de él, que necesitaba ver el espacio en blanco que había dejado tras de sí al ser apresada. Se sentía triste, dolida, frustrada. Si pudiera verlo en persona unos minutos sabría lo que él sentía, lo que opinaba de todo aquello, pero esa era una ilusión vana. Volvió a meter cada carta en su correspondiente sobre y dejó el montoncito en el borde del fregadero.

Tenía la esperanza de que Alfred, al ver que ella no le escribía, comprendiera gracias a ese silencio qué era lo que necesitaba de él y le mandara una carta tan extensa, tan gruesa, que no cupiera por debajo de la puerta. Pero fueron pasando las semanas y no supo nada de él, así que siguió esperando sin escribirle a su vez. Al ver que habían pasado cerca de quince meses desde su llegada a North Brother y cuatro sin tener noticias de él, su resentimiento se convirtió en preocupación. A lo mejor se había herido trabajando, a lo mejor le habían echado de la casa. No se ponía violento cuando bebía, pero había tenido alguna que otra pelea en el pasado. A lo mejor había ido a aquella tosca cervecería de la calle Pearl que tanto le gustaba y se había visto involucrado sin querer en alguna trifulca. Le mandó una carta a su amiga Fran preguntándole si lo había visto, si estaba bien. Fran no sabía leer ni escribir, así que la respuesta que llegó había sido escrita con mano titubeante por su marido y estaba sujeta a una caja de galletas de una panadería de la calle 39. Las galletas estaban secas después de los tres días que habían tardado en llegar a North Brother, pero se comió una mientras leía la carta de su amiga.

> *Hola, Mary:*
>   *Por aquí las cosas siguen como siempre. No vemos mucho a Alfred, pero cuando nos lo encontramos parece estar bien. Apenas se para a intercambiar unas palabras, pero nunca ha sido demasiado hablador. Estoy segura de que te echa de menos. ¿Cuándo volverás a casa? Hace mucho que no aparece nada en los periódicos.*
>
>   *Fran*

Fran había incluido en la caja una hoja doblada que contenía una viñeta del *Daily* que sabía que le gustaba, y a Mary se le llenaron los ojos de lágrimas a pesar de que ya la había visto. De modo que Alfred estaba sano y salvo, seguía subiendo y bajando la escalera de casa... y ella seguía sin recibir noticias suyas.

—¿Sabes cuál es tu problema, Mary? Que no ves el lado positivo de las cosas —le dijo John Cane una mañana al encontrársela delante de la cabaña, sentada sobre la hierba y con la mirada fija en el pequeño embarcadero donde atracaba el transbordador.

Ya había llegado octubre, ella llevaba dieciocho meses en North Brother y no había vuelto a saber nada de Alfred desde aquella carta que había recibido en febrero. Tenía los brazos morenos después de haber ayudado a John durante la primavera y el verano. Él le preguntó en ese momento si quería ayudarlo a podar el frondoso rododendro y, mientras lo seguía por el sendero, le preguntó al fin:

—¿El problema es ese?

Le costaba encontrar las palabras adecuadas para preguntarle cómo era posible que una persona se mantuviera tan completa y absolutamente al margen de la injusticia que presenciaba, cómo podía ser tan indiferente ante algo así. Aún estaba buscando la forma de expresarse cuando él se quitó los guantes, se los dio y se puso a buscar otro par de tijeras de podar en su bolsa de herramientas.

—Eso creo yo. Puedes campar a tus anchas por aquí, te traen la comida hecha.

Mary soltó un suspiro. Era inútil, él tan solo estaba intentando animarla.

—¿Has sabido algo de los abogados esos a los que escribiste? —preguntó él.

—No, aun no.

Él aceptó aquella respuesta con un asentimiento de cabeza mientras observaba con atención el rododendro y se limitó a contestar:

—Bueno, mientras tanto... —Se puso a podar como si nada.

Varios días después, justo cuando Mary había dejado de esperar noticias suyas, cuando hacía cerca de ocho meses que no sabía nada de él, al llegar de dar un paseo encontró una carta de Alfred esperándola en el suelo de la cabaña. Primero la sopesó en su mano por un momento, como siempre, y entonces la dejó sobre la mesa y la contempló mientras esperaba a que el agua de la tetera rompiera a hervir; cuando la abrió al fin, recogió en la palma de la mano un puñado de semillas que se deslizaron por el borde del papel.

Querida Mary:

Me encontré a Fran hace un par de semanas delante del edificio, me paró y me dijo que había recibido una carta tuya en la que le decías que estabas preocupada por mí. Había estado diciéndome a mí mismo que no había pasado tanto tiempo, pero entonces me puse a hacer cálculos. Lo siento. No tengo ni una sola buena razón que explique por qué parece ser que soy incapaz de escribirte tan a menudo como a ti te gustaría, así que no intentaré darte ninguna excusa. No es que no piense en ti. Por lo menos tú conoces bien cómo es mi día a día, así que puedes imaginarte lo que hago y a dónde voy. Pero cuando yo intento imaginarte en ese sitio me cuesta visualizarlo. Me dices que has empezado a tejer y a cuidar plantas y tal, pero me perturba saber que estás haciendo cosas que antes no te interesaban, me hace sentirte aún más lejana. Yo mismo intenté despertar tu interés por la jardinería, ¿te acuerdas de aquella jardinera que construí para que pudieras cultivar alguna hierba aromática en la ventana? Las semillas que incluyo en esta carta son de tomate. He pensado que si no te permiten cocinar, al menos podrías cultivar algo comestible para que no toda tu comida haya salido de la cocina del hospital.

Perdona que no sea capaz de ser mejor. Te echo de menos todos los días. Ya sé que todo esto ha sido duro para ti, que no se puede comparar y tu situación es peor, pero también ha sido duro para mí.

Alfred

Cuando Mary abrió la mano y contempló las semillas que descansaban sobre su palma, se dio cuenta de que Alfred estaba convencido de que iba a permanecer retenida en North Brother mucho tiempo.

Y entonces, de buenas a primeras, en noviembre de 1908 recibió una gruesa carta de los Laboratorios Ferguson. Habían estado analizando las muestras que ella les había enviado durante cerca de nueve meses y estaban en condiciones de darle una buena noticia: las pruebas para detectar el bacilo tifoideo habían salido negativas en el cien por cien de las muestras. Se precisaban muestras a lo largo de un periodo tan extenso de tiempo para tener la certeza de que los bacilos no se generaban debido al cambio de las estaciones o por cualquier otra razón. Releyó el párrafo de nuevo y hojeó a toda prisa el montón de páginas de resultados que le habían enviado, y estuvo a punto de ponerse a gritar de alegría. Entró temblorosa en la cabaña para arreglarse un poco el pelo y recobrar la compostura y entonces, con el sobre fuertemente apretado contra el pecho, subió a paso rápido por el camino que conducía al hospital. Al llegar se sorprendió al ver lo silencioso y vacío que parecía estar el lugar, pero no tardó en encontrarse a una de las secretarias.

—¿Dónde están? —le preguntó casi sin aliento.

—Hola, señorita Mallon.

Se volvió al oír aquella voz masculina a su espalda, y vio al doctor Soper sentado en una silla de una de las salas de espera con un libro abierto sobre el regazo. Tragó saliva, apretó el sobre con más fuerza contra su pecho y le dio la espalda.

—Yo también estoy esperando —dijo él—. ¿Cómo se encuentra? Tiene buen aspecto.

—¡No me dirija la palabra! —le espetó antes de salir al pasillo para esperar a que pasara por allí otro médico. Hacía meses que no veía al doctor Soper y encontrárselo allí de repente la había sobresaltado. Releyó otra vez la carta de los laboratorios.

Aún no llevaba ni un minuto en el pasillo cuando vio emerger de la sala de conferencias al doctor Albertson, quien le preguntó si podía ayudarla en algo y procedió a entrar en la sala de espera donde se encontraba el doctor Soper. Ella lo siguió y procuró mantener la mirada alejada de la zona de los asientos.

—¡George! —exclamó Albertson, antes de estrecharle la mano al doctor Soper—. Enseguida estoy contigo, la señorita Mallon desea decirme algo.

Mary y él entraron en el despacho y, cuando la invitó a tomar asiento, ella le entregó los resultados de los Laboratorios Ferguson.

—¿Puedo cerrar la puerta, doctor?

—Eh... Sí, por supuesto —contestó él sorprendido.

La escuchó de principio a fin. Ella le dijo que estaba enterada de lo que pasaba, que no era una tonta ni mucho menos. Que sabía que la tenían presa para poder estudiarla por motivos que ellos guardaban en secreto, motivos que seguramente no querían admitir ante la opinión pública. Él se limitó a escucharla hasta que terminó y entonces contestó con voz amable.

—Mary, el que los análisis de Ferguson hayan dado negativo tiene una explicación. Voy a pedirle al doctor Soper que entre para ayudarme a aclarárselo.

—¡No! ¡Fue él quien empezó todo esto! Lo ha hecho famoso, ¿verdad? ¡Ese hombre se ha hecho famoso gracias a lo que dijo de mí!

Pero ya era demasiado tarde. El doctor Albertson estaba indicándole a Soper que entrara y le entregó el sobre del laboratorio.

—¿Qué es esto? —preguntó Soper. Echó un vistazo a las hojas que tenía en su mano y cuando terminó se limitó a decir—: Ah, ya veo.

—Las muestras deben ser analizadas de inmediato, Mary —dijo el doctor Albertson—. De lo contrario, las bacterias mueren. Usted misma acaba de decirme que a menudo tarda un día en conseguir que las muestras se envíen por correo, y después estas tardan tres días más en llegar a esos laboratorios. Para entonces ya no sirven de nada, no es posible realizar los análisis de esa forma; es más, ellos serían conscientes de ese hecho si, tal y como afirman, fueran verdaderos científicos. ¿Les ha pagado ya? Los resultados no tienen ninguna validez.

—¡Eso lo dice porque quieren mantenerme retenida aquí! ¿Qué resultados han obtenido ustedes?, ¿por qué no me ha mostrado nadie los resultados del laboratorio de aquí?

—Puedo decirle que, por el momento, su sangre y su orina han dado negativo, pero que sus heces dan positivo un sesenta y cinco por ciento de las veces aproximadamente.

—¡Eso no es verdad!

El doctor Albertson alzó una mano para interrumpirla y Mary recordó que aquel hombre siempre la había tratado con amabilidad.

—Estoy de su lado, Mary, lo crea usted o no. A ver, no me malinterprete... Es cierto que fabrica y transporta los bacilos tifoideos en su cuerpo, pero no creo que deba permanecer retenida por ese motivo. No se equivoca al afirmar que es muy valiosa para nuestro trabajo, pero llegados a este punto sabemos que hay muchos portadores sanos circulando por las calles y es injusto que usted deba permanecer aquí mientras ellos viven sin restricciones.

El doctor Soper intervino para mostrar su desacuerdo.

—Quizás habría que retenerlos a todos o ir decidiendo las medidas pertinentes según cada caso; sea como fuere, me parece que el doctor Albertson acaba de explicárselo con claridad. Estos resultados no sirven de nada.

Mary se volvió a mirarlo, estaba tan furiosa que al hablar escupió saliva.

—¡Mentiroso!

Él prosiguió como si no le hubiera interrumpido.

—Lo que me resulta interesante es que usted no otorgue ningún valor a los resultados de nuestras pruebas, que descarte por completo su veracidad y que esté convencida, sin embargo, de que esos resultados privados son de fiar. Decídase, señorita Mallon. Cree usted en la ciencia, ¿sí o no?

—¡Usted es una persona despreciable! —Su cuerpo entero temblaba de rabia.

El doctor Albertson intervino en ese momento. Tomó el sobre de manos del doctor Soper y se lo entregó de nuevo a ella.

—Mary, ¿por qué no se lleva esto y se toma un día para reflexionar sobre lo que hemos hablado? Vuelva cuando tenga más dudas, podemos hablar del asunto largo y tendido. —Por su expresión, estaba claro que lamentaba haber hecho entrar al doctor Soper—. Soy consciente de que esto supone una desilusión para usted.

—¡Quiero ver a todos los médicos! ¡Quiero verlos ahora mismo!

—Lo siento, pero esta mañana han llegado nuevos pacientes con difteria y el doctor Soper ha venido a dar una charla. Vuelva mañana por la mañana, convocaré a un grupo de médicos y trataremos el tema entre todos.

—¡Sí, claro que volveré mañana! ¡No lo dude!

Pero no volvió al día siguiente porque se los imaginó esperándola, dispuestos a castigarla por haber dado pasos para investigar por su cuenta. Ella no era portadora ni mucho menos, estaba segura de no haber enfermado a nadie. Y aun así, de vez en cuando, notaba una fisura en su certeza... como un hilito atado alrededor de tu dedo índice a modo de recordatorio y del que te has olvidado por completo hasta que de repente, al final de una larga jornada, bajas la mirada y lo ves ahí, justo donde tú misma lo habías dejado.

No había contestado aún a la última carta que había recibido de Alfred y decidió que había llegado el momento de romper el silencio.

Querido Alfred:

Gracias por las semillas. He estado reflexionando sobre cómo contestarte, pero en este momento necesito que me ayudes con algo importante. Tienes que ir a los Laboratorios Ferguson, en la calle 72 Oeste y pedirles que me envíen más detalles sobre los análisis que hicieron para mí. Yo también voy a escribirles, pero me parece que será mejor que vean a alguien en persona. Diles que los médicos del Riverside no aceptan los resultados. Por favor, Alfred. Intenta memorizar todo lo que te digan y escríbeme de inmediato.

Mary

No sabía si a él le habría llegado la carta, si estaría lo bastante sobrio como para leerla, si ella aun seguiría importándole lo más mínimo, hasta que dos semanas después llegó en el correo aquel pequeño rectángulo con su nombre escrito de puño y letra de Alfred. Tras explicarle en la carta que había estado en el laboratorio y no una sola vez, sino dos, pero que se negaban a hablar acerca de ella, él le preguntaba qué estaba pasando.

> *Alfred:*
> *Gracias por intentarlo. Se me ocurrió que esos resultados privados obligarían a los médicos de este lugar a dejarme en libertad, pero solo uno de ellos parece estar de mi parte y precisamente él fue el que me dijo que los resultados no valen para nada. Me horroriza pensar en todo el dinero que les di para que realizaran las pruebas. Me relajé por un tiempo, pero ahora voy a esforzarme más aun por encontrar la forma de salir de este sitio. Tú crees que permaneceré aquí para siempre, Alfred, pero no será así. Regresaré pronto a casa.*
>
> *Mary*

Durante una semana más o menos volvió a la rutina de antes, esperaba junto al embarcadero para ver llegar la saca del correo y presenciaba cómo la subían al hospital. Y entonces, cuando se dio cuenta de que Alfred había vuelto a quedarse en silencio, para blindarse del dolor que sentía se dedicó a enviar más cartas a abogados, a médicos y a cualquiera que pudiera brindarle ayuda. El tiempo se le escapaba entre los dedos, pasaba mucho más rápido que a su llegada. Empezó otro año, otro invierno dio paso a la primavera, el cartero casi nunca bajaba por el sendero que conducía a su cabaña.

Hasta que un día de junio de 1909, cuando regresaba descalza a su cabaña después de pasar un rato a la orilla del río, vio a John Cane dirigiéndose hacia ella poco menos que a la carrera procedente del hospital.

—¡Es para ti! ¡Les he dicho que te la daría! —exclamó jadeante, antes de entregarle una carta. Al ver que ella se quedaba mirando en silencio el remite, donde decía bien claro *O'Neill & Asociados*, preguntó con curiosidad—: ¿De qué se trata? Me han dicho que querrías leerla de inmediato.

—¡Qué entrometido eres! —contestó ella mientras deslizaba un dedo bajo la solapa del sobre.

Tenían razón al decir que querría leerla de inmediato. La carta se la enviaba un tal Francis O'Neill, un abogado que había estado trabajando en un caso en Texas durante los últimos dos años; al parecer, estaba de vuelta en Nueva York, había tenido acceso a una carta que ella le había enviado a uno de sus colegas de profesión y deseaba reunirse con ella. Argumentaba que había leído lo que se había publicado en la prensa y que le gustaría que ella le contara su versión de los hechos. O'Neill explicaba en su carta que el caso que había llevado en Texas también versaba sobre una cuestión médica y añadía que, si la situación en la que se encontraba Mary era tal y como él tenía entendido y ella no había contratado aún a otro abogado, estaba convencido de poder conseguir que la dejaran en libertad; según él, estaba al tanto de que tenía prohibidas las visitas, pero si ella informaba al hospital de que él era su abogado no tendrían más remedio que hacer una excepción.

Descalza aún, con la carta aferrada con fuerza en el puño, subió a la carrera al hospital, le dio a la secretaria principal el nombre de Francis O'Neill y, en media hora, le escribió una carta de respuesta a aquel abogado en la que le pedía que fuera a verla, que fuera, por favor.

4

Mary le envió su respuesta al señor O'Neill un martes y el viernes vio que un joven desconocido bajaba del transbordador y, tras tomarse un momento para recobrar el equilibrio, enfilaba por el camino que subía al hospital. Llevaba un maletín que sujetaba con ambas manos.

Lo esperó a la sombra del ala oeste del hospital y, en cuanto lo tuvo lo bastante cerca, preguntó sin titubear:

—¿Señor O'Neill?

—Usted debe de ser Mary —dijo él.

Se estrecharon la mano. Mary tenía que decirle tantas cosas, tenía tantas preguntas, que no sabía ni por dónde empezar.

—Creo que será mejor que entre a registrarme —añadió él al cabo de un momento, antes de señalar hacia las puertas del hospital con un ademán de la cabeza—. Seguramente querrán que firme algo.

—Lo esperaré allí —respondió, señalando hacia su cabaña.

Veinte minutos después, tras una breve conversación sobre las instalaciones que había en la isla (parecía estar interesado en el edificio de rayos X), lo invitó a entrar en la cabaña y le vio lanzar una fugaz mirada hacia el extremo del poyo, donde tenía una bandeja con platos sucios preparada para que se la llevara John Cane. Le preguntó si quería tomar una taza de té. Él declinó el ofrecimiento, se tapó la nariz con el pañuelo y entonces abrió su maletín y sacó unos papeles. Había llevado consigo una copia de todos los artículos que los periódicos habían publicado sobre ella además de su historial en el Willard Parker, y tenía notas añadidas en todas las hojas. Abrió un cuaderno por una página en blanco y dijo mientras desenroscaba el capuchón de su pluma estilográfica:

—Comencemos por su arresto.

—Mi secuestro, querrá decir. —Se mordió el labio en cuanto lo dijo, no quería que la considerara una persona poco razonable.

—Sí, supongo que eso lo describe mejor.

Hablaron durante dos horas y cuando él se fue ya habían trazado un plan. Tal y como le explicó el señor O'Neill, el Departamento de Salud podría haber estado en su derecho de actuar tal y como lo había hecho si se la hubiera sometido a las pruebas necesarias y después, al obtener un resultado positivo, se la hubiera puesto en cuarentena, pero hacerlo a la inversa no estaba justificado. No tenían derecho a arrestarla sin una orden y someterla a pruebas una vez que la tenían bajo su custodia. Le dijo que el primer paso a dar era solicitar un procedimiento de *habeas corpus*. Se celebraría una audiencia. Le advirtió que eso haría que su nombre real saliera a la luz y le preguntó si quería tomarse unos días para pensárselo.

—No, no he hecho nada malo —contestó ella.

—Los periódicos se han mostrado solidarios con usted, eso también nos será de ayuda —afirmó él mientras recogía sus cosas—. No se sorprenda si vienen periodistas para intentar hablar con usted.

—¿Les permitirán verme?

—Me encargaré de que así sea, no veo qué podría argumentar el hospital para evitarlo.

—¿Podría venir a verme alguien que no fuera de la prensa? ¿Usted podría encargarse también de que me permitieran recibir otras visitas?

El señor O'Neill le tocó el hombro.

54

—Intente tener paciencia. Ya sé que hace mucho que no ve a sus amigos, pero debemos proceder con calma. Recuerde que pronto regresará a casa.

—¡Espere! —exclamó al ver que se disponía a marcharse. Tenía que sacar el tema, si no lo hacía lo tendría pendiendo amenazante sobre su cabeza hasta que volvieran a verse—. Llevo unos dos años sin trabajar. Tenía algo de dinero ahorrado, pero...

Él alzó una mano para interrumpirla.

—No voy a cobrarle nada por mis servicios.

Ella lo miró con suspicacia. Parecía un hombre decente, pero nadie lo era tanto. Decidió dejar aquella preocupación para más adelante, para cuando hubiera recuperado su libertad. En cuanto él se marchó, sacó una hoja de papel.

Querido Alfred:

¡Por fin tengo noticias! Acabo de reunirme con un abogado, un tal O'Neill, y parece estar convencido de que puede lograr que esta gente me suelte. Habrá una audiencia, no sabría decirte cuándo. Será pronto. Te mandaré los detalles en cuanto se fije la fecha. Ya sé que ha pasado mucho tiempo y que tenemos mucho de lo que hablar, Alfred, pero te echo de menos y estoy preocupada por ti. Estoy deseando volver a verte. Olvidemos estos dos años tan horribles, cuando volvamos a vernos dentro de poco celebremos que volvemos a estar juntos. Yo sigo siendo la misma, al menos eso espero. ¿Y tú?, ¿también sigues siéndolo?

Mary

Tal y como había pronosticado el señor O'Neill, escasos días después de que ella solicitara el procedimiento de *habeas corpus* se publicó un nuevo artículo sobre su caso en el *New York American*, uno bastante largo, y por primera vez la nombraron por su verdadero nombre. La noticia de la solicitud generó interés en la ciudad y empezaron a llegar periodistas solicitando entrevistas cara a cara. El hospital no permitía el acceso de más de uno por día.

Ella les recordaba a todos cuantos hacían el trayecto hasta allí para ir a verla que comentaran en sus artículos lo pequeña que era la cabaña, que mencionaran lo abombada que estaba en el centro su cama. Las cifras que se usaban para condenarla eran inconsistentes. Uno hablaba de veintiún enfermos y dos muertos; otro de treinta enfermos y dos muertos; el tercero de veintiocho enfermos y seis muertos. Pero todos ellos estaban convencidos de que en aquella historia había algo más. Ella llevaba cocinando desde su llegada a América en 1883, pero los registros que habían llevado a descubrirla y a capturarla tan solo se remontaban hasta 1901.

Todos ellos le preguntaban si sabría decir cuándo se había dado cuenta. Cada uno formulaba la pregunta a su manera, todos bajaban el papel y el lápiz con gran gravedad como si ella fuera una especie de imbécil que no tenía ni idea de cómo funcionaba el mundo. El joven del *Herald* tenía una vena palpitándole en la sien. «¿De qué?», contestaba ella, mientras se esforzaba por mantener la calma y le ofrecía al periodista de turno los bizcochos de grosella que John Cane le había entregado de parte de la cocinera del hospital. «No he estado enferma ni un solo día en toda mi vida, y eso es todo cuanto tengo que decir al respecto».

Todos ellos se echaban un poco hacia atrás cuando les ofrecía los bizcochos. «¿Seguro que no quiere probar uno?», decía ella, y sostenía el plato en alto unos segundos más como si existiera la posibilidad de que la persona que estaba sentada frente a ella pudiera cambiar de opinión.

Desde su llegada a América se había limitado a trabajar sin meterse en problemas. Había conocido a Alfred, pero eso no era ningún crimen. No podían encerrarla por no estar casada, por pedir y conseguir un buen salario, por no ir a ningún servicio religioso de ninguna clase y preferir pasar los domingos recorriendo el mercado Washington antes de ir a oír tocar al violinista que solía ponerse en la esquina de la calle Fulton con la Church. Tenía treinta y nueve años y estaba sana. Se preguntaba si alguno de ellos tendría idea de la fuerza que se requería para poder alzar una olla de agua caliente, para amasar pan durante treinta minutos, para golpear con la maza las piezas más duras de ternera hasta conseguir que quedaran tiernas y listas para ser cocinadas. Al final de la semana laboral estaba exhausta, tenía molidos tanto los huesos como los músculos de los hombros y la espalda; aun así, solía ir caminando desde la casa de los Bowen hasta su casa (la primera estaba situada en el Upper East Side, la segunda más cerca del centro) porque le gustaba emplear sus propias fuerzas y no le apetecía ir apretujada en un tranvía.

Cuando el enviado del *Herald* le preguntó si daba crédito a lo que se afirmaba sobre ella, si creía que pudiera ser portadora de la fiebre tifoidea y que estuviera transmitiéndosela a las personas para las que cocinaba, ella lo miró directamente a los ojos y contestó con firmeza que no. «Si lo que afirman no es cierto, ¿por qué se ha tomado el Departamento de Salud la molestia de mantenerla retenida aquí, con el gasto que eso supone?», había insistido el joven. «Precisamente eso es lo que me gustaría saber a mí», había afirmado ella.

Y, cuando llegaba el momento de que cada periodista se marchara, ella lo acompañaba al embarcadero y charlaba de otras cosas: del tiempo, de los intentos del francés aquel de cruzar el canal de la Mancha en aeroplano, del huracán de Texas. Y justo antes de llegar al embarcadero les preguntaba a todos ellos de dónde procedían. Uno era de Brooklyn, otro de Fort Lee; pero el del *Herald* vivía en la calle 28, cerca de la Tercera Avenida, y eso la hizo contener el aliento. Seguro que, viviendo tan cerca, se había cruzado con Alfred por la calle, había pasado por su lado en alguna tienda, se había sentado junto a él en el Nation's Pub; puede que incluso hubieran entablado conversación alguna vez. Se le ocurrió que debería darle algún mensaje para que se lo transmitiera a Alfred. Podría pedirle que fuera al edificio donde vivía, que subiera hasta su casa, que llamara a la puerta... pero él ya estaba retrocediendo y agradeciéndole que le hubiera atendido, subió al transbordador y ella sintió que aquella oportunidad pasaba de largo como un salvavidas que alguien lanza al agua y acaba tragado por las olas.

Cuando llegó la mañana de la audiencia, Mary se preguntó de nuevo quién estaría pagando los honorarios del señor O'Neill. John Cane dijo que, teniendo en cuenta el tono indulgente que había empleado el redactor del *New York American*, existía la posibilidad de que algunos de los lectores de dicha publicación se hubieran organizado para pagar su defensa, y señaló también que el señor Hearst se involucraba a veces en casos que interesaban a sus lectores. Ella le preguntó que quién le había elevado al puesto de entendido en cuestiones como aquella, porque tenía la impresión de que John había empezado a comportarse con una suficiencia un pelín excesiva en los últimos tiempos. Parado en el único escalón de entrada de la cabaña, le contaba los cotilleos del hospital y siempre tenía algo que decir sobre asuntos que no le concernían en absoluto. Él le bajaba los periódicos para que ella le leyera los fragmentos más relevantes, y el hecho de no poder leer las frases por sí mismo no le impedía expresar una opinión sobre todo lo habido y por haber: desde la huelga de basureros a los impuestos municipales, pasando por el caso en el que ella estaba involucrada.

—No sé por qué dices que han empleado un tono indulgente, se limitaron a contar la historia con exactitud —dijo ella.

—Y se pusieron de tu parte, esa fue la impresión que me dio —contestó él. Se cruzó de brazos y se apoyó contra la barandilla con toda naturalidad, como si hubiera nacido y crecido allí mismo.

—¿De qué otra parte podrían ponerse?

—Solo era un comentario, me limito a dar mi opinión.

Mary ya estaba lo bastante nerviosa pensando en el día que tenía por delante, y no entendía por qué John Cane se otorgaba la libertad de expresar opiniones cuando tenía tanta cultura como una mosca.

Lo único que ella sabía era que, una vez que subiera al transbordador aquella mañana, existía la posibilidad de que no regresara jamás a North Brother.

La última carta que le había mandado a Alfred había sido breve. Se había limitado a anotar en un trocito de papel con renglones la dirección del palacio de justicia, la fecha y la hora, y lo había metido doblado en una copia del artículo que había aparecido en el *New York American*. Seguro que, cuando él desdoblara el artículo y leyera su nota, recordaría la última vez que habían estado juntos en la calle Centre. ¿Cuántos años habían pasado desde entonces? ¿Dieciocho?, ¿veinte? Había sido a últimos de otoño, hacía bastante fresco; estaban decidiendo cómo iban a pasar el resto del día cuando un bedel bajó corriendo los escalones del palacio de justicia gritando que ya había un veredicto, y de repente tropezó y cayó rodando hasta acabar tirado ante ellos. «¿Cuál ha sido el veredicto?», le preguntó Alfred, mientras le ofrecía una mano para ayudarlo a ponerse en pie. «Culpable», contestó el muchacho, que no había sufrido daño alguno y parpadeó mientras recobraba el equilibrio. Ellos habían proseguido su camino mientras reían con la cabeza gacha para que el joven no los viera, y de repente Alfred la había metido en un callejón. En la profundidad de las sombras la había aprisionado contra una pared, había plantado sus toscas manos a ambos lados de su rostro y le había dicho que la amaba, que nadie la amaría jamás tanto como él. Ella había sentido un tirón en el vientre (como una mano que se cierra en un puño apretado), y no había sido capaz de pronunciar a su vez las mismas palabras. No, aun no había podido hacerlo, pero las sentía allí, en su interior, esperando a que el puño se abriera y las dejara emerger.

Al principio, Alfred y ella salían de forma regular los miércoles y los sábados por la tarde, pero uno de aquellos miércoles él le había dicho que quería vivir con ella y que sabía que el sentimiento era mutuo; al llegar el sábado, pasó a buscarla antes de lo acostumbrado y le dijo que había encontrado un pisito en la calle 33. Le pidió que fuera a verlo con él para decidir si le gustaba o no, le dijo que le había prometido al dueño que le darían una respuesta ese mismo día. Ella lo acompañó hasta allí, y él no cejó en su empeño de convencerla mientras caminaban por la Tercera Avenida. La conocía tan bien que había pasado antes por el piso en cuestión para dejar una orquídea en la gris y estrecha cocina, para que lo primero que ella viera al abrir la puerta fuera algo hermoso y necesitado de cuidados... los cuidados que ella podía darle. «Pero es que no estamos casados», había protestado ella (aunque había sido una protesta muy tibia, ella misma era consciente de que estaba a punto de ceder), y él se había quedado mirándola largamente antes de contestar: «¿Qué más da eso?».

La llegada del transbordador especial que habría de llevarla hasta la calle 138 estaba programada para las ocho y media de la mañana, lo que le daría tiempo de cruzar el río Este y llegar antes de las diez al palacio de justicia, que estaba en el centro. Llevaba varios días preparándose. Había lavado a conciencia las tres blusas que tenía, las había tendido al sol y había cepillado bien todas sus faldas. En aquellos veintidós meses las dos blusas blancas habían adquirido un tono un poco amarillento y los pliegues se habían quedado aplanados, dos de las faldas de lana tenían la parte del trasero desgastada y, cuando las sacó al sol y pudo verlas con mayor detenimiento, se sintió avergonzada cuando le pareció ver que ambas tenían una separación en la zona desgastada (dos lunas adyacentes, con un estrecho espacio entremedio). Las enfermeras le ofrecieron ropa del hospital, le dijeron que eligiera lo que quisiera antes de que las prendas se enviaran a la ciudad para ser donadas, pero ella no quería ponerse aquellas blusas y aquellos vestidos tuberculosos, no quería la ropa usada de las muertas; además, le costaba encontrar blusas que no le quedaran demasiado ajustadas en la zona del busto. En todo caso, la enervaba que creyeran que estaría dispuesta a ponerse cualquier trapo viejo que le ofrecieran, que se pondría cualquier cosa por muy torcidas que estuvieran las costuras o por muy desgastado que estuviera el forro.

Creían que aceptaría lo que fuera sin importar quién se lo hubiera puesto antes, sin plantearse cuál era la clase de confección por la que había pagado esa persona ni la calidad de la tela elegida. ¿Cómo se atrevían a tratarla así? ¡Ella no era una pordiosera ni mucho menos! Era cocinera, había ganado un buen sueldo y no estaba dispuesta a tocar ninguna de aquellas prendas.

Cuando le dijo a una de las enfermeras que se lo llevara todo, la mujer le dijo que había muchas mujeres que se sentirían agradecidas ante aquel ofrecimiento, y fue entonces cuando se dio cuenta (demasiado tarde) de que solo estaban intentando ser amables con ella. Se marcharon de la cabaña como si el lugar estuviera envuelto en llamas, y al cabo de un momento vio cómo sus uniformes blancos desaparecían al internarse en la sombra que proyectaba el edificio principal del hospital. Se dijo a sí misma que debería gritarles que lo sentía, que por favor intentaran comprenderla.

La tarde previa al día de la audiencia, cuando seleccionó su mejor blusa y su mejor falda, le pidió a John Cane que le llevara una tabla de planchar y una plancha de la lavandería del hospital.

—Dame la ropa, yo les digo que te la planchen —dijo él antes de extender los brazos para que se la entregara.

—No quiero que lo hagan ellos, lo que quiero es que me traigas una plancha y una tabla para poder hacerlo yo misma.

—¿Tan poca confianza les tienes que no quieres ni que te planchen una camisa?

—Por favor, John —insistió ella antes de cerrar la puerta.

Al cabo de una hora, salió de la cabaña y dirigió la mirada hacia la puertecita lateral por la que él solía entrar y salir del hospital. Esperó dos horas más. Lo vio acercarse a eso de las seis de la tarde, pero tan solo le traía la cena y le prometió que regresaría más tarde. A las diez de la noche, consciente de que él debía de haberse marchado de la isla en el transbordador hacía mucho, salió descalza de la cabaña una última vez para ver si alguien se acercaba por el sendero, pero lo único que quebraba el silencio era la distante campanilla de un carro que circulaba al otro lado del río. A medianoche hirvió un poco de agua en una cacerola e hizo lo que pudo con el fondo de hierro fundido. Lo deslizó por las mangas de su mejor blusa y, cuando terminó, dejó la prenda colgada con cuidado en una silla y la falda extendida sobre la mesa como si de un mantel se tratara y se metió en su cama. Intentó imaginarse algo apacible que la ayudara a conciliar el sueño, pero en vez de eso le salió un tic en el ojo izquierdo. Los cerró ambos con fuerza, pero seguía notando los pequeños espasmos y el músculo le aleteó contra la palma de la mano cuando la presionó contra el ojo con todas sus fuerzas. Su último pensamiento lo ocupó Alfred, iba a tener que explicarle por qué se veía obligada a cubrirse el ojo izquierdo con la mano.

Cuando despertó al día siguiente, se vistió y se preparó una taza de té negro, y al abrir la puerta de la cabaña se encontró a John Cane depositando la plancha de cinco kilos en el escalón de entrada.

—¿Para qué la quiero ahora?, tardará una hora en calentarse.

Él alzó las manos como diciendo que la culpa no era suya, aquel hombre nunca tenía la culpa de nada; en cualquier caso, no estaba de humor para discutir con él en ese momento. Iba a reservar todo su arsenal para cuando tuviera que presentar sus argumentos ante el juez.

—En fin, Mary, la verdad es que hoy tienes muy buen aspecto.

Ella se llevó una mano al cuello, ojalá tuviera un broche para completar el atuendo.

—Que tengas suerte hoy —añadió él.

—Es posible que no vuelva a verte, John; si es así, te deseo todo lo mejor. —Entrelazó las manos ante sí y asintió—. Siempre me trataste con amabilidad.

—Pero no creo que te suelten hoy mismo, ¿verdad? Supongo que tendrán que verte unas cuantas veces más.

—El señor O'Neill dijo que a lo mejor quedaba libre hoy.

El abogado también le había advertido que era muy probable que el juez ya hubiera tomado una decisión mucho antes de poner un pie en el palacio de justicia. En teoría, se suponía que los jueces debían ser tan fríos y rigurosos como balanzas en las que el peso de las pruebas se colocaba de forma precisa a ambos lados, pero, según el señor O'Neill, a menudo entraban en la sala con la balanza inclinada hacia uno de ellos.

—Seguro que te veo después, Mary. Eso no me preocupa.

—Se supone que tendrías que desear no verme después.

—Vaya.

—No te entiendo, es como desearme mala suerte. ¿Deseas que me vaya mal?

—¡Claro que no! Y esta noche te traeré algo más de comida para la cena, estarás hambrienta después de tanto trajín.

Mary notó de nuevo el tic y apretó la mano contra el ojo antes de que se volviera tan fuerte que no hubiera forma de detenerlo.

Para el corto trayecto desde la isla de North Brother hasta la otra orilla, dobló dos cuadraditos de papel sobre las afiladas puntas del cuello de la camisa para que no se le mojaran. Había decidido mantener su pañuelo, uno azul moteado de negro, doblado en el bolsillo hasta que llegara al palacio de justicia. Había previsto de antemano que el trayecto por el río Este sería agitado y que el transbordador levantaría su propia brisa debido a la velocidad a la que viajaba, así que había esperado y no se había recogido el pelo hasta que la habían bajado escoltada al embarcadero de la calle 138. Le dijo al guardia que la custodiaba (un joven de unos dieciocho años, veinte a lo sumo) que la disculpara un momento y, sin darle tiempo a contestar, se dirigió hacia la pequeña terminal dotada de una única sala y, en concreto, hacia la puerta donde decía *Señoras*. El muchacho había realizado su tarea bastante bien. La había precedido al subir al transbordador como todo un caballero, para ayudarla en caso de que tropezara, y había hecho lo mismo al desembarcar cuando habían llegado a la ciudad. Aun así, él no le había ofrecido su brazo y durante el trayecto por el río —con la proa del transbordador alzándose para salir al encuentro de cada envite de aquellas olas grises como una pistola, cayendo, alzándose y cayendo; con los dos pasajeros y el capitán sentados uno junto a otro en el largo asiento de madera, sometidos al rítmico zarandeo— había mantenido la cara girada hacia el otro lado y había permanecido aferrado a la baranda que bordeaba la embarcación para evitar rozarla siquiera. De hecho, había hecho una mueca de pánico cuando ella, al intentar decirle algo, había acercado el rostro al suyo para hacerse oír por encima del sonido de las olas y del motor.

Cuando entró en el pequeño baño, sacó dos largas horquillas de su bolso y las sostuvo con la boca mientras recogía su cabello rubio rojizo en un moño a la altura de la nuca. El espejo en el que estaba acostumbrada a mirarse a diario desde 1907 era implacable, estaba colocado cerca de la única ventana que había en su cabaña y daba al norte. El de aquel baño estaba mal iluminado y moteado, y contempló con atención su rostro bajo aquella luz más indulgente. Algunos periódicos habían incluido en sus artículos ilustraciones en las que aparecía con las facciones muy marcadas; otros la habían dibujado gorda y envejecida, cascando cráneos humanos en una sartén como si fueran huevos y con un busto cuyo peso habría bastado para hacerle perder el equilibrio. A sus propios ojos, en la mañana de la audiencia tenía el mismo aspecto de siempre: atractiva, pero nada fuera de lo normal; limpia; eficiente; lista para ponerse a trabajar. Con otra ropa y otro acento, y con unas manos que no hubieran pasado gran parte de los últimos veinte años trabajando con agua hirviendo, habría podido pasar por una dama. No habían sido pocas las veces en que le habían dicho que era tan altiva como ellas.

En los días previos a la audiencia había estado repitiéndose a sí misma que había tres opciones: que Alfred hubiera vuelto a beber, estuviera demasiado borracho como para acordarse de fechas y horarios y no hiciera acto de aparición, o que estuviera sobrio y se presentara en el palacio de justicia. La tercera opción era la peor de todas y fue entonces, mientras contemplaba su propio reflejo en el espejo de aquel baño, cuando la enfrentó de lleno: existía la posibilidad de que él no deseara verla. Puede que en veintidós meses hubiera hecho acopio del valor necesario para hablar con aquella muchacha tan vivaracha que hacía las camas en el hotel de la calle 34, y que a veces esperaba a su hermano en la puerta del Nation's Pub. «Me recuerda un poco a ti cuando tenías su edad», le había dicho él en una ocasión. Había sido un comentario hecho de pasada al responder cuando ella le había preguntado qué tal le había ido el día. Ella disfrutaba cuando él le relataba al detalle cómo había sido su jornada y en vez de describirse a sí mismo sentado despatarrado en un taburete, con la cabeza abotargada hasta que ya iba por la mitad de esa primera jarra, le hablaba del mundo que había allí fuera, de la gente que habitaba las calles, del vendedor ambulante de castañas que anunciaba a voz en grito su mercancía, de los duros comentarios que circulaban sobre la hija mayor del presidente Roosevelt, del hombre que llevaba puesto un traje hecho con hojas de periódico.

—Disculpe, señora, pero el hombre que la acompaña le pide que se dé prisa.

Al oír aquella voz procedente del otro lado de la puerta, abrió de inmediato y vio que se trataba de la mujer que vendía los pasajes en la ventanilla. Tenía las yemas de los dedos ennegrecidas de tinta y se había manchado la frente al frotársela con la mano.

—¿A qué hombre se refiere? ¿A ese? —lo dijo en voz deliberadamente alta, para que el guardia la oyera, y se echó a reír.

¡Qué fácil sería escabullirse, montarse en el tranvía y desaparecer, o incluso alzarse la falda y echar a correr! En North Brother no tenía escapatoria, pero en la ciudad bastaba con doblar varias esquinas, subir a un tranvía y esfumarse sin más. John Cane le había entregado dos billetes de cinco dólares junto con el desayuno aquella mañana (los había mandado el señor O'Neill, para cualquier imprevisto que pudiera surgirle de camino al palacio de justicia), y ella los había doblado con pulcritud y se los había guardado en un zapato. Observó con atención al guardia. El muchacho le tenía tanto miedo que puede que bastara con acercarse, que con tan solo dirigirse hacia él le hiciera retroceder hasta hacerlo caer al río.

Según lo planeado, el señor O'Neill presentaría a una serie de especialistas médicos que se encargarían de contestar a las preguntas de los especialistas de la parte contraria; después de la audiencia, si el juez admitía que no se la tendría que haber sacado a la fuerza de su lugar de trabajo sin darle la oportunidad de defenderse, podría regresar a casa y reencontrarse con Alfred aquella misma noche (suponiendo que él no le hubiera ofrecido a otra mujer el lado de la cama que había ocupado ella, claro).

Cuando llegaron por fin al palacio de justicia, buscó a Alfred con la mirada mientras seguía al señor O'Neill por el vestíbulo de suelo de mármol. Sabía que él permanecería al amparo de las sombras hasta el último momento. A lo mejor había pasado cerca al subir apresurada los escalones de la entrada. El señor O'Neill la condujo a una salita privada situada al otro extremo del pasillo donde estaba la sala de audiencias, y allí dispusieron de unos minutos de paz antes de salir a exponer sus argumentos. Cuando él le dijo que había llegado el momento, se quitó los dos papelitos del cuello de la camisa. El señor O'Neill había estado mirándola de soslayo para revisar su aspecto desde que la había recibido a las puertas del palacio de justicia, y ahora que estaban a solas le echó un rápido vistazo de arriba abajo.

—¿Y bien? —preguntó ella al cabo de un momento.

—De bien nada. Perfecto.

5

El señor O'Neill advirtió a Mary que los abogados de la parte contraria se habrían esforzado sin duda por reunir al máximo número de testigos (gente que la había contratado en el pasado, otros miembros del servicio con los que había trabajado. . . en fin, cualquiera que pudiera relatar algo que ayudara a mantenerla recluida en North Brother). Era poco probable que los Bowen, el último matrimonio para el que había trabajado, hicieran acto de presencia, ya que no querrían que su nombre se manchara aun más al ser vinculado con ella; además, la hija de la pareja había muerto, eso era un hecho, y nada de lo que pudieran decir esos padres tenía más peso que eso.

En una de las últimas ocasiones en que había conversado con la señora Bowen —antes de que Soper llegara en su busca, antes de que la muchacha enfermara—, ella llevaba puesto su sombrero nuevo. No había podido olvidarse de ese sombrero y, después de pasar dos años dándole vueltas y más vueltas a por qué y cómo había pasado de trabajar en la ciudad de Nueva York, de ganar un buen sueldo y poder comprarse lo que le gustaba, a estar atrapada en una isla, era un detalle que seguía sin poder quitarse de la cabeza. ¿Dónde estaría ese sombrero en ese momento? Desde el instante en que la habían metido a la fuerza en el vehículo policial y la habían llevado al Willard Parker, se sentía como si estuviera hojeando un libro en busca de una frase concreta, deslizando el dedo por una página en busca de una palabra en especial, pero se detenía en cuanto su mente se centraba en aquel sombrero. Se le hizo un nudo en el estómago. Hay veces en que una cosa lleva a la otra, aun cuando el camino no sea directo.

Algunos de los médicos habían insinuado que ella no estaba bien de la cabeza, que su estado mental constituía parte del motivo por el que no era una persona de fiar. También influía el hecho de que fuera mujer, e inmigrante, y una de esas que vivían con un hombre sin el vínculo del matrimonio, pero ella sabía que el sombrero había tenido algo que ver con su captura; lo había sabido en 1907 y lo sabía ahora que su caso estaba siendo revisado por fin, veintisiete meses después.

Era un sombrero precioso de color cobalto, estaba adornado con flores de seda y arándanos que bordeaban el ala en una cascada más elevada a un lado que al otro. No era una de esas prendas frívolas diseñadas para dar la impresión de que estaban suspendidas sobre la cabeza como por arte de magia, uno de esos ridículos pegotes que requerían de toda una mañana para estructurar y fijar el cabello sobre el que iban a colocarse. Era un sombrero de uso diario, de paseo. Uno de esos con los que bastaba recogerte el pelo como de costumbre y colocártelo en la cabeza sin más, con una horquilla por aquí y otra por allá. Las flores no eran meros pedazos de tela, estaban muy elaboradas y cada una de ellas era una pequeña pieza de artesanía que ella había observado con detenimiento en la tienda antes de poner su dinero sobre el mostrador. La tienda en cuestión se llamaba Matilda's, y ella había pasado por delante infinidad de veces antes del día en que había entrado por fin. Nada de lo que había visto hasta entonces en el escaparate le había llamado la atención, pero aquel sombrero la había animado a dar el paso. Estaba extendiendo los dedos para tocar el ala cuando recordó que las manos le olían a cebolla, y en ese preciso momento la dueña de la tienda le preguntó si podía ayudarla en algo. No estaba acostumbrada a tiendas donde reinaba un ambiente tan sereno y silencioso, ni a que las vendedoras fueran tan solícitas.

Había notado el peso de la mirada de la mujer desde que había puesto la mano en el pomo de la puerta. Aquel primer día argumentó que tenía mucha prisa y que regresaría en otra ocasión; entonces dejó pasar varios días, se lavó las manos a conciencia, se frotó las yemas de los dedos con limón y lo intentó de nuevo. En esa ocasión tomó el sombrero de su soporte y lo alzó para verlo a la luz.

La dueña de la tienda le aseguró que se trataba de un modelo nuevo confeccionado en París, y ella le preguntó el precio y procuró mantenerse inexpresiva mientras esperaba la respuesta. Resultó ser una cifra exorbitante, pero podía pagarla. Contaba con el dinero para poder comprarse aquel sombrero, lo tenía en un sobre que había escondido en el armazón de la cama que le habían asignado en casa de los Bowen. Iba a hacerlo. Mientras se alejaba caminando de aquella tienda, sabía que iba a hacerlo. ¿Por qué no? No tenía que darle explicaciones a nadie y ¿para qué estaba el dinero si no podía comprarse un sombrero precioso? En su siguiente visita a la tienda le dijo a la dueña que, si la prenda tenía menos calidad de la que aparentaba, la devolvería de inmediato y exigiría que se le devolviera su dinero. La respuesta de la mujer fue sacar un sencillo sombrero gris de ala estrecha y mostrarle las pulcras costuras, como insinuando que algo gris y simple sería quizás más apropiado para una cabeza como la suya que una joya de color cobalto que atraería todas las miradas. Ella había deslizado el pulgar por uno de los pétalos de seda y había comprado el sombrero sin más dilación.

Al llegar a su habitación en la casa de los Bowen había pasado cerca de una hora contemplándolo a placer sin sacarlo de la caja. Cada una de las flores tenía en el centro un cristalito que destellaba bajo la luz; el azul de los pétalos era un poco más claro que el del resto del sombrero, y el de los arándanos tenía un tono un poco más oscuro. Era una pieza hermosa y le encantaba. Permaneció dos semanas metido en su caja, encima del tocador, hasta que por fin se lo puso para salir a la calle. Lo combinó con el abrigo marrón de segunda mano que se había comprado y, cuando salió a la calle y descubrió que no hacía tan buen día como le había parecido desde su habitación, temió que pudiera sufrir algún daño. No quería que se mojara, ni que algún ladrón se lo quitara de la cabeza... y eso no era lo peor que podía pasar, se dijo al recordar un incidente ocurrido la semana anterior. El viento se había llevado volando el pañuelo de un caballero, y ella se había sumado a la persecución por unos segundos hasta que se había dado cuenta de hacia dónde se dirigía el dichoso trozo de tela; cuando el hombre había terminado por alcanzarlo se había encontrado con que había aterrizado sobre el vientre de un caballo que había muerto en la calle, habían dejado el cadáver descomponiéndose allí y había moscas pululando alrededor. Ella se había echado a reír al ver que, debido a la fuerza de la costumbre, el hombre hacía ademán de llevarse el pañuelo a la cara para taparse la nariz, pero huelga decir que era el que había estado persiguiendo.

Se puso su sombrero nuevo. Parada en la pequeña habitación individual que la señora Bowen le había asignado como cocinera, deslizó una horquilla por detrás de la oreja izquierda y otra por detrás de la derecha. La belleza de aquella prenda era como una vívida presencia que la acompañó al cruzar la calle, al recogerse la falda y sortear como buenamente pudo los excrementos de caballo que había amontonados en la acera de la esquina de la calle 60; era como una radiante luz que la iluminaba mientras se dirigía en dirección este hacia el tranvía de la Tercera Avenida, una luz que seguía brillando mientras hacía transbordo y tomaba la línea IRT en la calle 42. La señora Bowen, que celebraba una cena esa noche y quería servirles a sus invitados algo fuera de lo común, le había sugerido que preparara langosta, mollejas o algo por el estilo, pero había descartado tanto las aves como las ostras y el cerdo. La idea era servir algo que a los invitados no se les ofreciera en sus propias casas, algo que no les prepararan sus propias cocineras. Milton's, una tienda de la Segunda Avenida, solía ofrecer una buena variedad donde escoger y en bastante cantidad, pero la señora Bowen no les tenía confianza y la había enviado al mercado Washington con instrucciones de ver con sus propios ojos cómo sacaban el pescado del hielo. El mercado estaba bastante lejos de la casa, así que aquello conllevaba perder toda una mañana y tener trabajo extra, y todo ello para que los invitados de la señora Bowen se marcharan a casa tras la cena comentando entre ellos que Lillian Bowen jamás serviría algo tan común como un asado.

Al bajar la escalera de la estación de metro de la calle 42, en vez de inclinar el cuello mantuvo la mirada dirigida hacia abajo al ir descendiendo los sucesivos escalones, porque no quería arriesgarse a que le pasara algo al sombrero. Había viajado en la línea IRT en menos de una docena de ocasiones desde que la habían inaugurado a bombo y platillo, y todavía seguía impactándola ver emerger un tren de la oscuridad estando a tanta distancia de la superficie y, más aún, saber al abordarlo que estaba a punto de internarse en la oscuridad del otro lado del túnel. Pero el sombrero le dio valentía y al subir al tren mantuvo la mirada fija en las puertas mientras el ajetreo del resto del mundo seguía a su alrededor.

Dado que la señora Bowen había dejado en sus manos la elección de los platos para la cena, tenía que recorrer todo el mercado para ver la oferta y tomar una decisión. En el lugar había veinticinco puestos de carne y nueve de pescado, verduras, frutas, quesos, carnes ahumadas, callos... Probó el pastel de café, el café, tanto el pan moreno como el blanco, la mantequilla de Connecticut, el queso de Virginia. Compró por cinco centavos un trozo de jamón de Westfalia que fue comiéndose mientras caminaba. Alzó una mano para proteger el sombrero de las plumas que flotaban en el aire procedentes de los puestos de aves, para salvaguardarlo del duro y arduo trabajo de los carniceros y de los trocitos que salían volando con cada resonante impacto del cuchillo, de los restos de cartílago y tuétano que conformaban un resbaladizo rodal alrededor de sus puestos y obligaban a las mujeres a caminar de puntillas hasta que lograban dejarlos atrás.

Mantuvo el sombrero en su sitio sin demasiados problemas (tan solo tuvo que limitarse a enderezarlo de vez en cuando si se le ladeaba un poco), y regresó a casa de los Bowen cargada de paquetes. Las mujeres europeas de otras tierras llevaban trenzas enroscadas a la altura de la nuca, o viejos sombreros de sus respectivos maridos que les quedaban grandes y les cubrían las orejas. Ella había atraído multitud de miradas al pasar con aquel sombrero, los mares se habían abierto a su paso; por la forma en que había regateado con los vendedores y la precisión con la que les había indicado cómo quería que se envolvieran sus compras, se habían dado cuenta de que era la empleada de alguna casa... pero, aun así, podía permitirse llevar un sombrero como aquel.

Al doblar la última esquina antes de llegar a casa de los Bowen, vio su propio reflejo en el ventanal de un vecino y pensó para sus adentros que estaba la mar de guapa. El abrigo resaltaba su figura (delgada en aquel entonces) y tenía el pelo lustroso y limpio; el aire frío daba brillo a sus ojos, el esfuerzo de cargar con las compras le teñía las mejillas de un suave tono rosado. Tenía treinta y siete años.

Enfiló por Park para recorrer la última media manzana y ¿a quién se encontró delante de la elegante casa? Pues a la señora Bowen en persona, que resultó que llevaba sobre su rizado cabello una réplica idéntica de su adorado sombrero.

Cuando la señora (sin apartar a su vez la mirada del sombrero de Mary) comentó que la esperaba desde hacía un buen rato, ella se había disculpado con cortesía a pesar de que no había tardado más de lo debido. Se esforzó por no dirigir la mirada hacia el sombrero de la dama, aunque esta aun no había apartado la mirada del suyo.

La señora Bowen le había recordado que los invitados iban a llegar a las seis, pero al hablar miraba con suspicacia el sombrero como intentando decidir si podría tratarse realmente del mismo o si no era más que una copia, una imitación barata. Ella le había contestado que tenía muy presente el horario previsto. La señora había contratado a dos cocineras más para aquella velada a través de la misma agencia que había ofrecido los servicios de la propia Mary, quien al llegar a aquella casa tres semanas atrás se había encontrado con una gruesa capa de carbón requemado tanto en las ollas como en las sartenes y había pasado su primera semana allí frotando y restregando hasta dejarlas tan lustrosas como si fueran nuevas. Por si fuera poco, había gastado casi cinco litros de amoníaco limpiando a fondo el suelo. No hay quien le gane a una cocinera a la hora de encontrar los rincones grasientos de una cocina, y cuando las otras dos llegaron esa tarde Mary las vio buscarlos. No encontraron ni uno.

Dio la impresión de que la señora Bowen quedaba satisfecha con su respuesta. Aunque seguía con una expresión rara en el rostro (como si no acabara de comprender qué era lo que estaban viendo sus propios ojos), logró apartar por fin la mirada de la parte superior de la cabeza de Mary y, tras alzar una mano hacia su propio sombrero por un momento, se dispuso a entrar en la casa por la puerta principal.

Mary permaneció parada sintiendo cómo los brazos se le resentían por el peso de los paquetes que sostenía, sintiendo el dolor de las muñecas y los codos por tener que ir cargada con la compra durante tanto rato —en el metro, en el tranvía, al subir y bajar escaleras, al sortear charcos y placas de hielo que se resistían a derretirse a la sombra de los árboles—, sintiendo el escozor del frío en los nudillos, y las palabras brotaron de sus labios antes de que pudiera detenerlas.

—Veo que tenemos los mismos gustos —comentó con la mirada puesta en la espalda de la señora Bowen.

Decir algo así era una necedad por su parte, y en cuanto pronunció aquellas palabras recordó que, años atrás, su tía le había advertido que tenía una terquedad que a veces la llevaba a hacer y decir cosas indebidas.

—¿Disculpa? —contestó la señora Bowen tras volverse a mirarla.

—Su sombrero es idéntico al mío. —Señaló con un pequeño gesto hacia la cabeza de la señora, como si esta no supiera dónde tenía puesta la prenda en cuestión.

—Ah. —Se llevó una mano a la zona de la oreja, sin tocar el sombrero—. No son idénticos, Mary, tan solo similares. Pero sí, ya veo a qué te refieres.

—¿No son iguales?

—No. Similares, pero no iguales.

73

Mary sabía que, si aquella noche entrara a escondidas en las habitaciones de la señora e intercambiara los sombreros, esta no notaría la diferencia ni aunque pasara mil años revisando la prenda a conciencia.

—Me habré confundido —se limitó a decir.

La entrada del servicio estaba a unos pasos de distancia, pero consiguió contener la risa a duras penas hasta que entró. Bette y Frank, quienes estaban en la cocina atareados con los preparativos para la cena, se dieron cuenta nada más verla de que había pasado algo divertido, así que les contó lo sucedido. Se echaron unas buenas risas a costa de la cara que había puesto la señora Bowen, que Mary se encargó de imitar una y otra vez mientras desplegaban los tableros extensibles de las mesas de trabajo y sacaban los cuchillos, a la espera de que llegaran las dos cocineras adicionales.

Habían seguido trabajando entre risas y el tiempo se les había pasado volando.

Una semana después, la hija de la familia había declinado todas las comidas y le había dicho a su institutriz que se sentía indispuesta, que tendría que dejar las clases para otro día; al anochecer tenía una fiebre tan alta que había tenido que pasar la noche entera metida en la bañera; al cabo de un mes se había producido la detención de Mary.

Mary le contó la historia de aquel sombrero a John Cane poco después de que la trasladaran a su cabaña privada en North Brother, y él contestó que aquello era una tontería. La había invitado a hacerle compañía mientras trasplantaba en el suelo algunas de las plantas que habían brotado de las semillas que había sembrado durante el invierno, y ella había permanecido callada en un principio y se había limitado a verlo trabajar hasta que él le había preguntado el motivo por el que la habían capturado, por qué la habían llevado a North Brother.

Ella había alzado la voz al alegar que no era ninguna tontería, que la habían perseguido como a un perro. Primero la habían acosado en casa de los Bowen, después en su propio piso, y al final habían ido a capturarla un día en que los Bowen no se encontraban en casa. ¡Si hasta habían tenido que llevársela en volandas entre cuatro! Cada uno le había agarrado un brazo o una pierna y se la habían llevado así, sin más, sin darle siquiera la oportunidad de recoger sus cosas.

Él le había preguntado que a qué cosas se refería, le había aconsejado que hablara con la enfermera jefe del hospital para que las mandaran a buscar, pero ella no conocía de nada a aquella mujer. No sabía qué clase de persona era y puede que aquella desconocida quisiera quedarse con el sobre que ella tenía bien guardadito, con sus tres blusas buenas, con su precioso sombrero de color cobalto.

No sabía cómo explicar que no se trataba del sombrero en sí. La cuestión era que ella lo había comprado y se lo había puesto, se había sentido de maravilla al vérselo puesto. Era una mujer que había contado con meticulosidad hasta el último billete (¡el sueldo de un mes entero!) y había depositado el pulcro montoncito sobre el mostrador de la tienda para comprar algo tan poco práctico como un bello sombrero. De haber sido una mujer que ahorraba su dinero o que se lo daba a alguien más necesitado (como a una vecina con hijos, quizás, o a la iglesia), si hubiera sido una casada que le entregaba hasta el último dólar a su marido o, mejor aún, una que no ganaba nada de dinero porque había renunciado a su profesión para cuidar de su casa... en fin, entonces no estaría metida en ese lío. No podía demostrarlo, pero esa era la pura verdad.

Dos años después le había mencionado el tema al señor O'Neill cuando este había ido a verla a North Brother, pero había sido como intentar explicarle a una aprendiz de cocinera cómo saber si un pato está hecho aunque los jugos puedan indicar otra cosa, cómo predecir si un suflé va a deshincharse con tan solo notar algo en el ambiente. «¿Un sombrero?», se había limitado a decir él antes de cambiar de tema. Era obvio que no le había dado ni la más mínima importancia al asunto.

6

Mary entró en la sala del tribunal varios pasos por detrás del señor O'Neill. Eran las diez y dos minutos de la mañana.

Mientras recorría el estrecho pasillo central se dio cuenta de que casi todas las sillas estaban ocupadas. Se había imaginado bancos, madera pulida, el juez elevado por encima de todos ellos como en una especie de trono; en vez de eso, era una atestada sala que olía a humedad y que estaba llena de sillas de respaldo recto dispuestas en hileras desiguales. Algunos de los periodistas habían movido las suyas para formar grupitos con conocidos. Personas que no tenían nada que ver con el caso, pero que habían estado siguiéndolo a través de los periódicos, iban torciendo poquito a poco las suyas al moverse con impaciencia. Ella se preguntaba si Alfred estaría allí, pero mantuvo la mirada fija en las pulcras costuras de la chaqueta del señor O'Neill. Se hizo un súbito silencio cuando la gente que se encontraba más cerca de la puerta la vio aparecer, y se oyó el colectivo crujido de las sillas cuando varias docenas de espectadores se giraron para verla con sus propios ojos.

Creyendo esperanzada que algunas de aquellas personas estarían de su parte, cruzó la sala manteniendo la mirada centrada por encima de la cabeza de los testigos. Había visto los editoriales de los

76

periódicos; había leído los comentarios de gente que afirmaba que ella no había cometido crimen alguno, que abogaba por dejarla en libertad y permitir que se reintegrara en la sociedad y viviera y trabajara como cualquier otra persona. Y también estaban los periódicos que se negaban a mencionar su nombre real a pesar de que ya se había hecho público, y que en sus titulares seguían refiriéndose a ella como «la mujer de los gérmenes». Algunos lectores habían escrito para preguntar si una persona corría peligro al respirar cerca de Mary Mallon, al tocar algo con lo que ella hubiera estado en contacto o al entrar en una habitación en la que ella hubiera estado poco antes. Tenía la esperanza de que los que mostraban comprensión hacia ella hubieran decidido acudir a la audiencia, pero lo único que sentía al avanzar hacia la parte delantera de la sala era el escrutinio de cincuenta personas observándola, mirándola con tanta atención en medio de aquel ambiente húmedo y enrarecido que se sintió agobiada, manoseada, tan sucia como se suponía que era según las acusaciones.

El señor O'Neill dejó su maletín sobre una mesa de madera vieja y rasguñada situada delante del todo. Los enviados del Departamento de Salud estaban sentados ya en una mesa al otro lado del espacio central, y ella cometió el error de mirarlos uno a uno hasta que su mirada fue hacia la fila que tenían justo detrás y vio la cabeza de cabello oscuro del doctor Soper, quien estaba inclinado un poco hacia delante leyendo algo que tenía anotado en un cuaderno. Un hombre de uniforme azul dio un paso al frente y anunció la llegada de los jueces Erlinger y Giegerich. El que hubiera dos la sorprendió, pero se sintió aliviada al ver que iba a poder diferenciarlos bien mentalmente: Erlinger era grandote y Giegerich abultaba poco más que una jovencita.

—¡Todos en pie! —ordenó el alguacil.

El sonido de las sillas arrastrándose hacia atrás fue atronador. Mary miró hacia las tres grandes ventanas situadas en el lado oeste de la sala y notó que el día se había nublado, que el metálico olor de la lluvia iba colándose en la sala. Cuando los presentes tomaron asiento de nuevo, el ajetreo había dejado el aire impregnado de una desagradable mezcolanza de olores (verduras, caballo, sangre...), y el juez Erlinger se llevó un pañuelo a la frente antes de taparse por un momento la nariz con él.

O'Neill carraspeó ligeramente y comenzó tal y como había acordado con ella: narrando cómo había sido arrestada en marzo de 1907.

—¡Sin una orden de detención! Sin el debido procedimiento legal, la libertad de una persona completamente sana...

Mary lo notó nervioso. Tan solo tenía treinta y cuatro años, cinco menos que ella, pero nunca le había parecido tan joven como en ese momento, al verlo apoyar los dedos en el borde de la avejentada mesa y ponerse en pie.

—Mary Mallon lleva veintisiete meses en cuarentena, sin más compañía que la de un jardinero que le lleva la comida tres veces al día. Se ha sometido a las pruebas... de orina, de sangre y de heces... dos veces por semana durante la totalidad del mencionado periodo de tiempo. Huelga decir que las enfermeras que recogen las muestras no le hacen ninguna compañía, y que ella teme verlas llegar debido a la angustia que le causan. A sus amistades no se les permite ir a verla a pesar de que todos y cada uno de los médicos relacionados con este caso admiten que solamente es contagiosa a través de su actividad como cocinera.

Mientras él, ciñéndose en todo momento a datos relevantes, proseguía con su alegato, Mary fue sumiéndose en sus propios pensamientos. Llevaba veintisiete meses deseando regresar a las calles de Manhattan. Echaba de menos el caos y el ruido, regatear el precio de una naranja, protestar por la dudosa fiabilidad de la balanza del carnicero; echaba de menos su trabajo, levantarse antes que los demás, bajar la primera reluciente cacerola del gancho del que colgaba y encender el fuego para ponerla a calentar, echar una cucharada de mantequilla y verla deslizarse por el caliente fondo metálico; echaba de menos ganar dinero, ir caminando hasta Dicer's, en la Primera

Avenida, seleccionar cada producto hasta llenar la cesta y pagar con billetes limpios y nuevecitos.

Pero por encima de todo echaba de menos a Alfred, y al despertar cada mañana se preguntaba si él también estaría despierto. A menudo descubría que estaba acordándose de él tal y como, al llegar a América años atrás, había recordado a su gente, a aquellos a los que había dejado en su tierra natal y que estaban al otro lado del océano, a veintiún días de distancia. Y entonces, cuando recordaba que el río Este no era el océano, que ni siquiera era tan ancho como el impresionante Hudson, se adueñaba de ella una intensa sensación de apremio y era entonces cuando, según los doctores, se volvía ingobernable. Cuando era combativa, conflictiva, terca, obstinada e ignorante, ¡mujer tenía que ser!

En la ciudad había cerca de cinco millones de personas que proseguían con el ajetreo del día a día, desde la isla alcanzaba a ver las chimeneas y a oír el estridente silbato de los trenes. Alfred se encontraba allí, en alguna de aquellas calles. Sus seres queridos de Irlanda estaban tan lejos que no había tardado en descartar cualquier posibilidad de volver a verlos alguna vez, pero con él la situación era distinta porque la idea de tenerlo tan cerca y no poder verlo hacía que todo fuera más difícil aun, más duro.

Puede que, de haber sido una mujer más valiente, hubiera intentado cruzar el río a nado tal y como hacían algunos de los jóvenes recluidos en el reformatorio de Rikers, pero entonces se recordaba a sí misma que, de acuerdo con los periódicos, esos jóvenes solían dar marcha atrás; de hecho, a menudo tenían que hacer una parada en North Brother para descansar un poco antes de proseguir rumbo a Rikers, porque de lo contrario acabarían por morir ahogados. John Cane le había explicado en una ocasión que nunca había visto un río con una corriente tan fuerte y rápida, y que alrededor de North Brother las aguas estaban especialmente agitadas. Por aquel entonces ella apenas llevaba un mes en la isla y creyó que él lo decía para echarle más sal en la herida, para recordarle que la habían dejado sin alternativas, pero después de pasar veintisiete meses viendo esas mismas aguas sabía que él se había limitado a decir la verdad.

A las diez de la mañana, Alfred no estaba en su mejor momento del día. Mary se imaginó aquellas largas y blanquecinas piernas masculinas extendidas sobre el blanco más crudo de las sábanas, se lo imaginó de pie junto a la ventana en calzoncillos; se imaginó todas las cáscaras de huevo y las pieles de naranja que debían de haberse acumulado en el fregadero durante aquellos veintisiete meses, todas las botellas que habría que fregar a fondo; se lo imaginó en ropa de trabajo subiendo la escalera del edificio rumbo al piso que compartían, que estaba en la sexta planta. ¿Quién hablaba con él durante el día? ¿Dónde comía? Se imaginó que lo tocaba, que él deslizaba la mano por su espalda hasta llegar a su trasero y la atraía hacia su cuerpo.

Echaba de menos ver a otros seres humanos aparte de sí misma y de John Cane, al que por alguna extraña razón parecía fascinarle verla comer lo que le traía de la cocina del hospital. La noche de antes de la audiencia, cuando la prioridad para él tendría que haber sido conseguirle a tiempo la plancha, le había llevado dos filetes de ternera repletos de nervios, una ensalada pocha y un panecillo; al ver la carne, ella había comentado que habría que fusilar a la gente que cocinaba para aquel hospital, y él se había echado a reír (era un tipo menudito, poco más que un pedo de gorrión, pero reía con la fuerza de alguien de buen tamaño). Ella llevaba un tiempo pidiéndole que le llevara harina, levadura, mantequilla, unas cuantas vainas de vainilla... no era nada con lo que pudiera preparar una comida propiamente dicha, tan solo ingredientes para hacer pan. Los quería para atarearse por las mañanas, cuando todavía era demasiado temprano para salir de la cabaña, pero cada vez que se los pedía él se limitaba a alzar las manos y hacía caso omiso. Cabía preguntarse qué le habrían contado acerca de ella, por qué pedirle unos cuantos ingredientes hacía que él se despidiera apresurado y se alejara por la verde explanada a toda velocidad.

Vio cómo dos moscas entraban por la ventana de la sala del tribunal, cómo volvían a salir; un tiro de caballos pasó por la calle (debían de ser bastantes, a juzgar por el ruido que hacían), y el rítmico golpeteo de los cascos hizo que el señor O'Neill se interrumpiera por un momento; oyó el sonido de la puerta abriéndose al fondo, oyó a un hombre disculpándose en voz baja al tropezar con las rodillas de los asistentes mientras se dirigía hacia una silla vacía; lo oyó hablar de nuevo, en voz un poco más alta, y fue como si le tensaran un cable de golpe por la espalda arriba. Se le erizó el vello de la nuca. Daba la impresión de que el pequeño revuelo que oía a su espalda iba acercándose; oyó ligeros movimientos, el crujido de varias sillas y algún que otro suspiro de exasperación.

El juez Giegerich dirigió la mirada hacia la causa de tanta agitación, alzó una mano para indicarle al señor O'Neill que esperara un momento y dijo con autoridad:

—Señor, ¿cree que todo esto es necesario? Hay dos asientos libres junto al pasillo, los tiene usted justo delante.

—Quiero sentarme cerca de Mary —contestó el hombre.

Ella se volvió y descubrió que estaba a menos de un metro de distancia de Alfred, quien iba vestido con un traje gris de arpillera cuya chaqueta llevaba colgada del brazo. Llevaba puestos unos zapatos bien abrillantados que debían de ser prestados, al igual que la camisa; ojalá que lo devolviera todo en el mismo estado impoluto.

—Hola, Mary —la saludó.

Se lo veía saludable, tenía la cara más rellenita. Ella tuvo la esperanza de que aquello quisiera decir que estaba comiendo y durmiendo bien. Respiró hondo, deseosa de hablar con él, pero era consciente de que todos los presentes estaban observándola (los periodistas, lápiz y cuaderno en ristre, listos para anotarlo todo; los demás con los brazos cruzados o las cejas enarcadas), así que se volvió de nuevo hacia delante y miró a los jueces. El señor O'Neill procedió a concluir su alegato.

—Mary —susurró Alfred, que había conseguido sentarse justo detrás de ella.

El señor O'Neill la miró de soslayo en una muda advertencia de que debía mantener la mirada al frente.

—Te ves bonita.

El abogado se volvió con brusquedad y lanzó a Alfred una severa mirada justo cuando uno de los abogados del Departamento de Salud empezaba a enumerar todas las razones por las que Mary Mallon debía permanecer en cuarentena.

Ella bajó la mano y, con disimulo, hizo un pequeño gesto de saludo junto al asiento de su silla. Alfred lo vería si estaba atento. Las moscas entraron de nuevo por la ventana y en esa ocasión empezaron a dar vueltas por la sala; tras ellas entraron dos más. Desde la calle se oyeron la voz de un joven repartidor de periódicos y los pasos de alguien que corría; al otro lado de las puertas de la sala, alguien pasó por el pasillo empujando un carrito.

—¿Cómo estás? —susurró por encima del hombro, sin volverse a mirar a Alfred.

El señor O'Neill, sentado junto a ella, dejó caer su lápiz sobre la mesa y apartó a un lado su cuaderno de notas.

—No sé —respondió Alfred, también en voz baja.

—Se te ve bien.

—Estoy mejor, Mary. Mucho mejor que antes.

—Qué bien, me alegro muchísimo.

Se miraron el uno al otro. Mary se giró en el asiento, él apoyó los codos sobre las rodillas y se inclinó hacia delante. Se sentía acalorada, dispuesta a cometer una locura, y se preguntó qué sucedería si se levantaba de buenas a primeras y salía de la sala del brazo de Alfred. Se dio cuenta de que, a diferencia de todos los demás presentes, no se le veía nada incómodo; cuando él alargó una mano y la posó sobre la suya, notó que no la tenía humedecida de sudor, sino seca y fresca.

—¿Va a haber un receso?

Alfred no se molestó en bajar la voz al preguntarle aquello y el señor O'Neill dijo con tono implorante:

—Mary, por favor.

El doctor Soper tosió varias veces al otro lado del pasillo, y cuando Mary dirigió la mirada hacia él descubrió que estaba observándola. Era como si estuviera retándola con la mirada a que lo hiciera, a que se atreviera a llevar a cabo lo que se sentía tentada a hacer. El tipo llevaba el pelo repeinado hacia atrás, lo que le dejaba la cara despejada, y era uno de los pocos hombres presentes que aún llevaban puesta la chaqueta del traje.

—No lo sé, la verdad es que no lo sé —le dijo a Alfred.

—Bueno, pues entonces te veré luego, ¿verdad?

El juez Erlinger interrumpió al abogado del Departamento de Salud que tenía la palabra.

—Señorita Mallon, ¿desea salir de la sala?

El señor O'Neill se volvió hacia ella con una mirada que decía a las claras que aquella era la última advertencia que le daba. Estaba claro que, si ella salía de aquella sala, no volvería a ver a su abogado. La esperanza que Alfred irradiaba era como una fuerza casi palpable tras ella y notó cómo ganaba intensidad, cómo la envolvía y se enroscaba alrededor de sus hombros, cómo la impelía a levantarse y caminar hacia la puerta. Pero sabía que saldría escoltada por varios guardias. Sin mirar a los jueces ni a Soper, se volvió de nuevo hacia delante y se limitó a contestar:

—No, gracias. Se trata de un viejo amigo. —Tuvo que llevarse la mano al ojo izquierdo al ver que su respuesta provocaba risitas generalizadas.

—Prosiga —le indicó el juez al abogado al que había interrumpido.

* * *

En el otro extremo de la sala, en la última fila, un periodista del *Examiner* se dio cuenta de que la mujer de los gérmenes parecía estar turbada. ¿Acaso estaba llorando? ¿Estaba rascándose la cara como un gato? Se inclinó hacia delante en su asiento para intentar obtener un mejor ángulo de visión. El que estuviera llorando encajaría bien, era algo que tenía sentido. Se tensó al ver que se llevaba las yemas de los dedos al ojo, que bajaba la mano de nuevo al cabo de un momento. Abrió su cuaderno de notas y se puso a escribir. *La mujer de los gérmenes derrama lágrimas durante la audiencia, ni siquiera en un palacio de justicia es cuidadosa con los fluidos corporales.*

7

Una vez que quedó fijada la fecha de la audiencia, el señor O'Neill se presentó una vez más en North Brother. Repasaron entre los dos la estrategia a seguir y le dijo a Mary que quería que jurara ante los jueces que nunca más volvería a trabajar de cocinera.

—Es nuestra mejor opción —afirmó él.

Aquella gente creía que estaba enferma, que a través de sus manos transmitía la fiebre tifoidea en la comida que servía. El que no hubiera estado enferma ni un solo día en toda su vida era del todo irrelevante.

—¿Cómo es posible que sea irrelevante? —insistió ella. El último transbordador del día partía de vuelta a la ciudad en breve y antes de despedirse del señor O'Neill quería dejar muy clara cuál era su postura—. ¿Cómo puedo transmitir una enfermedad que nunca he padecido?

—Me refería a que es irrelevante para ellos. En lo que respecta a nuestra argumentación, sin embargo, es del todo relevante. Se trata de una nueva teoría que están desarrollando, Mary. El doctor Soper...

—¡No me mencione a ese hombre! Ni siquiera tengo claro qué clase de médico es, llevo dos años preguntándolo y nadie me lo ha explicado bien.

—Es un ingeniero sanitario, se dedica a...

—¿Un qué?

—Parte de su tarea consiste en seguir el rastro a una enfermedad y descubrir cuál es su punto de origen... la basura, por ejemplo. Ha trabajado a menudo para el Departamento de Sanidad, y ha sido asesor de la línea IRT desde que la abrieron. ¿Se acuerda usted de cuando se propagó el miedo a respirar virutas microscópicas de acero? Fue a él a quien acudieron. Ya iba camino de forjarse una sólida reputación, pero encontrarla a usted le dio el empujoncito final que necesitaba.

—Por eso estoy aquí, ¿verdad? ¡Para que ese hombre se haga famoso!

—Mary, su situación podría ser peor. Dispone de una cabaña para usted sola, tiene libertad para campar a sus anchas por la isla.

—Claro, una isla del tamaño de un parque y donde todos me evitan porque me tienen miedo.

—Podría ser mucho peor.

—Pues sí, señor O'Neill, supongo que tiene usted razón. Supongo que podría estar muerta.

Fueron muchos los testigos llamados a declarar durante la mañana de la audiencia y Mary se sorprendió al ver a algunos de ellos. Casi todos eran empleados del Departamento de Salud que trabajaban en laboratorios situados por toda la ciudad, y que se contradecían los unos a los otros al dar opiniones opuestas sobre el caso. Algunos sostenían que, dado que Mary era una persona sana y no había mostrado ni un solo síntoma de la enfermedad que, según las acusaciones, había transmitido a tantas personas, las autoridades no tenían derecho a tenerla presa; otros sostenían con igual convicción que justamente por eso, porque Mary no mostraba síntomas, era necesario mantenerla en cuarentena el resto de su vida.

—¡Piensen en las posibles víctimas inocentes! —argumentó un tal doctor Stamp, al que Mary no conocía de nada—. Nadie evitará pasar cerca de ella por la calle, nadie dudará en invitarla a entrar en su casa. Teniendo en cuenta que goza de tan buen salud y que cuenta con tanta experiencia, ¿qué habría de impedirle entrar a trabajar como cocinera en una buena casa? La hija de los Bowen tan solo tenía nueve años cuando murió de fiebre tifoidea.

Mary había albergado la esperanza de que lo de la muerte de Elizabeth Bowen no fuera más que una más de las mentiras pergeñadas por el doctor Soper para intentar perjudicarla aún más, ya que parecía un dato demasiado conveniente para los intereses de quienes la acusaban. Pero el señor O'Neill, quien cabía suponer que no tenía motivos para mentirle, le había confirmado que era cierto, y en ese momento un médico que era un total desconocido para ella estaba confirmando esa verdad.

Recordó a aquella callada niñita que leía libros y obedecía a su institutriz, que prefería permanecer en su habitación a bajar al salón o salir a pasear y tomar algo de aire fresco. Elizabeth había bajado de vez en cuando a ver lo que estaba preparando en la cocina y, en alguna que otra ocasión, ella le había permitido meter el dedo en una salsa o sacar una manzana estofada de una olla con una cuchara.

Elizabeth le había preguntado en una ocasión por qué no se había casado y cuando ella le había contestado que porque no le apetecía, la niña había afirmado que, si hubiera nacido varón, se habría casado con ella sin pensárselo dos veces.

—¿De verdad es porque no te apetece? ¿No será porque no tienes con quien casarte? —le había preguntado la pequeña.

—¡Qué atrevida eres! ¿Te gustaría tener que pasarte todo el día recogiendo los calcetines de otra persona? —Al ver que hacía una mueca de asco, añadió—: ¿No crees que es mejor ganarse el propio sueldo?

—Sí —asintió la niña con total convicción.

—Y no olvides que, si estuviera casada, lo más probable es que en este momento no estuviera aquí, preparándote la cena.

La primera señal de que Elizabeth estaba enferma llegó cuando entró en la cocina y dijo que se sentía cansada. Ella la había observado con atención y le había venido a la mente el recuerdo de Tobias Kirkenbauer.

El día en que la policía se la había llevado de la casa la niña estaba arriba, durmiendo, con la institutriz velando su sueño. Sí, era cierto que la pequeña tenía la fiebre, eso era algo que recordaba con claridad. Tenía intención de explicarles lo que era mejor hacer en esos casos, cuándo era más beneficioso meterla en la bañera, cuáles eran los algodones más frescos y convenientes para su piel. Le había mandado un plato de caldo de ternera para que le diera fuerzas, pero ellos se negaban a escuchar sus consejos y le ordenaron a Frank que bajara el plato de vuelta a la cocina. Le habría gustado poder ver a la niña con sus propios ojos, pero, después de avisar al médico, la familia prohibió el paso a la habitación a todo el personal de servicio exceptuando a la institutriz, y cuando esta enfermó hicieron que el médico la atendiera también.

Uno de los periodistas había conseguido sacarle unas declaraciones a Bette, quien dijo que al señor y a la señora Bowen les encantaba invitar a cenar a sus amistades y temían que nadie quisiera volver a su casa; según Bette, la señora Bowen había afirmado que en adelante tan solo contrataría a suecos o alemanes para formar parte del servicio doméstico, porque eran más impecables que la gente de cualquier otro país. Cuando el periodista le había preguntado a Bette qué le parecía semejante opinión, ella había contestado que probablemente fuera cierta. Fue despedida menos de una hora después de que el periódico llegara al escritorio del señor Bowen.

Como los Bowen no querían hablar, como ni siquiera querían admitir en un tribunal que le habían abierto las puertas de su casa a una mujer así, que habían comido su sucia comida y habían enfermado por ello, el doctor Soper optó por interrogar a las amistades y a los vecinos del matrimonio. Los periodistas se enteraron de lo que estaba haciendo, entre ellos el que consiguió hablar con Bette. En el

Evening Sun salió publicado que la mujer de los gérmenes tenía un concepto demasiado elevado de sí misma y, como la señora Bowen no toleraba su actitud, la infectó a propósito. En algunos artículos se afirmaba que Mary se resistía a acatar algunas de las normas de los buenos hogares cristianos, y que las quebrantaba a propósito encontrándose con desconocidos en las esquinas.

El señor O'Neill se aseguró de abordar los principales rumores que se habían publicado en los periódicos en 1907, ya que esos eran los detalles que los jueces tendrían en mente.

—¿Cómo voy a resistirme a acatar las normas cristianas, si soy católica? —le preguntó Mary en una ocasión—. ¡Por favor, explíquemelo! Ah, y el hombre con el que me encontré una vez en una esquina tan solo es un desconocido para ellos, no para mí.

Compartió entonces con el señor O'Neill la observación que ella misma había hecho una eternidad atrás: todas las grandes casas de Nueva York eran iguales. Todas ellas estaban manejadas por mujeres que habrían tenido que nacer varón, cuya ocupación ideal habría sido la de clérigo; mujeres que iban a la agencia de empleo enfundadas en sus guantes blancos y miraban a su alrededor como si se encontraran en un burdel, como si se dispusieran a negociar los términos del contrato con la madama ante la mirada de las rameras que esperaban ser contratadas. Y entonces, una vez que se había llegado a un acuerdo, en vez de indicarle a la cocinera que se dirigiera a la cocina o a la lavandera que fuera a la lavandería, la señora de la casa procedía a dar un sermón sobre los valores de un hogar cristiano.

—Lo primero que me preguntan es si voy a la iglesia. Lo lógico sería que se interesaran antes de nada por cómo cocino, pero no es así. No, lo que quieren saber es si voy a misa los domingos. ¿Cree usted que la respuesta adecuada es un *sí*? —le preguntó al señor O'Neill, que la escuchaba y esperaba sin dejar entrever su opinión—. ¡Pues no lo es! La experiencia me ha enseñado que es mejor contestar que no, porque de esa forma la señora de la casa tiene la oportunidad de instruir a una nueva empleada sobre la bondad de Nuestro Señor.

Todas ellas dicen que quieren una buena cocinera, pero desean aun más tener una misión que las satisfaga.

—¿Qué tiene que ver eso aquí, Mary? Estábamos hablando de los rumores que tendremos que ir aclarando uno a uno cuando estemos frente a los jueces.

—¿Cómo que qué...? ¡Tiene muchísimo que ver! ¿No lo ve? ¡Esa gente...!

—¿Qué?

Ella estuvo a punto de contarle de nuevo lo del sombrero, pero recordó que tiempo atrás ya había perdido la esperanza de poder hacérselo entender.

—Mire, si no ve lo que quiero decir, no ve lo que pasa. Yo no era una misión para ellas, me negaba a serlo. Estaba allí para cocinar lo mejor que podía y puede tener por seguro que era una cocinera condenadamente buena, pero a los treinta y siete años no estaba para que me dieran lecciones de moral.

En sus empleos anteriores lo había aguantado, pero ya cuando llegó a casa de la señora Bowen no estaba de humor para ello. La primera vez que la señora había mencionado a Nuestro Señor, ella se había echado a reír y había contestado que él llevaba años sin pasarse por el centro de la ciudad. La respuesta de la señora Bowen había sido un pesaroso «¡Por Dios, Mary!».

También había que tener en cuenta el lío aquel de las cooperativas de cocineras, eso había sido unos días antes de que no se amilanara cuando la señora Bowen y ella habían coincidido llevando sombreros idénticos. La señora había ido a la cocina para informarla de que, junto con varias damas más, habían decidido organizar a sus respectivas cocineras en grupos a modo de prueba. La idea era que las cocineras aprendieran tanto las nuevas técnicas francesas como otras cocinas más exóticas que las señoras irían seleccionando; según ella, se trataba de que las cocineras interactuaran entre ellas y aprendieran las unas de las otras, y añadió que estaba segura de que a Mary le sería de gran ayuda tener compañeras con las que trabajar en vez de pasarse el día sola en la cocina.

Cuando había llegado al salón parroquial de la calle 64 para reunirse con las demás, se había encontrado con que tan solo había otras dos cocineras; tenían el lugar para ellas solas y el sonido de sus voces resonaba en aquella enorme sala vacía revestida de paneles de madera, reverberaba en las lágrimas de cristal que colgaban de la araña de luces. En la habitación situada al fondo del salón había una cocina a la que no le faltaba ni el más mínimo detalle y que únicamente solía usarse los sábados, cuando la iglesia organizaba reuniones sociales para sus feligreses. Había unos fregaderos de doble cubeta de cerámica, una nevera con recubrimiento de zinc y espacio de sobra para trabajar. Ellas tenían instrucciones de preparar comida para seis familias, en un principio tan solo habrían de hacerlo los lunes y los martes.

La que parecía tener más información de las tres, una tal Clare, dijo que cuando terminaran se suponía que Mary, de camino a casa de los Bowen, debía encargarse de llevar comida a la familia Compton, que vivía en la calle 61; al parecer, debían seguir las indicaciones de Clare porque era la que tenía más experiencia de las tres con la metodología francesa.

—¿Quiere eso decir que ahora trabajo tanto para los Bowen como para los Compton? —preguntó Mary.

—No, no creo que esté pensado para verlo de esa forma —contestó Ida, la tercera cocinera—. A mí me parece que se supone que las tres debemos cocinar juntas suficiente comida para seis familias. No se trata de que tú te encargues de estas dos y tú de otras dos. ¿Ves lo que quiero decir?

—¿Dónde están entonces las cocineras de las otras familias? —insistió Mary, que no le veía la lógica a todo aquello.

Por regla general solía destacar por su sagacidad en cualquier grupo, pero la hija de los Bowen había empezado a sentirse indispuesta y eso la tenía distraída. Había intentado acceder a la habitación de la niña una y otra vez, y una y otra vez le habían impedido entrar. Nadie había pronunciado aun las palabras «fiebre tifoidea».

—A las demás les dijeron que solo se necesitan sus servicios de miércoles en adelante —contestó Clare.

—Ya veo —dijo ella como si estuviera despertando de un sueño—. Cocinamos aquí todas juntas y les entregamos la comida a esas seis familias, así que todas ellas comen por el precio de tres cocineras en vez de seis. —Las tres se miraron en silencio unos segundos—. ¿Para ahorrar dinero? —No parecía la explicación correcta, pero no podía haber ninguna otra.

—En el West Side está pasando algo parecido —afirmó Ida—, me lo contó una amiga mía. La señora de la casa donde trabaja dice que es una cooperativa de cocineras, les sale más barato y la idea es que dentro de un tiempo ya no trabajemos para una familia en concreto. Se nos pedirá que abandonemos la habitación que nos habían asignado. Tendremos que buscar otro alojamiento, ir y venir cada día del lugar donde se nos diga que debemos cocinar. Será como si fuéramos cocineras normales y corrientes, simples peones.

—¡No vamos a hacerlo! —les dijo Mary.

Y aquella noche, por primera y última vez en toda su vida, echó a perder comida y convenció a las otras dos de que hicieran lo mismo. Dejaron los solomillos muy pasados, hirvieron los espárragos hasta que quedaron hechos una pasta fibrosa, y en vez de echarles sal a las patatas la pusieron en las tartas de frutas.

—Espero que todo haya quedado bien —le dijo más tarde a los Bowen cuando les sirvió la comida—. No estoy acostumbrada a transportar mis platos desde otro sitio, es mejor servirlos recién salidos del horno.

—¿No podrías elegir uno fácil de transportar, Mary? —le preguntó el señor Bowen mientras tanteaba la carne con el tenedor.

—Sí, por supuesto —contestó ella con una inclinación de cabeza—. Podríamos limitarnos a preparar unos cuantos platos que sabemos que pueden servir para estos casos.

—¿Habría limitaciones? —dijo la señora Bowen con desagrado antes de apartar a un lado su plato.

Cuando Elizabeth enfermó y se dieron cuenta de que se trataba de fiebre tifoidea, no volvió a mencionarse lo de cocinar en el salón parroquial; de hecho, la cocina en general quedó relegada al olvido. Mary preparó pan y una sopa ligera que aguantaría bastante sin echarse a perder, y pasó gran parte del tiempo subiendo hielo a la planta superior y bajando después el cubo vacío (era la única tarea útil que le permitían hacer). Mantenían el bloque de hielo en el fregadero de la cocina y Frank se encargaba de picarlo con un cuchillo de carnicero. Los trocitos pequeños eran para chupar, los grandes servían para enfriar el agua tanto en las bañeras de la planta superior, las de la familia, como en la que los miembros del servicio usaban por turnos en la primera planta. En 1907 el hielo escaseaba y era un bien muy preciado, pero Mary encargó algunos bloques para pagarlos a plazos y rezó para que no pidieran que se liquidara la deuda antes de que la muchacha se recuperara.

Durante la primera entrevista que Mary mantuvo con el señor O'Neill, él le preguntó por qué no la afectaba la muerte, por qué no le prestaba atención si esta la seguía allá por donde iba. Ella ni siquiera supo por dónde empezar. Después de pasar tantos meses en North Brother, tantos años después de haber puesto un pie en Dobbs Ferry, aun recordaba el sedoso tacto del cabello de Tobias Kirkenbauer cuando el niño pasaba bajo su mano; recordaba cómo se acomodaba el pequeño en su cadera, cómo le rodeaba el cuello con su bracito como si no tuviera temor alguno en el mundo mientras ella lo tuviera entre sus brazos. ¿Cómo podía pensar alguien que ella era indiferente, que no le afectaba? No había nadie, ni en aquel palacio de justicia ni en ningún otro, que pudiera hacerse una idea de la realidad.

No había hombre, ni en aquella sala ni en ninguna otra, capaz de hacerse una idea de la desesperación que se sentía al entornar los ojos para poder ver a través de la tenue luz y ver las mejillas inflamadas de un niñito, tocar esas manos demasiado calientes, ver esos ojos enfebrecidos. Se le encogió el estómago en una reacción visceral que era el comienzo de una plegaria. En 1899, cuando el pequeño Tobias Kirkenbauer no abría la boca para comer, ¿quién había exprimido la avena hervida y le había dado cucharadas de aquella cremosa agua? «Fui yo quien lo hizo», se recordó a sí misma. El niño no habría resistido tanto tiempo si ella no hubiera estado allí. Pero aquella gente no tenía ni idea de lo ocurrido en 1899, para ellos esa información no estaba en los registros.

Y, de ser realmente cierto que Elizabeth Bowen había muerto, por supuesto que la noticia la afectaba, ¡faltaría más! Se trataba de una niña y no merecía ningún mal.

8

Cuando Mary era pequeña su abuela le dijo que, mientras mantuviera el orinal limpio y el delantal blanco, ninguna señora podría mirarla con desaprobación. Había sido en la lumbre de su abuela donde había aprendido a elaborar tortitas y pan moreno, donde había frito beicon y había guisado ternera por primera vez, donde había preparado salmón con mantequilla y nata, anguila y trucha; había sido su abuela quien le había enseñado la mejor forma de colocar los nabos y las papas alrededor de la carne, y había sido ella quien había ahorrado lo suficiente para comprarle un pasaje de ida a América cuando tenía catorce años. En aquel país iba a encontrarse con alimentos que no había visto en toda su vida, pero las reglas eran las mismas: cocinarlos bien, sacar lo mejor de cada uno, no tener miedo a combinarlos. La hermana de su abuela, Kate Brown, iba a proporcionarle un lugar donde vivir y la ayudaría a encontrar trabajo. *Envíamela, para mí será un placer tenerla aquí*, había escrito en la carta de respuesta a su hermana.

Cuando Mary llegó a Castle Garden en 1883, la primera impresión que tuvo fue que no se trataba de un lugar hospitalario. Allí estaba, maleta en mano, y apenas se había acostumbrado a pisar tierra firme de nuevo cuando fueron pasándola sin contemplaciones de una fila llena de sombríos rostros a otra como si de una vaca sarnosa se tratara. Ese día habían llegado más barcos a puerto y, mientras esperaba, contempló aquel caleidoscopio de colores en continuo movimiento donde había delantales verdes, pañoletas amarillas, borlas rojas que rozaban el suelo, lazos punteados a modo de cinturón para sujetar pantalones cortos... Los americanos eran los hombres de rostro ancho y bombín bien encasquetado. En vez de la cálida bienvenida que había imaginado, un tipo feísimo le puso una tarjeta delante de las narices y otro más feo aún le sujetó la cara con una manaza y, tras ordenarle que permaneciera quieta, le alzó primero el párpado izquierdo y después el derecho con un abotonador.

—Tracoma. Es muy contagioso —dijo el hombre.

Mary no entendió la primera palabra y apenas oyó las otras debido al miedo que la atenazaba. El desconocido terminó y decretó que tenía los ojos sanos, y ella le vio limpiar el abotonador con una toalla que colgaba de la barandilla antes de dirigirse hacia su siguiente víctima.

Cuando pasó por todas las filas y le sellaron todos los documentos, entró en la zona de espera y se dirigió hacia el único hombre que quedaba allí cuya descripción coincidía con la de Paddy Brown, el marido de tía Kate.

—¿Eres Mary Mallon? —le preguntó él—. Sígueme.

Lo siguió escalera abajo y, la luz del sol la deslumbró al salir del edificio. Tras cruzar las puertas de lo que parecían ser las murallas de una fortaleza, el puerto quedó atrás y estaba pisando las calles de la ciudad de Nueva York. Subieron a un tranvía tirado por un par de cabizbajos caballos y al llegar al final del carril se bajaron y prosiguieron a pie. No era tarea fácil seguir el ritmo de Paddy, quien, con aquellos hombros encorvados y aquella cabeza canosa, desaparecía entre la gente una y otra vez.

—¿Dónde estamos? —le preguntó, con la esperanza de que algo de conversación lo obligara a caminar más despacio.

Él se limitó a alzar un calloso dedo y señaló huraño hacia un letrero que decía *Calle 37*; finalmente, cuando llegaron a una zona menos transitada y enfilaron por la Décima Avenida, aminoró al fin la marcha y se limitó a decir:

—Espera aquí un momento.

—¿Falta mucho para llegar? —le preguntó ella, al ver que se disponía a entrar sin más en una tienda que tenía una espiga de trigo tallada en el letrero.

—La casa está a dos puertas de aquí —contestó él antes de entrar en la tienda.

Mary dejó la maleta en la acera e intentó hacerse una idea de lo que la esperaba, pero la puerta en cuestión era idéntica a todas las que había visto en aquella zona: oscura y sencilla. En las fachadas de los edificios había herrumbrosas escaleras de cuyas barandillas colgaban sábanas y mantas. Su país natal se teñía de verdes y azules en verano, de naranjas y rojos en invierno; Nueva York, sin embargo, era monocromática mirara hacia donde mirara: las lodosas avenidas, los carruajes salpicados de barro, las grises tejas, los ladrillos de un rojo descolorido, el humo del carbón que impregnaba el aire y lo emborronaba todo... Los edificios eran altos, tenían cinco o seis plantas.

Cuando Paddy salió de la tienda con una hogaza de pan, ella señaló hacia la ropa de cama que colgaba por encima de sus cabezas y le preguntó por qué.

—Pesan demasiado para los tendederos.

—Ah, claro —dijo ella, a pesar de que seguía sin entenderlo.

Tenía muchas ganas de conocer a la tía Kate, e intentó asimilar el hecho de que en el interior de uno de aquellos edificios, cuyos inquilinos exponían sus vergüenzas ante el mundo entero, vivía la hermana de su abuela. Buscó en su interior el lazo con su tierra natal, ese vínculo familiar.

—¿Qué tal ha ido el viaje? —le preguntó Paddy. Era la primera vez que la miraba desde que se habían conocido en el puerto.

La muchacha que ocupaba la litera inferior a la suya había muerto cuando llevaban diez días de navegación; en los veintiún días que había durado la travesía había presenciado cómo se deslizaban hacia el mar siete cadáveres, todos ellos bien amortajados con lona. La joven había sido lanzada el mismo día que otra persona (un hombre, a juzgar por el tamaño) y, al ver el cuerpo cayendo desde la borda hasta el agua, doblado por la cintura, ella se había preguntado si habrían comprobado de nuevo que estuviera muerta, si estaban completamente seguros y no había ninguna duda. Alguien había comentado que tan solo la gracia divina podía evitar que los demás acabaran también en el fondo del mar, y otra persona había contestado con un fervoroso «amén», y ella se había preguntado por qué Dios habría de concederle esa gracia a ellos y no a los que ya habían sido arrojados a las aguas. No era la primera vez que notaba que el Todopoderoso parecía actuar de forma un tanto aleatoria.

—¿Ha sido muy duro? —le preguntó Paddy.

—No, ha sido una experiencia increíble. —Dirigió la mirada hacia la basura que se apilaba en la calle, hacia los demacrados transeúntes que caminaban a paso apresurado por las aceras.

Su tía le dio un recibimiento más cálido y regañó a su marido por no haberse encargado de llevarle la maleta. Había preparado un sabroso guiso de cordero con zanahorias y patatas que terminó por enfriarse en los platos, porque cada vez que Mary se disponía a llevarse una cucharada a la boca tenía que contestar una nueva pregunta sobre alguien de su tierra natal. Paddy y la tía Kate no tenían hijos, y ya eran demasiado mayores para remediarlo.

—Bueno, lo primero que hay que hacer es encontrarte trabajo, y después ya veremos —afirmó la tía Kate, una vez que Mary terminó de ponerla al tanto de cómo iban las cosas en casa y se tomaron cinco minutos para comer—. ¿Qué es lo que sabes hacer?

—Cocinar.

—¿Qué sabes preparar? ¿Papas, algo de beicon? Pensemos en otras opciones.

—Quiero cocinar.

—Mary, querida, en América tienen unas cocinas que no se parecen a nada de lo que hayas visto en tu vida.

—Puedo practicar en la tuya.

Su tía se echó a reír.

—¡Pero si esto que tengo yo aquí no es nada, está a un paso de los terruños y las hogueras a cielo abierto! En algunas de estas casas hay cocinas con unas estufas más grandes que... —Extendió los brazos a ambos lados todo lo que pudo—. Tienen cuatro hornillos, dos hornos.

—Pero puedo aprender, ¿no?

—Sí, supongo que eso es cierto. —Kate la miró sonriente—. Ten paciencia, querida. No sabes cuánto me alegro de verte.

Después de darle a Mary un par de semanas para que se aclimatara y se acostumbrara al ajetreo de las calles y al caos de los transeúntes, al trajín de los caballos y al tren de mercancías que avanzaba por la Undécima Avenida y no se paraba ante nada; después de mostrarle la telaraña de tendederos que se ocultaba en la parte trasera de los edificios y el balde para lavar la ropa; después de dejar que se acostumbrara a dormir en un catre junto a la mesa de la cocina y de enseñarle cómo se metía el carbón en la estufa y cómo se limpiaban las cenizas; después de llevarla a ver a otra vecina más que sentía curiosidad por conocerla; tras hacerle ver que los únicos que la entendían cuando hablaba eran los irlandeses; tras enseñarle a pronunciar las palabras de forma distinta, más lentamente, para que intentara hablar como una americana, Kate anunció al fin que había llegado el momento de ir a la agencia para ver qué clase de empleo podía conseguir. Mary acababa de cumplir quince años. Kate la preparó indicándole qué era lo que debía decir y la hizo practicar en la mesa después de que Paddy se fuera a dormir; hizo que se sentara frente a ella con las manos entrelazadas y entonces procedió a hacerle preguntas sobre los empleos previos que, supuestamente, había tenido en Nueva Jersey y en Connecticut. Le dijo que debía describir sus grandes dotes como cocinera, explicar que había cocinado para algunas familias en Irlanda antes de marcharse de allí.

—Tienes veinte años. La fecha de tu cumpleaños será la misma. Al año en que naciste réstale cinco y ya está.

—¿Y si me preguntan dónde trabajé exactamente? ¡A lo mejor me piden que describa Nueva Jersey o Connecticut!

—No lo harán, pero si lo hacen solo tienes que describir lo que te imagines. Muéstrate segura de ti misma, lo más probable es que ellos tampoco hayan estado allí.

Mary intentó hablar pausadamente y aparentar más edad de la que tenía, pero la mujer de la agencia le dijo sin inflexión alguna en la voz que la pondría a trabajar de lavandera.

—¿Es usted trabajadora? Pero trabajadora de verdad.

—Sí, sí que lo soy.

—Preséntese en su puesto vestida con ropa limpia, impoluta. Manténgase bien aseada en todo momento. Trate con respeto a la familia y a los invitados y, por el amor de Dios, no intente hablar con ellos a menos que le dirijan la palabra. Si un miembro de la familia entra en la habitación donde usted se encuentra en ese momento, limítese a salir de allí lo antes posible. Usted no tiene inclinación política de ninguna clase y, de hecho, no está al tanto de las noticias en lo que al ámbito político se refiere. No lee ningún periódico. ¿Me comprende usted, señorita Mallon?

—Sí.

La mujer le entregó un folleto doblado que contenía todas las instrucciones que acababa de darle.

—¿Es usted religiosa? Será católica, supongo.

—Sí.

—La familia ya habrá dado por hecho que lo es o lo supondrá al conocerla, pero usted no mencione nada al respecto.

100

Mary no sabía lo que entrañaba el oficio de lavandera y esperaba poder demostrar su valía y que algún día se le permitiera cocinar, pero en aquel primer empleo descubrió que las cocineras y las lavanderas ocupaban dos esferas totalmente distintas. Una lavandera nunca se convertía en cocinera, de igual forma que esta jamás podía aspirar a ser una dama. Cuando estaba en Irlanda lavaban la ropa en el río y la dejaban secar sobre las rocas; su tía Kate, sin embargo, usaba una pila, escurría la ropa con fuerza al sacarla y la tendía en la cuerda que se extendía por encima de los retretes exteriores hasta la pared trasera de otro edificio.

La noche previa a su primer día de trabajo, la tía Kate le había mostrado la pastillita de Reckitt's Blue que guardaba en el lavadero y le había explicado que era aconsejable usarla en el último aclarado para eliminar cualquier resto amarillento que pudiera quedar. La ropa de calidad debía ser tratada con más cuidado y le advirtió que si se encontraba con prendas que tuvieran un cuello de encaje o botones forrados de tela, debía lavarlas con la esponja en vez de meterlas en la pila junto con las demás.

La familia para la que entró a trabajar se apellidaba Cameron, y el catre que se le asignó se encontraba en una habitación situada junto a la cocina. Comía con el resto de los empleados, el alojamiento y la comida se le descontarían de su sueldo. La mujer de la agencia le había explicado lo de los descuentos con tanta rapidez que Mary no había tenido tiempo de calcular nada hasta que, al regresar a casa de tía Kate, habían hecho cálculos entre las dos y se habían dado cuenta de que apenas quedaría algo de dinero restante.

—Pero te servirá para ganar experiencia, y eso también hay que valorarlo —dijo su tía.

Paddy Brown, por su parte, se limitó a soltar un sonido inarticulado y a acomodarse mejor frente a la lumbre.

Tal y como había vaticinado la mujer de la agencia, el lacayo encargado de recibirla y mostrarle la casa (un tal Nathaniel) le informó de que debía participar cada noche en las plegarias vespertinas; al parecer, la señora no se tomaba a la ligera sus creencias religiosas y exigía que los trabajadores de su casa se tomaran tan en serio como ella la fe en el Señor.

—¿Qué pasa si alguien se niega a rezar? —preguntó ella.

Nathaniel la observó en silencio unos segundos antes de contestar.

—Inténtalo a ver.

Los Cameron tenían empleados a su servicio para todo. Unos cocinaban, otros limpiaban la casa, otros hacían la colada, otros cuidaban a los niños y otros los instruían, otros se encargaban del césped y de las plantas del jardín. Cuando Mary tenía un momento libre se suponía que debía ayudar a Martha, quien se pasaba el día pasando un paño encerado por los muebles de ambas plantas. La muchacha retomaba cada día la tarea desde donde la había dejado el día anterior y volvía a limpiarlo todo de nuevo para que ni una sola mota de polvo pudiera depositarse jamás en ninguna parte, y en su rostro había una permanente expresión combativa. Estaba librando una batalla que no le daba ni un respiro e incluso al mediodía, cuando comía en la pequeña cocina en compañía de los demás miembros del servicio, permanecía alerta. Deslizaba su atenta mirada por encima de las cabezas, escudriñaba los rincones, ladeaba la cabeza para poder ver bajo otra luz lo que se ocultaba en ellos. Mary no había estado nunca en un lugar tan limpio. En los periódicos que el señor Cameron dejaba abiertos sobre la mesa de la sala de estar se hablaba de mala ventilación y aglomeración en las ciudades, de olores tóxicos procedentes de las aguas estancadas y de los excrementos de caballo, pero el hogar de los Cameron estaba tan protegido de esas cosas, era tan distinto de las viviendas del edificio donde vivía la tía Kate (donde, como no había espacio para la basura, no quedaba más remedio que dejarla apilada en la calle y permanecía allí, apestando, hasta que el Departamento de Limpieza llegaba a recogerla con sus carros; donde todo el que cruzaba la puerta del edificio arrastraba consigo el barro, las cenizas o los excrementos que hubiera pisado por la calle, y dejaba por la escalera y por los pasillos un rastro de suciedad que acababa metiendo en su propia casa) que ella empezó a tener la impresión de que también estaba librando una batalla, de que todos estaban haciéndolo. Su frente de batalla en concreto estaba en los cuellos de las camisas y las blusas, en el bajo de las faldas y los pantalones. Según los periódicos, todas y cada una de las enfermedades que acechaban a los neoyorquinos tenían su origen en algún montón de basura del Lower East Side. En una ocasión oyó mencionar la palabra «miasma», y al regresar a casa le preguntó a la tía Kate qué quería decir eso. A partir de entonces se imaginó que las calles de la ciudad estaban sembradas de minas invisibles y que dichas minas eran una especie de nubes tóxicas, de miasmas, que emergían de todos los putrefactos desechos que había esparcidos por las calles. Intentaba no inhalar cuando iba y venía del tranvía, o en las numerosas ocasiones en que el carro de recogida de basuras se saltaba la calle donde vivía la tía Kate. Se sentía más segura en la casa de los Cameron, donde durante toda la jornada, seis días a la semana, libraba junto con los demás una coordinada campaña contra la suciedad y el desorden, donde los encargados de la recogida de basura nunca chasqueaban la lengua para que sus caballos aceleraran al llegar a la puerta y pasaran de largo.

Todos los miembros del servicio tenían un día libre a la semana para irse a casa, y puede que no fueran tan cuidadosos cuando estaban de vuelta en su propio territorio. Un lunes por la mañana, la cocinera que llevaba años trabajando para los Cameron regresó al trabajo con una inflamación en el cuello que hablaba por sí sola, pero actuó como si no pasara nada y se limitó a trastear con las ollas y las sartenes y a comenzar el ritual del agua con la barbilla bien alzada y la respiración trabajosa. Tanto la propia Mary como los demás procuraron ocultarla lo mejor que pudieron, pero a la señora Cameron le gustaba bajar a la cocina de vez en cuando para planear la cena y precisamente eligió ese lunes para informar a la cocinera, en persona, de que la familia estaba harta de comer asados de ternera; de hecho, también era bastante monótono comer costillas cada dos por tres, y estaría bien que algún lunes preparara una trucha o un lenguado.

—¡Cielos! —exclamó al ver el cuello inflamado de la cocinera. Salió apresurada al pasillo y se llevó una mano a su propio cuello—. ¡Está usted enferma!

Como la cocinera no podía hablar, fue su ayudante (la muchacha que lavaba y troceaba las verduras como si fueran criminales y su cuchillo un arma) quien se encargó de hacerlo por ella.

—Se ve que en el patio de luces del edificio donde vive hay agua estancada, y cuando nos despedimos el sábado sabía que al llegar a casa aquello estaría apestando. Esta mañana me ha dicho que sí, que era un pestazo horrible y que los vecinos del edificio no pueden abrir las ventanas que dan al patio de luces por culpa del olor. La cosa seguirá así hasta que tengamos unos días sin lluvia, y ella cree que inhaló ese pestazo a pesar de tener las ventanas cerradas.

Aquella misma mañana, mientras regresaba de la Décima Avenida, Mary se había visto obligada a contener el aliento cuando el tranvía había pasado junto a una cuadra cuyos encargados de la limpieza sacaban a la calle los excrementos de caballo y el heno sucio todos los domingos por la noche. Justo al lado se encontraba la panadería Weiss, que todos los lunes por la mañana, antes del amanecer, lanzaba a la calle la leche que no se había vendido durante la semana anterior. La lanzaban sin miramientos sobre la mierda que habían dejado fuera sus vecinos de la cuadra, iba agriándose e infectando el aire conforme el sol iba alzándose en el cielo; a menudo tiraban también huevos y huesos de pollo, y cartones, cajas, papeles, envoltorios, contenedores de basura llenos a rebosar. Lo que más le molestaba a ella eran los huevos, y cada vez que pasaba por allí los lunes se preguntaba por qué no los usaban para hacer un pastel, por qué no se los daban a alguien necesitado. En vista de cómo desperdiciaban la comida, estaba decidida a no entrar nunca a comprar en ese lugar.

—¿Por qué no puede hablar por sí misma? —preguntó la señora Cameron.

—Sí que puede —afirmó la ayudante con actitud sumisa.

Pero la cocinera se sentó en un taburete y se llevó las manos a la cabeza, y la señora Cameron retrocedió otro paso más antes de decir:

—Será mejor que se marche. Por favor, regrese a su casa y cuídese. Contacte con la agencia cuando se encuentre mejor.

La cocinera permaneció inmóvil. La ayudante fue a buscarle su chal y se lo puso sobre los hombros antes de preguntar:

—¿Tienes dinero? —Lanzó una mirada alrededor—. ¿Podríamos pagarle el billete entre todos?

Estaban presentes otras dos empleadas más aparte de Mary, quien se metió la mano en el bolsillo del delantal y cerró el puño alrededor de los quince centavos que tenía allí. El señor Cameron siempre le dejaba una propina cuando le almidonaba las camisas y encontrarla se convertía en un juego. Él dejaba el dinero a veces en uno de sus propios zapatos, envuelto en un calcetín atado con un cordel; otras en el bolsillo de alguna de las camisas; a veces se acercaba por la espalda con sigilo cuando ella estaba trabajando y se lo metía en el bolsillo del delantal. El inesperado peso del dinero la sobresaltaba y al volverse lo encontraba allí, mirándola sonriente. Sabía sin necesidad de que se lo dijeran que era algo que no debía contarle a los demás.

Las demás pusieron monedas sobre la mesa, y ella separó tres centavos con dedos ágiles y los añadió al montoncito.

—Bueno, voy a tener que ir al mercado a comprar pescado —dijo la ayudante cuando volvió minutos después. Estaba claro que ya se había adjudicado a sí misma el puesto de cocinera en jefe—. Una de ustedes tendrá que empezar a...

Nathaniel, que acababa de bajar corriendo la escalera, la interrumpió jadeante.

—Perdona, pero la señora dice que tú también tienes que irte. Y que si alguna de ustedes también se siente indispuesta, debería hacer lo correcto y marcharse también.

—¿Por qué tengo que irme yo? ¡Me encuentro bien! —protestó la ayudante.

Él se encogió de hombros como diciendo que esas eran las órdenes de la señora, y se limitó a decir:

—Ah, y los demás tenemos que tomarnos quince minutos para volver a fregar la cocina.

Cuando acabaron de limpiar a fondo, la señora Cameron bajó de nuevo a la cocina y preguntó quién iba a encargarse de preparar la comida hasta que la agencia enviara a otra cocinera.

—Yo puedo hacerlo —se ofreció Mary mientras repasaba mentalmente las frutas y verduras que había sobre la mesa y el queso y la leche que había visto en la nevera.

La señora Cameron hizo caso omiso a sus palabras y centró su mirada en Jane, la institutriz de los niños, ya que Martha no podía cambiar de puesto y estaba descartada.

—¿Podrías encargarte tú, Jane?

La aludida contestó que no había cocinado en toda su vida y Mary insistió:

—Yo sé cocinar.

La señora Cameron frunció el ceño, pero terminó por ceder.

—Está bien, que se encargue Mary.

Y así fue como Mary se quitó su blanco atuendo de lavandera y se puso el delantal de cocinera. Después de aquella primera comida (pescado blanco al horno con puerros y tomates, y bizcocho de postre), el señor Cameron había bromeado diciendo que en vez de una nueva cocinera tendrían que solicitarle a la agencia otra lavandera, y tomó por costumbre tomar su café matutino en la cocina antes de irse a trabajar. Pero dejó de hacerlo después de que una mañana su esposa fuera en su busca y le preguntara qué diantres se creía que estaba haciendo, y Mary siguió trabajando sola en la cocina; al cabo de una semana, cuando llegó la nueva cocinera y a ella la mandaron de vuelta al montón de ropa y sábanas que había estado esperándola, decidió que iba a dejar aquel empleo. Iba a acudir a otra agencia, les diría que tenía experiencia como cocinera y ellos se lo creerían; si no era así, acudiría a otra. Sacó su cepillito y su pedacito de almidón y procedió a frotarse las zonas resecas que tenía en las manos.

9

A veces, en North Brother, mientras untaba una tostada con mermelada y le daba un bocado bajo la atenta mirada de John Cane, Mary
tenía la sensación de que nada de todo aquello era real. Los médicos
seguían tratándola como si fuera una niña aunque ya llevaba más de
dos años allí, e intentaba encontrar nuevas formas de recordarles que
era una mujer que había servido comida a personas que en alguna
ocasión habían compartido mesa con el presidente de los Estados
Unidos de América. Después de probar su comida, esas personas
levantaban la mirada de sus respectivos platos y la observaban con
mayor detenimiento porque sabían que había más en ella de lo que se
veía a simple vista. Tras la sencilla vestimenta y las manos de cocinera, tras el marcado acento irlandés y la postura de agotamiento
típica de la clase trabajadora, alcanzaban a ver algo más. Veían a una
persona con un gusto de cierto nivel; veían a alguien que comprendía
qué era lo que realmente estaban buscando los comensales sentados
alrededor de la mesa: un desafío para el paladar, una comida que
estuviera hecha para ser saboreada y disfrutada en vez de para comér-
sela sin más.

Mary quería que el señor O'Neill supiera que algunos de los
médicos tenían una obsesión malsana con el uso que ella hacía del

cuarto de baño, que mostraban un interés que iba mucho más allá de lo requerido para estudiar su caso.

—¡Si yo les dejara, hasta entrarían a ver cómo lo hago!

Dos años atrás ni siquiera habría sido capaz de decir algo así, no habría podido mencionar ni de forma tangencial lo de ir al lavabo. Podían hacer todos los comentarios y las insinuaciones que les diera la gana sobre Alfred, sobre el piso que compartían, sobre las razones por las que no estaban casados y la clase de mujer que era debido a ello; nada de todo eso le molestaba tanto como el hecho de que se hablara de si iba o dejaba de ir al baño. Poco después de que conociera al señor O'Neill, una de las enfermeras que iban a recoger las muestras comentó bromeando que la envidiaba.

—Usted tiene una cabaña junto al mar, puede moverse a sus anchas por la isla, no le debe dinero al tendero; no tiene niños que dependan de usted, ni un marido al que tenga que ver todas las noches, ni un hermano pequeño al que costearle su educación. A unas cuantas nos gustaría estar en su lugar. —La enfermera le dijo aquello mientras ella dejaba en el suelo el habitual recipiente de cristal que contenía la muestra mezclada con una solución que parecía agua, y le entregó después otro para la orina.

Por regla general, Mary solía usar papeles y servilletas para intentar disimular el contenido de los recipientes. Primero los envolvía por separado y después juntos, como si se tratara de un paquete al que solo le faltaba un lazo, y eso le permitía fingir por un momento que lo que estaba pasando no era real. Pero en esa ocasión, debido al comentario de la enfermera, se los entregó sin envolverlos. Se los puso en las manos con tanta brusquedad que la mujer estuvo a punto de dejarlos caer y el contenido se agitó.

—Tenga cuidado, señorita Mallon.

—Lo mismo le digo —contestó ella.

Los médicos admitían que en más de un tercio de las muestras de Mary no había ni rastro de bacilos tifoideos, y que su orina daba negativo en el cien por cien de los casos. Cuando el señor O'Neill preguntó sobre la presión que habían ejercido sobre ella en el pasado para convencerla de que se sometiera a la extirpación quirúrgica de la vesícula biliar, admitieron también que ya no creían que el problema estuviera ahí. Creían que podría estar en sus intestinos, puede que en su estómago. No estaban seguros.

—Menos mal que fue usted terca y no dejó que la operaran, no habría servido de nada —le dijo el señor O'Neill en una ocasión.

Ella se había preguntado alguna que otra vez por qué llevaban tanto tiempo sin mencionar lo de la vesícula, y al oír la explicación de su abogado tuvo ganas de ir al hospital para exigirles una disculpa. Eran unos animales, la habrían puesto en peligro de muerte por puro capricho.

—Déjelo pasar por ahora, lo aclararemos todo a su debido tiempo —le aconsejó el señor O'Neill.

Él añadió entonces que era de vital importancia humanizarla ante el tribunal, y ella le miró desconcertada.

—¿Acaso no soy humana?

—Sí, por supuesto que sí. Me refiero a que debemos contar su historia de forma que todo el mundo, sea cual sea su estatus social, empatice con usted. Y sería aún mejor conseguir que teman acabar como usted.

—Porque, en ese caso, lo que hagan por mí en realidad lo estarán haciendo pensando en sí mismos.

—Exacto. ¿Qué sintió cuando le dijeron que iban a traerla a North Brother? ¿Estaba enterada de que aquí hay un hospital para tuberculosos?

—No le entiendo.

—¿Tenía miedo? ¿Sabía de la existencia de North Brother? No sé... ¿Sabía dónde se encontraba exactamente la isla?

—Sí, claro que sí. Todos los habitantes de esta ciudad saben dónde está este lugar, ¿no? —Vio que él se disponía a decir algo, pero que optaba por permanecer callado—. ¿Acaso cree que no leo los periódicos, señor O'Neill? Hasta los analfabetos de esta ciudad tienen claro dónde se encuentra North Brother. Los periódicos no son la única forma de enterarse de las noticias, la gente habla. ¿Cree usted que la gente como yo no habla de los mismos temas que los de su clase social? El desastre del *General Slocum* ocurrió hace apenas cinco años, ¿verdad?

No le confesó que no se había enterado de la existencia de North Brother hasta junio de 1904, cuando el *General Slocum* se había incendiado. A partir de entonces siempre pensaba en aquella gente cuando iba a hacer algún recado que la hacía pasar cerca de *Kleindeutschland* (la pequeña Alemania), ya que gran parte de los pasajeros que iban a bordo de la embarcación ese fatídico día vivían allí. Más de mil personas habían muerto abrasadas o ahogadas, y ella pensó en esa cifra al contemplar en ese momento el río Este; pensó en aquellos hombres, mujeres y niños a merced de las agitadas aguas, luchando por mantenerse a flote hasta ser arrastrados hacia el fondo. Durante las semanas posteriores a la tragedia había circulado el rumor de que los fabricantes de los salvavidas habían metido barras de hierro para alcanzar el peso mínimo requerido, que el capitán y la tripulación habían abandonado a su suerte el transbordador lleno de pasajeros y habían regresado a Manhattan desde North Brother en un remolcador, que se habían negado a mirar siquiera a quienes les gritaban pidiendo auxilio desde el agua. Algunos de los reclusos del reformatorio de Rikers se habían lanzado al agua para socorrer a la gente, y habían regresado a nado a su prisión aquella misma noche.

Ella iba a menudo al lugar de la isla al que habían conseguido llegar algunos supervivientes y a veces se imaginaba que era una de las pasajeras que iban a bordo de esa embarcación, que era una de las mujeres que se habían lanzado al río y logrado llegar a North Brother, y que en un momento en que estaba distraída —distraída quizás por el sonido de su propia respiración, por la gratitud que sentía al seguir con vida—, en un momento en que estaba de espaldas y no prestaba atención a lo que sucedía a su alrededor, la habían dejado allí, abandonada y olvidada.

No iba a ser una audiencia rápida, eso quedó claro en menos de una hora. Conforme el sol fue ascendiendo por el cielo y los olores que impregnaban el interior de la sala fueron intensificándose debido al calor, Mary empezó a perder fuerzas. Vio el sudor que le bajaba al señor O'Neill por las sienes, al juez Erlinger empezaban a cerrársele los ojos. Uno de los médicos, en vez de dar una respuesta que guardara relación con su caso en concreto, habló únicamente sobre la extracción de la sangre de los caballos y explicó que ya no era necesario sangrarlos hasta la muerte para obtener la máxima cantidad de suero posible con la que obtener vacunas.

—En el caso de la difteria, por ejemplo —estaba diciendo el hombre—, hubo varios casos en los que la reacción del caballo fue tan fuerte que la muerte se produjo con demasiada rapidez. Las cánulas de cristal empleadas para recoger la sangre se rompieron cuando el animal se desplomó y quedaron hechas añicos.

El murmullo de voces de los médicos presentes inundó la sala, ella se inclinó hacia el señor O'Neill y le preguntó por qué estaban hablando de caballos.

—Lo mejor es usar siempre la carótida para sangrar al animal —siguió diciendo el médico que tenía la palabra—. Si se usa la yugular, el caballo se debilita con demasiada rapidez y en la mayoría de los casos el resultado es que se recoge menos sangre. Pero debemos tener en cuenta algo más importante aun: ¡el uso de soportes debe convertirse en una práctica generalizada en todos los laboratorios! —Golpeó la silla con un súbito puñetazo para dar más énfasis a sus palabras—. Un caballo macho de buen tamaño puede permanecer suspendido mediante dos cuerdas resistentes, una colocada por detrás de las patas delanteras y la otra por delante de las traseras. Una vez que esté bien sujeto, la cánula debería insertarse en la arteria y mediante este método se pueden obtener cerca de diecinueve litros de un solo ejemplar.

—Pero ¿cuál es su opinión en lo que respecta al caso de la señorita Mallon? —le preguntó el abogado del Departamento de Salud.

—En el caso de la fiebre tifoidea, creo que la solución estaría en la pasteurización de la leche, un agua más limpia y una mejor educación en lo que respecta a la higiene personal. Sin duda alguna, se trata de una enfermedad que se puede prevenir.

—Pero ¿se debería permitir que la señorita Mallon se reintegre a la sociedad?

—Pues... —el médico titubeó, dirigió la mirada hacia ella—. No, en mi opinión no debería permitirse.

Uno de los oficiales del Departamento de Salud pidió a los jueces que se plantearan cuál habría sido el motivo que había llevado a Mary a aceptar el puesto de trabajo en casa de los Bowen. ¿Albergaba acaso algún tipo de resentimiento hacia las clases privilegiadas de la sociedad? ¿Tenía algo en contra de los Bowen en particular? ¿Podría deberse su animadversión a la cooperativa de cocineras que la señora Bowen había intentado organizar? El tipo, sin esperar a recibir respuestas, se sentó de nuevo como si acabara de encajar la última pieza del rompecabezas.

—¡Trabajé para los Bowen por el sueldo que me pagaban! —le susurró ella al señor O'Neill con apremio.

Él procedió de inmediato a expresar una sonora objeción. Alegó que lo que acababa de decir el oficial era ilógico, que no se podía afirmar que una mujer carecía de la capacidad de comprender la enfermedad que la aquejaba y, momentos después, pasar a acusarla de esgrimir dicha enfermedad como si de un arma se tratara.

—¿Por qué dejó de trabajar para los Warren en Oyster Bay? ¿Por qué no siguió trabajando para ellos cuando regresó a la ciudad?

—Porque era un trabajo temporal —susurró ella.

El señor O'Neill le indicó con disimulo que guardara silencio. Él mismo le había preguntado al respecto, durante la reunión de preparación que habían mantenido, y estaba al tanto de la respuesta. Ella había ido a trabajar a casa de los Warren sabiendo desde el principio que no era algo permanente, que la cocinera habitual de la familia retomaría su puesto en Manhattan cuando regresaran de Oyster Bay.

Observó con atención los rostros de los jueces y vio la duda que se reflejaba en ellos.

Llegó a casa procedente de Oyster Bay un viernes de septiembre de 1906. Hacía un día precioso y, por si fuera poco, llevaba el bolsillo bien repleto con el dinero que el agradecido señor Warren le había entregado. La pequeña Margaret Warren volvería a jugar de nuevo, le pediría helado a otra cocinera, iba a crecer y a casarse y a hacer todo cuanto se supone que debe hacer una muchacha; su hermana, su madre, las dos doncellas y el jardinero también iban a recuperarse por completo. El señor Warren era el único miembro de la familia que no había regresado aún a Manhattan, y Mary había dejado a las dos doncellas bebiendo sopa fría de sandía en el patio. La habían abrazado a la vez cuando había ido a despedirse de ellas, la habían apretujado entre las dos y habían comentado de nuevo la fuerte impresión que ambas se habían llevado cuando, sin andarse con miramientos ni pararse a desvestirlas, las había obligado a meterse en una bañera llena de agua helada. La colmaron de bendiciones, le dieron las gracias, le dijeron que sabían que si estaban vivas era gracias a ella.

Había llegado a la estación con tiempo de sobra para tomar antes el tren, pero la semana anterior le había mandado una carta a Alfred para informarle de sus planes y quería ceñirse al horario que le había descrito por si él tenía intención de ir a recibirla. Así que se sentó en un banco de Oyster Bay y sintió la caricia de la brisa mientras veía cómo un tren llegaba y partía a los pocos minutos. Después, cuando llegó a la estación terminal de Grand Central, esperó de nuevo sentada en un banco con su maletita sobre el regazo para que Alfred tuviera tiempo de encontrarla.

Al cabo de media hora, salió por las majestuosas puertas que daban a la calle 42 y caminó rumbo a casa. Seguro que le había surgido algún imprevisto y no había tenido tiempo de avisarla, seguro que había algún motivo del todo razonable que le había impedido ir a recibirla. Era viernes, así que las herrumbrosas escaleras de incendios del barrio estarían cargadas hasta los topes de húmedas sábanas de algodón y ropa de lana en todos los apagados tonos habidos y por haber de blancos, grises y marrones, desde las prendas de percal que Patricia Wright cuidaba con esmero a los amarillentos retales cuadrados de muselina que la señora Hallenan usaba para filtrar el café. Veinte años atrás, era una escena que la avergonzaba, pero a esas alturas la reconfortaba y al verla sabía que ya estaba cerca de su casa. Algunos de los vecinos habían conseguido esos tendederos nuevos que podían extenderse desde una ventana sin necesidad de anclarlos a otro edificio o a alguna escalera de incendios.

El piso que compartía con Alfred se encontraba en la sexta planta, al final de la escalera; a diferencia de los estrechos bloques de pisos del Lower East Side, el edificio situado en el número 302 de la calle 33 Este era muy ancho y entre aquellas paredes de ladrillo amarillo cabían treinta y seis viviendas. Había una escalera central lo bastante ancha para que pasaran tres personas hombro con hombro; de aquel tronco central brotaban dos pasillos (uno hacia el norte y el otro hacia el sur) y en cada uno de ellos había tres viviendas, seis en cada planta. Los inquilinos de la sexta planta cambiaban cada dos por tres, y algunas de esas viviendas permanecían desocupadas durante semanas; a pesar de que los que vivían arriba del todo estaban deseando mudarse a alguna de las plantas inferiores, a Mary le gustaba estar allí. Su vivienda siempre parecía mejor iluminada que las de más abajo, y le gustaba pararse junto al fregadero y contemplar los tejados desde allí arriba. Cuando estaba acostada en su cama, podía girar la cabeza hacia la ventana y no ver nada más que un cielo azul.

Cuando llegó a casa ese viernes de septiembre, abrió la puerta y la golpeó de lleno el desagradable olor de sábanas y ropa por lavar, de las pieles podridas de plátano que había en el fregadero. La única ventana estaba bien cerrada, la carta que le había mandado a Alfred para decirle a qué hora llegaba su tren estaba abierta sobre la mesa y saltaba a la vista que él había intentado alisarla. A lo mejor había encontrado trabajo, no sería la primera vez que pasaba algo así. Estaba desocupado, sin perspectivas de conseguir un empleo, y de repente alguien iba a verlo para avisarle de que en una empresa estaba buscando un cochero o se necesitaba un obrero para palear carbón.

Se dispuso a lavar la ropa de cama, pero cuando lo tuvo todo metido en agua en el balde no encontró ni una pizca de jabón y decidió bajar a la tienda en un momento. Como no quería usar ninguno de los billetes nuevecitos que le había dado el señor Warren, se acercó al bote vacío de mermelada que tenían junto a los fogones con monedas para el contador del gas, pero no encontró ni el bote ni las monedas y, después de pasar siete semanas echando de menos a Alfred, de preguntarse si estaría arreglándoselas bien solo, se puso tan furiosa como el día en que se había ido rumbo a casa de los Warren. A veces tenía la sensación de haberse adentrado en un lugar que estaba más allá de la furia, un lugar donde todo aquello era tan pasmoso que quizá fuera ella la que estaba equivocada. Respiró hondo y repasó los hechos tal y como habían ocurrido: le había advertido a Alfred que no se atreviera a tocar el dinero para pagar el gas, se lo había advertido con firmeza y él la había mirado como diciendo que ni se le pasaría por la cabeza hacer algo así, como si le ofendiera que ella pudiera decirle tal cosa. Le había dicho que le escribiría para avisarle de la fecha de su regreso a casa; le había pedido que procurara tener la casa un poco ordenada, porque después de pasar diecisiete semanas trabajando no quería llegar y encontrarse con un estercolero, y él había reaccionado como si le hubiera insultado. Y hétela allí en ese momento, parada en medio de la cocina, con la cama despojada de sábanas en el dormitorio y el aparador lleno de platos y tazas. Podía marcharse de allí cargada con la misma maleta que acababa de traer de Oyster Bay, dejar que él se encargara de las sábanas que estaban en remojo. Esbozó una sonrisa. Aquello sí que sería toda una sorpresa para Alfred.

Por otra parte, si realmente estaba trabajando, a lo mejor le habían hecho falta aquellas monedas para acicalarse y tener un aspecto presentable... Sacó un billete del grueso fajo que tenía en el bolsillo y, después de esconder el resto del dinero en el armario, bajó a la calle para comprar una pastilla de jabón; con un poco de suerte, cuando llegara a casa, lavara las sábanas y las colgara en la escalera de incendios, Alfred ya habría regresado.

Pero la hora de la cena llegó y pasó de largo, y aun no había ni rastro de él. Decidió bajar a ver a Fran, quien le preguntó sonriente:

—¿Qué tal está Alfred? ¿Se ha alegrado de tenerte de vuelta?

—Sí, claro que sí. —Fue incapaz de mirarla a los ojos. Sabía perfectamente bien que Robert, el marido de Fran, iba a comer a casa con su esposa al mediodía siempre que se lo permitía el trabajo.

Cuando llegaron las cinco de la tarde, se cubrió los hombros con su chal y salió en busca de Alfred.

Era la hora en que finalizaba la jornada de trabajo y las calles circundantes eran un hervidero de hombres. Unos caminaban apresurados para tomar el tranvía, otros estaban apoyados en las paredes de los edificios y en los marcos de las puertas. Mientras cruzaba la calle 33 se dio cuenta de que hasta los caballos estaban desquiciados a aquella hora. Varios carros que transportaban agua avanzaban en fila rumbo a las cuadras de la Primera Avenida, y al pasar junto a ella los animales doblaron su musculoso cuello y la miraron con ojos inyectados en sangre.

Tras cruzar la calle 34 ya alcanzaba a verse el Nation's Pub un poco más adelante (la ancha puerta azul con la bandera ondeando encima, y flanqueada por dos plantas en sendas macetas para dar un toque acogedor que atrajera a los clientes), y al llegar pasó por delante sin aminorar la marcha. Tan solo se permitió lanzar una breve mirada de soslayo como si aquel lugar no le importara lo más mínimo, como si fuera un establecimiento más de los muchos que había a lo largo de la avenida. En aquella tarde de las postrimerías del verano se había levantado una fresca brisa y estiró las mangas de su suéter para cubrirse las manos. Sus nudillos parecían haberse convertido en dos hileras de pedruscos.

Volvió a pasar por delante del *pub* una segunda vez y en esa ocasión echó un buen vistazo. Aunque la ventana que había junto a la puerta estaba empañada, le había parecido ver a Alfred sentado encorvado al final de la barra; sí, esa era la postura que tendría después de pasar tanto tiempo allí sentado. No había ideado ningún plan más allá de entrar y confirmar que estaba allí, que estaba a salvo, que no se había metido en líos. Una vez que lo hubiera encontrado, la idea era regresar a casa y esperar... o empacar sus cosas y marcharse; o actuar como si no pasara nada y echarse a dormir fingiendo que Alfred no existía, que tan solo tenía que pensar en sí misma.

Pero al pasar por tercera vez por delante del *pub* la llamativa puerta azul se abrió de repente y un hombre salió a la calle. Aprovechó para lanzar una mirada hacia el interior del local, hacia el hombre que creía que era Alfred. Sí, era un tipo rubio y corpulento, y su nariz se parecía un poco a la de Alfred, pero nada más. La puerta se cerró de golpe. «Debe de haberles hablado de mí», pensó para sus adentros. «A lo mejor les ha contado lo de nuestro acuerdo, a lo mejor les ha dicho cuánto le conviene que las cosas sean así y se han reído de lo lindo». Él era cruel cuando bebía, pero cuando bebía aun más volvía a ser considerado; dependía de la dosis, y ella deseaba a veces que, si tenía que beber, lo hiciera hasta superar la fase de la crueldad para que se convirtiera de nuevo en el Alfred al que amaba, el que la amaba y le decía que no habría logrado sobrevivir tanto tiempo de no ser por ella, el que le decía: «¡Santo Dios, qué preciosa eres! ¿Sabes lo preciosa que eres? ¡No sé por qué no te digo a diario lo preciosa que eres!». Pero si el Alfred considerado bebía una o dos copas más se convertía entonces en el Alfred indefenso, y mucho se temía que era con ese con el que iba a tener que lidiar esa noche. Era inútil intentar discutir con el Alfred indefenso, una no podía largarse enfurecida sin más para alejarse de él. El Alfred indefenso llegaba a casa a eso de las tres o cuatro de la madrugada, la llamaba a gritos desde abajo y las puertas iban abriéndose una a una, desde la primera planta hasta la sexta. Él se sentaba en el primer escalón con la cabeza entre las manos y la llamaba sin parar, y cuando todos los vecinos cuyas puertas daban a la escalera se habían despertado por culpa de los gritos, empezaban a llamarla también.

—¿Dónde estabas? ¿Por qué no me oías? —preguntaba él, cuando ella bajaba al fin los seis tramos de escalera a toda velocidad; antes se paraba a atarse la bata, pero ya no se tomaba esa molestia.

—Estaba arriba, Alfred —contestaba susurrando para intentar que él bajara la voz—. Estaba durmiendo, por eso no te había oído.

—¡Por el amor de Dios, Mary! ¿Se puede saber dónde estabas? ¿Cómo es posible que no lo oyeras? —decía entonces el señor Hallenan, un vecino de la primera planta al que le daba igual mostrar ante el mundo entero el vello canoso que le salpicaba el vientre.

Entonces Alfred se volvía hacia ella, le pasaba un brazo por los hombros y apoyaba la otra mano en la barandilla, y ella lo ayudaba como buenamente podía a subir hasta la sexta planta. Cuando llegaban a casa le quitaba los zapatos, los apestosos calcetines, los pantalones y la ropa interior. A veces, al darse cuenta de que estaba desnudo, él rompía a llorar con horribles y largos sollozos cargados de mucosidad que la horrorizaban y la avergonzaban; a veces, cuando había suerte, se limitaba a desplomarse en la cama y se quedaba dormido. Las peores noches (peores incluso que cuando peleaban o cuando tenía que desnudarlo) eran aquellas en que, cuando por fin lograba subirlo a la casa, se quedaba sentado junto a la ventana durante una o dos horas contemplando la quietud de la noche y entonces se ponía en pie, tambaleante, y volvía a salir de nuevo a la calle. Más que ninguna otra, esas eran las noches que la impulsaban a ir a la agencia para pedir que le asignaran otro puesto, uno que la mantuviera alejada de casa día y noche. Quería que la mandaran a algún lugar que estuviera lejos para que el trayecto de vuelta a casa en tren fuera demasiado largo, demasiado caro, como para estar yendo y viniendo cada día. Había sido una noche de esas, una en la que Alfred había vuelto a salir al poco de volver a casa, lo que la había llevado hasta Oyster Bay.

Mientras permanecía parada junto al Nation's Pub intentó pensar en algo que pudiera ayudarla a pasar el rato y olvidarse de aquella necesidad que tenía de verlo, pero fue un esfuerzo inútil. Tenía que saber qué había hecho durante aquellas semanas que había pasado lejos de ella, tenía que saber cómo estaba. Un cuerpo no podía soportar durante mucho tiempo semejantes abusos y a lo largo de aquel verano, antes de marcharse rumbo a Oyster Bay, había notado que cada vez se lo veía más debilitado. Los pantalones cada vez le quedaban más holgados, su ancho pecho parecía ir menguando, su rostro había adquirido un tono gris verdoso y cada vez tenía la piel del cuello más flácida.

—A veces me acuerdo de cuando nos conocimos —le dijo ella, aquella mañana de principios de agosto en que discutieron antes de que se fuera a Oyster Bay.

A pesar de lo debilitado que estaba no era tonto ni mucho menos y había captado el mensaje. Tiempo atrás, en un pasado no muy lejano, había sido un hombre que trabajaba, un hombre fuerte y apuesto. Años atrás, cuando el dueño de la casa donde ella trabajaba la había culpado de estar compinchada con un tutor que le había robado unas joyas a su esposa y se había negado a pagarle dos semanas de sueldo, Alfred se había plantado sin pensárselo dos veces en aquella imponente y lustrosa puerta negra de la calle 18 Oeste (la puerta reservada para la familia y sus invitados), le había dejado las cosas claras a aquel hombre y había logrado que le pagara. Cuando él había regresado a casa y le había entregado el dinero, se había sentido tan aliviada que se había tapado la cara con las manos y se había echado a llorar como si fuera de esa clase de mujeres que siempre había considerado que eran lo opuesto a sí misma.

—¿Qué le has dicho tú distinto a lo que le dije yo? —le preguntó con la mirada puesta en los billetes, que estaban extendidos como un abanico sobre la mesa.

—Nada —contestó él antes de esbozar una amplia sonrisa—. Supongo que se lo dije de otra forma.

No era la primera vez que ella sacaba a colación aquella anécdota para intentar avergonzarlo y hacerle ver cómo habían cambiado las cosas, para intentar encender el fuego que lo impulsara a volver a ser el de antes. Pero aquella mañana de agosto, el día en que ella partió rumbo a Oyster Bay, Alfred no cedió lo más mínimo.

—¡Márchate, si tan harta estás! ¡Adelante, haz lo que quieras!

Ella sabía que se suponía que las mujeres eran el sexo débil, una especie tan cálida y protectora que Dios le había concedido el don de tener hijos y cuidarlos, de velar por un hogar, de atender a los enfermos y ayudarles a sanar, pero había ocasiones en que Alfred la enfadaba hasta tal punto que toda la calidez se esfumaba de su cuerpo y sus pensamientos se volvían asesinos (eso suponiendo que lograra mantener la capacidad de pensar, claro).

Abrió la puerta del Nation's Pub y puso un pie en el interior del local. Un hombre alzó la mirada y al verla le dio un codazo al tipo que tenía al lado, quien a su vez le dio un codazo al tipo siguiente y así sucesivamente. En una mesa cercana a la pared del fondo había un plato con galletitas, cuñas de queso y varias rebanadas de pan, y le bastó un rápido vistazo para ver que el queso tenía los bordes endurecidos y saber que aquella comida llevaba allí desde la mañana.

El cantinero se remetió el delantal en el cinturón y salió de detrás de la barra.

—Lo siento, señora, pero...

—Estoy buscando a Alfred Briehof, ¿lo ha visto? Aún no ha llegado a casa.

121

—¡Madre mía! ¿Briehof tiene casa? —murmuró uno de los tipos que estaban sentados en la barra.

—¿Es usted...?

—Soy su...

—Usted es Mary, ¿verdad?

—Sí.

—Se fue hace un rato. ¿Ha ido a ver si está con el vendedor de castañas de la calle 30?

—¿Estaba...? ¿Estaba bien? —Esperaba no tener que ser más explícita.

—Sí, supongo que sí. —El cantinero se encogió de hombros.

Ella se debatió intentando decidir qué hacer y dio la impresión de que él le había leído el pensamiento, porque añadió: —Al salir de aquí tenía ese aire cabizbajo y sombrío que significa que va de regreso a casa, le aconsejo que vaya a ver si ya está allí.

«¡Qué sabrá usted de las actitudes de Alfred, del significado que puedan tener o dejar de tener!», pensó ella para sus adentros. Iba a matar a Alfred, lo esperaría apostada detrás de la puerta y acabaría con él sin darle tiempo ni a que entrara en el piso. Fran había matado a un hombre en Nueva Jersey varios años atrás. Robert trabajaba de noche en aquella época y el tipo había entrado a hurtadillas en la vivienda. Fran había despertado y, al verlo allí, parado a los pies de la cama, había sacado de debajo de la almohada la pistola de repuesto de su marido (él se la había entregado por si había una emergencia de esa clase), y lo había matado de un tiro.

—Gracias —le dijo al cantinero antes de salir del *pub*.

Nunca había llegado a saber a ciencia cierta qué hacía Alfred cuando ella estaba ausente. Quería preguntarle al respecto a Jimmy Tiernan, un vecino de la tercera planta que iba de vez en cuando al Nation's Pub, pero cada vez que se le presentaba una oportunidad de hacerlo, la esposa de Jimmy, Patricia, aparecía tras su marido y la fulminaba con la mirada. La puerta de Fran no daba a la escalera y, según ella, no oía nada cuando Alfred llegaba de noche y se ponía a

122

dar alaridos. Joan, por su parte, era menudita como un dedal, un dedal que tan solo pensaba en los futuros bebés que tendría con su marido. En una ocasión en que había mencionado que llevaban seis años casados, que llevaban todo ese tiempo aguardando esperanzados a que llegaran los hijos, ella le había espetado con sequedad:

—¡Por Dios, Joan! ¿Hay que darte la fórmula escrita paso a paso? ¿Sabes cómo se hacen los bebés? —Pero al ver que cerraba los ojos al oír aquellas palabras, al ver que mantenía uno de sus largos y delicados dedos en la tapa de la cafetera, se dio cuenta de que su amiga jamás podría tener un hijo—. He oído decir que algunas mujeres tardan mucho tiempo en concebir —añadió, a modo de disculpa.

Joan debió de perdonarla, porque siguió invitándola a entrar en su casa cuando coincidían en la escalera.

Era inútil preguntarle al propio Alfred; según él, nunca bebía más de la cuenta y cuando ella no estaba no tomaba ni un solo trago, se limitaba a trabajar o a buscar trabajo. El tiempo máximo que ella había pasado sin regresar a casa habían sido tres meses, pero, aun cuando estaba empleada lo bastante cerca para volver a casa los domingos, con un solo día no bastaba para ver lo que sucedía. ¿Quién lo ayudaba a subir la escalera cuando la llamaba a gritos una y otra vez sin recibir respuesta? El señor Hallenan seguro que no, ya que los detestaba a ambos; Jimmy Tiernan también estaba descartado, su esposa no le permitiría salir por la puerta. A lo mejor subía sin ayuda de nadie o se quedaba dormido dondequiera que fuera a parar; quizás decía la verdad y no tomaba ni un trago cuando ella estaba fuera, puede que ese fuera un comportamiento que reservaba para ella... un castigo, quizás, por marcharse siempre.

En algunas de las casas en las que Mary había trabajado, la familia tenía cantidad de ollas y sartenes, fregaderos de doble cubeta, neveras capaces de conservar un jarrete de cerdo durante todo un verano. En la vivienda que compartía con Alfred tan solo disponía de una sartén, una olla sopera y una pequeña cacerola, pero con esos tres utensilios tenían suficiente para ellos dos, para preparar las comidas que a él le gustaban.

Aquella tarde, al salir del Nation's Pub se dirigió hacia el centro y después dobló hacia el este con la intención de ir a la carnicería de la Segunda Avenida, que no cerraba hasta las seis. Cuando llegó y notó aquella mezcla de olores (el de la carne cruda, el del serrín del suelo, el de las especias que había sobre el mostrador para los que preferían llevarse la carne a casa ya sazonada), tuvo la certeza de que Alfred iba a regresar a casa.

Una vez que estuvo de vuelta en su silenciosa cocina, despejó la desordenada mesa y la usó para preparar la cena. Llenó de agua la olla y procedió a sazonar el pequeño trozo de lomo de cerdo que había comprado a mitad de precio. Le echó una buena cantidad de sal y pimienta, un poco de nuez moscada que machacó ella misma, una pizca de canela, un pelín de azúcar y una cucharadita de cebolla en polvo que midió en la palma de la mano.

Al cabo de un rato, cuando oyó ruido procedente de la escalera y pasos en el rellano del quinto piso, abrió la puerta y se limitó a esperar.

—¡Mary! —Alfred se detuvo en seco a dos escalones del rellano del sexto piso, se aferró a la baranda.

—¿Estás bien?

Pasar de la hambruna de no verlo durante un largo período de tiempo al festín de tenerlo de nuevo delante era un ciclo que su cuerpo conocía incluso mejor que su mente. Bajo la luz tenue, vestido con ropa oscura, con aquel cabello y aquellos ojos oscuros, apenas resaltaba contra los tonos rojizos y verdes del barato papel con el que el propietario del edificio había revestido las paredes años atrás. No pudo evitar acercarse a él, fue incapaz de reprimir el impulso de ofrecerle su mano. Estaba tan apuesto como cuando eran una muchacha de diecisiete años y un muchacho de veintidós, estaba igual de fuerte que en aquel entonces.

124

—Estoy bien —le dijo él antes de tomarle la mano y acercarla para poder besársela.

—He preparado la cena. —Tiró de él con suavidad para que subiera aquellos dos últimos escalones.

Cuando estuvieron el uno frente al otro, Alfred le enmarcó el rostro entre las manos y, tras contemplarla en silencio unos segundos, la aferró de los hombros y la atrajo hacia sí para abrazarla.

—Gracias, Mary. Qué bien.

Las cosas funcionaron bien entre ellos al principio tras su regreso a casa, pero al cabo de dos semanas empezaron a venirse abajo como un globo que sufre un pequeño pinchazo. Alfred empezó a llegar tarde a casa, no tocaba la comida que ella le preparaba; por la mañana, sin mediar palabra siquiera, se daba la vuelta en la cama y se quedaba mirando la pared hasta que ella se marchaba. Y ella, por su parte, se pasaba el día cocinando en la fiesta de un parque de bomberos, en un salón parroquial, en la merienda al aire libre de una empresa o en cualquiera de los empleos puntuales que conseguía echando mano de sus contactos o prestando atención a los rumores. Se presentaba sin más en la puerta, con sus cuchillos bien envueltos y pulcramente guardados en su bolso, y decía que había oído decir que necesitaban una cocinera.

Septiembre, octubre, noviembre... Alfred y ella convivían en la pequeña vivienda procurando mantener algún mueble entre los dos; en una ocasión, justo antes de Navidad, estaban a punto de cruzarse en la escalera cuando el señor Hallenan había salido al rellano diciendo que la mujer lo había echado de casa. Alfred y ella habían intercambiado una mirada y se habían echado a reír. Ella iba escalera arriba, él escalera abajo, y en ese momento en que se habían reído juntos a expensas del señor Hallenan dejaron a un lado la situación en la que estaban.

A veces, a altas horas de la noche, él le decía que sabía que todos los comentarios crueles que ella le hacía no eran más que la pura verdad. En esas ocasiones podía hablar con él, podía desahogarse a gusto porque Alfred, cuando estaba sumido en ese estado de ánimo, aceptaba el machaque sin protestar y le daba la razón a ella, toda la razón. Pero de día, cuando lo pillaba sobrio y hacía acopio del valor y las fuerzas necesarias para lidiar con aquella situación que estaba minándolos poco a poco, respiraba hondo antes de empezar y, antes de que pudiera pronunciar una sola palabra, él ya estaba haciendo una ligera mueca, ya estaba cerrando los ojos y apartando la mirada, ya estaba preparándose para el bombardeo que se avecinaba. Y era justamente esa reacción inicial —esa pequeña mueca antes siquiera de que ella hubiera dicho una palabra, como si no tuviera derecho a hacer ni la más mínima objeción al tipo de vida que él llevaba; esa pequeña mueca antes incluso de que acabara de girarse del todo hacia él— lo que la había impulsado a acudir a la agencia en busca de algún puesto que la mantuviera alejada de él. Le dijo al señor Haskell, el director de la agencia, que le daba igual no poder regresar a casa ni un solo día a la semana, que estaba dispuesta a ir hasta Connecticut, que iría a Tuxedo si el sueldo era lo bastante bueno y le asignaban un dormitorio para ella sola.

—Ayer mismo contactó con nosotros una familia —dijo él mientras hojeaba su expediente—. Los Bowen. —La miró para ver si el nombre le sonaba—. Hay otras cocineras por delante, pero usted tiene asignación prioritaria.

Lo de la «asignación prioritaria» era algo que ella había visto escrito con anterioridad, tanto en su propio expediente como en el sobre que contenía la valoración que las familias para las que había trabajado le hacían llegar a la agencia. Se valoraba su trabajo y su persona, cómo había encajado con la familia, su capacidad para aceptar sugerencias y si había congeniado con el resto de los miembros del servicio. El señor Haskell quiso dejarle claro que, aunque era afortunada por tener una «asignación prioritaria», no debía confiarse. Le advirtió que era posible que los Warren alquilaran la casa de Oyster

Bay varios veranos seguidos, y le preguntó si era consciente de a cuántas cocineras de Nueva York les encantaría pasar el verano en un lugar así.

—¿Sabía usted que el presidente Roosevelt tiene una casa allí, señorita Mallon? —le preguntó él.

Sí, claro que lo sabía, ¿cómo no? ¡Todas las miradas estaban puestas en aquella horrible mansión marrón! Por lo que había visto durante su estancia allí, no todos los invitados de los Warren habían votado por Roosevelt, pero no había duda de que les encantaba estar comiendo, durmiendo y nadando tan cerca de él.

Le entregó al señor Haskell la carta que había traído consigo de parte del señor Warren y él la leyó antes de decir:

—Por lo que veo, los Warren han estado enfermos este verano. Fiebre tifoidea. ¿Usted no se contagió?

—No.

—¿La ha padecido alguna vez?

—No.

—Y usted se quedó para ayudar a cuidar a los enfermos. —Él bajó la mirada de nuevo hacia la carta, como si quisiera repasar lo que estaba escrito.

—¿Qué otra cosa podía hacer? No es la primera vez que tengo cerca esa enfermedad y nunca me he contagiado. Ayudé a cuidar a los Drayton, ¿se acuerda de ellos?

Sintió una punzada de pánico al verle fruncir el ceño, ya que en ese momento no estaba segura de si había conseguido el trabajo en casa de los Drayton a través de la agencia.

—No me cabe duda de que los Warren se sintieron sumamente agradecidos. —El señor Haskell se reclinó hacia atrás en su silla—. ¿Le dieron una bonificación?

—Me pagaron lo que habíamos acordado para agosto, así que cobré tres semanas adicionales.

—¿Nada extra?

—No, nada. —Ese extra añadido se lo habían dado en metálico y había sido ingresado en su cuenta bancaria semanas atrás.

El señor Haskell la observó en silencio por un momento antes de decir:

—Preséntese en casa de los Bowen el lunes, antes del mediodía.

10

Alguien había abierto las puertas y los ventiladores del techo estaban en funcionamiento, pero el calor sofocante que reinaba en la sala del tribunal no se había aliviado ni lo más mínimo. Mary oyó a su espalda el crujido de la silla de Alfred y estaba a punto de girarse hacia él cuando se dio cuenta de que el señor O'Neill escribía algo a toda prisa y empujaba el cuaderno hacia ella con disimulo. En la página tan solo ponía una cosa: *Soper*.

Alzó la mirada y vio que el guardia se dirigía hacia él, y en ese momento uno de los abogados anunció su nombre completo. Durante las sesiones de preparación previas, el señor O'Neill le había advertido que no reaccionara, que permaneciera atenta a lo que ocurría y se mostrara respetuosa. Soper se levantó de la silla fluida y silenciosamente, como una hoja de papel al sacarla del sobre y desdoblarla.

Todo el mundo quería saber cómo había encajado las piezas del rompecabezas, cómo se había dado cuenta de lo que pasaba, y estaba claro que a él le encantaba relatar la historia. Mary se lo imaginó perfeccionando aquella actitud de serena circunspección ante el espejo de su casa. ¿Que cómo? Era simple, solo había que ser brillante y estar lleno de determinación. Ella tuvo ganas de recordarles que la historia se había publicado en todos los periódicos, que todos los presentes estaban enterados sin duda de lo sucedido, pero era obvio que eso era lo de menos. Iban a darle al doctor Soper la palabra, iban a tener que volver a oírlo todo de nuevo. Se le hizo un nudo en el estómago al verlo sentarse de nuevo como si nada, al verlo cruzarse de piernas, y tuvo que cerrar los ojos y contar hasta diez.

El otro abogado mencionó las credenciales de Soper antes de decir:

—Por favor, doctor Soper, explíquenos cómo sucedieron los acontecimientos previos a su investigación en Oyster Bay, y por qué llegó usted a la conclusión de que Mary Mallon era el origen del brote que afectó a los Warren en el verano de 1906.

Soper se relajó aún más y posó las manos sobre sus rodillas. Lo tenía todo tan bien ensayado que cabía preguntarse si le hacía falta prestar atención a lo que iba diciendo o podía hablar de memoria.

—Los problemas sanitarios del metro me tenían muy ocupado, pero este caso tenía algo que me impulsó a tomar el tren y poner rumbo a Oyster Bay para echar un vistazo. Llegué durante la segunda semana de enero de 1907, y admito que en un principio mi sagacidad no superó a la del resto de los investigadores que había contratado el señor Thompson; al igual que ellos, en un primer momento pensé que la familia habría podido contraer la enfermedad al comer unos cangrejos de caparazón blando, y me planteé si el problema estaría en el agua. Vertí un pigmento azul en el inodoro y esperé a ver si el agua potable se teñía de ese color, pero no fue así; comprobé la cisterna y no encontré en ella ni rastro de bacilos tifoideos; me quedé tres días allí y recabé información preguntando a los comerciantes de la zona, a un agente de policía y al cartero que había entregado el correo en casa de los Warren el verano anterior. Exceptuando a una institutriz y a un profesor de música procedentes de Manhattan que los Warren habían traído consigo, el resto del servicio doméstico contratado era gente de la zona; visité a cada uno de ellos y les pedí que me contaran todo lo que recordaran sobre la semana en la que había aparecido la enfermedad, quién había caído enfermo en la casa y cuándo había ocurrido.

Fue Jack, el mozo de cuadra, quien mencionó de pasada al final de nuestra conversación que estaba convencido de que nadie se habría recuperado de no ser por Mary. Revisé las notas que me habían hecho llegar los otros investigadores, pero en ninguna de ellas se mencionaba a una sirvienta con ese nombre. La única cocinera que aparecía en mi lista era una mujer llamada Bernadette Doyle. Le pregunté a Jack al respecto y él me contó que la señora Doyle se había marchado a finales de julio porque su hija estaba embarazada y el parto se había adelantado, que los señores Warren habían solicitado otra cocinera y Mary había llegado a la casa el tres de agosto. Yo mantuve la calma al anotar la fecha, pero entonces la cotejé con el día en que habían aparecido los primeros síntomas: el dieciocho de agosto. Se imaginará usted lo emocionante que fue para mí semejante descubrimiento.

El abogado asintió como diciendo que sí, que claro que podía imaginárselo, y lanzó una mirada hacia los jueces.

—Quería cerciorarme por completo —añadió Soper—, que no hubiera lugar a dudas. Le pregunté a Jack si estaba seguro de que esa era la fecha exacta y él me lo confirmó. «Sí, claro que estoy seguro, porque Mary llegó el día de mi cumpleaños. Preparó el mejor helado que he probado en mi vida, y daba gusto mirarla». Esas fueron sus palabras, tal cual. Jack me dijo que esa cocinera llamada Mary se había quedado en la casa para cuidar a los que iban enfermando, que no se había marchado hasta que todos se habían recuperado, a mediados de septiembre. Una vez que tuve esa información, la cosa fue tan simple que hasta un niño habría sabido encajar las piezas.

Relató que había regresado a Manhattan y se había puesto en contacto con la agencia a través de la cual la habían contratado los Warren; dijo que había solicitado a los de la agencia que le mandaran un listado de las familias para las que Mary había trabajado por mediación de ellos, además de la dirección de la casa en la que estaba empleada en ese momento.

—Una a una, las familias fueron informándome de brotes de fiebre tifoidea que habían surgido a las pocas semanas de la llegada de

Mary. Recopilé toda la información y una tarde de finales de febrero fui a casa de los Bowen y llamé a la puerta. En ese momento estaba dispuesto a creer que ella no tenía la culpa; como bien sabrán, aún son muchos los médicos que no aceptan como válida la idea de que existen portadores sanos, y yo tenía intención de explicarle a Mary cuál era la situación. No esperaba que se me hablara de forma tan grosera ni que se me amenazara con un cuchillo. Dejé una nota para el señor Bowen, pero cuando volví a pasar por allí al cabo de varios días me quedé atónito al ver la cabeza de Mary asomando un instante por la entrada de la servidumbre.

—¿Qué averiguó más adelante sobre esa nota?

—Que los Bowen no llegaron a recibirla.

Mary recordaba aun el rápido movimiento de muñeca de Frank al lanzar aquella nota a las llamas. Los Bowen lo habían despedido varias semanas después de que se la llevaran y no había vuelto a saber de él. Lo habían echado por ayudarla, y la sensación de culpa que sentía por ello le oprimió el pecho. Frank se había quedado sin trabajo por el mero hecho de conocerla, por ser su amigo.

—¿Cuándo intentó hablar de nuevo con la señorita Mallon? —preguntó el abogado.

—Una semana después más o menos, en el edificio de la calle 33 donde vive —contestó Soper.

Ella sintió como si los márgenes de su campo visual se oscurecieran, notó cómo los recuerdos la arrastraban de vuelta al pasado. Revivió con nítida claridad el sobresalto que había vivido cuando, al llegar a casa después de pasar una semana fuera trabajando y sin haber podido sentarse siquiera, había oído que llamaban a la puerta y, cuando Alfred había ido a abrir, la persona que estaba al otro lado había resultado ser el doctor Soper. El tipo, ignorando por completo a Alfred, había insistido en que era de vital importancia que hablara con ella y había dado un paso hacia delante como si lo hubieran invitado a entrar.

El señor O'Neill le acercó en ese momento un vaso de agua y ella bebió un trago.

—¿Qué fue lo que sucedió? —preguntó el abogado del Departamento de Salud.

El doctor Soper dirigió una mirada tan fugaz hacia ella que Mary se preguntó si habrían sido imaginaciones suyas. Él se alisó la solapa de la chaqueta antes de contestar.

—Que no tuve éxito. Tanto ella como su acompañante se negaron a atender a razones. Admito que quizás fui demasiado abrupto la primera vez que hablé con la señorita Mallon, que a lo mejor abordé el problema desde una óptica demasiado científica. Me invadía una profunda sensación de apremio cuando fui a verla a casa de los Bowen, y puede que no tuviera en cuenta sus sentimientos. Cuando fui a verla a su casa intenté un enfoque distinto. Al verme en la puerta de su casa me preguntó gritando qué quería de ella, así que le pregunté con mucha calma si no se había dado cuenta de que la enfermedad y la muerte la seguían allá por donde iba.

Estaba siendo sincero en cuanto a lo que había dicho, pero Mary recordaba bien el tono de voz que había empleado y no había sido de calma ni mucho menos, sino de acusación; en cuanto a Alfred, se había quedado parado en la puerta y, tras mirar a uno y a otra varias veces, había terminado por apartarse a un lado. Ella recordaba haber gritado, pero no lo que había dicho. Y también recordaba que, cuanto más enfurecida estaba, más calmado parecía estar Soper.

—¿Cómo reaccionó ella? —preguntó el abogado.

—Con enfado, diría yo. Me amenazó de nuevo con un cuchillo.

«Un cuchillo con un filo tan romo que a duras penas servía para cortar mantequilla», pensó ella para sus adentros. El día en cuestión habría querido poder discutir con él, poder rebatir sus argumentos, pero volver a verlo la había dejado tan impactada que no entendía ni una palabra de lo que él decía. La enfermedad y la muerte no la seguían ni más ni menos que a cualquier otra persona. Llevaba toda la vida viendo morir a gente. Primero había sido su padre, en un incendio; después su madre, de un catarro; varios años después había sido un hermano, y después el otro; después su hermana al dar a luz, seguida de sus dos sobrinitos recién nacidos; y después, mientras ella navegaba rumbo a América, le había tocado el turno a su querida abuela. Intentó recordar si habían padecido fiebre. Seguramente sí, pero no lograba acordarse y, en cualquier caso, las enfermedades que acababan matando a una persona siempre llegaban acompañadas de fiebre y en Irlanda no le daban un nombre a cada una de esas fiebres. La gente enfermaba y moría, ella no había oído hablar de la fiebre tifoidea hasta su llegada a América.

—¿Fue en esa visita cuando se enteró usted de que la señorita Mallon tenía un acompañante? —el abogado consultó sus anotaciones—, ¿el señor Alfred Briehof?

—Sí, así es.

—¿Qué puede decirnos al respecto?

—Cuando llegué a la dirección que la agencia me había dado vi a Mary en la puerta del edificio y deduje que acababa de llegar en ese preciso momento. Estaba a punto de ponerla al tanto de mi presencia cuando un hombre se acercó a ella y la abrazó allí mismo, en plena calle. Supuse que estaría prometida en matrimonio, pero descubrí posteriormente que no es así. Fue el señor Briehof quien me abrió cuando intenté hablar con ella en la puerta de su vivienda, ni diez minutos después.

—¿Puede describirnos lo que alcanzó a ver de la vivienda, por poco que fuera?

—El señor Briehof estaba desaliñado. Vi que había platos sucios sobre la mesa, y el lugar olía a fruta pasada.

—Por favor, descríbanos lo que hizo usted tras el segundo intento fallido de convencer a la señorita Mallon de que se sometiera a las pruebas.

—Puse todo mi empeño en conseguir que el Departamento de Salud y la policía tomaran cartas en el asunto, porque sabía que iba a necesitar que me ayudaran. Una vez que logré convencerlos al fin, ideamos un plan. Solicitamos la ayuda de una doctora con la esperanza de que Mary se mostrara más dispuesta a cooperar con una mujer, pero no fue así.

—Se refiere usted a la doctora Josephine Baker, ¿verdad?

—Sí.

Mary deslizó la mirada por las personas sentadas al otro lado de la sala, pero no vio a la doctora Baker entre ellas.

Al mediodía, cuando el juez Erlinger ordenó un receso para comer, el señor O'Neill le propuso a Mary que comieran juntos, pero ella quería pasar aquellos tres cuartos de hora con Alfred. O'Neill protestó en un primer momento alegando que había varios puntos que debía revisar con ella, pero al final cedió y le advirtió que estaba obligado a enviar un guardia para que la custodiara.

Alfred estaba apoyado contra la pared del fondo de la sala y se limitó a observarla en silencio mientras la veía acercarse. Ella era vívidamente consciente de las arrugas humedecidas de sudor de la ropa que la cubría mientras avanzaba hacia él (se sentía como si estuviera enfundada en un montón de ropa arrugada recién salida de la saca de la colada, una ropa que habría que meter en un balde y poner a secar). El peinado se le había desmoronado y notaba el moño medio deshecho en la nuca; estaba nerviosa.

Alfred le tomó la mano y le dio un ligero apretón antes de sacarla al pasillo. Tras bajar los escalones de la entrada, con el guardia siguiéndolos a varios pasos de distancia, la condujo hasta el vendedor de bocadillos de jamón que estaba parado en una esquina con su carrito.

Ella lo observó intentando descifrar qué era lo que notaba distinto en él mientras lo veía quitarse el sobrecuello y desabrocharse varios botones de la camisa. Tras desprenderse también de los puños de esta, los lanzó hacia unos arbustos junto con el sobrecuello. Sin ambas cosas, saltaba a la vista que la camisa estaba tan fina y desgastada que era poco más que una gasa, y la camiseta interior se le transparentaba bajo el sol. Él le puso una mano en la cintura. Estaba decidida a no permitirle besarla hasta haberle dicho cuatro cosas bien dichas, pero ahora que había llegado el momento decidió que ya tendría tiempo durante el resto de su vida para sermonearlo. Hacía mucho que no lo veía y en ese momento allí estaba él, con el aspecto y el olor y la forma de moverse de siempre.

Esperó en silencio a que la besara, pero él se limitó a acariciarle la mejilla antes de decir:

—Solo dispongo de media hora.

—¿Tienes trabajo?

Dudaba mucho que así fuera (al fin y al cabo, ¿qué clase de trabajo le permitiría presentarse pasado el mediodía?), pero ese era un día en que había que dejar de lado las discusiones y mantener la paz. No quería que para él fuera un fastidio imaginársela de vuelta en casa, sino que estuviera deseando que la soltaran.

—Sí. Empezó siendo algo puntual, pero no me han dicho en ningún momento que ya no me necesiten, así que yo sigo yendo y ellos siguen pagándome. Ya llevo seis meses allí.

—¿Qué es lo que haces?

—Trabajo para la empresa de hielo. Mejor dicho: para las cuadras que usan. La semana pasada me dejaron conducir un carro porque uno de los conductores estaba enfermo, pero solo fue por esos pocos días.

—¿Te gusta?

Él se echó a reír.

—Eres la única persona que me ha hecho esa pregunta, Mary.

—Te conozco y sé que dejarás el trabajo si no te gusta.

—De momento sí que me gusta, y el jefe dice que les caigo bien a los caballos. —Señaló hacia un escalón donde podían sentarse—. La verdad es que no hay gran cosa que hacer aparte de cepillarlos y darles de comer y mantener limpios los pesebres. Saco a los que no han sido asignados a un carro para que corran un rato y hay unos cuantos que están heridos, pero no se puede hacer mucho por ellos hasta que se curan. Si es que se curan, claro. Tuve que sacrificar a uno. Ese fue el único día realmente malo que he tenido hasta el momento, y la verdad es que fue muy duro regresar después de eso. Otro carro chocó contra él en la esquina de Madison con la 50 y se le rompió la pata a la altura del tobillo. Tuve que ir hasta allí y pegarle un tiro.

Alfred alzó una mano hacia ella y le tocó el pelo. Trazó con un dedo la línea del nacimiento de su cabello y el contorno de su oreja, bajó por el cuello y se detuvo al llegar al cuello de la blusa.

—Pero no sé por qué estamos hablando de mí, centrémonos en ti. Te ves bien, Mary. ¡Dios, me alegra volver a verte!

Ella se llevó a los labios su fuerte y masculina mano y la besó. Observó en silencio su rostro antes de contestar.

—Has dicho que soy la única persona que te ha preguntado si te gusta tu trabajo. ¿Quién más habría de preguntarte algo así? Es decir, ¿a quién más se lo has contado?

—No te entiendo, se lo cuento a cualquiera que me pregunte a qué me dedico.

—Es que me ha dado la impresión de que te sorprendía el hecho de que nadie más te haya preguntado si te gusta trabajar allí. ¿A quién más se le ocurriría preguntarte algo así, aparte de mí?

—¿Qué estás insinuando?

—Nada.

—Vale.

—Yo solo digo que tu comentario ha sido bastante curioso. Decir que soy la única persona que te ha preguntado eso, cuando no hay motivo alguno para esperar una pregunta así de nadie más... porque no lo hay, ¿verdad?

—Mary...

—¿Estás viéndote con alguien?

Él apartó la mano.

—¿Por qué me preguntas eso? ¿Tú estás viéndote con otro hombre?

—¡Venga ya! ¿Me lo preguntas en serio?

—En esa isla hay más gente, no estás sola. Está el jardinero ese, por ejemplo.

—Sabrías lo absurda que es tu pregunta si realmente hubieras leído mis cartas. Si me escribieras más a menudo...

—Mira, no tiene sentido ponerse a discutir por eso ahora; al fin y al cabo, pronto estarás de vuelta en casa, ¿verdad?

—Pero en mis cartas te contaba lo sola que me sentía, lo preocupada que estaba por ti. De haber sido tú quien estaba en esa isla te habría escrito todas las semanas, y lo sabes.

—Vale, muy bien, está claro que eres mejor persona que yo. Es eso lo que estás diciendo, ¿no? ¡Soy un animal que solo piensa en sí mismo y tú un dechado de virtudes!

Mary no esperaba que aquel encuentro transcurriera así, que empezaran a discutir por un pasado que ninguno de los dos podía cambiar y el uno se pusiera a criticar al otro tal y como solían hacer antes de que la apresaran. Se sintió dolida, muy dolida, pero tenía que hacer un esfuerzo por cambiar de tema si el objetivo era que volvieran a estar juntos cuando ella regresara a casa. Había tomado la decisión de no empezar a sermonearlo durante aquel primer encuentro que iban a tener después de tanto tiempo. Tenía intención de mostrarse cordial y comprensiva, había resuelto que empezarían de cero si él estaba dispuesto a hacerlo, pero, como de costumbre, fue incapaz de reprimirse. Justo cuando su mente estaba advirtiéndole que se quedara callada, las palabras ya empezaban a brotar de sus labios. Alfred se removió ligeramente en el escalón, tenía en el rostro esa expresión de desdén que tanto la había desquiciado antes de marcharse. Como si cada palabra que ella pronunciaba fuera algo que lo impelía a retroceder, a apartarse.

—¡Apenas me escribiste! No sabía si mis cartas estarían hundiéndose en el fondo del río.

—Sí que te escribí.

—Un puñado de veces.

—Fueron más, Mary —dijo él con un suspiro—. ¿Qué querías que hiciera? Esto también ha sido duro para mí.

—Mira, lo último que quiero es discutir contigo, sobre todo en este preciso momento. Pronto estaré de vuelta en casa y eso es lo único que importa.

—Respecto a eso, será mejor que te lo diga ya.

—¿Qué?

—Ya no vivimos en la calle 33. Me mudé, no me quedó más remedio. No podía permitirme pagar ese sitio sin ti. Además, algunas de las mujeres del edificio se incorporaron a la Liga de la Templanza y estaban volviéndome loco, me esperaban al pie de la escalera y metían panfletos por debajo de la puerta. Varias de ellas me siguieron una tarde recitando versículos de la Biblia, y cuando llegué al Nation's los demás se pusieron furiosos conmigo por conducirlas hasta allí.

—¡Alfred! ¿Por qué no me avisaste?

Habían compartido aquel piso durante trece años, a ella le encantaba aquel lugar y se sentía como si llevara toda su vida allí. En las cartas que le había enviado a Alfred le había preguntado cómo iba todo por casa, cómo estaban los vecinos del edificio. Si bien era cierto que las respuestas de él habían sido breves, no había mencionado en ningún momento que tuviera problemas para pagar el alquiler, así que ella había deducido que... en fin, había albergado la esperanza de que no estuviera demasiado retrasado en el pago del alquiler. Intentó dejar a un lado la decepción que sentía; al fin y al cabo, su hogar estaba dondequiera que estuviera Alfred.

—En ese caso, ¿a dónde iban a parar mis cartas?

—Las dejan en el edificio y Driscoll me las guarda, yo las recojo cuando paso en esa dirección.

Mary no conocía demasiado bien al señor Driscoll, pero sabía que era uno de los pocos vecinos del edificio con el que Alfred se paraba a charlar de buena gana al cruzarse con él. Si mal no recordaba, Alfred había mencionado en alguna ocasión que Driscoll había trabajado de florista hasta que había tenido que dejarlo debido a lo mucho que le dolían las articulaciones.

—¿Dónde vives?

—En la calle Orchard.

—¡Santo Dios!

—No está mal. Una familia me ha alquilado una cama en su casa y las comidas están incluidas. Tienen un hijo, Samuel.

—¿Cómo se apellidan?

—Meaney.

Ella se preguntó a dónde habrían ido a parar todas sus pertenencias (su olla, su sartén y su cacerola, su ropa, la tetera de plata que había heredado de la tía Kate), pero respiró hondo mientras se repetía a sí misma que no debía centrarse en eso, que dejara el tema a un lado. Fue acumulando cada pequeño dato que él iba dándole para intentar encajarlos y crear una imagen completa. Se imaginó a Alfred yendo y viniendo de la calle Orchard, sentándose a comer con una familia a la que ella no había visto en su vida, procurando cuidar sus modales al tratar con Samuel, dirigiéndose rumbo a las cuadras de Crystal Springs y trabajando todo el día. Tenía ganas de preguntarle si seguía bebiendo, si la señora Meaney lo esperaba despierta hasta tarde, si lo ayudaban a acostarse por las noches y le quitaban los calcetines y los zapatos y le recordaban que lavara la ropa de cama una vez a la semana.

—Entonces ¿a dónde voy a ir yo cuando me dejen libre esta tarde? —le preguntó.

—Ven a la cuadra, yo estaré trabajando allí hasta tarde. Mi habitación de la calle Orchard no es demasiado grande y, con el niño en la casa, dudo que te permitan vivir allí. Se me ocurre que...

—¿Qué?

—Que podrías quedarte en casa de alguna conocida hasta que encontremos algo para los dos. Alguna de las antiguas vecinas, por ejemplo.

En ese momento, Mary oyó que la llamaban desde el otro extremo de la calle. El receso estaba a punto de llegar a su fin y el señor O'Neill quería repasar lo que iba a suceder a continuación antes de tener que volver a entrar en la sala. Aunque el guardia que la custodiaba se había quedado dormido con el sombrero cubriéndole los ojos, jamás sería tan tonta como para intentar escapar en ese momento, ya que iba a quedar libre en cuestión de horas.

—Tengo que irme, ya se me ha hecho tarde —le dijo Alfred. Cuando ambos se sacudieron las migas, la abrazó y la alzó del suelo por un momento antes de volver a bajarla—. Lo siento, Mary, siento no habértelo dicho. Después, cuando volvamos a vernos, ya decidiremos lo que vamos a hacer. Algo se nos ocurrirá, te lo prometo. —Procedió entonces a darle la dirección de las cuadras.

—Sí, de acuerdo, ya hablaremos.

—Han cambiado muchas cosas, Mary. Ya lo verás.

Ella lo había conocido siendo apenas una cría, con tan solo diecisiete años. Había pasado más de veinte años de su vida atada a esa persona, y a esas alturas ya era imposible deshacer ese vínculo. Se habían mudado al piso de la calle 33 en el verano de 1894, cuando ella tenía veinticinco años. La tía Kate había muerto de neumonía aquel invierno y Paddy Brown había pasado de hablar muy poco a no hablar nada de nada.

—Kate quería mucho a Alfred —le afirmó ella con voz suave a Paddy el día en que le dijo que se iba a vivir con Alfred, que habían encontrado un lugar para los dos.

—Ella creía que él se casaría contigo —contestó Paddy Brown mientras tanteaba la mesa en busca de su tabaquera.

Ella le ahorró el trabajo. Agarró la tabaquera, la abrió, sacó un rollo de tabaco, se lo ofreció en la palma de la mano y esperó a que encendiera la pipa antes de sentarse a su lado. Él posó una mano sobre su cabeza y, tras un largo silencio, dijo al fin:

—Llévate todo lo que ella quería que tuvieras.

Era la conversación más larga que había mantenido con él en los últimos seis meses.

Semanas después de irse a vivir con Alfred, de colocar el puñado de cosas que se había llevado de casa de la tía Kate, de ir al mercado a comprar sábanas nuevas para la cama doble y un mantel en un alegre tono amarillo para la mesa nuevecita de la cocina, tenía la impresión de que no iba a volver a descansar nunca más. ¿Qué mujer podría descansar teniendo tan cerca a Alfred? Permanecía despierta incluso cuando él ya se había quedado dormido y saboreaba el peso de su masculino brazo sobre las costillas, el ligero tironcito que sentía cuando el pelo se le quedaba enganchado en la barba incipiente de su mandíbula. Cuando trabajaba estaba deseando regresar a casa para estar con él y Alfred decía que el sentimiento era mutuo. Conversaban hasta las tantas de la noche tomando una taza de café, conversaban también al acostarse y al levantarse, y cuando no estaban juntos el uno iba recopilando todo aquello que podría interesarle al otro para compartirlo al llegar a casa. Al llegar el invierno, a pesar de que el tarro para el dinero del contador del gas solía estar vacío, se limitaban a meterse juntitos en la cama y se cubrían con todas las mantas que tenían y tiritaban con las manos ahuecadas sobre la boca. Él la despojaba del montón de calcetines que cubrían sus helados pies, y entonces se subía los suéteres y le calentaba los pies contra su pecho. Al recordar aquellos días pasados, Mary podía sentir aun aquella dicha mezclada con asombro, aquella certeza de que nadie en el mundo podía ser tan feliz como ellos.

Alfred la abrazó de nuevo, volvió a soltarla... y ella notó algo extraño en su actitud, hubo algo en su manera de abrazarla y de soltarla que la hizo intuir que algo no iba bien.

Oyó que el señor O'Neill la llamaba de nuevo, el guardia se acercó y se posicionó junto a ella.

Habían pasado mucho tiempo separados, seguro que no era más que eso. Era comprensible que dos personas se mostraran un pelín inseguras al reencontrarse tras veintisiete meses de separación, aunque se tratara de una pareja tan unida como ellos. Y también había que tener en cuenta la sensación de culpa. Alfred siempre se mostraba abatido cuando se sentía culpable y ella no tendría que haberle reprendido por no escribir más a menudo. No era momento para discusiones ni reproches. Estaban a punto de volver a estar juntos, de vivir unidos y felices con Alfred trabajando, comiendo tres veces al día y regresando a casa al finalizar la jornada. Puede que lo de no seguir viviendo en la calle 33 fuera positivo para ellos, ya que así podían buscar juntos otra casa y empezar de cero de verdad.

—Te amo, Mary. De verdad que sí.

—Está bien, ya hablaremos después de eso.

—Sí, ya hablaremos.

Se dirigieron hacia el señor O'Neill, que estaba indicando ceñudo su reloj.

Después del receso, todos los asistentes regresaron a la sala incluso más acalorados y sudorosos que antes; de hecho, varios periodistas no volvieron. Mary se preguntó si esa ausencia se debía a que estaban seguros de saber cuál iba a ser el resultado de la audiencia y, de ser así, qué habrían vaticinado. Vio a la doctora Baker en la segunda fila, los hombres que tenía a ambos lados estaban de espaldas a ella ocupados conversando con otros hombres.

Los científicos hablaron sobre los nuevos descubrimientos que había habido en el mundo de las enfermedades contagiosas, sobre nuevas vacunas que estaban en desarrollo. Afirmaron que iban a aparecer más personas como Mary, gente que tenía dentro la enfermedad pero no sucumbía ante ella. Emplearon términos como «bacilos», «suero» y «aglutininas», palabras que la hacían sentirse como si tuviera la boca llena de algodón y fuera incapaz de escupirlo.

Al final se procedió a hablar sobre su captura o, concretamente, sobre los motivos que habían llevado al doctor Soper y al Departamento de Salud a llevársela a la fuerza. Uno a uno, los enviados de dicho departamento argumentaron que las cosas habrían sido distintas si estuvieran hablando de una mujer instruida, pero Mary Mallon no había recibido una educación formal y vivía con un hombre de baja catadura moral, un hombre con el que no estaba casada. Algunas de las personas para las que había trabajado habían confesado que cuando la habían tenido a su servicio preferían no contrariarla, que preferían no pedirle que preparara ternera cuando ella ya tenía pensado preparar pollo. Eso no era normal, ¿verdad? ¿Qué clase de cocinera inspira esa cautela a la persona para la que trabaja? La señora Proctor, que residía en la calle 70 Este, recordaba que en una ocasión le había pedido que cocinara un guiso irlandés creyendo que sería una de sus especialidades ¡y resulta que Mary se había negado a prepararlo!

Aquella fría mañana de marzo de 1907, cuando Bette había abierto la puerta principal de la casa de los Bowen, los policías habían entrado como una tromba y se habían desplegado por la vivienda.

—¡No está aquí! —gritó Bette.

Lo dijo en voz tan alta y llena de apremio que le llegó a la propia Mary, quien en ese momento se encontraba en la tercera planta y al apartar la cortina de la ventana más cercana vio el vehículo policial parado frente a la casa. Oyó el sonido de pasos que subían corriendo por la escalera de servicio, pero estaba como petrificada y fue incapaz de moverse.

—¡Ha llegado la policía! —le advirtió Frank al aparecer por la puerta—. ¡Tengo una idea!

Ella vio la solución antes de que él le diera voz y se limitó a decir:

—Los Alison.

Los Alison vivían en la casa de al lado y recientemente se había abierto una entrada en la valla que separaba ambos patios traseros para que los criados de las dos familias pudieran ir de una casa a la otra. La señora Alison y los niños habían partido rumbo a Europa una semana atrás y el señor Alison iba a pasarse todo el día en su despacho. Frank alzó una mano mientras oían a los policías recorriendo las habitaciones de la segunda planta y le indicó en voz baja:

—Estate atenta.

Ella asintió y de repente se sintió helada, tenía el cuerpo entero cubierto de una fina capa de sudor y se puso a temblar. Su abrigo estaba abajo, en el armario de la servidumbre, no iba a tener tiempo de ir a por él y estaba nevando.

Segundos después oyó el grito de Frank procedente del primer piso y a continuación el revuelo de varias personas calzadas con zapatos de suela dura bajando la escalera a la carrera. La señora Bowen había salido de compras, el señor Bowen se encontraba en su despacho del centro; se suponía que aquel iba a ser un viernes común y corriente, uno especialmente bueno porque solo iba a tener que cocinar para los miembros del servicio y eso era tarea fácil (no había que servir los platos, comían todos juntos alrededor de la mesa de la cocina). Se aferró al pomo de la puerta para ayudarse y, con suma cautela, se asomó al pasillo; al ver que estaba desierto, salió y avanzó pegada a la pared hasta que llegó a la estrecha escalera trasera que usaba el servicio. Bajó con tanto sigilo como una gata hasta llegar a la puerta trasera de la casa y al salir vio que la nieve había arreciado. Corrió por el sendero que conducía a la valla, no sentía nada más allá de su propio corazón martilleándole en el pecho; abrió la puerta que comunicaba el patio trasero de los Bowen con el de los Alison, miró hacia atrás para comprobar si alguien estaba observándola y vio sus propios pasos impresos en la nieve; retrocedió a toda prisa para eliminar su rastro, se inclinó hacia delante y, caminando hacia atrás, fue borrando las pisadas con las manos.

La puerta de la cocina de los Alison estaba cerrada (apenas habían dejado servidumbre en la casa mientras la familia estaba en Europa), pero en un extremo del patio había un cobertizo de almacenamiento. Se trataba de una construcción pequeña, era poco más que un armario bajo techado, pero la puerta estaba abierta y al entrar descubrió que, entre las tijeras de podar, los sacos de arena y los barriles de queroseno, quedaba el espacio justo para que una persona esperara agachada.

Al principio no notó el frío y se sintió protegida en aquel reducido espacio, pero al cabo de un rato tomó conciencia de la corriente que se colaba entre las tablas y empezaron a dolerle las rodillas por permanecer tanto tiempo agachada. Apartó un par de voluminosos botes de aceite para hacer algo de lugar y poder sentarse en aquel suelo de arena compacta y lamentó no poder oír lo que estaba ocurriendo al otro lado de la valla, en casa de los Bowen. Se preguntó si Frank y Bette se acordarían de ir a buscarla cuando los policías se rindieran y se marcharan. Lo único que podía hacer era esperar.

Tiempo después, el señor O'Neill le preguntó cómo se había sentido ante la persecución a la que la había sometido el doctor Soper, por qué no se había sorprendido más al verse acosada de esa forma.

—¡Claro que me sorprendí! ¡Estaba conmocionada!

—Pero usted no se comportó como lo haría una persona que está sorprendida y conmocionada —insistió él—, sino como alguien que espera ser perseguido. ¿Comprende la diferencia entre una y otra cosa? Reaccionó con demasiada rapidez. ¿Cómo supo al mirar por la ventana y ver el vehículo policial que era a usted a quien buscaban? Ese es el problema que tienen con usted, esa es en parte la razón por la que no la crean cuando afirma que ignoraba por completo estar propagando una enfermedad.

—¡Yo no estoy propagando ninguna enfermedad!

—¿Lo ve? Incluso ahora parece una persona que ha estado defendiéndose desde hace años, desde mucho antes de que la acusaran de algo.

—¿A dónde quiere llegar?

—A que seguramente hubo un momento en que se le pasó por la cabeza la posibilidad de que todo esto pudiera ser cierto. La cuestión es si se lo planteó antes o después de las acusaciones.

—No lo entiendo.

—Sí, sí que me entiende. Piense en ello.

* * *

146

Mientras esperaba sola en el silencioso cobertizo de almacenamiento intentó ocupar su mente con cosas agradables, cosas cotidianas como lo que tenía que comprar en la tienda o lo que le cocinaría a Alfred la próxima vez que regresara a casa, pero en vez de eso no podía dejar de pensar en los policías que estaban buscándola. Recordó a las personas que habían muerto en Oyster Bay, en lo convencida que estaba de que lograría que salieran adelante si se esforzaba por evitar que les subiera la fiebre, una fiebre que había actuado con mucha rapidez. Los médicos actuaban como si todas las fiebres fueran iguales, pero ella tenía claro que algunas eran más peligrosas que otras y podía distinguirlas solo con tocar a la persona con la mano. Un día todos estaban jugando al tenis y montando a caballo, y al día siguiente empezaron a sufrir mareos; el jardinero vomitó cerca de la cisterna de agua y la señora Warren se desmayó en el porche, pero ella había presenciado aquel ciclo suficientes veces para saber que los adultos iban a lograr recuperarse. Si bien era cierto que se sentían mal y deliraban, que se revolvían entre las sábanas y las empapaban de sudor y vomitaban bilis, ella había visto la versión más cruenta de la fiebre tifoidea, había presenciado la llegada de la muerte en varias ocasiones, y en esos casos había sido una batalla desigual desde el primer momento. La única que le preocupaba de verdad era la hija de los Warren, ya que la pobre niña tan solo tenía ocho años y no contaba con las mismas fuerzas que los demás. Ese era el momento realmente peligroso: cuando los pacientes se quedaban sin fuerzas para luchar, cuando se limitaban a dormir y se quedaban con la mirada perdida y preferían mantener los ojos cerrados; cuando los gemidos se apagaban, cuando dejaban de parlotear y delirar. Y aquella niña ya era muy callada de por sí.

Mary había luchado con todas sus fuerzas para mantener a la muerte apartada de aquella muchacha. Llenó la bañera hasta arriba y metió la mano para demostrarle lo divertido que era salpicar dentro de la casa, chapotear y que el agua rebosara por el borde de madera y mojara el suelo. Aquello despertó cierto interés en la niña, ya que se trataba de algo que no se le permitiría hacer en circunstancias normales. Ella le relató su viaje en barco rumbo a América y le habló de Irlanda. La cría jamás pondría un pie allí, por supuesto. Puede que fuera a Inglaterra o a París, pero no a Irlanda. Le explicó que eran pocos los que visitaban aquel lugar, que era un lugar del que la gente prefería marcharse.

—Es mi tierra natal, igual que Nueva York es la tuya. ¿Qué fue lo que dijo el poeta? Ah, sí: «Todos los salvajes aman su tierra natal».

Y fue entonces cuando supo que la niña iba a sobrevivir, porque la pequeña la miró con ojos en los que aún había vida.

—¿Eres una salvaje, Mary?

—Sí, como todo el mundo.

La cría pensó en ello unos segundos antes de contestar con mucha seguridad:

—Yo no.

—¿No?

—No, en absoluto.

De modo que la hija de los Warren sobrevivió, al igual que el resto de los habitantes de la casa, y todo el mundo se sintió muy agradecido hacia ella por la ayuda que había prestado.

Ese era uno de los factores preocupantes en el caso de la hija de los Bowen, el que no la dejaran acercarse a la pequeña. Ojalá pudiera verla, aunque solo fuera por un momento, pero seguro que ni el barullo de la policía registrando la casa había logrado que la enfermera saliera al pasillo por un momento. Cuando llamaban a la puerta para darle hielo y sábanas limpias, la mujer se ponía en medio para impedirles ver la cama de la niña. Aceptaba lo que le entregaban y cerraba de nuevo la puerta sin más.

A continuación pensó en el niño, en el hijo de los Kirkenbauer, un crío de tan solo dos años. Dos añitos, apenas dos. Mientras permanecía allí, oculta en el cobertizo de los Alison con las manos heladas de frío, intentó con todas sus fuerzas mantener a aquel niñito apartado de su mente. Tarareó canciones en voz baja, recitó poesía.

En 1899, al regresar a casa después de lo ocurrido en el hogar de los Kirkenbauer, se pasó un mes entero sin buscar otro puesto de trabajo y se limitó a preparar bocadillos que vendía a los trabajadores del almacén de madera de la calle 21. Eran unos perfectos desconocidos a los que se limitaba a entregarles los bocadillos a cambio de unas monedas, y decidió que justo eso era lo que quería: cocinar para gente a la que no conociera de nada. No quería ver a las personas para las que trabajaba al despertar por la mañana, ni que sus hijos se abrazaran a sus piernas y se aprendieran su nombre.

Tuvo la impresión de que la espera en el cobertizo duraba horas. Tenía hambre y frío, estaba agarrotada y le preocupaba acabar enfermando. ¿Quién iba a cocinar para los Bowen si ella estaba indispuesta? Agarró un largo trozo de lona que cubría las herramientas de jardinería almacenadas en un estante que tenía justo detrás y se tapó los hombros con él. Apretó las rodillas contra su pecho e intentó calentarse los dedos con el aliento. En un momento dado le pareció oír a Bette llamándola y abrió la puerta, pero vio una gorra de policía moviéndose al otro lado de la valla. Intentó no preguntarse qué hora sería, si se vería obligada a pasar allí toda la noche; se planteó correr el riesgo de bordear corriendo la casa de los Alison, salir al callejón lateral y alejarse de allí rumbo al centro; pasaba de estar convencida de que los policías iban a rendirse, de que se marcharían para no regresar jamás, a tener la certeza de que estarían esperándola en casa, de que estarían esperándola adondequiera que fuese.

Habría podido jurar que llevaba varias horas aguantando así, casi totalmente quieta, cuando oyó el crujido de la puerta de la valla al abrirse y el sonido de pisadas sobre la nieve. Rezó para que fuera Frank, que iba a avisarle de que el peligro había pasado. Oyó que alguien pasaba por delante del pequeño cobertizo, la sombra de un hombre oscureció los pedacitos de cielo que se vislumbraban entre las rendijas de las tablas. Había una persona parada delante del cobertizo, era obvio que estaba observando con atención aquella pequeña construcción que era sin duda un escondrijo perfecto.

Un hombre la llamó en voz alta.

—¡Mary Mallon!

El mundo que la rodeaba era estrecho, quebradizo y gélido; la voz de aquel hombre amenazaba con abrirlo todo de un mazazo, con hacer añicos los bellos témpanos de hielo que colgaban de las ramas. Apretó los labios con fuerza y cerró los ojos. Oyó que otra persona se acercaba a la que ya estaba delante del cobertizo; una voz femenina, la voz de una mujer eficiente y que estaba harta, se impuso sobre el resto.

—Está ahí dentro.

Lo dijo como si fuera algo de lo más obvio y Mary, en un intento de aferrarse a un resquicio de esperanza, se la imaginó señalando con el dedo hacia los árboles, hacia las nubes... hacia donde fuera, pero lejos del cobertizo.

—¡Mary Mallon!

Fue el tono de aquella voz masculina lo que acabó de raíz con las esperanzas de Mary. Estaba claro que ese hombre sabía que estaba allí metida, y que estaba dándole un momento para decidir si iba a salir por sí misma antes de que se viera obligado a entrar a por ella.

Alguien tiró de la palanca con la que se abría la puerta y cuatro hombres y una mujer se inclinaron un poco hacia delante para poder verla. Sentía como si las caderas y las rodillas se le hubieran convertido en unas tijeras de cocina que se habían oxidado.

—¡No pienso ir a ninguna parte! —exclamó mientras intentaba ignorar el agudo dolor que le recorría las extremidades—. ¡Déjenme en paz!

—¡Mary Mallon, está usted arrestada! —dijo uno de los agentes—. Tiene derecho a...

Ella le propinó un empujón. Bajó la cabeza, alargó los brazos y lo empujó hacia atrás. Lanzó una patada al ver que otro agente se acercaba y, en un abrir y cerrar de ojos, uno estaba intentando sujetarle los brazos y otro la había agarrado de la cintura. Notó a un tercero en los tobillos y, sin pensárselo dos veces, alargó la mano y logró agarrar de los pelos a la mujer. La nieve que cubría el patio de los Alison estaba pisoteada y a través de las gruesas medias que llevaba puestas notó que se le había humedecido la falda. Uno de ellos la agarró del brazo izquierdo, se lo torció hacia atrás y se lo colocó a la espalda. Ella se giró como una exhalación para darle un rodillazo, pero otro agente la agarró del brazo derecho. La alzaron sin contemplaciones, la llevaron en volandas por el pequeño patio rumbo al estrecho caminito que discurría por el lateral de la casa de los Bowen. Intentó patear y arquear las caderas, forcejeó, alzó las rodillas en el aire y se dejó caer con todas sus fuerzas, pero estaba agarrotada después de pasar tantas horas sentada en el gélido cobertizo, sus movimientos eran torpes y mal dirigidos. Uno de los agentes estaba diciéndole que se tranquilizara, que se relajara, que lo único que estaba logrando era dificultarse aun más las cosas a sí misma. Junto a todo aquel barullo revoloteaba la doctora Baker, que se apresuró a adelantarse para abrir la portezuela del vehículo policial y que los agentes pudieran meterla en él.

La doctora Baker caminó hacia el frente de la sala, esa era la pauta que iba repitiéndose durante aquel día. Al parecer, no bastaba con una única descripción de Mary en un momento dado y tenían que llamar a dos, tres o cuatro personas para que subieran al estrado a repetir lo mismo. Ya le había tocado el turno a uno de los agentes, quien les había relatado lo sucedido y había dicho que ella era un animal... no, peor aún, porque por regla general hasta al animal más salvaje se lo puede aplacar, pero aquel día no había habido forma de aplacarla ni de razonar con ella. Según él, era el primer arresto en toda su vida en que se encontraba con una persona así, y había tenido durante días las marcas de los arañazos en los brazos y en el cuello.

Mientras veía a aquella mujer de facciones anodinas volverse hacia el juez antes de tomar asiento, Mary supo que el hecho de haber atacado a una mujer empeoraría aún más las cosas. La doctora Baker era más baja que ella y pertenecía a la clase social que permitía que una mujer se dedicara a la medicina.

Pero la doctora Baker la sorprendió. Admitió que se había visto obligada a sentarse encima de ella durante el trayecto hacia el Hospital Willard Parker, pero aparte de eso se limitó a decir que le había dado la impresión de que Mary estaba asustada y que los demás miembros del servicio la habían protegido.

—Se comportaron tal y como cabría esperar, teniendo en cuenta que eran amigos de la señorita Mallon —añadió.

Nadie más había mencionado que tuviera amigos.

—Doctora Baker, ¿tuvo la impresión de que la señorita Mallon es una persona poco razonable?

La doctora titubeó por un instante antes de contestar.

—No intentamos razonar con ella. Al ver que no aparecía por ninguna parte nos centramos en encontrarla, y cuando lo logramos, nos limitamos a meterla a la fuerza en el vehículo policial. Así que no sabría qué decirle. Aparte de dos conversaciones breves que mantuvimos cuando ella aun estaba recluida en el Willard Parker, jamás he hablado en profundidad con Mary Mallon.

—¿Convendría conmigo en que si una mujer se esconde en un cobertizo durante tantas horas para evitar que la arresten es porque se siente culpable?

La doctora titubeó de nuevo.

—Yo deduciría que esa persona no quiere que la arresten, al margen de si es o no culpable. Y me parece que a ninguno de los aquí presentes nos gustaría ser arrestados. —Dirigió la mirada hacia las hileras de espectadores mientras mantenía las manos pulcramente entrelazadas sobre el regazo.

El abogado que estaba interrogándola rebuscó entre varias hojas de papel y al final las apartó a un lado y se volvió hacia ella con las manos vacías.

—Doctora Baker, me gustaría que nos dijera, como habitante de Nueva York y doctora en medicina, si le parecería correcto permitir que Mary Mallon se reincorporara a la sociedad. ¿Recomendaría usted que se le permita salir de la isla de North Brother y regresar a su antigua vida?

La doctora frunció el ceño, guardó silencio durante un intervalo tan largo que los espectadores empezaron a preguntarse si habría oído la pregunta.

—Yo creo que Mary Mallon no comprende el peligro médico que supone para todos los que la rodean —afirmó al fin—, pero lo mismo puede decirse de muchos de los miembros del personal médico que han estado en contacto con su caso durante estos últimos dos años y medio. Tan solo puedo decir que no creo que debiera permitírsele cocinar. Todos los médicos presentes en esta sala han admitido que es una persona sana, ¿qué pasará cuando se descubran más portadores sanos? ¿Los enviamos a todos a North Brother?

El señor O'Neill, que permanecía sentado en su silla, esbozó una sonrisa. El otro abogado, por su parte, frunció el ceño y preguntó:

—Doctora Baker, ¿cabe la posibilidad de que sienta una especial simpatía por la señorita Mallon porque se trata de una mujer?

La doctora ladeó ligeramente la cabeza mientras reflexionaba al respecto y acabó por admitir:

—Puede ser.

11

Al final, los jueces tardaron varios días en tomar una decisión. En vez de enviarla de vuelta a North Brother al final de la jornada, la alojaron en un hotel con guardias custodiando la puerta en el pasillo, y en la mañana del segundo día perdieron diez minutos discutiendo quién iba a cubrir ese gasto extra. ¿La ciudad de Nueva York? ¿Y qué departamento en concreto? Uno de los representantes del Departamento de Salud protestó diciendo que mantenerla ya salía bastante caro de por sí.

Pasó un total de tres noches en el hotel y, aparte de encontrarse la cama hecha cuando llegaba por la tarde después de pasar el día en la audiencia, aquello no era muy distinto a North Brother. La lavandería se negó a prestarle una plancha, así que terminó por ceder y les mandó la falda y la blusa para que se las lavaran. Realizaron la tarea con pulcritud y le entregaron las prendas limpias cada mañana con tiempo de sobra para que pudiera ponérselas para la audiencia. Cuando la joven de aspecto apocado que se las subió la mañana del cuarto día le deseó buena suerte y le dijo que todas esperaban que la soltaran, ella se imaginó a todas las trabajadoras de aquel lugar apoyándola, deseando que la soltaran, a la espera de enterarse de lo que fuera a pasar.

Y entonces, en aquella opresiva sala del tribunal, a las diez de la mañana del 31 de julio de 1909, el juez Erlinger clavó la mirada al frente por encima de la cabeza de los hombres y las mujeres allí presentes y anunció que la liberación de Mary Mallon supondría un peligro para los neoyorquinos y no podía justificarse, por lo que debía ser llevada de vuelta a la isla de North Brother de inmediato.

Aquellas palabras fueron como una patada en el estómago para Mary, que tuvo que aferrarse a la mesa para evitar tambalearse.

—¿Qué quiere decir eso? —le preguntó al señor O'Neill.

—Es solo por ahora, seguiremos trabajando. Mire, los expertos que han aportado ellos mismos admiten que hay otras personas como usted, que...

—¿Cómo que otras personas como yo? ¿Usted cree que es cierto que contagio la fiebre?

—Lo que yo opine es irrelevante, Mary. Aunque he intentado no pararme a pensar demasiado en ese tema debo admitir que sí, los resultados del laboratorio me parecen una prueba sólida, y en dos tercios de los casos salen positivos.

—¡Los resultados de los laboratorios de esa gente! ¡Ya le he dicho que el doctor Soper es quien está detrás de todo esto! ¡Él es...!

—Mary, le pido por favor que se calme. Eso da igual. Lo que importa es que usted no supone peligro alguno para los que la rodean si no cocina, y las autoridades no pueden ir encerrando a gente sana cuando les venga en gana. Tiene que haber una solución mejor.

Mary asimiló la serena respuesta de su abogado y recordó que, tanto para él como para las demás personas que llenaban aquella sala, la audiencia no significaba nada más allá de unos cuantos días puntuales, unas horas, una tarea, un punto más a tratar dentro de un largo listado. Pero para ella era muy distinto, ya que su vida entera estaba en juego. Se esforzó por comprender que, al salir de aquella sala, cada una de aquellas personas podía regresar a casa con su familia, salir a disfrutar de un pícnic con los amigos, ir a la playa y contemplar el océano por puro placer. Todas y cada una de las personas que se encontraban allí tenían plena libertad, todas menos ella.

Al pensar en su regreso a North Brother (el largo recorrido en automóvil hacia el norte de la ciudad, el trayecto en transbordador hasta la isla), se sintió como si todo aquello fuera inevitable, como si todas las otras posibilidades que había imaginado (estar de nuevo con Alfred, buscar juntos otra vivienda para los dos, encontrar trabajo) no fueran más que sueños tras puertas cerradas.

—Los jueces han dicho que a partir de ahora podrá recibir visitas —le dijo el señor O'Neill en un intento de consolarla—. Puede escribir a sus amistades para hacérselo saber.

Ella se puso de puntillas para ponerse casi a su altura y sintió la tentación de escupirle, de acercarse a los jueces y escupirles también. Cerró los puños con fuerza al pensar en Soper. Los expertos de aquella gente la habían acusado de tener una vena violenta (según ellos, ¿qué mujer como Dios manda amenazaría con un cuchillo a un hombre de estatus superior?) y puede que tuvieran razón. Era absurdo pensar que, después de pasar más de dos años sin verla, alguna de sus amistades dejaría a un lado el trabajo para perder medio día yendo al norte de la ciudad y cruzando Hell Gate, todo para pasar media hora tomando una taza de té en su minúscula cocina.

Se preguntó cómo iba a reaccionar Alfred al enterarse de la noticia. Menos mal que él no estaba allí en ese momento.

John Cane fue a recibirla al embarcadero y la puso al tanto de lo que había pasado durante su ausencia. La gata que merodeaba por el huerto había parido una camada y todos los gatitos menos uno habían sido adoptados por enfermeras, ¿quería quedárselo para sentirse acompañada? Las hortensias que había junto a la pared del lado sur ya habían florecido debido al calor que hacía, eso lo había pillado desprevenido porque pensaba que tardarían unas semanas más; al fin y al cabo, el año anterior no habían florecido hasta agosto. Le preguntó si se acordaba de cuando habían plantado entre los dos los clavos herrumbrosos, porque estaba claro que ese truco había funcionado bien y las plantas estaban cargadas de flores de un intenso color malva, y siguió parloteando sin cesar como si ella llevara ausente un año en vez de unos días.

En cuanto abrió la puerta de su cabaña, Mary se sintió como si tan solo hubiera salido a dar un paseo y todo lo demás (la sala del tribunal, los jueces, el doctor Soper, el hotel) fuera una alucinación. Era como si no hubiera salido de aquella isla, como si no hubiera visto a Alfred. Él había intentado visitarla en el hotel al finalizar aquella primera jornada, pero le habían dicho que si quería verla tendría que ser en la sala del tribunal. No había vuelto a hacer acto de aparición. Ella había supuesto que debía de estar ocupado trabajando, pero podría haber dejado algún mensaje para ella en manos del secretario del tribunal o de alguno de los guardias que la custodiaban en el hotel; así, aunque ellos tuvieran que leerla antes de entregársela, habría tenido al menos una nota suya. Pero no había habido nota alguna ni visita, y en ese momento estaba de vuelta en North Brother oyendo a John Cane parloteando y parloteando sin parar.

Se acercó a su escritorio, sacó una hoja de papel y se sentó. Permaneció así, sin saber qué decir, y al cabo de varios minutos tomó la pluma y se puso a escribir.

Alfred:
Para cuando leas esta carta ya te habrás enterado de que me han traído de vuelta a North Brother. El señor O'Neill me ha dicho que va a seguir luchando por conseguir mi liberación, pero yo no sé qué pensar. Solo sé que estoy muy cansada. Apenas te vi unos minutos.

Ahora ya me permiten recibir visitas. Me encantaría que vinieras a verme aquí, Alfred. No es una situación ideal, pero algo es algo. Estaré esperando noticias tuyas.

Mary

Puso las señas de las cuadras en vez de a su antigua dirección en la calle 33 y la dejó asomando por debajo del felpudo de la entrada para que la viera el cartero; una vez concluida esa tarea, cerró la puerta de la cabaña y se acurrucó en su cama. Estaba sudada y olía mal, llevaba puesta su mejor blusa y ya podía darla por perdida. El calor era asfixiante, se sentía encajonada entre aquellas cuatro paredes. Bien entrada la noche, cuando estaba segura de que no la veía nadie, sacó el pesado orinal y, tras vaciarlo en el río, volvió de inmediato a la cama. A primera hora de la mañana oía la sirena del faro situado al otro lado del hospital; después oía el rítmico sonido de las herramientas del albañil mientras este colocaba el empedrado del nuevo caminito que conectaba el hospital con los edificios anexos, oía a John y sus tijeras de jardinería podando las plantas, y oía también cómo alguien le dejaba una bandeja de comida en el escalón de entrada tres veces al día. Al cabo de unos días decidió que las cosas iban a ser así de allí en adelante. Iba a quedarse metida en la cabaña y, si la necesitaban para algo, pues que echaran la puerta abajo si les daba la gana. Si querían muestras suyas o sacarle sangre iban a tener que sedarla, pero ¡harían falta diez hombres para poder sujetarla! ¡Estaba harta y no estaba dispuesta a seguir colaborando! Al cabo de varios días más (estaba un poco mareada debido a la falta de comida, notaba los dientes pastosos, le ardían las axilas tras restregárselas con un paño bien caliente y una tosca pastilla de jabón), John aporreó la puerta y le advirtió que venía acompañado de una enfermera y que iban a entrar sin su permiso si se negaba a salir. Cuando él cumplió finalmente con su amenaza y abrió la puerta, el olor a hierba recién cortada la impactó de lleno y se le revolvió el estómago.

—¡Madre de Dios! —exclamó él antes de volver la cara hacia fuera para tomar una gran bocanada de aire fresco—. ¿Estás intentando asfixiarte?

—¡Fuera de aquí!

—He traído conmigo a Nancy.

Lo dijo como si ella conociera de algo a la tal Nancy, como si le importara lo más mínimo quién era.

—¡Díselo! —le dijo él a la enfermera.

La muchacha (cada vez las contrataban más jóvenes en el hospital) lo miró titubeante antes de dirigir la mirada hacia ella, y John insistió:

—¡Díselo!

Él señaló con un gesto de la cabeza hacia la mano de la muchacha, y fue entonces cuando Mary se dio cuenta de que sostenía un periódico.

—Hay un lechero en Camden, al norte del estado —se limitó a decir la tal Nancy.

Mary esperó en silencio, pero la muchacha le susurró algo a John y este no alcanzó a oír lo que decía. Se dijo a sí misma que iba a matarlos a los dos de un tiro si no le decían de una vez qué diantres estaba pasando.

—Dicen que se pone como loca si... —dijo la enfermera en voz un poco más alta.

—¿Si qué? —preguntó John.

—Eso, ¿si qué? —dijo ella.

La muchacha retrocedió un paso antes de contestar.

—Si alguien menciona el hecho de que tiene la fiebre.

Mary se incorporó en su cama como un resorte, pero John intervino.

—No te preocupes, Nancy. Anda, díselo.

—Hay un lechero en Camden que está transmitiendo la fiebre a través de la leche.

Aquello la pilló desprevenida. Se irguió aún más y preguntó, súbitamente alerta:

—¿Qué quieres decir?

Fue John quien se encargó de explicárselo.

—Nancy acaba de leerme lo que pone en el periódico. Es un lechero. Tuvo la fiebre hace cuarenta años, no había vuelto a ponerse enfermo en toda su vida; había brotes de fiebre tifoidea en los lugares a los que se enviaba su leche, en tiendas y mercados de toda la ciudad, y ahora el rastro los ha llevado hasta él. Ha enfermado mucha gente por culpa de esa leche, dicen que podrían ser cientos de personas. Más que...

—¿Más que qué?

—Más que las que dicen que han enfermado por tu culpa, muchas más.

—¿A dónde van a enviarlo? Supongo que no lo traerán hasta aquí. Camden está por Syracuse, ¿verdad?

—¡Esa es la cuestión! ¡No van a enviarlo a ninguna parte!

—¿Qué quieres decir?

—Como es un padre de familia que tiene que mantener a su mujer y a sus hijos, han decidido que ponerlo en cuarentena le acarrearía demasiados problemas. Puede quedarse donde está siempre y cuando prometa no volver a tener nada que ver con la producción de la leche, así que ha puesto a sus hijos a cargo de eso y él se encarga de supervisarlos.

—Querrás decir que van a aislarlo allí mismo, en Camden, en algún lugar donde pueda estar cerca de su familia.

—No, Mary, lo que quiero decir es que le permiten seguir viviendo en su propia casa. No sé si me entiendes. Puede seguir viviendo con su mujer, con sus perros y sus hijos y sus nietos. A ese hombre no le ha pasado nada de nada, tan solo le han prohibido que se acerque a la leche que se distribuye para la venta. Con la que se toma su propia familia puede hacer lo que le venga en gana. Ninguno de ellos ha pillado la fiebre tifoidea hasta ahora, así que tu doctor Soper cree que deben de ser inmunes a ella.

—¿Soper fue a Camden? —Estaba intentando encontrar sentido a lo que acababan de contarle—. ¿Dices que han sido cientos?, ¿cientos de personas? ¡A mí me acusan de haber infectado a veintitrés!

—Era una de las escasísimas veces que lo decía en voz alta.

Nancy intervino en ese momento.

—Si se me permite opinar, yo creo que a ti se te considera más bien... en fin, un caso especial. Al final del artículo hablan de ti.

—Le ofreció a Mary el periódico doblado—. Este hombre sabía que había tenido la fiebre tifoidea cuarenta años atrás, lo recuerda perfectamente bien. Pero, según tú, nunca la has pasado. Es distinto.

—Ah, ¿según yo? —avanzó con el brazo extendido para agarrar el periódico y la muchacha se lo entregó antes de retroceder—. Ahora vete, por favor, y diles a las demás enfermeras que no se molesten en venir hasta aquí con más botes de cristal para recolectar mis muestras. Si lo hacen, te aseguro que no les hará ninguna gracia lo que hago con ellos. No pienso seguir colaborando con eso. ¿Está claro?

—Sí, muy claro.

Cuando la muchacha se marchó, John le dijo que iba a sentarse en el escalón de la entrada porque allí dentro apenas se podía respirar.

—Nancy solo estaba intentando ayudarte. No tenía obligación ninguna de contarme lo del artículo, pero lo ha hecho. Me ha dicho que creía que deberías estar enterada de la noticia.

—Todo el mundo está intentando ayudar, y mira a dónde he ido a parar por culpa de toda esa ayuda —dijo contemplando en silencio el cogote de John, su bronceada nuca, y al final soltó un suspiro y fue a sentarse junto a él.

—Si no hubieras sido tan brusca con ella, Nancy te habría dicho también que en el artículo dice que hay mucha más gente como ese hombre de Camden y tú, muchísima más. Dicen que el Departamento de Salud ya ha identificado a unos cuantos siguiendo el rastro de los brotes que ha habido en cada zona.

—Y ninguno de ellos está en cuarentena.

—Exacto.

Mary intentó no pensar en el pestazo que echaba su propio cuerpo y alzó la mirada hacia la luna, que apenas empezaba a dibujarse en el azul del cielo. Tenía los músculos debilitados después de haber pasado tanto tiempo tumbada en su cama. Se inclinó hacia la bandeja que John le había llevado y partió un trozo de pan.

—Pero fui la primera, así que me llevo el premio.

—Sí, supongo que sí. —John arrancó una brizna de hierba y, después de llevársela a la boca, se echó hacia atrás apoyado en los codos y cerró los ojos—. Me gusta estar aquí fuera en días como este, me siento como si estuviera en el campo y en esta isla sopla una buena brisa en comparación con aquella de allí. —Alzó la barbilla para indicar hacia el agua, hacia los altos edificios de la isla de mayor tamaño situada al oeste de donde estaban—. ¡Ah!, ¡antes de que se me olvide! He despejado un caminito al otro lado. ¿Te acuerdas del nido de garza que encontraste aquella vez? Pues el camino pasa por allí, llega hasta la playa y al ir bajando por él llegas a un punto desde donde ya no se ve el hospital porque se interponen los árboles.

Mary se lo imaginó haciendo todo aquello, avanzando poco a poco entre las hierbas y la maleza, entre aquella maraña de vegetación que nadie había tocado en años, puede que nunca. John tenía los brazos muy morenos debido a todo el tiempo que pasaba al aire libre. Ella se preguntaba a veces si era un hombre lo bastante fuerte como para poder con todo el trabajo que realizaba. Puede que fuera el trabajo lo que le daba las fuerzas necesarias. Debía de tener cincuenta y tantos años, o incluso más... recordó de repente que ella misma estaba a punto de cumplir los cuarenta. ¡Cuarenta años! Su madre había muerto a los treinta, su abuela a los cincuenta y ocho. Se preguntó cuándo habría despejado John ese caminito del que hablaba, teniendo en cuenta la cantidad de tareas que se suponía que debía completar. Él le había comentado que los de la junta directiva del hospital querían prímulas a lo largo del muro oriental, y que se añadieran crisantemos al jardín; querían que el césped estuviera cortado y los setos podados, que todo lo que había en la isla estuviera tan pulcro y ordenado como los pasillos del hospital. El Riverside era una joya, un ejemplo para el resto de los hospitales que había sido construido para albergar y estudiar enfermedades contagiosas. Pero él tenía su propia manera de hacer las cosas, al igual que ella tenía sus estrategias para manejar a una patrona que creyera conocer mejor que ella su cocina. Si lo necesitaban para algo, un mensajero podía encontrarlo siguiendo el olor de su pipa, la pipa que en ese momento él se sacó del bolsillo y llenó de tabaco. Si había despejado ese camino era porque estaba convencido desde el principio de que ella iba a regresar... o puede que, simplemente, hubiera albergado esa esperanza.

—Gracias, John.

Él asintió, acercó una cerilla al tabaco y encendió la pipa con una serie de breves y cuidadosas succiones.

—¿Viste a tu hombre allí, durante la audiencia?

—Sí.

—Bien, me alegro por ti.

Mary pasó agosto y septiembre recorriendo los márgenes de la isla como un animal enjaulado. Cada mañana amanecía más fría que la anterior y pronto tuvo que llevar consigo su chal para abrigarse. Caminaba sin medias por la arena, sostenía los zapatos en las manos al ir pasando de una a otra de aquellas lisas piedras que podrían conducirla, si así lo quisiera, a las peligrosas aguas del río. Se sentaba a descansar en el extremo meridional de la isla y allí fue donde descubrió South Brother. Podría decirse que era la hermana pequeña de North Brother y desde allí parecía un lugar cubierto de verde y frondosa vegetación, un lugar mucho más alegre porque allí no había hospitales donde se mantenía a la gente en cuarentena ni muertes a diario. A veces, si permanecía muy quieta, una garceta blanca se posaba a su lado para observarla con curiosidad y, al contemplar a su vez aquel plumaje tan puro y hermoso, se preguntaba cómo era posible que aquel pájaro fuera un morador del mismo lugar donde vivían aquellos otros seres, esos seres que le parecían tan sucios y cansados...

tan sucios y cansados como ella misma. A veces, cuando el sol iluminaba al pájaro desde atrás y su plumaje podía verse en todo su esplendor, el delicado animal resplandecía y ella lo interpretaba como una señal de que podría pasar algo positivo.

Habían dejado de ir en su busca. Al principio, si no respondía cuando llamaban a la puerta de la cabaña y no la encontraban por alguno de los arriates cercanos, solían enviar a alguien a buscarla. Ella, enfurecida al ver que se incumplía otra de las promesas que le habían hecho, protestaba airada diciendo que le habían asegurado que tenía derecho a recorrer la isla a su antojo, y se enfurecía aun más cuando le aseguraban entonces que sí, que claro que tenía plena libertad, y mientras lo decían la tomaban del codo y la conducían de vuelta a la cabaña mientras se oía el tintineo de los botes de cristal que llevaban en los bolsillos.

Nunca antes había dispuesto de tanto tiempo libre. Intentó recordar su niñez, pero incluso esa época parecía estar llena de responsabilidades como ir a por agua y hervirla, limpiar, preparar pan, cuidar de las plantas, recoger las hojas con el rastrillo, estudiar a la luz de la lámpara mientras su abuela usaba con destreza el cuchillo para pelar papas e ir amontonándolas sobre la mesa. Las enfermeras ya ni se acercaban a ella y no sabía si eso era algo que se había incluido en las órdenes del juez, en la letra pequeña que no se había parado a leer. A lo mejor se había decretado que, aunque estaba obligada a permanecer dentro de los límites establecidos, nadie debía molestarla con pruebas ni análisis, nadie debía llamar a la puerta de su cabaña dos veces por semana.

Varias semanas después de la audiencia, a mediados de septiembre de 1909, recibió una carta de Alfred. Al ver que el cartero se dirigía hacia su cabaña pensó que le traía otro mensaje más del señor O'Neill para ponerla al tanto de cómo iban las cosas, así que no se molestó en apresurarse a salir a su encuentro, pero empezaron a sudarle las manos en cuanto vio la caligrafía plasmada en el sobre. Se quedó mirándolo por un momento antes de abrirlo a toda prisa.

Querida Mary:

Espero que te dijeran que intenté verte en el hotel donde te alojaron, no sé por qué no me lo permitieron. No recuerdo si te dije que pensé que estabas muy bonita el día que te vi, y la verdad es que casi se me había olvidado lo guapa que eres.

Te escribo esta carta porque me gustaría ir a verte. Esperaba que quedaras libre y no hubiera necesidad de hacerlo, pero ahora me preocupa que pase más tiempo aun. A lo mejor son otros dos años, puede que incluso más.

Me he informado sobre el horario del transbordador. Como en domingo solo está disponible para los empleados del hospital, pienso ir a verte el sábado de la semana que viene. A lo mejor puedes avisar a quien proceda de que tengo intención de ir, para que no me pongan ningún impedimento cuando llegue. Tú y yo podemos dar un paseo o hacer lo que sea que hagas ahí para pasar el rato, solo quiero verte.

Hasta entonces,
Alfred Briehof

En aquella carta había varios detalles que le dieron mala espina: para empezar, eso de *casi se me había olvidado*; tampoco le gustaba lo de *otros dos años, puede que incluso más*; pero lo que menos le gustaba de todo era la formalidad con la que concluía la carta, ese escueto *Alfred Briehof*.

12

Hubo una época en la que Alfred tuvo un carretón. Había trabajado de muchas cosas, pero Mary recordaba con especial nitidez aquellos meses del carretón. Según él, estaba harto de acarrear cubos llenos de carbón, más harto aun de vaciar cubos de basura y, sobre todo, estaba harto de estar a las órdenes de un jefe. Había tenido prácticamente todos los trabajos habidos y por haber que requerían esfuerzo físico, su cuerpo necesitaba un descanso y, dado que según su propia descripción era un tipo afable al que le gustaba mirar cara a cara a sus semejantes, fue a alquilar un carretón por veinticinco centavos al mes.

—El trabajo consiste en estar de pie, Mary. Hay que estar de pie y hablar, y uno se gana así la vida.

Él prefería estar sentado mientras hablaba y, más aún, estar sentado con un vaso de alguna bebida fuerte al alcance de la mano, pero ella optó por no hacer ningún comentario al respecto; al fin y al cabo, cabía la posibilidad de que él se conociera a sí mismo un poquito mejor de lo que lo conocía ella, así que se tragó sus dudas y le dijo que era una gran idea. Ella conocía mejor que él a los carniceros del East Side, sabía cuáles eran los que ponían el pulgar en la balanza y los que almacenaban la carne en el suelo de sótanos donde entraba la lluvia y había tuberías que podían romperse de un momento a otro, así que lo ayudó a encontrar un proveedor. Como en la calle donde él pensaba instalarse ya había tres vendedores de pollos, empezó vendiendo filetes de ternera, cerdo y cordero; para darse a conocer, ofrecía un menú rápido que consistía en una ración de carne curada con alubias como acompañamiento, y por cinco centavos más añadía una patata hervida. Ella le enseñó cómo mantener la comida caliente, cuánta cantidad poner en cada plato.

Al finalizar el primer mes, él ya se había dado cuenta de que la carne no era lo suyo. Unas enormes moscas negras se pasaban el día dándole la lata y depositando sus larvas en la mercancía, sentían tal predilección por su carretón que se vio obligado a pasarse a la fruta. Los judíos y los italianos tenían ventaja en lo que a los proveedores se refería, se quedaban con las piezas medio pasadas y al resto de los vendedores tan solo les dejaban las mejores, las que los proveedores tenían que vender a un precio más alto. Entre el coste de aquella fruta de buena calidad, el alquiler del carretón, las propinas para los agentes de policía, el pago al tendero al que le alquilaba el espacio en la acera y el dinero que había que darle al recaudador y al tipo que se suponía que movía los hilos (pero que en realidad no era más que un cantinero del barrio), Alfred ya estaba endeudado hasta las cejas al cabo de dos o tres meses. Por si fuera poco, como su puesto estaba junto a uno de los vendedores de pollos las moscas seguían acudiendo de todas formas, pasaban de los huesos desechados que se pudrían tras el puesto del otro vendedor a sus lozanas manzanas y peras, donde se posaban y depositaban más larvas.

Cuando dejó por imposible lo de la fruta se pasó al maíz caliente y eso duró bastante tiempo, puede que fueran unos tres o cuatro meses. Pero entonces se cansó del maíz y se puso a vender algo que a nadie se le había ocurrido en diez manzanas a la redonda: juguetes para niños. Pequeñas barquitas, caballitos de madera, muñecas para las niñas, matracas, sombreros divertidos. Era la mejor mercancía que había tenido hasta el momento, iniciaba la jornada de trabajo a eso de las nueve de la mañana y la daba por terminada a las cuatro, a tiempo para la cena. No había que preocuparse de que se le pudriera la mercancía, ni de que se le echara a perder bajo el sol. Hasta los niños le dejaban en paz y se limitaban a comprar lo que tenía a la venta. Cuando los puestos de fruta fueron bombardeados con su propia mercancía, cuando acometieron contra el de pescado y se volcó y bajó rodando por la calle Forsyth, a Alfred no le pasó nada de nada y pudo seguir vendiendo por cinco centavos lo que había comprado por tres.

Al volver la vista atrás y recordar cuáles habían sido las mejores épocas que había pasado junto a Alfred (dejando a un lado los comienzos de su relación, cuando los dos eran tan jóvenes y no tenían nada mejor que hacer durante todo el día que pasear o tomar café), aquella temporada en la que había trabajado de vendedor de juguetes era la más feliz de toda su relación. Recordaba haber ido a visitarlo a la esquina donde tenía el puesto, verlo relacionarse con los niños que se le acercaban, cómo los encandilaba con aquellos relucientes trenecitos y aquellos pájaros de papel. Hasta los que llegaban con un único centavo podían comprar un caramelo. Fue una buena época, y duró más de lo que ella esperaba: un año entero, desde octubre de 1904 hasta octubre de 1905. Y entonces, cuando empezó a cambiar el tiempo y llegó el frío, empezó a llegar a casa muy callado y jugueteaba con la comida sin probar apenas bocado. De decir que aquella vida era genial pasó a decir que era pasable, al menos de momento.

—A lo mejor lo que quieres es tener tu propia tienda —dijo ella.

No era un objetivo inalcanzable. Ahorrando un par de años y encontrando un local con la ubicación y el alquiler adecuados, podría ser una opción viable. Para ella, 1905 había sido un gran año; había trabajado sin parar y en sus días libres había aceptado trabajos adicionales como cocinera para reuniones sociales organizadas por distintas damas.

Pero Alfred la miró atónito al oír sus palabras.

—¿Cómo puedes proponerme siquiera eso? ¡Lo que quiero es tener menos juguetes en mi vida, Mary, no aun más! —Bajó la cabeza y la apoyó en sus manos—. ¡Ni te imaginas el ruido que hacen esos niños! Pillé a uno intentando guardarse un puñado de caramelos, y cuando hice que volviera del revés el bolsillo dijo que había pagado por ellos, cuando yo sabía perfectamente bien que no era verdad. Le habría dado una buena tunda si el padre no hubiera estado justo allí, sonriendo de oreja a oreja. Lo más probable es que estuviera diciéndole al crío lo que tenía que hacer, ¡son peores que las moscas!

Empezó a dormir hasta tarde, a abrir el negocio al mediodía y cerrarlo a las dos de la tarde. En aquella misma calle había otros veinticuatro puestos, todos ellos pegados unos a otros; la gran mayoría eran de comida y, según Alfred, debajo de cada uno de aquellos carretones se amontonaba la basura acumulada de todo un año. Ella no alcanzaba a entender por qué aquello le molestaba tanto de repente, teniendo en cuenta que las cosas habían sido así desde el principio. A diferencia de otros barrios donde se recogía la basura de forma habitual, en el Lower East Side los desperdicios se acumulaban en montones de unos diez o doce centímetros de grosor a lo largo de las calles y no había forma de esquivarlos. Los transeúntes pisoteaban y esparcían aquellos desechos a diario, y cuando los barrenderos llegaban con sus ralas escobas los martes por la mañana era como utilizar una cucharita de té para vaciar playas de arena.

—Pero se avecina el invierno, y cuando hace frío no huele tanto como en verano —insistió ella.

No hubo forma de convencerlo.

Cuando cayó la primera nevada, Alfred ni siquiera se molestó en ir a abrir su puesto y se limitó a ir al Departamento de Limpieza de Calles para ver si buscaban personal para las brigadas encargadas de quitar la nieve. Le dieron trabajo, le entregaron un impoluto uniforme blanco junto con el sombrero a juego y salió a por su carretilla, su escoba y su pala junto con el resto de sus compañeros, a los que todo el mundo conocía como los *white wings*. El coronel Waring, el comisionado que había estado al mando de aquel sistema de limpieza callejera, solía referirse a los *white wings* como su ejército y lo cierto era que tenía motivos para ello, ya que el enemigo al que se enfrentaban, la basura, era tan poderoso y amenazante como un invasor extranjero. Pero en febrero de 1906, después de una nevada que había hecho historia y de que el Departamento de Limpieza de Calles tuviera que reclutar a setenta y cinco hombres del sanatorio para que ayudaran a quitar la nieve, le pidieron a Alfred que entregara su uniforme.

—¿Qué es lo que has hecho? —le preguntó ella al enterarse. Lo de preguntar sabiendo de antemano que no iba a recibir ninguna respuesta era una costumbre de la que era incapaz de desprenderse—. Están desesperados por encontrar más refuerzos, lo anuncian por todas partes. ¿Cómo es posible que prescindan de ti precisamente ahora?

Al ver que no estaba dispuesto a contestar, lo siguió escalera abajo hasta la calle y no se rindió mientras él doblaba una esquina tras otra intentando que lo dejara en paz.

—¡Mary, por favor, déjalo ya! —exclamó cuando al final se hartó y se volvió a mirarla.

—¡No! Es que no lo entiendo, ¡cuéntame lo que ha pasado!

—Es que... no sé cómo explicarlo. No son un ejército de verdad, pero ellos se comportan como si lo fueran. En la calle hace mucho frío, al mediodía uno ya tiene los guantes empapados. Tenía que entrar en calor.

Ella adivinó al instante lo que había sucedido. Había ido a trabajar con la petaca guardada en el bolsillo o en una bota, había ido tomando algún que otro traguito para entrar en calor mientras trabajaba, y un día se había pasado de la raya.

Después de eso dejó de buscar trabajo, se dedicaba a salir de casa temprano para pasarse el día entero en el Nation's Pub. Ella dejó pasar ese comportamiento durante semanas, se dijo a sí misma que los hombres eran como los gatos y sentían la necesidad de lamerse las heridas largo y tendido antes de volver a entrar en batalla. Las cosas siguieron así hasta que se cansó de dejarlo pasar. Al verle levantarse por la mañana le preguntaba con insistencia a dónde iba y, cuando él contestaba que la respuesta era obvia, no podía contenerse y lo seguía a toda velocidad escalera abajo, salía a la calle tras él mientras le espetaba que tenía que espabilarse, que debía estar atento, que la vida no era algo que uno debiera malgastar pasándose el día sentado en la barra de un *pub*, que si lo que quería era tener una mujer que consintiera esa actitud en un hombre sería mejor que se buscara a otra. Alfred siempre había sido bebedor, desde el primer día, pero como todos los demás. Iba bebiendo de forma constante y pausada, conservando sin problema alguno el control de sí mismo; de hecho, completaba más trabajo durante la jornada con la ayuda de algún que otro traguito. Hubo una época en que no había nadie que pudiera igualársele a la hora de palear carbón, de conducir un tiro de caballos, de levantar un piano. ¿Qué había de malo en que los hombres se pasaran una petaca durante la jornada, se echaran unas risas y siguieran trabajando duro? Pero lo que Alfred había hecho era ir avanzando hasta el borde del pozo, hasta asomarse a ver lo que había al fondo. Había ido acercándose poquito a poco al límite y, al final, inevitablemente, se había precipitado al vacío.

Los momentos en que lograba salir de aquel pozo eran breves y pasaban de largo como una brisa en una tarde cargada de humedad. Un día estaba lo bastante animado como para reparar el desconchón que había junto a la ventana e incluso arreglaba el enyesado de la pared entera. En otra ocasión, después de que ella mencionara de pasada que había que conseguir un colchón nuevo, había ido a por uno, lo había subido a cuestas él solo hasta la sexta planta, lo había colocado en su sitio, había hecho la cama, había bajado a la calle el colchón viejo para dejarlo en la esquina y, cuando ella había llegado a casa, la había instado a que fuera a echarse un rato y descansara tras la larga jornada de trabajo y había gritado «¡Sorpresa!» al verla entrar en el dormitorio. Ella no había revisado el sobre donde guardaba el dinero para los imprevistos, eso era lo de menos. Lo principal era que Alfred había prestado atención a lo que ella decía y había actuado en consecuencia, y no quería hacer ni una sola pregunta para no echar a perder ese momento. En otra ocasión, después de pasar veinticuatro horas fuera de casa, había llegado sobrio y bien afeitado y le había dicho que iba a llevarla a cenar fuera, que irían a Dolan's y después irían paseando al barrio alemán para tomar algo en una cervecería. En vez de preguntarle dónde había estado, ella había propuesto olvidarse del Dolan's e ir directamente a la cervecería con algo de comida para que él pudiera pasar más tiempo allí, hablando en alemán con sus compatriotas, para que ella dispusiera de más tiempo para oír aquella áspera lengua saliendo de sus labios. Alfred nunca hablaba en alemán en casa, jamás le había enseñado ni una sola palabra y ella se preguntaba a veces si esa sería la clave, lo que pendía entre ellos. Quizás, si fuera capaz de entenderle al oírle hablar en su lengua materna llegaría a comprenderlo por completo y serían felices y todo cobraría sentido.

Y entonces él volvió a desaparecer de nuevo durante varios días. Ella alcanzó a verlo en dos ocasiones doblando una esquina del vecindario, pero lo peor de todo era cuando alguno de los vecinos lo mencionaba y sentía que la sangre se le subía a la cabeza cada vez que tenía que oír algo así como, «Por cierto, Mary, ayer estuve hablando con Alfred y me dijo que...». Ella le había dicho que no podía seguir viviendo así al verlo llegar al fin a casa, pero él se había limitado a sonreír y a abrazarla, le había dicho que la había echado de menos, la había atraído hacia sí hasta que quedaron cadera contra cadera. ¿Cómo era posible que oliera tan bien después de varios días de borrachera? ¿A dónde iba a asearse antes de regresar a casa? Cada vez le resultaba más difícil pasar por alto ese muro de preguntas. No podía sofocar el infierno de furia que se había encendido en su interior a partir de una pequeña chispa, un infierno que había ido ganando intensidad con cada palito sucesivo que había ido añadiéndose.

Cuando Alfred la conducía hacia la cama, por mucho que ella se esforzara, ya no podía olvidarse del mundo que la rodeaba, no podía centrar por completo su mente en el cálido refugio de su masculino cuerpo a pesar de saber que las cosas iban mejor cuando dejaba todo lo demás a un lado, cuando le permitía alzarla y moverla a su antojo y ser el Alfred al que más amaba.

El cuatro de julio de 1906 despertó por la mañana siendo el Alfred bueno, el que estaba sobrio. Fue a la zona este de Harlem acompañado de dos vecinos del barrio, compraron entre los tres dos cajas de fuegos artificiales y al regresar fue diciéndoles a todos cuantos se encontraban a su paso que iban a encenderlos a medianoche, en medio de la Tercera Avenida. Según él, era la tradición de cada año, pero, que ella recordara, solo lo había visto organizar algo así en una ocasión anterior. Al llegar la medianoche, plantado en la calle, les advirtió a todos en voz bien alta que no se acercaran más de la jodida cuenta porque no quería que nadie la palmara, pero justo cuando se disponía a encender la primera cerilla se acordó de los Borriello, que tenían tres hijos y seguro que no querrían perderse el espectáculo, y le pidió a ella que fuera a ver si estaban despiertos. Lo dijo como si nada mientras permanecía allí, parado en medio de la calle con una cerilla en la mano. Tanto ella como todos los demás tenían claro que los Borriello debían de estar despiertos, ¿quién podía dormir en toda la ciudad durante una noche como esa? Era una de esas noches de verano en que incluso la más fina de las sábanas de algodón te parecía tan pesada y asfixiante como una de tosca lana. La gente había sacado las almohadas para dormir en los tejados y las escaleras de incendios, era la primera noche insoportable de unos días de calor sofocante que iban a alargarse hasta agosto, y la mayoría de los hombres se habían despojado de la camisa antes de bajar y tan solo llevaban puesta la camiseta interior. Todo el mundo estaba sudoroso y acalorado y a la espera de que el cielo se iluminara.

Ella subió corriendo la escalera y aporreó la puerta de los Borriello, que no tardó en entreabrirse poco más de un centímetro.

—¡Hola, señora Borriello! ¿Cree que a los niños les gustaría bajar a la calle para ver el espectáculo? Solo serán unos minutos, yo me encargo de vigilarlos.

Al ver que la vecina guardaba silencio creyó que la puerta iba a cerrarse de un momento a otro, pero en vez de eso se abrió aún más y de repente emergieron de la vivienda dos bulliciosos niños descalzos que pasaron junto a ella como una exhalación. Tras ellos salió el hermano pequeño, un crío de tres años que se esforzaba por no quedarse atrás.

—Les da miedo que yo pueda cambiar de idea —comentó la señora Borriello sonriente.

—¿Su marido y usted no van a bajar?

—Yo voy a verlo todo desde la ventana, mi marido tiene el turno de noche.

—¡No se lo pierda! —le dijo ella antes de dar media vuelta y bajar a toda prisa tras los niños—. ¡Se los traeré de vuelta en cuanto acabe el espectáculo!

Cuando salió de nuevo a la calle vio que había más gente aún que antes. Un grupo de niños formaba un primer círculo interior que era el que estaba más cerca de Alfred, y tras ellos había uno más grande formado por adultos. Reconoció a gente con la que había coincidido en la tienda de la Segunda Avenida, y también a un padre y a un hijo que vivían en la calle 28. Alfred gritó a todo pulmón que todo el mundo debía retroceder... más, un poco más... y al fin, cuando se convenció de que todos estaban lo bastante alejados, se agachó junto a la caja repleta de paquetes cilíndricos, de pequeñas ruedas y de cohetes cuyas mechas colgaban como si de colas se tratase y procedió a elegir uno. Antes de que ella pudiera advertirle que tuviera cuidado, él ya había encendido una cerilla contra una piedra y retrocedió trastabillante y con los brazos al aire, como si todas aquellas personas que permanecían a la espera fueran una manada de animales y pudiera haber una estampida de un momento a otro.

—¿Qué ha pasado?

La pregunta la hizo el hijo mayor de los Borriello cuando la llamita ascendió por la mecha del primer cohete y terminó por apagarse.

—¡Ese no vale! ¡Inténtalo con otro! —gritó un muchacho.

Alfred seleccionó otro, pero sucedió lo mismo. Algunos de los hombres se le acercaron para ver lo que pasaba, el gentío empezó a impacientarse y a moverse con nerviosismo.

—¡Vale, problema solucionado! —exclamó Alfred al cabo de un momento.

Volvió a ordenar que todo el mundo retrocediera, volvió a advertirles que había que tener cuidado. Al tercer intento, cuando acercó la cerilla a la mecha, la pequeña bola de fuego consumió la fina cuerda en un instante y el cohete salió volando con un fuerte silbido hacia el cielo; se alzó por encima de los edificios de la Tercera Avenida, dibujó un arco en dirección oeste por un momento y entonces estalló por encima de sus cabezas en una brillante nube roja, blanca y azul que parecía abarcar toda la isla de Manhattan. Todos contemplaban el espectáculo fascinados, con el rostro alzado hacia el cielo e iluminado por las brillantes luces de colores; los niños estaban boquiabiertos. Y durante la media hora siguiente, hasta que la última bengala se hubo apagado, ella se sintió orgullosa de Alfred, se enorgulleció de que él hubiera hecho aquello para todos ellos y recordó por qué lo amaba.

Después de eso, la cosa fue bien durante tres semanas. Alfred no tenía trabajo, pero al menos se mantenía alejado de los bares, preparaba a veces la cena, compraba el periódico para que ella lo leyera y salía a dar largos paseos. Cuando ella recibió el aviso de que debía ir a Oyster Bay antes de lo acordado porque la hija de la cocinera había dado a luz antes de lo previsto, él la acusó de estar mintiendo, de haberse inventado aquella excusa para poder alejarse de él, y entonces se esfumó sin más. Regresó a casa justo a tiempo de despedirse, pero ella pasó por su lado y bajó a la calle sin decir palabra. No quería ni mirarlo a la cara, no quería oírse a sí misma diciendo lo que sabía que se vería obligada a decir.

Los juguetes que le habían sobrado de su etapa de vendedor (un juego de dos tacitas con platitos para niña, un gato de porcelana con un ojo azul y otro marrón, canicas, un tablero de damas con las correspondientes fichas, cerca de una docena de soldaditos de juguete sin el rostro pintado) llevaban los últimos seis meses metidos en una caja que había quedado arrinconada en el dormitorio, una caja que ella dejó junto a la puerta de los Borriello antes de marcharse rumbo a Oyster Bay.

Al mirar hacia atrás desde la quietud de North Brother con los pies descalzos y rebozados de húmeda arena, con una garceta como compañía y el agua mojándole el descosido dobladillo de la falda, todo aquello le parecía muy lejano. Era como si no hubieran pasado un par de años, sino muchísimo más tiempo. La discusión con Alfred, el calor que hizo durante la primavera y el verano de 1906, subir y bajar la escalera del edificio con un reguero de sudor deslizándose entre sus pechos... tenía la impresión de que todo eso era como una fiebre que ya había quedado atrás y, tal y como les había sucedido a muchos de los pacientes a los que ella misma había cuidado, ahora que ya había superado dicha fiebre, le parecía mentira notar lo fresca que estaba su propia piel al tacto. Se sentía desconcertada ante el crudo vacío de todo cuanto la rodeaba sin ese calor que lo había teñido de color, sin esas oscilaciones repentinas de la felicidad a la furia. En el centro de todo ello, como una selección de notas que sonaban en un tono más bajo mientras el resto de la canción se alza fluctuante alrededor de ellas, estaba el hecho de que amaba a Alfred. Lo amaba desde los diecisiete años. Incluso cuando le daban ganas de darle un sartenazo, incluso aquella vez en que había agarrado la sartén y lo había amenazado con ella, seguía amándolo; de no ser así, todo sería más fácil.

* * *

176

La tarde previa a la visita de Alfred, Mary sacó a rastras la tina del rincón lleno de telarañas al que había quedado relegada y la dejó en medio de la cabaña. Después le pasó un paño húmedo por el interior para limpiar el polvo y fue vertiendo una tetera de agua hirviendo tras otra hasta que la tuvo medio llena. Por regla general, solía subir al hospital cuando quería darse un baño porque allí disponían de bañeras con grifos de agua fría y caliente, pero en esa ocasión no quería que la vieran ni que le hicieran preguntas, y tampoco que le metieran prisa. Preparó el jabón, el polvo dentífrico y el champú, y al meterse en la tina el agua subió, rebosó por el borde y formó pequeños regueros que discurrieron hacia la puerta.

Procedió a lavarse sin prisa. Se tapó la nariz y hundió la cabeza en el agua, y entonces se lavó el pelo con el champú y hundió de nuevo la cabeza para enjuagárselo. Se enjabonó el cuello, sus largos brazos y también las piernas, alzando primero una y después la otra por encima del agua en una línea recta. Se puso de pie con rapidez y se enjabonó los pechos, el vientre, las caderas y la entrepierna, y al volver a hundirse en la exquisita calidez del agua se preguntó por qué no realizaba aquel ritual más a menudo.

Se quedó allí, disfrutando del baño, y se planteó qué actitud debería adoptar al reencontrarse con Alfred. El hecho de que apenas hubiera mantenido en contacto con ella era imperdonable. De haber sido él quien estuviera recluido, ella le habría enviado las cosas que estaría echando más de menos y habría intentado ir a verlo por mucho que dijeran que no se permitían las visitas. Pero no había sido a Alfred al que se habían llevado, y a esas alturas no servía de nada echarle en cara lo que ella habría hecho o dejado de hacer. Era inútil reprenderlo por no haber hecho esto o aquello y sermonearlo con una larga lista de quejas, sobre todo teniendo en cuenta que él había decidido por fin ir a visitarla. A lo mejor estaba dispuesto a hacer borrón y cuenta nueva. La tía Kate, antes de morir, había dicho de él que era un granuja, pero el más encantador y apuesto que ella había conocido en toda su vida. Además, no había duda de que le caía bien, porque cada vez que él pasaba a por Mary lo invitaba a sentarse y le ofrecía un plato de estofado (y también una copita de *whisky*, cuando había alguna botella en casa). Y después, cuando Mary regresaba del paseo, la tía Kate iba por la casa mostrándole lo que podía llevarse cuando se casara (el reloj que había sobre la repisa, las almohadas ribeteadas de encaje...), y decía algo así como: «Y, por si para entonces yo ya no estoy, se lo he dejado todo anotado a Paddy. Escribí en un papel *El día en que Mary se case*, y le puse una lista de las cosas que son para ti».

Después de bañarse, Mary se puso un camisón limpio, agarró un frasco que tenía encima del estante y lo usó para ir vaciando la tina; cuando hubo aligerado lo suficiente el peso, la empujó hacia la puerta y alzó un extremo para vaciarla fuera. Oyó el sonido del agua bajando por el escalón y yendo a parar a la hierba, a los pensamientos y los conejitos que había plantado John. Acababa de ahorrarle la tarea de regarlos al día siguiente.

A continuación se puso a cepillarse el pelo y a dividirlo en mechones; como no tenía rulos, fue enrollándolos alrededor del dedo y sujetándolos uno a uno contra la cabeza. Solo disponía de doce horquillas y tenía una cabellera muy espesa y larga, así que en dos ocasiones se quedó corta y no tuvo más remedio que empezar de nuevo procurando calcular mejor el grosor de cada mechón. Lo más probable era que Alfred se diera cuenta de inmediato de cuánto se había esforzado por estar arreglada, ya que la conocía lo bastante bien para saber que no amanecía con el pelo rizado. Aunque también existía la posibilidad de que él ni siquiera hubiera notado ese detalle.

Contó cuántos años hacía que lo conocía: casi veinticinco. Dos menos de los que llevaba en América. Lo había conocido cuando estaba empleada en casa de los Mott, donde trabajaba de lavandera y hacía también algunas tareas como ayudante de la cocinera. Eso era lo que había acordado con los de la agencia, ya que le habían advertido que para poder llegar a ocupar algún día un puesto de cocinera debía ir ganando la experiencia necesaria. Estaba desgranando alubias cuando oyó que llamaban a la puerta principal y se preguntó dónde estaría la doncella mientras se limpiaba las manos. Al avanzar por el pasillo vio el brazo y la cadera de un hombre silueteados en la fina franja de vidrio incrustada en la puerta de roble, el tintineo de la campanilla era lo único que quebraba el silencio absoluto que reinaba en la casa. Ese día no se esperaba la llegada de ningún invitado.

—Traigo el carbón.

Esas fueron las primeras palabras que le dijo aquel desconocido cuando ella abrió la puerta. Él había dejado el cubo en el escalón de la entrada, su ropa estaba cubierta de carbonilla y tenía en la frente un tiznajo tan negro como su pelo.

—¡Esta es la puerta principal! —susurró ella con desaprobación, antes de salir a toda prisa y cerrar tras de sí—. ¿En las otras casas también haces las entregas por la puerta principal? —Lanzó una mirada por encima del hombro hacia la franja de cristal, para asegurarse de que no se acercaba nadie.

—Suelo ir a tiendas y negocios, estoy sustituyendo a otro repartidor.

Estaba tan tranquilo, como si no se hubiera percatado por la actitud de ella de que podría estar haciendo algo indebido, y no parecía tener prisa por levantar el cubo del suelo y llevarlo a donde correspondía. Se cruzó de brazos y se apoyó contra la baranda de hierro que subía junto a los tres anchos escalones hasta la puerta.

—¿Quién eres?, ¿la niñera?

—No.

Él tenía unos pómulos altos que recordaban a los de un lobo, y también una mandíbula masculina y un cuello salpicado de un negro vello incipiente. En la primera planta del edificio de la tía Kate vivía un muchacho de dieciséis años que siempre parecía estar jugando en la calle con una pelota cuando ella entraba y salía, y que de vez en cuando subía a llamar a la puerta. Ella no sentía ningún interés especial ni por él ni por ningún otro joven de Hell's Kitchen, no era más que alguien con quien charlar cuando no tenía nada que hacer, pero cuando había intentado besarla en el vestíbulo de la primera planta, le había esquivado y se había echado a reír. A partir de entonces, él se ponía a jugar a la pelota delante de otro edificio.

—¿La lavandera?

Ella asintió, se llevó las manos a la espalda y las entrelazó con fuerza. Calculó que él debía de tener unos veinticinco años por lo menos y, mientras el uno esperaba a que el otro dijera algo, vio el ligero aleteo del pulso en su musculoso cuello.

—Soy Alfred —le dijo antes de ofrecerle la mano.

Ella se la estrechó brevemente y vio que su propia mano se había manchado de carbón.

—Y tú eres Mary —añadió él.

—¿Cómo lo sabes?

—Todas las irlandesas se llaman así, de la primera a la última. Te lo juro por Dios.

—Ah.

Mary no pudo evitar dirigir de nuevo la mirada hacia su cuello y sintió el impulso de posar el pulgar en aquel ligero aleteo, de notar el pálpito de su sangre. El caballo que estaba esperándolo tenía pinta de ser bastante malhumorado, se movía hacia delante y hacia atrás y piafaba con impaciencia, y la montaña de carbón que tenía en el carro había empezado a desmoronarse y varios trozos habían caído al suelo. Puede que el animal supiera que su conductor había llamado a la puerta equivocada. Estaban en marzo y era inusual pedir carbón a aquellas alturas del invierno, pero los Mott se habían quedado casi sin reservas y temían que a finales de aquel mes e incluso a lo largo de abril pudieran seguir llegando noches frías.

—¿No vas a decirme que no jure por Dios? —le dijo él.

—¿Qué? —se sintió como si se hubiera quedado dormida y tuviera que despejarse—. ¿De dónde eres tú? —le parecía notar cierto acento en algunas palabras, pero no alcanzaba a distinguirlo.

—Soy americano de pura cepa. —Abrió los brazos de par en par. Cada vez que se movía, una fina capa de polvo caía sobre el escalón donde estaban. Bajó los brazos antes de admitir—: soy alemán, pero llevo aquí desde los seis años.

—¿Cuántos años tienes?

—Haces muchas preguntas. —lo dijo como si su actitud le hiciera gracia—. Veintidós. ¿Y tú?

—Diecisiete.

Ese día la miró con aquellos brillantes ojos verdes bordeados de unas pestañas tan negras como el carbón que llevaba en el cubo, y por unos segundos a ella le dio igual que alguien llegara por el pasillo y los viera a través de la franja de cristal de la puerta. Él llevaba desabrochada la parte superior de la camisa, y el cuello de la camiseta que asomaba por debajo estaba tiznado. Cuando se desvistiera al final de la jornada habría zonas de su cuerpo que no podría limpiar del todo por mucho que las frotara, y otras que estarían inmaculadas.

—¿Por dónde tengo que entrar?

Ella señaló hacia la puerta que usaba el servicio y que también servía para recibir las entregas, en especial cuando se trataba de cosas que ensuciaban (como el carbón, por ejemplo), que pudieran gotear, que desprendieran un olor fuerte o, en general, cualquier cosa que la familia prefiriera ignorar por completo. A un lado de la puerta, nada más entrar, estaba el conducto por el que cualquier repartidor de carbón sabría, sin necesidad de decírselo, que debía utilizar para echar el carbón hacia el sótano.

—Les gusta tener una cama calentita y la ropa interior limpia, pero no quieren saber cómo se consigue que todo eso esté así.

Al oír aquello, él enarcó una ceja y comentó:

—Eso es una insolencia.

Ni ella misma habría sabido decir por qué lo había dicho en voz alta, pero ya estaba hecho y no estaba dispuesta a desdecirse. No esperaba una reprimenda, y mucho menos viniendo de un hombre que había dejado un rastro de carbonilla que otra persona iba a tener que barrer. De hecho, teniendo en cuenta que al frotar la carbonilla se extendía y lo embadurnaba todo aun más, lo más probable era que se viera obligada a llenar un cubo, cargar con él hasta la puerta y echar el agua para que se fuera la mancha. ¡Cuánto trabajo, y con el frío que hacía! Estaba harta de tener las manos frías y mojadas por culpa de aquel tiempo tan gélido y húmedo.

—Lo que ha sido una insolencia es que llamaras a esta puerta —le dijo con firmeza—. ¡Piensa un poco! ¿De verdad crees que alguna familia recibiría una entrega de carbón por la puerta principal?

—Ya te he dicho que estoy sustituyendo a alguien. —Él se encogió de hombros, pero la piel de alrededor del cuello de la camisa se le había enrojecido.

Mary se inclinó por encima de la baranda y señaló hacia la puerta de servicio, que prácticamente se encontraba en la esquina de la casa. Él se inclinó a su vez para ver hacia dónde señalaba y ella notó en la espalda el roce de la tosca tela de aquella camisa de hombre contra el fino algodón de su blusa, notó el cuerpo sólido y fuerte que había debajo.

—Tienes que entrar por ahí.

Tras decir aquello se volvió a mirarlo por encima del hombro y descubrió que él no tenía la mirada puesta en la puerta. En ese momento pensó preocupada en la sangre de cordero que se había limpiado en el delantal, en las doce camisas de etiqueta del señor Mott que estaban por lavar, enjuagar, secar, planchar y colocar en el armario... y en aquel hombre hecho y derecho que, incluso en un día frío y húmedo, parecía desprender calor como un adoquín en verano un rato después de que el sol se haya ocultado tras el horizonte.

Él agarró las dos asas del cubo y, con aquella media sonrisa en los labios, lo alzó con un fluido movimiento de cadera y se dirigió hacia la puerta de servicio.

—¡Hasta la vista, señorita!

Ella entró de nuevo en la casa y allí, con ambas puertas bien cerradas, oyó cómo los duros trozos de antracita bajaban por el conducto metálico, oyó el crujido de la pala hundiéndose una y otra vez en el cubo.

El sábado amaneció nublado, el cielo amenazaba tormenta. Cuando Mary despertó y notó el olor de la lluvia en el aire, intentó hacerse a la idea de que no debería decepcionarse si Alfred no hacía acto de aparición. Al fin y al cabo, el servicio de los transbordadores se cancelaría si las aguas estaban demasiado agitadas, y él no tenía la culpa de eso. Pero al salir a ver si alcanzaba a ver el embarcadero a través de la niebla se dio cuenta de que todo parecía funcionar con normalidad, y justo cuando se disponía a enfilar por el camino vio a John Cane emergiendo de la niebla rumbo a la cabaña con un plato cubierto en la mano.

—¿Va todo bien? —preguntó él al verla peinada de forma inusual.

—Sí. —Aceptó el plato y suspiró al levantar un poco la tapa. Después de dos años y medio, estaba llegando a un punto en que atracaría a alguien por un buen plato de huevos y beicon—. ¿Los transbordadores están operando con el horario de siempre?

—Sí. ¿Por qué? ¿Esperas a alguien? ¿Al abogado ese?

—Eres la persona más entrometida que he conocido en toda mi vida.

—¿Va a venir tu hombre?

—Yo no lo llamo así, pero sí.

—Alfred es un nombre bastante raro, ¿no? ¿Cómo se apellida?

—Briehof. Es alemán.

—¿De qué parte de Alemania?

—Oye, ¿no tienes trabajo que hacer? ¿Te pagan por trabajar o por andar de cháchara?

—Es que me gusta estar enterado de las cosas.

—Como a todos, pero no todo el mundo considera correcto hacer tantas preguntas.

183

—Sí, eso es verdad. Tú, por ejemplo. No me has preguntado casi nada.

—Vale, cuéntame algo sobre ti.

Pero él se limitó a encogerse de hombros y se marchó de regreso al hospital.

Mary lo vio antes de que el transbordador llegara al embarcadero. Vio aquella cabeza de cabello oscuro meciéndose al ritmo del agua, lo vio desembarcar de un salto sin la ayuda de la baranda, vio cómo se volvía a decirle algo al capitán del transbordador y que los dos se giraban entonces para mirar hacia su cabaña. Ella alzó el brazo y lo saludó con la mano.

Caminaron el uno hacia el otro y él se inclinó hacia delante para besarla cuando se encontraron en el caminito, pero ella le dijo que esperara, que aún no, que ya le diría cuándo. Tenía buen aspecto, se lo veía rejuvenecido y lleno de salud y vitalidad; tenía los dientes limpios y blancos, el cuello perfectamente afeitado y sin un solo corte. Era alto y caminaba erguido, se movía con la agilidad de un hombre que está bien alimentado y aseado, que tiene los pulmones a pleno rendimiento y hace ejercicio a diario. Se dio cuenta de que eso era lo que veían los pacientes del hospital al mirarla a ella. Esa era la luz que buscaban cuando, sentados envueltos en mantas en los bancos del hospital, la observaban y se esforzaban por recordar lo que se sentía al estar vivo de verdad. Aunque Alfred y ella no tenían ya la juventud de antaño, tampoco estaban tan mal; no, no estaban nada mal. Ella fue indicándole el edificio principal del hospital, la capilla, el almacén de carbón, los dormitorios para hombres, el depósito de cadáveres, las residencias de las enfermeras, las viviendas de los médicos, el faro, los dormitorios para mujeres, los establos, los cobertizos y su propia cabaña, que se comprometió a mostrarle después. Lo condujo por el caminito que John Cane había despejado para ella rumbo a la playa, rumbo a su garceta blanca, y se sentaron en un tronco húmedo. Le indicó que el

Bronx quedaba allí, a la izquierda, y que a la derecha de donde se encontraban estaban South Brother y Rikers. Más a la derecha estaba Astoria, Manhattan quedaba tras ellos. Le preguntó si se había imaginado que North Brother sería así.

—No, hay más cosas de las que esperaba. Esto es como un pueblecito, pero aun así...

—¿Qué?

—Que está desierto. ¿Dónde está la gente?

—Son pacientes, casi todos morirán aquí. También están los empleados del hospital, que vuelven a su casa al final de la jornada.

Esperó a que intentara besarla de nuevo, pero daba la impresión de que el momento había quedado atrás. Lo notaba más taciturno, sumido en sus propios pensamientos, y temió que estuviera arrepintiéndose de haber ido a visitarla y que se inventara alguna excusa para marcharse.

—¿Cómo te va en la empresa de hielo?

Fue como si no la hubiera oído, porque preguntó a su vez:

—¿Qué te impide subir a un transbordador de buenas a primeras y largarte de aquí? ¿No podrías desaparecer, trabajar bajo otra identidad?

—Me lo impedirían los guardias o el capitán del transbordador, siempre es el mismo y me conoce.

—Podrías esconderte. Podrías esperar a que esté descuidado y esconderte en el transbordador, debajo del asiento, y desembarcar a escondidas al llegar a la otra orilla aprovechando un momento en que esté ocupado con algo.

—Tú mismo has visto el tamaño que tiene ese trasto, y solo lo usan cuando hay pasajeros. ¿De verdad crees que un plan así podría funcionar? —Al ver que él permanecía en silencio, que parecía estar pensando taciturno en algo, añadió—: Además, no quiero asumir otra identidad para trabajar. No he hecho nada malo, tendría que poder trabajar siendo yo misma. El señor O'Neill dice que está consiguiendo que la cosa avance, y...

—Mary...

—Hay otras personas que han hecho lo mismo de lo que se me acusa y están libres, y...

—Tengo que decirte algo. —Se puso en pie, se acercó a la orilla, tomó una piedra y la lanzó al agua.

Así que de eso se trataba, ¿no? Aquello, fuera lo que fuese, era lo que lo había impulsado a ir hasta la zona norte de la ciudad y cruzar Hell Gate para poder verla. Permaneció de espaldas a ella, y ella se mantuvo callada. No estaba dispuesta a facilitarle las cosas sonsacándole la verdad.

—Tenía intención de decírtelo cuando estuviste alojada en el hotel, pero no me permitieron verte y no quería tener que hacerlo durante la audiencia por miedo a que montaras un escándalo que te perjudicara de cara a los jueces. La verdad es que es mejor que sea así, estando los dos aquí solos. A mí, al menos, me parece que así es mejor.

—¿Por qué habría de montar un escándalo? —Fuera lo que fuese lo que él tuviera que decirle, por nada del mundo iba a montar un escándalo justo allí, en el único lugar de la isla donde había encontrado paz y calma.

—Has estado ausente durante más de dos años...

Ella se llevó las manos a la cabeza y apoyó la barbilla en las rodillas. Lo sabía, ¡es que lo sabía! En el fondo lo sabía, y ni ella misma había sido consciente de ello.

—Casi todos los periódicos dicen que no se te permitirá salir nunca de esta isla —añadió él.

Mary se levantó del tronco, se sacudió la parte posterior de la falda y echó a andar hacia el camino, pero él la alcanzó en dos rápidas zancadas y la sujetó del brazo.

—Como ya te conté, no me alcanzaba el dinero para seguir viviendo en el piso de la calle 33, así que alquilé una habitación en casa de los Meaney.

—¡Ah, sí! ¡Esa parejita feliz que tiene un hijo llamado Samuel, al que tienes que dar buen ejemplo!

—La señora Meaney me obligó a ser un buen ejemplo para él. Al cabo de una semana me advirtió que no podría seguir viviendo en su casa si no dejaba la bebida.

—Y a pesar de eso aun sigues allí.

—Seguí el tratamiento de Oppenheimer, aun sigo con él. Su marido lo hizo y le funcionó, así que ella pensó que a mí también podría venirme bien.

—¡Ese tratamiento no sirve de nada! ¡Lo sabe todo el mundo! Se quedan con tu dinero y tú bebes la quinina hasta que te encuentras tan mal que no puedes beber nada de nada, y resulta que la cura consiste en decirte que no bebas. Pero deja de funcionar en cuanto dejas de tomar la quinina. ¿El marido sigue sin beber?

—Está muerto.

Al oír aquello, Mary tuvo que sentarse en cuclillas en medio del camino y apoyó los dedos en el suelo para evitar desplomarse. Acababan de llegar al quid de la cuestión y estuvo a punto de esbozar una sonrisa. Había notado algo extraño entre los dos cuando se habían visto en Nueva York, pero no había sabido ponerle nombre. Por fin sabía de qué se trataba. Alfred había permanecido de pie junto a ella y le preguntó sin mirarlo:

—¿Murió hace mucho?

—Unos cinco años.

Ella sintió que se le encogía el estómago.

—Me dijiste que era posible que los Meaney me dejaran vivir allí contigo hasta que tú y yo encontráramos otra vivienda, que se lo preguntarías. Al referirte a ellos hablabas en plural, dando a entender que había un marido y una mujer.

—Sí, es verdad.

—¿Por qué?

—Es que... —apoyó la espalda contra un árbol— creía que podría explicártelo todo después, lejos de toda aquella gente. O que me iría de casa de los Meaney aquella tarde, cuando te dejaran libre, y tú y yo volveríamos a vivir juntos. Aún no había tomado una decisión, estaba pensándomelo. Liza no es tan fuerte como tú, me habría visto obligado a hacerlo con mucho tacto.

—Y ahora la decisión ya está tomada.

—¡No tuve elección! ¡Fueron esos jueces los que la tomaron por mí! ¿Qué se supone que debo hacer, Mary? ¿Vivir como un monje el resto de mi vida? Sabes que te amo. Bien sabe Dios que nunca he conocido a nadie como tú, pero creía que había ciertas cosas que el uno comprendía sobre el otro. Y también está el niño. Es un buen muchacho, un crío listo que...

Ella alzó una mano para interrumpirlo.

—¡Me importan un rábano el niño ese y la delicada Liza!

Ardía en deseos de propinarle un bofetón, pero sabía que a él le dolería más su indiferencia. Tenía la respiración acelerada, notaba su propia sangre corriéndole en un torrente justo bajo la piel, pero en vez de agarrar un palo y darle una paliza, en vez de lanzarle la larga retahíla de palabras airadas que tenía en la punta de la lengua, se limitó a marcharse. Al llegar a lo alto del camino, al punto donde John tenía que arrodillarse guadaña en mano para quitar las zarzas y la maleza, se volvió de nuevo a mirarlo.

—Solo tengo una pregunta y quiero que me digas la verdad. —Se negaba a llorar, no iba a permitir que le temblara la voz—. Te rogué que dejaras de beber; te subía medio a rastras por la escalera hasta casa; te daba dinero cuando no trabajabas; te afeitaba, te cortaba el pelo. ¿Eres consciente de lo bien que hubiera ido todo de no ser por la bebida? ¿Te acuerdas de lo felices que éramos durante esas temporadas en que no bebías? ¿Te acuerdas de eso?

—Claro que sí, claro que me acuerdo.

Dio un paso hacia ella, pero Mary retrocedió.

—¿Podrías explicarme entonces por qué cuando Liza Meaney te lo pidió fuiste directo a por la cura de Oppenheimer? —Notó que el recogido que se había hecho con los rizos iba aflojándose, fue consciente de lo lacio y patético que era cada uno de los mechones que le caía alrededor del rostro.

—No, no puedo explicártelo, porque desconozco el porqué. Solo sé que te amo, Mary. Te amo tanto como siempre y jamás podría llegar a amarla a ella tanto como te amo a ti.

—Puedes amarla cuanto te plazca, Alfred.

—¡Espera!

La agarró del codo y Mary se volvió como una exhalación, se giró dispuesta a pelear si se le acercaba más.

—Hay algo más —añadió él.

—¿El qué?

—Y, antes de que te lo diga, quiero que sepas que lo hago por el crío. Aún es pequeño, y solo lo hago por...

Mary se echó a reír. Echó la cabeza hacia atrás y se echó a reír. Se rio de los pájaros, de las copas de los árboles, de las olas, de las agitadas aguas de Hell Gate, del sonido de la sirena del faro que sonaba en la distancia. Se rio al pensar en John Cane acercándose a paso rápido a la cabaña para entregarle un plato de comida. Se rio de los médicos, de las enfermeras, de sus agujas, de sus tubos de ensayo, de sus botes de cristal para recoger muestras. Se rio de su propia estupidez, y de la estupidez de todos los necios que trabajaban y vivían y respiraban en Manhattan. Se rio de sí misma, por haber lamentado alguna vez el tener que estar alejada de la ciudad.

—Le has pedido a esa mujer que se case contigo.

—Y ella me ha dicho que sí.

Cuando Alfred se marchó, tras ver cómo el transbordador salía del embarcadero y se abría paso entre las revueltas aguas en dirección oeste, Mary regresó a su rincón junto a la orilla. Su garceta blanca no se había acercado mientras él estaba allí y permaneció escondida. Se rodeó las rodillas con los brazos y las apretó contra el pecho, en el lugar de donde había brotado antes la risa había quedado un profundo vacío. Ya no le veía ninguna gracia a lo que Alfred le había dicho.

Al cabo de un rato se dio cuenta de que estaba oscureciendo y había empezado a llover de nuevo. Sobre la franja de arena suelta que precedía a la arboleda iban cayendo algunas gotas aquí y allá hasta que de repente empezó a diluviar, la lluvia golpeaba el río con tanta fuerza que la superficie del agua espumeaba y parecía haber entrado en ebullición. Deseó para sus adentros que, si el transbordador no había llegado aún a la otra orilla, se inundara y acabara hundiéndose... pero se arrepintió y deseó de inmediato que no le pasara nada, que llegara a tierra sano y salvo.

Bien entrada la noche, mucho después de la hora de la cena y de que en la isla se apagaran las luces, vio el resplandor de unas linternas acercándose desde la pequeña arboleda que la separaba del hospital, oyó voces que avanzaban por el caminito de John.

Dos enfermeras se acercaron a ella y juntaron sus respectivos paraguas para resguardarla de la lluvia mientras la conducían de regreso a la cabaña.

—No sé en qué estarías pensando, Mary. ¿Se puede saber qué estás haciendo? —le dijo una de ellas.

—¡Vas a enfermar si te quedas a la intemperie! —afirmó la otra.

13

—¿Qué tal está, Mary? —le preguntó el señor O'Neill.

Era el cuarto día de febrero de 1910 y esa era la segunda vez que se veían en persona después de la decepción sufrida con la audiencia del verano anterior. Hacía un calor inusual para aquella época del año y el señor O'Neill propuso que, en vez de conversar en la cabaña de Mary o en alguna de las salas de reuniones del hospital, fueran a la zona con mesas al aire libre del pabellón para tuberculosos, ya que así podrían respirar algo de aire fresco. Ella le comentó que no había visto a nadie usando aquellas mesas en todo el tiempo que llevaba allí y él respondió que mucho mejor, que ellos serían quienes las estrenaran.

Francis O'Neill quería que ella pudiera gritar y brincar y bailar a sus anchas; quería que pudiera celebrar su alegría a plena vista de todas aquellas ventanas del hospital que daban a aquel patio, a plena vista de todos aquellos ojos que los observaban desde arriba tras las ventanas intentando adivinar qué estaría pasando. El caso de Mary era el más largo en el que había trabajado hasta el momento, y ese fin de semana su esposa ya había invitado a los amigos a ir a casa para brindar con champán.

No había duda de que, de todas las mujeres a las que había conocido en su vida, Mary Mallon era la más hermética. La última vez que había ido a verla, justo antes de Navidad, él le había dicho que su caso no estaba perdido, que había más esperanzas que nunca, que a principios de 1910 iban a nombrar a un nuevo comisario de salud, que el hombre en cuestión ya había declarado públicamente que estaba a favor de dejarla en libertad.

Creyendo que aquello iba a ser como un regalo de Navidad para ella, una chispa de esperanza que la alentaría durante las fiestas, le había dicho que lo más probable era que aquel nuevo comisario la liberara en cuanto asumiera el puesto, pero ella no había mostrado reacción alguna ante la noticia. Varios médicos del hospital habían mencionado que se la veía más apaciguada desde el verano. De esforzarse por mantener un aspecto pulcro y presentable y estar siempre deseosa de expresar su opinión sobre cualquier asunto, tuviera o no que ver con su caso, había pasado a ser una mujer que se veía apagada y dejada. Su pelo sucio estaba recogido en un moño medio deshecho, tenía el cuello de la camisa caído y los labios tan resecos que saltaba a la vista que se le habían agrietado, que habían sangrado y se habían secado antes de rajarse de nuevo.

Ella se había limitado a contestar con un escueto «Ya veremos», y se había mostrado más interesada en la comida que él le había llevado envuelta en paquetes a modo de regalos navideños. Jamón ahumado, queso, nueces garrapiñadas, cerezas recubiertas de chocolate, galletas de Navidad... Mary había abierto las nueces para ir compartiéndolas mientras conversaban, pero él no quería meter los dedos en la caja donde ella había puesto los suyos y se había excusado diciendo que las nueces no le sentaban bien. Ella había propuesto entonces abrir la caja de cerezas y, cuando él había alegado que había comido antes de salir rumbo a la isla, lo había mirado como diciendo que ya había oído antes esa excusa.

En aquel entonces, él había achacado la actitud de Mary a ese bajón anímico que algunas personas sentían durante las fechas

192

navideñas; al fin y al cabo, si ya era duro de por sí estar solo en Navidad, para ella debía de serlo aún más. Pero en esa ocasión, en un precioso día de febrero en el que la primavera podía respirarse ya en el aire, había ido a verla con más novedades y se la veía tan poco interesada como antes.

—El Comisario de Salud Lederle ya ha asumido su puesto —le dijo una vez que ambos estuvieron sentados.

—¿Quién?

—El nuevo comisario del que le hablé la última vez que nos vimos.

—Ah. Sí, por supuesto.

—Una de las cuestiones sobre las que hemos estado hablando, tanto él y yo como muchos de los miembros de la comunidad médica, es del número de portadores que existen. A estas alturas ya ha quedado claro que debe de haber cientos de ellos, miles. Resulta que, después de todo, su caso no es tan especial, Mary. Y eso nos beneficia.

Ella frunció el ceño y se puso a juguetear con una astilla de madera de la mesa.

—Mary... —Esperó a que ella le mirara antes de continuar—. Lederle ha decidido dejarla en libertad. El papeleo ya se ha tramitado, saldrá de esta isla y estará de regreso en su casa a finales de esta semana.

Le había llevado un regalo para celebrar la noticia. La idea la había tenido su esposa, quien, en cuanto él le había dado el visto bueno, había salido de inmediato en busca de algo para Mary a pesar de que no la conocía. La idea era encontrar algo colorido y bello, algo que a cualquier mujer le enorgulleciera llevar puesto, y cuando ella había afirmado que los hombres no sabían de esas cosas él le había dicho que fuera a las tiendas que solía frecuentar, que gastara tanto como si estuviera comprándose algo para sí misma.

En ese momento sacó el regalo y se lo pasó por encima de la mesa a Mary, quien lo depositó sobre su regazo y, en vez de abrirlo, se puso a juguetear con el lazo.

—¿Qué quiere decir con eso de que mi caso no es tan especial? Significa que aún siguen convencidos de que yo le transmití la fiebre a toda esa gente, ¿verdad?

—Pues... sí, así es.

Llevaban tanto tiempo con aquel caso que decidió que podía ser franco con ella; al fin y al cabo, estaba claro que Mary no mentía al afirmar que era una mujer inteligente.

—Lo que dicen los médicos es cierto, Mary. Usted es portadora de la enfermedad. Ya sé que es difícil de aceptar, pero seguro que ha tenido tiempo para reflexionar al respecto en estos tres años. La cuestión es que usted no tiene la culpa.

—Pero trabajé para mucha gente que no enfermó, cociné para cientos de personas a lo largo de los años. Y solo enfermaron veintitrés, no creo...

—Sí, eso también ha jugado un papel en todo esto. La forma en que va y viene. Y hay personas que son inmunes. Esa es una de las razones por las que la han mantenido recluida aquí, para poder estudiar sus pautas, pero usted no está obligada a proporcionarles la información que necesitan, no es responsabilidad suya, y Lederle concuerda con eso. No pueden encerrar a todo el que sea portador de la fiebre, así que en este momento la mejor alternativa que tienen es dejarla libre con la condición de que no vuelva a trabajar como cocinera nunca más. Usted no supone un peligro para nadie a menos que cocine.

Mary soltó un suspiro. Claro, eso era lo que él había estado instándola a hacer desde el principio. Le había pedido que se ofreciera de forma voluntaria a dejar de cocinar, a renunciar a una vida y comprometerse a llevar otra distinta.

—El comisario siempre estuvo en contra de que permaneciera recluida, y a través de sus propios contactos ya le ha conseguido trabajo en una lavandería de Washington Place, justo al lado del parque.

Ella hizo unos breves cálculos mentalmente. Al principio iba a tener que alojarse en una casa de huéspedes, y después tendría que alquilar una habitación. Una lavandería, iba a trabajar de lavandera... el tiempo iba retrocediendo.

—Y tendrá que presentarse ante el Departamento de Salud cada tres meses para que puedan hacerle un seguimiento, tomarle muestras y todo eso. Usted no es la única, están haciendo lo mismo con todos los portadores de los que tienen constancia para que, en caso de que haya algún brote, poder encontrar su origen con mayor facilidad.

—¿Hasta cuándo? Lo de presentarme para el seguimiento, ¿hasta cuándo tendré que hacerlo?

—Por el resto de su vida o hasta que encuentren una cura. O hasta que las vacunaciones se conviertan en algo generalizado.

—¿Por el resto de mi vida? ¿Y qué pasa si decido irme a vivir a otro sitio?

—En ese caso tendrá que comunicárselo al Departamento de Salud, y deberá registrarse en su nuevo lugar de residencia. ¿Está planteándose marcharse de Nueva York?

—No. —Ni se lo había planteado ni sabía por qué había mencionado esa posibilidad—. ¿Qué pasa con Soper? ¿Tendré que volver a verlo?

—No. —O'Neill se inclinó hacia ella, como si fueran un par de viejos amigos poniéndose al día—. He oído decir que está intentando vender sus memorias y no está teniendo suerte con ello.

Su sonrisa se esfumó al ver la cara de Mary, que jamás en su vida había odiado a una persona tanto como a Soper.

—Venga, Mary, abra el regalo.

Ella deshizo el lazo, apartó el papel de regalo y se encontró con un chal de color esmeralda, el chal más precioso que había visto en toda su vida. A lo largo de los bordes había pájaros bordados en un vívido azul real. Se lo colocó sobre los hombros y se imaginó cómo le quedaría, el contraste con los reflejos rojizos de su cabello, y en ese momento se acordó de su adorado sombrero azul con flores de seda y se preguntó a dónde habría ido a parar. Se lo imaginó colgado en el despacho de George Soper, que lo tendría allí como un recuerdo del trabajo realizado.

Al ver que el señor O'Neill aguardaba en silencio se dio cuenta de que estaba esperando a que ella dijera algo más, a que se pusiera a dar brincos de felicidad, pero no podía hablar porque no sabía si podría reprimir las ganas de soltar algún comentario mordaz y él no tenía la culpa de no entender la diferencia que había entre una cocinera y una lavandera. Iba a ganar un tercio de lo que ganaba antes, puede que incluso menos; los nudillos le escocerían, se le agrietarían y le sangrarían y se le entumecerían, y al hacerse mayor las manos dejarían de funcionarle y tendría que pedirles a los vecinos que subieran a abrirle tarros, a girar el pomo de las puertas. Sería como si el señor O'Neill tuviera que dejar su trabajo de abogado para transformarse en uno de esos mensajeros en bicicleta que se pasaban el día yendo y viniendo entre los bufetes de abogados y la corte de justicia, transportando documentos.

Pero cerró los ojos y respiró hondo y decidió apartar a un lado la decepción que la embargaba, centrarse en lo que O'Neill estaba ofreciéndole. Recordó el temor que había sentido en Queenstown, mientras esperaba a que descendiera la pasarela de aquel barco; y en Castle Garden, donde nadie la entendía debido a su acento y un desconocido la había enganchado por el párpado y la había observado como si fuera un exótico pez. Había sentido temor al conocer a Alfred, y también cuando había muerto la tía Kate. No era la primera vez que estaba asustada, no sería la última; iba a salir adelante.

—Gracias, es precioso. Dele las gracias a su mujer de mi parte.

—Se las daré.

A la mañana siguiente, Mary abrió la puerta de su cabaña y se encontró con que el periódico estaba abierto y doblado de forma que quedara a la vista un artículo de la sección dedicada a las noticias de la ciudad, un artículo cuyo titular era *Mary Tifoidea saldrá libre a finales de la semana*.

—Mary Tifoidea —susurró mientras se agachaba a recogerlo.

A diferencia del resto de los apodos que le habían dado (el más usado era «la mujer de los gérmenes», que en cierta forma la mantenía en el anonimato y, por ello, era algo de lo que podía distanciarse con facilidad), lo de Mary Tifoidea era pegadizo y, mientras contemplaba aquellas palabras escritas en negrita en el periódico que sostenía en la mano, sintió cómo las asimilaba, cómo se le quedaban grabadas.

La noticia se extendió con rapidez por toda la isla. Las enfermeras fueron en parejas y grupos a despedirse. A lo mejor le tenían más aprecio de lo que ella creía, pensó, mientras ellas le deseaban que le fuera muy bien y que tuviera la mejor de las suertes; a lo mejor había sido más amable de lo que pensaba. Hasta el doctor Albertson bajó por el camino una tarde.

—Buena suerte, Mary —le dijo antes de proseguir con su paseo.

John Cane la rehuía. Una mañana en que empezó a nevar le limpió el escalón de la cabaña mientras ella estaba firmando unos documentos en el hospital y, por las huellas que dejó, saltaba a la vista que estaba evitando ir por el camino.

Otra mañana, al regresar del faro, lo vio echando sal en el camino junto a la residencia de las enfermeras y lo llamó en voz alta, pero o no la oyó o no quiso hacerlo y, para cuando ella llegó al lugar donde lo había visto, ya no había ni rastro de él.

El jueves por la tarde lo vio por fin caminando cerca de la puerta de la cabaña y lo llamó desde el escalón de entrada mientras le hacía señas con la mano.

—¡John!

Dio la impresión de que él titubeaba un poco, pero al final se volvió y enfiló por el caminito que llevaba a la cabaña.

—¿Estás rehuyéndome? —lo dijo sonriente para intentar aplacarlo. No quería marcharse sabiendo que estaba enfadado con ella, quería que él se diera cuenta de que no tenía motivo alguno para estar enfadado.

—No.

—¿Sabes que me marcho mañana?

—Algo de eso he oído.

—¿No piensas despedirte de mí?

—Iba a esperar. —Se sacudió las botas y dejó un rastro de nieve en el escalón—. Aún te queda un día, no te adelantes.

—John...

—Además, tú misma dijiste que esa gente es muy artera. A lo mejor cambian de opinión en el último momento, ¿no te sentirías un poco tonta por haberte despedido antes de tiempo?

—No van a cambiar de opinión, todo está firmado y sellado. Tengo un trabajo esperándome.

—Vale, muy bien.

Ella sabía qué era lo que lo carcomía por dentro, pero no había forma posible de decirlo en voz alta. Después de que él le echara en cara el que no le hubiera preguntado nada sobre su vida, había procurado hacerle alguna que otra pregunta de vez en cuando, charlando como si nada, y en el transcurso de aquellos meses se había enterado de que no tenía esposa ni hijos y de que vivía en la calle 98 Este con su hermano pequeño, quien a pesar de ser más corpulento y fuerte que él no estaba bien de la cabeza y no podía tener un empleo porque sufría unos ataques tan violentos que en una ocasión se había cortado su propia lengua de un mordisco. Ese hermano intentaba cuidar de John como lo haría una esposa (limpiaba, hacía lo compras, cocinaba...), pero no era una esposa, no lo era ni de lejos, y ella comprendía sin necesidad de preguntar que lo que John había deseado durante toda su vida era tener una esposa de verdad y que aún no había dado ese sueño por perdido.

—Quiero decirte una cosa, Mary.

Ella se sintió culpable por haber dejado que las cosas llegaran a ese punto pero, antes de que pudiera articular palabra, él siguió hablando.

—Quiero decirte que no creo que aquí se esté tan mal. North Brother es un sitio bonito y tu cabaña es sólida; sí, puede que dentro haya un poco de humedad, pero ya me dirás tú en qué edificio no pasa eso. Y creo que debes admitir que no te ha faltado una buena compañía cuando la has necesitado, me refiero a alguien con quien hablar. ¿Tengo razón?

—Sí, por completo.

—Pero, aun así, te quieres ir.

—Sí.

—Bueno, pues entonces quiero decirte algo más. Ese Alfred que vino aquella vez, tu hombre. Sí, ya sé que dijiste que ya no lo es; y sí, también sé que no me lo dijiste tal cual, pero puedo atar cabos y lo que quiero decirte es que ese Alfred no es un buen tipo. Y no lo digo por lo que decían los periódicos sobre la forma en que vivían ni nada de eso. Me refiero a que, de hombre a hombre, sé diferenciar a uno bueno de uno malo y no confío en que ese se mantenga apartado de ti cuando vuelvas a la ciudad. Recuerda lo que acabo de decirte y recuerda también que no tuvo paciencia para esperarte mientras estabas aquí. Cualquier otro la habría tenido, puedo pensar en varios hombres que habrían tenido esa paciencia sin duda alguna. Y mira a dónde le ha llevado su impaciencia. No te olvides de eso cuando se te acerque de nuevo, Mary.

—No lo haré —le prometió ella. Todo el buen humor que la embargaba momentos atrás, toda la calidez que sentía hacia su amigo, desapareció de golpe. Se le encogió el estómago, chispazos eléctricos le inundaron la cabeza.

—En fin, tenía que decírtelo. —Tras desprenderse de aquella carga volvía a ser el John de siempre, el que se sentía a gusto consigo mismo y como en casa apoyado en el marco de la puerta de la cabaña—. A lo mejor podemos vernos alguna vez en la ciudad, y así te cuento cómo va todo por aquí. Podríamos ir a pasear, o algo así.

—John.

Dio un paso al frente, lo abrazó, notó que la cabeza de él le llegaba a la oreja y se sintió como si estuviera abrazando a un niño, no pudo evitarlo; sí, uno sólido y musculoso, pero un niño al fin y al cabo con aquellos hombros estrechos, con aquella forma de aferrarse a ella como un crío que busca consuelo. No pudo sentir ni el más mínimo atisbo de atracción hacia él.

—Sí, podríamos vernos alguna vez —se limitó a decir.

14

Cuando Mary era una muchacha de diecisiete años que se hacía pasar por una mujer de veinticinco o veintiséis, pararse en la acera y abrir el pesado portón de hierro forjado que llevaba a la puerta principal de una gran casa (una como la que los Warren habían alquilado en Oyster Bay, o como la que los Bowen tenían en Park Avenue) habría hecho que su cuerpo entero se tensara por el temor y los nervios. Y la cosa era peor aun cuando la señora de la casa era joven y recién casada, cuando tenía unos dieciocho o veinte años. Las muchachas de esa edad saben de forma instintiva quién tiene como mínimo su misma edad y quién es más joven, así que ella lo compensaba entrando en la cocina con paso firme y actitud autoritaria, incluso puede que un pelín desdeñosa. Hablaba con un acento aún más marcado con la esperanza de que eso justificara por qué aparentaba ser tan joven; la señora de la casa creería que se trataba de una diferencia cultural, que así hablaban las irlandesas. En una ocasión, al entrar a trabajar como cocinera en casa de los Hill, en Riverside Drive, la señora de la casa le había dicho nada más verla que estaba segura de que mentía tanto en lo relativo a su edad como en cuanto a su experiencia. En aquel entonces acababa de cumplir los dieciocho y había empezado a conseguir poco a poco trabajos a espaldas de la agencia.

La tía Kate se enteraba por una amiga de que en tal sitio necesitaban una cocinera, o la propia Mary veía una oferta de empleo en el periódico. Aparte de una casa tan grande que podría haber albergado a una docena de familias, los Hill poseían también tres carruajes, seis caballos y un par de ponis shetland para los niños, que aun no tenían edad suficiente para montar en ellos.

La señora Hill le había ordenado que se fuera de inmediato. Ella había insistido en que parecía más joven de lo que era (aunque al decirlo se sentía como lo que era, una muchacha delgaducha que no había comido en condiciones desde su último trabajo) y había sugerido que, ya que no iban a conseguir otra cocinera hasta el día siguiente por lo menos, podía prepararles la cena antes de irse. La señora Hill, tras un ligero titubeo, había admitido que tenía hambre y se había dado unas palmaditas en su voluminosa barriga antes de añadir que aquella mañana solo había comido unas gachas.

Después de conducirla a la cocina, la había dejado a solas para que pudiera crear algo delicioso con los insulsos restos de esto y de aquello que había dejado la anterior cocinera y el escuálido pollo que el portero había ido a buscar aquella mañana. Mary había encontrado harina, mantequilla, huevos, pasas, romero, tres manzanas viejas a las que les dio unos golpecitos antes de hincarles los incisivos para ver si tenían algo de zumo. Al cabo de una hora les sirvió al señor y a la señora Hill y a sus dos hijos unas ensaladas de pollo con nueces acompañadas de pan recién hecho y papas asadas. Había permanecido en aquella casa hasta que un portero con quien había coincidido en un trabajo en Brooklyn Heights dejó al descubierto su verdadera edad. En los meses siguientes tuvo que volver a lavar y planchar ropa, y tuvo la sensación de que la vida no era nada más que un largo y estrecho camino sin curvas, sin cimas ni valles.

—¡No aguanto más! —solía decirle a la tía Kate al regresar a casa.

—Claro que sí —contestaba su tía—. Todo el mundo aguanta y tú también podrás hacerlo.

Desde que había desembarcado del transbordador había estado repitiéndose a sí misma que ya no era cocinera, que era lavandera, que había firmado los documentos, que era mejor ser una lavandera en Nueva York que una cocinera atrapada en una cabaña en una isla plagada de muerte.

Para su sorpresa, en la casa de huéspedes donde se alojaba desde el viernes por la noche servían una comida pasable, pero no le gustaba la compañía. Los hombres y las mujeres dormían en plantas distintas, pero todos comían juntos y había demasiadas miraditas de curiosidad e interés como para que pudiera disfrutar de lo que tenía en el plato. Al bizco que insistía en acercársele demasiado y le había susurrado que le parecía muy guapa le había contestado sin miramientos que lo lamentaría si volvía a acercarse a ella. El tipo se había echado a reír (con lo que había quedado al descubierto la comida recién masticada que tenía en la lengua), pero ella se había quedado mirándolo en silencio con expresión inmutable hasta que él había terminado por cerrar la boca de golpe y había centrado de nuevo su atención en la ternera y la cerveza.

Cuando Mary entró en la lavandería aquella mañana de febrero de 1910 se sentía desanimada, cansada y hambrienta. Era como si todos los años que habían transcurrido desde aquel día en que había seguido a paso apresurado a Paddy Brown en Castle Garden hasta ese preciso momento, el momento en que estaba abriendo la puerta de una lavandería china, en realidad hubieran sido meras semanas y tuviera la misma edad que en aquel entonces. La lavandería se encontraba en Washington Place con la calle Green (justo al lado del edificio Asch, que era mucho más alto), y en esa ocasión había un lago de aguanieve tan profundo bloqueando la entrada que se vio obligada a alzarse un poco la falda para poder cruzarlo. Era una calle con mucho ajetreo, estaba repleta de estudiantes de la Universidad de

Nueva York y de mujeres que trabajaban en las fábricas que había por la zona.

La lavandería estaba abierta al público todos los días excepto los domingos y las lavanderas tenían ese día libre, pero las que planchaban y colgaban la ropa tenían que ir un mínimo de cuatro o cinco horas para encargarse de las prendas que se hubieran lavado el día anterior. Era un negocio pequeño que constaba de una sala en la parte de delante donde se atendía a los clientes, otra intermedia donde dormía Chu, el propietario, y otra en la parte trasera donde se llevaba a cabo el lavado y el planchado y que contaba también con una pequeña cocina y una zona de descanso que podían usar media hora al día. Chu no se dirigía directamente a ella, le daba todas las instrucciones necesarias a otro chino llamado Li que se encargaba de traducírselas. Le indicó dónde tenía que ponerse, dónde se escurría la ropa, cómo había que sacudirla y colgarla, cómo se comprobaba si aún quedaba algo de humedad. Con ciertas telas era preferible planchar antes de que la prenda estuviera seca del todo; en otros casos, la prenda tenía que estar totalmente seca antes de tocarla con la plancha porque en caso contrario esta se quedaba pegada y la tela se quemaba, y si eso sucedía le descontarían un día de sueldo. Las planchas debían mantenerse calientes, pero sin que llegaran a abrasar, y siempre tenían que estar limpias. Li le advirtió que al final de la jornada le resultarían más pesadas y le costaría más moverlas, que eso era algo que ella debía tener siempre en cuenta. Todos se turnaban para atender a los clientes si Chu no estaba disponible, si no sabía hacerse entender o si el cliente en cuestión no quería hablar con un chino.

Li la puso al tanto de las normas básicas que tenía que tener en cuenta a la hora de atender a la gente. Nadie, bajo ninguna circunstancia, podía llevarse ropa sin un recibo a menos que Chu diera su autorización expresa; no era inusual que alguien se presentara pidiendo ropa que jamás había existido y exigiendo entonces una compensación por esa ropa imaginaria, y ella no debía ceder en ningún caso. Si creía que estaban intentando timarla, lo que tenía que hacer era un alto y conseguir ayuda. Nunca debía dejar el cajón del dinero abierto; y, dado que hablaba inglés, de vez en cuando se le pediría que actuara como intérprete.

—Pero usted también lo habla —le dijo ella.

—Con usted no intentarán tantos truquitos, porque es blanca. Tanto mi padre como yo nacimos aquí, pero sigo teniendo cara de chino.

—A Chu se lo ve más chino aún. —Hizo ese comentario antes de pararse a pensar que a lo mejor no era buena idea revelar que había estado observando con curiosidad su inusual rostro.

Li la contempló con expresión inescrutable por un momento antes de contestar.

—Mi madre era blanca, al igual que la madre de mi padre. Tan solo hay unas dos docenas de chinas en toda la ciudad de Nueva York, tres docenas como mucho.

A juzgar por la gravedad de su rostro estaba claro que, fuera o no cierto lo que acababa de decir, él estaba convencido de estar diciendo la pura verdad. Ahora que se paraba a pensar en ello, lo cierto era que ella no recordaba haber visto ni a una sola china en toda su vida. No, no había visto a ninguna en los mercados, ni por las calles, ni en los edificios de viviendas... en fin, por ninguna parte.

—Sabemos que usted es irlandesa y esperamos que no nos cause problemas. Los irlandeses son los que nos dan más problemas a los chinos. Si está aquí es porque el comisario Lederle nos aseguró que era una persona de fiar.

Mary no supo qué decir ante eso, así que optó por quedarse callada.

—Por cierto, ¿cómo lo conoce? ¿Ha trabajado para su familia?

—No, no lo conozco en persona —se apresuró a contestar.

—Ah. En fin, el comisario nos trae sus camisas de vez en cuando —añadió él antes de decirle que ya podía ponerse a trabajar.

El trabajo era tan tedioso como ella recordaba, carecía por completo de la magia de la cocina. Un cuchillo y una sartén con mantequilla caliente te bastaban para convertir unas simples y feas papas en algo maravilloso, pero una lavandería no te ofrecía la posibilidad de llevar a cabo ninguna transformación de verdad. Había dos lituanas que se pasaban el día entero encorvadas sobre sus respectivos baldes de agua, con el cuerpo inclinado de forma que aquellos brazos en los que apenas quedaban fuerzas pudieran seguir trabajando. Tenían el rostro enrojecido, y ella supuso que se debía al esfuerzo físico que hacían y a tener que mantener la cara tan cerca del agua caliente llena de todas aquellas sustancias químicas que se usaban para eliminar el mal olor de las prendas, para borrar todo rastro de los cuerpos que las habían llevado puestas. Recibió instrucciones durante media hora sobre cómo usar un aparato para escurrir. Li se colocó junto a aquel trasto que consistía en una caja plana de unos ocho centímetros de largo y veinticinco de ancho y le mostró cómo colocar sábanas o manteles alrededor de las barras de la parte inferior, cómo hacer girar la rueda superior para que la caja pasara por encima de aquellos voluminosos y planos artículos que no requerían que se les diera forma ni un tratamiento demasiado concienzudo. Después, cuando hubiera terminado con esa tarea, podía encargarse de las planchas y asegurarse de pulirlas una vez que se hubieran enfriado. Y mientras estaba atareada con todo aquello, en medio de tanto empujar y tirar y luchar por manejar aquellas pesadas telas empapadas de agua, Chu pasaba de vez en cuando por allí, la miraba con expresión severa y chasqueaba la lengua.

En su segundo día de trabajo llegó a la lavandería a la hora acordada y cuando llevaba una hora allí se dio cuenta de que en el fondo esperaba que ese día fuera distinto, que se diferenciara en algo del anterior. Para el tercer y cuarto días ya se había dado cuenta de que siempre iba a ser la misma rutina. Llegaba, colgaba el abrigo, se remangaba la camisa, se ponía a trabajar. A las doce en punto del mediodía hacía una pausa para comer una manzana y una cuña de queso, y las lituanas se sentaban frente a ella al otro lado de la mesa y comían pan negro y unas bolitas de masa rellenas de una especie de carne picada (una carne picada que, por cierto, le habría gustado poder desmenuzar con el tenedor para examinarla bien). Hablaban entre ellas en su propia lengua y ni siquiera se molestaban en dirigirle la palabra. A las doce y media ya se había puesto a escurrir de nuevo, ya estaba pasando aquella enorme tabla lisa por encima de estampados florales y a cuadros, de ropa de cama y fino algodón. Por la tarde, el súbito alboroto de las trabajadoras de la fábrica de al lado saliendo a la calle al llegar el cambio de turno le indicaba la hora que era. Las que llegaban se saludaban unas a otras mientras se dirigían a toda prisa hacia la puerta; las que salían después de la jornada de trabajo se quedaban en grupitos de tres o cuatro en la acera y charlaban sobre sus planes, de vez en cuando alguna de ellas alzaba la mano para mostrarles a las demás el anillo de compromiso que acababa de recibir. Al oírlas hablar se sentía como al margen de todo cuanto la rodeaba, como si alguien la tuviera bajo su control y estuviera advirtiéndole que permaneciera callada y se limitara a ver pasar las horas y los días de su vida, como si fuera otra persona la que llevaba las riendas de su existencia.

Y entonces oía la voz de su tía Kate diciéndole que todo el mundo aguantaba, que ella también podría hacerlo.

Al finalizar la jornada, a pesar de que era tarde y estaba oscuro, y a pesar también de que no le gustaba caminar rumbo a la casa de huéspedes de noche porque la calle estaba prácticamente abandonada, deambulaba por la ciudad e intentaba pensar con ilusión en la llegada del verano, en esos días en que al salir del trabajo aún no habría anochecido. Dibujó un gran cuadrado en su mente y evitó acercarse a cualquier punto que quedara entre la calle 25 y la 38, y también entre la Segunda Avenida y Park. No quería correr el riesgo de encontrarse con alguien conocido, aunque la verdad era que eso no tendría por qué preocuparla porque Alfred estaba viviendo en pleno centro. Por mucho que evitara acercarse al lugar donde habían vivido, después de pasar tantos años juntos, veía algo que le recordaba a él en otras esquinas, en otras calles. Entre los dos habían trabajado en todos aquellos barrios, habían recorrido todas aquellas calles.

Por la noche, como la lámpara que tenía en su estrecha habitación no daba suficiente luz para poder leer, yacía en la cama con la mirada puesta en el techo y recordaba que todavía era joven, que tenía un empleo, que era más afortunada que la mayoría. No era una mujer dada a sentirse sola, no era una llorona ni una quejica. Ni lo era ni lo había sido jamás, y no iba a convertirse en una persona así a esas alturas de su vida. Y entonces, tal y como sucedía a veces cuando iba haciéndose tarde y no tenía nada con lo que entretenerse, cuando no podía dormir y sentía que su cuerpo entero estaba a punto de reventar por la presión de una pregunta para la que necesitaba una respuesta (aunque ni ella misma habría sabido decir cuál era exactamente esa pregunta), pensaba en él, en el otro, en ese niño, ese pequeño que llevaba once años muerto. Daba por hecho que el señor Kirkenbauer debía de haberse casado de nuevo, que tendría más hijos y otra esposa y otra casa. Se preguntó si alguien visitaba aun a ese niñito. Cuando ella lo había conocido, era un crío lleno de energía y vitalidad en pleno crecimiento, un crío que correteaba y estaba aprendiendo a hablar y aceptaba con entusiasmo todo cuanto se le enseñaba. Y entonces había llegado ella a trabajar como cocinera y en cuestión de cinco semanas estaba muerto. Era de él, de ese niño, de quien más se acordaba (más aún que de cualquiera de las personas incluidas en la lista del doctor Soper; más aún que de los gemelos de su propia hermana, que desde un primer momento parecían poco más que recipientes vacíos; más aún que de cualquier otra de aquellas personas que, según las acusaciones, habían enfermado por su culpa). Sí, la muerte de Tobias Kirkenbauer era la que más le afectaba.

Si, tal y como afirmaban los médicos, ella era la responsable, la que tenía la culpa; si realmente era un germen andante, una sentencia de muerte; si lo que había matado a aquel niño había sido su llegada a aquella casa, el que le dejara comer con la cuchara que ella

208

misma había utilizado, el que lo besara y lo abrazara... si realmente era cierto que Tobias había muerto por su culpa, le pedía a Jesús que tuviera piedad. No lo había hecho a propósito, le decía a Dios. ¡Ella no era consciente de lo que pasaba! Bien entrada la noche, cuando el resto de los huéspedes ya debían de llevar un buen rato dormidos en sus respectivas camas, pensaba a veces en todas aquellas pruebas del laboratorio que habían salido positivas; recordaba todas aquellas veces en que le habían explicado cómo actuaban los bacilos tifoideos, la diferencia entre una sopa caliente y una ensalada fría, y cómo afecta a la comida el calentarla a altas temperaturas, y dónde suelen generarse y proliferar los gérmenes y que, casi con toda certeza, la culpa la habían tenido los helados y los púdines que ella preparaba. Recordó también el barco que la había llevado hasta América y todos los cadáveres que se habían lanzado al gris océano, ese rastro de pesados sacos bien cerrados que podría seguir para regresar a casa si algún día decidía marcharse de América.

Al llegar la mañana, mientras se limpiaba la cara con un paño mojado, se decía a sí misma que todo eso ya no importaba, seguía repitiéndoselo mientras se esforzaba por ponerse las gruesas medias y veía su propio aliento alrededor del rostro conforme iba sintiéndose más y más agitada. Estaba convencida de nuevo de que ella no había matado a nadie, ni a aquel niño ni a ninguna otra de las personas que habitaban aquella enorme, amplia, sucia y palpitante ciudad. La idea era tan absurda que darían ganas de reír de no ser porque había sido un acto criminal que la encerraran, que mantuvieran retenida a una mujer, a una sencilla cocinera, cuando en cada esquina de América acechaba una pestilencia que estaba a la espera de quedar liberada y expandirse.

A las seis semanas de estar trabajando en la lavandería ya tenía ahorrado lo suficiente para alquilarle una cama a una viuda que vivía en la zona oeste. Había visto el anuncio en el periódico y, en vez de enviarle por correo una nota desde el otro extremo de la ciudad para expresarle su interés, fue hasta allí y la metió directamente en el buzón del edificio. No era un lugar de lujo ni mucho menos, pero al pararse en la acera para observarlo con atención llegó a la conclusión de que era más que decente; además, como la vivienda solo iban a ocuparla dos mujeres, sería tarea fácil mantenerla limpia y ordenada. La viuda le contestó con una carta donde detallaba la fecha en la que podía entrar a vivir y el precio de la cama y, mientras recogía todas sus pertenencias en la casa de huéspedes, Mary se dijo a sí misma que sería como cuando vivía con la tía Kate. Al principio le costaría un poco acostumbrarse, pero poco a poco iría convirtiéndose en algo rutinario y la viuda agradecería contar con su compañía. Quién sabe, puede que viviera allí de forma indefinida. Sabía de multitud de casos en los que un huésped llegaba a ser como un miembro más de la familia, y no había motivo alguno para pensar que eso no pudiera pasarle también a ella. Mientras cruzaba las avenidas y agachaba un poco la cabeza para protegerse del viento primaveral, pensó en lo difícil que debía de ser para una anciana arreglárselas en aquella ciudad, vivir con la preocupación constante de tener que conseguir leña o carbón y poner un plato de comida en la mesa.

Caminó sin parar hasta que dobló al fin por la Octava Avenida para enfilar el último trecho, y al llegar a la casa llamó a la puerta. La mujer que salió a abrir era joven, más que ella, llevaba el mismo peinado y una blusa más bonita.

—¿Qué desea?

—Vengo por lo de la cama que tienen libre. Escribí una nota la semana pasada y la señora Post me respondió indicándome que viniera hoy.

La mujer suspiró y alzó las manos al aire.

—¡Adelante! —Se apartó a un lado con una media reverencia bastante teatral.

Mary entró en la pequeña cocina y recorrió con la mirada la ventanita que había por encima del fregadero y el pedacito cuadrado de cristal policromado que alguien había colgado para que le diera la luz; al volverse ligeramente vio un catre, pero había dormido en multitud de cocinas a lo largo de su vida y no le importaba volver a hacerlo... pero entonces se dio cuenta de que a los pies de aquel catre había otro, y que al otro lado de la cocina había otro más.

—Hay más aun —le dijo la mujer.

Al verla señalar hacia la habitación contigua, Mary se asomó a echar un vistazo y vio que se trataba de un dormitorio en penumbra en el que había una cama situada junto a la pared rodeada de catres. No quedaba espacio libre donde poner el pie, la persona que dormía en la cama debía de verse obligada a pasar por encima de los catres para alcanzar la puerta.

—Pero en el anuncio ponía que...

Pero estaba claro que, por mucho que protestara, la situación no iba a dejar de ser la que era, que no iba a pasar a ser la que había imaginado.

—Oye, si quieres quedarte, pues genial. Yo me largo de aquí la semana que viene. ¿Trabajas de día o de noche?

—De día.

—Pues tienes suerte. Las que tienen turno de noche, dos enfermeras, son las que lo tienen peor. No pueden pegar ojo por culpa del ruido que hace esa mujer. Necesita que estemos aquí, pero no soporta nuestra presencia. ¿Has dejado ya el sitio donde vivías hasta ahora?

Ambas bajaron la mirada hacia la maletita de Mary y la desconocida se echó a reír.

A Mary le había tocado uno de los catres del dormitorio. Pensó que había tenido suerte al ver que se trataba del más cercano a la puerta, pero no tardó en descubrir que había acertado al pensar que las demás tenían que pasar por encima de los otros para llegar hasta la puerta. En medio de la noche se despertaba por culpa de una rodilla que le pasaba cerca de la cara o por un pie que le rozaba el vientre, por los crujidos y los sonidos que hacía su propio catre al soportar el peso de otro cuerpo que estaba intentando pasar. En el pasillo había un retrete interior cuyo inodoro estaba dotado de un sistema de descarga de agua, pero mucho antes de que ella llegara a aquel lugar alguien había llegado a la conclusión de que ese retrete privado incitaba a que hubiera demasiado ajetreo por la noche, así que en la esquina del dormitorio más alejada de la puerta había un orinal. Cuando no se despertaba porque alguien estaba pasándole por encima, era por el sonido de un chorro de orina cayendo en el orinal de cerámica seguido del ruido de otras cuatro mujeres dormidas revolviéndose en sus respectivos catres para intentar que el sonido no interrumpiera su sueño.

Tenía que encontrar otro alojamiento. Pensó en su antiguo edificio, en Fran y en Joan. La una tenía la casa llena, y la otra... En cualquier caso, estaba convencida de que le harían un hueco, de que la apoyarían y serían compasivas con ella. Pero era precisamente eso, la compasión que debían de sentir, lo que le impedía acudir a ellas. Ambas le habían advertido sobre la forma de ser de Alfred, cada una a su manera (Joan con tacto y discreción, Fran de forma más abierta y directa), pero ella no les había hecho ni caso. Y hétela allí, varios años después, viviendo en una casa de huéspedes mientras Alfred formaba una nueva familia junto a otra mujer. No, no podría soportar la inevitable necesidad humana que sentirían de decirle que habían tenido razón y ella se había equivocado, así que decidió preguntar a Li si sabía de alguien que tuviera una habitación en alquiler. Le dijo que incluso estaba dispuesta a vivir con una china. Intentó hablar con las lituanas, pero no la comprendían. Se paró en todas las iglesias, católicas o no, que había entre la lavandería y la casa de la señora Post para leer los tablones de noticias; leyó las ofertas que se publicaban en los periódicos; incluso les sugirió a dos de las inquilinas de la señora Post que podrían buscar algo para las tres, pero, o no les interesó la idea o les parecía imposible que tres mujeres pudieran alquilar una vivienda sin un hombre que firmara los documentos por ellas.

Y entonces, un martes a primera hora de la mañana, oyó una voz de mujer que la llamaba por la calle.

—¡Mary! ¡Mary Mallon!

Se volvió y vio a Joan Graves alzando una mano para detener el tráfico antes de cruzar a toda prisa hacia ella.

—¡No me lo puedo creer! —exclamó su amiga antes de abrazarla.

—Joan —dijo, y se quedó parada dejándose abrazar. Se alegraba mucho de verla. Joan era una tontita, una mujer llena de talento que cosía como nadie.

—Me enteré de que había habido una audiencia, pero pensaba que te habían llevado de vuelta a la isla.

—Sí, seguro que te enteraste de todo.

—Bueno, salía en los periódicos y Fran y yo seguimos tu caso. Pero aquí estás, ¡se te ve muy bien! Creía que estabas enferma, ¿lo has estado? ¿Cómo te va todo? ¿Dónde vives? ¿Por qué no viniste a vernos enseguida?

—Pensaba hacerlo, pero...

—Por cierto, ¿qué sabes de Alfred? ¿Lo has visto? Le dijo a Robert que estaba siguiendo la cura de Oppenheimer.

Que ella recordara, Joan no solía ser tan directa ni era una de esas personas que te bombardean a preguntas. Y tenía muy claro que la Joan de antes habría sido incapaz de mencionar lo de la cura, que era una forma velada de aludir al problema y a la bebida, a las noches en vela y a los gritos del señor Hallenan en la escalera. Si acaso, la Joan a la que ella conocía habría sacado el tema en privado, y con tal sutileza que ella habría tardado unos segundos en comprender a qué se estaba refiriendo. No lo habría hecho en la calle y, menos aún, la primera vez que se veían después de tanto tiempo.

—¿Dónde viste a Alfred? —Prefería preguntárselo a pasarse el día entero con la intriga.

—En el edificio, de vez en cuando hace alguna que otra chapuza para el señor Driscoll al salir de las cuadras. ¿Tú no lo has visto?

—No.

—Lo siento de verdad, Mary. Ya me enteré de... lo de ese sitio al que se fue a vivir. No tendría que haberte preguntado nada.

Mary tenía varias preguntas en la punta de la lengua. Estuvo a punto de preguntarle si se lo veía feliz, de qué hablaban cuando coincidía con él... pero no lo hizo, no hizo ni una sola pregunta. No sentía ni el más mínimo interés, claro que no. No estaba dispuesta a suplicar que le dieran información sobre él. No iba a preguntar por el marido de Joan y por los vecinos para poder así, al llegar al final de esa larga lista, preguntar por él con discreción. No, no lo iba a hacer. ¡Ni hablar!

—Se me hace tarde, Joan. Me ha alegrado mucho verte.

—¡Si apenas hemos hablado! ¡Tienes que venir un día a casa, Mary! ¿Podrías venir a cenar una noche? ¿Te va bien este domingo? ¿Cuándo te dejaron en libertad?

Mary ya había dado un par de pasos con disimulo hacia la lavandería (desde donde estaba alcanzaba a ver que ya habían abierto y estaban entrando los primeros clientes), pero se detuvo de nuevo. Que la despidieran si querían, que intentaran hacerlo, que ella iría directo al despacho de Lederle y le exigiría que le diera todo el dinero que llevaba en la cartera. No, mejor aún: ¡esperaría en la calle frente al despacho de Soper y lo atracaría cuando saliera rumbo a casa!

—No sé si podré ir, Joan. Ya te avisaré.

—Sí, avísame. Si no te va bien este domingo, lo dejamos para el siguiente.

—Ya te avisaré —repitió, antes de dar media vuelta y echar a andar hacia la lavandería.

—¡Ay, se me olvidaba! ¡Mary! ¡Espera, tengo que decirte algo!

Se preparó para lo que se avecinaba, fuera lo que fuese. A lo mejor le decía que había conocido a la Liza de Alfred, que había conocido al encantador Samuel. Le dieron ganas de quitarse la bufanda y metérsela a su amiga en la boca.

—¡Tenemos una hija! Tiene once meses, tienes que conocerla. Es la cosita más dulce que te puedas imaginar, y...

Se detuvo en seco al oír aquello.

—¿Has tenido una hija? ¿Lo dices en serio?

Joan se echó a reír al ver su cara de sorpresa.

—¡Totalmente en serio, no es broma! Tenías razón, a veces la cosa requiere mucho tiempo. ¿Vendrás a casa, Mary? ¿Vendrás a conocer a mi hija?

—¡No me lo puedo creer! —Miró alrededor como si la niña pudiera estar escondida en alguna callejuela, espiándolas.

Su amiga se echó a reír de nuevo.

—Fran se ha quedado cuidándola, así dispongo de una hora para poder salir.

En esa ocasión fue Mary quien se echó a reír.

—¡No me digas! Según ella, no iba a cuidar ni a un niño más cuando el último de los suyos empezara a ir a la escuela, ¿no? ¡Una vez me aseguró que, como a Robert se le ocurriera decir que quería tener otro, iba a lanzarlo por la ventana!

—Ya la conoces, en cuanto la niña nació fue la primera arrullándola en el moisés.

—¿Cómo se llama?

—Dorothy Alice.

Al ver cómo se le iluminaba el rostro de felicidad con solo pronunciar el nombre de su hija, la impaciencia que había sentido escasos minutos atrás se esfumó. Abrazó a su amiga con fuerza, le dijo que se alegraba mucho por ella. Joan iba a ser una buena madre y, si le había legado a su hija aunque fuera la mitad de su buen corazón, esta sería sin duda una buena persona. Por primera vez desde su salida de North Brother, se olvidó del motivo por el que llevaba tanto tiempo sin ver a sus amigas y tuvo ganas de ir a su antigua casa para tomarle el pelo a Fran. Joan pondría a hervir la cafetera, y las tres se pasarían la mañana charlando. ¿A quién le importaba Alfred? ¡A ella no! Si se cruzaba con él por la escalera, ni siquiera se volvería a mirarlo.

El momento de risas empezó a quedar atrás y Joan la miró con preocupación.

—No estás enferma, ¿verdad? No tienes pinta de estarlo. Lo que dijeron sobre ti y sobre aquella gente para la que cocinaste no es cierto, ¿verdad? ¿Por eso te soltaron?

—Ellos insistieron en que fue la gente para la que cociné la que se puso enferma —afirmó con un suspiro.

—¿Y no es verdad?

—A ver, hubo algunas personas que enfermaron. En realidad, se trataba de un puñado de entre todas para las que he cocinado. Pero fue una mera coincidencia, fue... en fin, la cuestión es que fue una verdadera injusticia, porque hay un lechero al norte del estado que...

—¡Lo sabía! Me dije a mí misma que no era posible que estuvieras enferma, solo había que ver lo duro que trabajabas y cómo subías y bajabas corriendo por la escalera. Bueno, vas a venir a ver a mi niña, ¿verdad?

Y, al oírse a sí misma decirle que sí, que iba a ir, se dio cuenta de que estaba siendo sincera. Quería conocer a la hija de Joan y ver a Fran. Incluso Patricia Tiernan sería un rostro conocido, y ¿acaso no era eso lo que había añorado durante aquellos tres años que había pasado en North Brother, ver algún rostro conocido? Durante todo ese tiempo lo que más había ansiado era hablar con alguien que conociera aspectos de ella que no tuvieran nada que ver con el doctor Soper ni con la fiebre tifoidea, ni siquiera con la cocina; además, se trataba de sus amigas. Seguro que comprendían el hecho de que no quisiera hablar de Alfred, seguro que se daban cuenta de que no había nada que decir al respecto. Joan y Fran no habían dicho jamás ni una sola palabra sobre el hecho de que Alfred y ella no estuvieran casados, tan solo habían expresado su preocupación por la salud de él y por cómo se deslomaba ella trabajando, y alguna que otra vez le habían preguntado si no deseaba a veces tener a su lado a un hombre que la cuidara en vez de uno al que tenía que cuidar. Pero se lo habían dicho porque eran sus amigas, sin juzgarla, y tenía que contar con que en esa ocasión no la juzgaran tampoco después de la humillación que había supuesto para ella que él la abandonara, que se casara con otra mujer.

15

Mary se dedicaba a trabajar. Cuando llevaba dos meses en la lavandería, Li le dijo que en un principio les preocupaba tener que contratarla por hacer un favor, pero que trabajaba tan bien como lo haría una china, o cualquier otra persona que Li había conocido alguna vez, y que el señor Chu también estaba muy contento con ella. Las dos lituanas ya no actuaban como si no existiera, la saludaban con un asentimiento de cabeza y una breve sonrisa antes de ponerse a trabajar de nuevo con sus baldes llenos de algodones y lanas.

En la ventana de la tienda de la esquina vio un anuncio donde se buscaba una inquilina. El edificio se encontraba en la calle 31 con la Segunda Avenida y, aunque decidió que daba igual que estuviera tan cerca de su antigua casa, cuando fue a echar un vistazo descubrió que el lugar no era muy distinto a la casa de la señora Post. Había catres por todas partes y, mientras a ella se le mostraba el lugar en cuestión de diez segundos y se la ponía al tanto de las normas de convivencia, dos mujeres que parecían estar exhaustas permanecieron sentadas alrededor de la mesa sin mediar palabra. Tenía que haber algo mejor, pero era imposible buscar bien teniendo en cuenta que solo disponía de medio día libre a la semana y, además, lo larga que era su jornada de trabajo habitual. Fue a ver otra casa que había visto anunciada en el periódico, pero al llegar le dio muy mala espina (la enorme sala de estar, los techos elevados, la cocina separada, el hombre que emergió silenciosamente de uno de los tres dormitorios y sostuvo una conversación en voz baja con la viuda que había salido a recibirla a la puerta). El tipo en cuestión pasó junto a ella y bajó por la escalera del edificio a paso rápido sin decir adiós ni darle los buenos días a nadie, ni siquiera a las mujeres que estaban recostadas en el sofá de seda como gatas tomando el sol. Se dio cuenta de qué clase de lugar era aquel justo cuando la viuda se le acercó y le indicó que se soltara el pelo mientras alzaba las manos con intención de quitarle las horquillas ella misma. Sin pensárselo dos veces, dio media vuelta y se aferró con fuerza a la baranda mientras bajaba a toda velocidad rumbo a la calle.

Estuvo buscando alojamiento durante un mes, durante seis semanas, dos meses... Empezó a hacer más calor y el ambiente que se respiraba en casa de la señora Post cada vez era más asfixiante, pero lo más preocupante era que empezaba a acostumbrarse a que cada noche la despertara un pie en la cara o en el vientre. No estaba dispuesta a acostumbrarse a vivir así, tenía que haber alguien honesto y necesitado de la ayuda que podía ofrecer alguien como ella. Junio quedó atrás, y después julio. Dos de las inquilinas se marcharon de la casa de la señora Post y, dado que tener esos dos catres vacíos suponía un respiro y algo de espacio libre, decidió esperar un par de semanas y hacer algo distinto las tardes de domingo para variar, algo como dar un paseo por el parque o salir a merendar fuera. Un par de semanas se convirtieron en el verano entero. A finales de septiembre estaba caminando por la Tercera Avenida, cerca de la calle 33, cuando se encontró a la señora Borriello acompañada de uno de sus hijos en el puesto ambulante que vendía fruta y verdura por el barrio.

Antes de que tuviera tiempo de saludarlos, el muchacho la vio y exclamó:

—¡A usted la conozco! —Se volvió hacia su madre—. Mamá, esta mujer era vecina nuestra. ¿No es la que...?

Su madre lo hizo callar dándole un ligero toque en el hombro y dijo algo en italiano.

—Le dice que hola, que cómo está —tradujo el muchacho—. Que se alegra de verla.

—Me alegro de verla —dijo la mujer con un fuerte acento italiano.

Mary la miró con una sonrisa cordial y no pudo evitar pensar que se la veía un poco envejecida. Miró al niño y le preguntó:

—¿Qué tal va todo?

Si mal no recordaba, el muchacho se llamaba Carmine y el menor de los hermanos era Anthony. El mayor había muerto unos cuatro años atrás, recordaba con vívida claridad aquella tarde y el silencio sepulcral que había cubierto como un manto el edificio de vecinos cuando se había extendido por las distintas plantas la noticia de que el niño, al que su madre había mandado a recoger leña junto al mamparo que había en la calle 28, había caído al río al intentar alcanzar un trozo de madera que iba a la deriva y había sido arrastrado por la corriente. Después se supo que Carmine, quien había acompañado a su hermano mayor a por leña, había echado a correr a lo largo de la orilla buscando ayuda, había encontrado a unos trabajadores que estaban tomándose un descanso en el muelle y les había suplicado que ayudaran a su hermano. Pero ellos se habían limitado a dirigir la mirada hacia el punto que señalaba el crio y, al cabo de un momento, mientras veían cómo la corriente se llevaba a su hermano más y más lejos, mientras se sacaban sus respectivos bocadillos del bolsillo, uno de ellos le ofreció la mitad del suyo para que le diera fuerzas antes de ir a contarle a su madre lo ocurrido.

Mary se preguntó si se habría llegado a rescatar el cadáver del río.

—¿Cómo está Anthony? —le preguntó a Carmine.

—Bien.

El muchacho la miró, bajó la mirada hacia sus propias manos, volvió a mirarla de nuevo, y a ella le dieron ganas de acariciarle la mejilla.

—Por cierto, eh... ¿Se enteró de lo de mi padre? Se murió.

—No, no sabía nada. —Mary posó la mano en el brazo de la señora Borriello—. Lo lamento mucho, ¿qué pasó? Era joven.

La mujer se ajustó mejor el pañuelo con el que se cubría el pelo y Carmine se encargó de contestar.

—Fue una cosa de lo más rara. Estaba trabajando en el encofrado de un edificio que estaban construyendo en la Broadway con Broome, dijeron que tenía el arnés puesto cuando subió hasta una viga para hacer una pequeña soldadura, cuando llegó una fuerte ráfaga de viento, perdió pie y el arnés se rompió. Y se cayó. Era una viga de la planta cuarenta.

Ella se preguntó cuántas veces habría oído ese niño aquel relato para poder contarlo con tanta naturalidad. ¿Qué iba a entender él de vigas, encofrados y construcción de edificios? Debía de tener unos diez años, pero aparentaba más y también menos. Aparentaba ser mayor por cómo se pavoneaba y por la forma en que hablaba por su madre, pero, por otro lado, parecía más joven por aquel rostro dulce y aquellas largas pestañas; por esa actitud que subyacía en todas sus palabras, esa forma en que parecía mirarlas a las dos como preguntando: «¿Lo he explicado bien? ¿Fue eso lo que le pasó a mi padre? ¿Tan solo fue por una viga y un arnés roto y una ráfaga de viento? Y, antes, lo que le ocurrió a mi hermano... ¿Es realmente posible que estuviera allí, a mi lado, y que en un abrir y cerrar de ojos se lo llevara la corriente? ¿Es realmente posible que no hubiera nada que lo amarrara con más fuerza a su vida, nada que amarrara con más fuerza a mi papá a la suya?».

—¡Cuánto ha debido de sufrir tu madre! —susurró.

Dirigió la mirada hacia la señora Borriello y la contempló en silencio. El pañuelo de color marrón que le cubría la cabeza se confundía con su cabello castaño oscuro. Se la veía demacrada mientras iba tanteando las uvas con ágiles dedos para seleccionar las mejores.

Mary bajó de nuevo la mirada hacia el niño, se inclinó un poco hacia él y le dieron ganas de abrazarlo.

—¿Cuándo fue? —le preguntó.

—Hace algo menos de un año —contestó él.

—En octubre hará un año —añadió la señora Borriello, que también había bajado la mirada hacia su hijo.

Guardaron silencio mientras el resto de los clientes se arremolinaban a su alrededor. El vendedor dirigía de vez en cuando una mirada hacia los tres para cerciorarse de que no se metieran nada en el bolsillo sin pagar.

—¡Me acuerdo de aquella vez que vimos los fuegos artificiales!, ¿y usted? —preguntó el niño de repente.

—Sí —le dijo ella antes de tomarlo de los hombros y atraerlo hacia sí. «Soy una persona afortunada», se dijo para sus adentros. «Cuando sienta que todo en la vida me va mal, debo recordar que tengo suerte, que soy afortunada».

El niño se dejó abrazar unos segundos antes de apartarse con educación. Su madre le dijo algo en italiano y él intentó indicarle con la mirada que no quería traducir aquello, pero terminó cediendo.

—Mi madre dice que usted también estuvo triste, pero que a lo mejor esa tristeza fue por su propio bien. Que ese hombre no era bueno y que Nuestro Señor sabe lo que hace. —A continuación agregó algo de su propia cosecha—. Él viene a veces por allí, se lo ve distinto.

—Puede que tenga usted razón —le dijo ella a la mujer. Posó una mano en su brazo de nuevo a modo de despedida, pero, cuando se disponía a desearles un buen día y la mejor de las suertes y a dar media vuelta, se le ocurrió una idea repentina—. Carmine... —Al ver que el niño aguardaba en silencio le preguntó—: ¿tu madre tiene alguna inquilina?

—¿Qué es eso?

—Me refiero a alguien que vive en tu casa y paga una parte del alquiler.

—No.

El niño alzó la mirada hacia su madre, que estaba mirando a su vez a Mary, y esta tuvo la impresión de que aquella mujer estaba entendiendo todo lo que decían. Le habría gustado poder preguntar cómo se las arreglaban para llegar a final de mes, pero eso habría sido una indiscreción por su parte. Tenía que encontrar la forma adecuada de expresar lo que quería decir. Se volvió hacia la señora Borriello para hablar directamente con ella y, al ver que la mujer se limitaba a esperar en silencio, tuvo la impresión de que ya estaba preparando una frase para rechazar su propuesta.

—Tengo un empleo estable, trabajo seis días y medio a la semana y obtengo un salario decente, aunque es menos de lo que ganaba antes. Antes de lo de la isla... ¿Comprende lo que quiero decir? Cuando era cocinera. Ahora trabajo en una lavandería, pero cobro sin falta. Podría vivir con ustedes, señora Borriello, y ayudar a pagar el alquiler y al cuidado de la casa. Soy una persona limpia y ordenada, y los niños ya me conocen. Podría...

La señora Borriello dijo algo en italiano y el niño protestó en la misma lengua antes de dar media vuelta y alejarse un poco para dejarlas solas.

—He estado planteándome algo así —admitió la mujer—. No me gusta la idea de dejar entrar en mi casa a una desconocida, no quería poner un anuncio en el periódico.

—Pero yo no soy una desconocida, me vio ir y venir durante años.

—Sí. —Se quedó mirándola en silencio.

Mary recordó en ese momento el cuadro del Sagrado Corazón que había visto bajo la tenue luz de la cocina de los Borriello cuando, tras la muerte de su hijo mayor, la mujer aún estaba postrada en cama sin fuerzas para levantarse. Estaba claro que era una persona religiosa, así que lo más probable era que no aprobara su relación con Alfred, pero ¿qué mujer aprobaría algo así? Había sido una desaprensiva, una necia, pero ¿qué mujer habría renunciado a él, sabiendo cómo era en su mejor época? Tuvo ganas de decirle a aquella mujer que Alfred valía la pena, que ella lo amaba. Además, entre las muchas cosas que promulgaba la doctrina cristiana se encontraba el perdón. Bajo aquel pañuelo oscuro y aquella ropa de viuda había una mujer joven, puede que incluso más joven que ella. «Tú lo entiendes, ¡estoy segura de que lo entiendes!». Le habría gustado poder decirle aquellas palabras, pero se las calló.

—Nada de visitas.

Se ruborizó al oír aquello. «No importa», se dijo para sus adentros. Cuando llevaran unas cuantas semanas viviendo juntas, aquella mujer ya se habría dado cuenta de que ella no era así. Alfred era el único con el que había hecho una excepción, el único en toda su vida. Y resulta que ahora él estaba viviendo en otro sitio y casado y criando al hijo de otro hombre.

—Nunca. —Negó con la cabeza para dejárselo claro, y notó el ardor de un rubor subiéndole por el cuello. El niño estaba dando patadas a una plasta seca de caballo a lo largo de la acera, pero no dejaba de observarlas.

—Mis hijos se quedan en su dormitorio, usted dormirá en un catre en mi habitación o en la cocina.

—Sí, está bien.

La señora Borriello le dijo cuánto iba a costarle. Era más de lo que pagaba en casa de la señora Post, si pagaba esa cifra no iba a poder ahorrar. No, no podría ahorrar ni un solo centavo a no ser que comiera menos, que se lavara el pelo menos a menudo, que fuera caminando a todas partes o que buscara otro trabajo para los domingos por la tarde. Estaba convencida de que podía regatear un poco, ya que la mujer había admitido que no quería poner un anuncio en el periódico, pero en vez de eso asintió.

—De acuerdo, trato hecho.

Dio la impresión de que la señora Borriello se sorprendía por un momento, pero entonces sonrió complacida y le hizo un gesto al niño para indicarle que se acercara. Mary le estrechó la mano, estrechó después la del crío y entonces ambas pagaron por su respectiva fruta y cada cual se fue por su lado tras despedirse hasta el próximo domingo, el día acordado para el traslado.

Al hacerle la propuesta a la señora Borriello no había pensado en ningún momento en los demás vecinos del edificio, pero cuando se alejó y se dio cuenta del acuerdo al que acababa de llegar se sintió de nuevo como si estuviera retrocediendo en el tiempo, como si por mucho que se esforzara por mantener la mirada puesta al frente la vida se empeñara en desestabilizarla, en darle la vuelta.

En la casa de la señora Post no había casi nadie cuando recogió sus cosas y se fue de allí. Era normal sentir que estaba regresando a casa, pero fue al ver el número que colgaba sobre la puerta principal del edificio (la oscura entrada, la vieja escalera un poco más allá), cuando asimiló de verdad lo que había hecho. El mural descolorido de un hombre a caballo y niños recolectando frutas de los árboles aún seguía al pie de la escalera; la moldura de yeso pintada años atrás a juego con la madera de la baranda se había desgastado más aún, y había ido dejando montoncitos de polvillo a lo largo del zócalo inferior. Después de tantos meses evitando acercarse a ese lugar, de dar amplios rodeos para no encontrarse con nadie, allí estaba otra vez, como una hija pródiga cuyas únicas marcas visibles del tiempo transcurrido son una quemadura en la muñeca, los tobillos hinchados y los nudillos despellejados. Iban a reírse de ella. Se imaginó a Patricia Tiernan parada en la cocina con una sonrisa de lo más ufana en el rostro afirmando que ella siempre lo había visto venir, que siempre lo había sabido, mientras su familia la miraba con servil adulación y asentía. Pensó en el resto de los vecinos, en aquellos a los que ni Alfred ni ella les habían caído bien jamás, y recordó que ambos habían mantenido la cabeza en alto sin hacer ni caso a lo que los demás pudieran opinar o dejar de opinar.

Pero allí estaba de nuevo, completamente sola, y en los escasos segundos que tardó en cruzar la entrada se planteó regresar a la casa de la señora Post o ir a otra casa de huéspedes, o preguntar si podía quedarse una semana en la lavandería hasta que pudiera encontrar un alojamiento mejor. Conocía a la perfección hasta el último detalle de ese edificio, desde el ligero hundimiento que había en el centro de

224

cada escalón hasta el olor a humedad procedente del sótano. Si aún trabajara de cocinera podría permitirse alquilar la vivienda de la sexta planta. Se preguntó quién estaría viviendo allí. Recordó su antigua cama, su mesa, su fregadero, las especias que guardaba en la cocina.

Echó a andar escalera arriba y al llegar a la casa de la señora Borriello llamó a la puerta, que se abrió enseguida; la señora Borriello se hizo cargo de su maletita y, tras dejarla debajo del catre (que durante el día estaba colocado contra la pared con varios cojines encima, como un pequeño sofá), le indicó que se sentara con un gesto de la cabeza, esperó a que ocupara una silla y procedió entonces a servir café con una dulce leche condensada y pan recién hecho con mantequilla salada. Después de colocar en el centro de la mesa un cuenco que contenía unas regordetas y jugosas moras, se sentó frente a ella y las dos se pusieron a comer en medio de un cómodo silencio. Mary no había disfrutado de una comida tan deliciosa desde antes de su reclusión en North Brother.

—Quiero darle las gracias... —Un inesperado estrechamiento en la garganta impidió que le salieran las palabras.

No había motivo alguno para llorar, pero aquella súbita presión tras los ojos se desbordó y de buenas a primeras la señora Borriello estaba junto a ella frotándole la espalda, diciendo que debía de estar cansada y que por qué no dormía una pequeña siesta antes de que llegaran los niños. Ella admitió que le gustaría recostarse unos minutos, pero no para dormir; tan solo necesitaba tumbarse, cerrar los ojos, pedirle a Dios que las cosas le fueran a mejor en aquel lugar y no a peor.

—¡Ah, por cierto! Antes de nada, quiero darle esto. Ayer fue día uno de mes, así que nos ha venido perfecto.

Abrió su bolso, sacó del monedero la cifra que habían acordado y la dejó sobre la mesa (los billetes primero y encima las monedas en un montoncito). Al ver que se quedaba mirando el dinero en silencio, le preguntó con preocupación:

—¿Está todo correcto?

A lo mejor debía algo más, puede que hubiera entendido mal la cifra, pero ya no le quedaba nada en el monedero. No solo se había comprado unas medias de lana nuevas esa semana, sino que en los últimos diez días, después de cerrar la lavandería con Li, había ido en dos ocasiones al pequeño puesto que vendía hamburguesas hasta la medianoche. Sabía que había obrado mal. Que fuera una vez tenía un pase, pero dos era excesivo; además, ¿no podría haberse zurcido las medias viejas?

La señora Borriello bajó la cabeza, se cubrió la cara con las manos y dijo al cabo de un momento:

—Sí, todo correcto.

Cuando logró recobrar la compostura le dijo a Mary que ella también iba a echarse un rato.

Mary sabía que lo único que iba a lograr rehuyendo a sus amigas estando allí era empeorar aun más las cosas. Era mejor ir a verlas de inmediato, intentar explicarles lo que había pasado, dejar que la vieran. Para ellas sería más fácil comprender por qué no se había comunicado con ellas durante su estancia en North Brother que el hecho de que no hubiera ido a verlas tras ser liberada. Joan no suponía obstáculo alguno (de hecho, su amiga ya la había perdonado desde antes de que tuvieran aquel encuentro fortuito en la calle), y por las mañanas se la oía arrullar con voz suave a la pequeña Dorothy Alice cuando esta se ponía a llorar. La oía cantarle a la niña dulces tonadas sobre perritos, trayectos en trineo y el Reino de los Cielos, y cuando salía rumbo a la lavandería se daba cuenta de que la canción se le había pegado e iba tarareándola en voz baja.

Por otro lado estaba Patricia Tiernan, quien nunca había simpatizado con ella. Desde su regreso a la vecindad, cada vez que se encontraban en la escalera parecía sorprenderse al verla, y en una ocasión en que se cruzó con Jimmy Tiernan y él la saludó con un simple: «¡Ah! Hola, Mary», Patricia apareció en el descansillo de arriba como solía hacer en los viejos tiempos y los miró como deseando estrangular a su marido con el poder de la mente.

Fran, por su parte, se mostró distante y fría la primera vez que se encontraron tras su regreso al edificio, se limitó a devolverle el saludo antes de proseguir escalera arriba. Ella se quedó parada, sintiéndose como si acabaran de abofetearla, y tardó varios días en hacer acopio de valor e ir a verla.

—Fran, por favor, ¿me dejas entrar? —le pidió mientras llamaba a la puerta.

A lo mejor fue el hecho de que se lo pidiera por favor lo que ablandó a su amiga, porque le abrió y fue a buscar algo dulce a la cocina mientras ella ocupaba su silla de siempre.

—¿Por qué no viniste a vernos, Mary? Fue como un mazazo enterarnos de que te habían enviado de vuelta a North Brother después de la audiencia. No teníamos ni idea de que te habían dejado en libertad y, de buenas a primeras, Joan se encuentra contigo en la calle. Podrías haberte venido a vivir aquí, solo tenías que pedirlo. ¿Por qué no lo hiciste? No hacía falta que fueras a una casa de huéspedes ni que pagaras a la señora Borriello por vivir ahí arriba, en un rincón de su cocina. Ni siquiera entiendo qué fue lo que pasó.

—No sé por qué me comporté así. —Era la pura verdad. Estando allí, frente a su vieja amiga, no recordaba por qué había dejado pasar tanto tiempo, por qué había mantenido la distancia—. ¿Por qué no viniste a la audiencia? Alfred sí que estuvo allí. Y tampoco supe nada de ti.

Supo por la expresión de su rostro que la idea ni siquiera se le había ocurrido. A decir verdad, ella no había esperado en ningún momento que Fran abandonara sus tareas para pasarse un día entero en la sofocante sala de un juzgado, pero era la única forma de superar aquellas pequeñas heridas: hiriendo a su vez. ¿Te sentiste dolida? Pues yo también.

—No sabía que se podía ir a la audiencia, creía que solo tenían acceso los abogados y la prensa. Y sabes perfectamente bien que no se me da bien escribir, Mary. Sí, Robert me dijo que escribiera una carta y él se encargaría de enviarla, pero ya sabes cómo son estas cosas. Tú también podrías haberme escrito más a menudo.

—Tienes razón. No sé por qué he dicho eso, perdona. Es que Alfred...

Su amiga se inclinó hacia delante.

—¡Sabía que era por él! No querías encontrártelo por aquí.

Fran le preguntó entonces si había coincidido con él en la semana que llevaba de vuelta en la vecindad.

—No, ¿y tú? Joan me comentó que hace algunos trabajitos para Driscoll.

—No, yo tampoco lo he visto. A veces pasa bastante tiempo por aquí a lo largo de una semana y después no se le vuelve a ver el pelo en unas cuantas; además, me parece que procura no coincidir ni con Joan ni conmigo.

Aunque Mary se había repetido infinidad de veces que no debía importarle lo que él hiciera o dejara de hacer, que tenía que olvidarlo, era Alfred quien estaba en su mente cuando abría la puerta principal del edificio y recordaba que debía caminar erguida, cuando se llevaba una protectora mano al pelo. Se tensaba ante la posibilidad de encontrárselo de un momento a otro, pero al pasar varios días sin verlo por ninguna parte se dio cuenta de que en el fondo se sentía decepcionada.

—Bueno, cuéntamelo todo —le pidió Fran—. Empieza por el principio.

Mientras el café iba enfriándose, Mary le describió al doctor Soper y le contó lo que aquel hombre había dicho sobre ella, le relató el día de su captura. Le habló del Hospital Willard Parker y de North Brother y de John Cane, de las enfermeras pertrechadas con los botes para recolectar muestras, del señor O'Neill, de la decepcionante audiencia, de cómo se había enterado de la existencia de Liz Meaney y su hijo, de lo desorientada que se sentía al estar de regreso en la ciudad y no poder trabajar de cocinera, de su miedo a ser incapaz de acostumbrarse. Cuando terminó al fin con su relato, Fran guardó silencio un buen rato y luego aseguró con firmeza que le gustaría propinarle un puñetazo en la cara a ese tal doctor Soper, y ella se echó a reír. Era la primera vez que se reía por algo relacionado con Soper, y la primera vez que sintió que aquella parte tan terrible de su vida había quedado atrás de verdad. Las dos siguieron conversando hasta que el reloj dio la medianoche, y Mary se marchó de casa de su amiga con la certeza de que las cosas se habían arreglado entre ellas.

LIBERTAD

16

Vivir con Liza parecía perfecto al principio. Por primera vez en años, Alfred volvía a saber lo que era estar sobrio y con la mente despejada, y poderse valer por sus propios medios, sentir los pulmones repletos de aire, caminar erguido, tener el cuerpo fuerte. Al llegar a casa, Liza no parecía sorprenderse lo más mínimo por el hecho de que él se hubiera pasado el día trabajando; a diferencia de Mary, ella no le daba la lata con eso. Y tampoco detectaba en ella esa preocupación constante por que él pudiera cambiar de opinión, por que al día siguiente se hundiera y se convirtiera en un desempleado. Era un hombre sano y fuerte, y Liza no lo miraba como solía hacerlo Mary. Ella no lo miraba con suspicacia, no tenía esa perspicacia que hacía que Mary supiera a veces las cosas incluso antes que él mismo. Liza lo miraba como si acabara de entregarle un lingote de oro cuando él le daba su sueldo, y ella necesitaba de verdad hasta el último centavo. El crío comía tanto como su madre y Alfred juntos, y era muy listo. Necesitaba libros, cuadernos, ropa decente, zapatos.

Pero, después de casi diez meses viviendo así, Alfred tuvo que reconocer lo que había sabido desde el principio: Liza Meaney no era Mary Mallon, y nunca llegaría a serlo. Cuando hacían el amor se mostraba diligente y cálida; nunca se inventaba una excusa, ni se hacía la dormida, ni le decía que la dejara en paz, y apartaba la mirada con tacto cuando él sacaba el «gorrito» de la cajita de latón. No sabía si ella habría visto alguna vez uno, ni si disfrutaba o no con lo que hacían juntos. En una ocasión, a modo de prueba, se había interrumpido de repente, se había apartado de ella, se había puesto los pantalones y le había dicho que podían dejarlo para más tarde porque no la veía con demasiadas ganas, y ella había contestado que le parecía bien; lo había dicho como si tal cosa, como si acabaran de proponerle pasar por una calle en vez de por otra. Él había insistido diciendo que la verdad era que se la veía distraída y ella no había hecho ningún comentario al respecto, se había limitado a volver a ponerse bien la parte superior del vestido y a abrocharse los botones. En otra ocasión empezó a tocarla y a besarle el cuello, le metió la mano por debajo del vestido para ver cuándo le ordenaba que parara, pero ella no dijo nada a pesar de que era obvio que estaba cansada y que lo único que quería era dormir. Él siguió y siguió y antes de darse cuenta la había penetrado con Samuel haciendo los deberes en la habitación de al lado y hubo un único momento, un momento en que la cama crujió, en que ella lo empujó por un instante hacia atrás para lanzar una mirada hacia la puerta y asegurarse de que Samuel no los hubiera oído.

Se dijo a sí mismo que así eran la mayoría de las mujeres. Así tenían que ser, pero él nunca había sido consciente de ello porque Mary era prácticamente la única con la que había estado y ella no era una mujer normal. ¡Hasta los periódicos se habían dado cuenta de eso! Cuando la habían capturado, en casi todos los artículos se mencionaba que tenía la actitud típica de una persona irlandesa, pero en uno de ellos se puntualizaba que su actitud era en realidad la de un hombre (ya fuera irlandés o no, eso no se especificaba). Si bien era cierto que a veces se plantaba con las piernas separadas, sobre todo cuando se sentía acorralada, el aspecto de Mary no era varonil ni mucho menos, así que el periodista en cuestión debía de haber percibido algo más en ella (la forma de moverse y de manejarse, cómo recorría un lugar con la mirada). Fran Mosely, quien solía guardarle los periódicos en aquella época, le dijo en una ocasión que no entendía que alguien pudiera decir algo así. Según ella, nadie en su sano juicio, al ver la espesa cabellera de color rubio rojizo de Mary y su cintura estrecha, podría confundirla con un hombre. Él había confesado que creía entender lo que quería decir el periodista, y ella lo había fulminado con una mirada que decía claramente que siempre había sospechado que era un canalla y que acababa de confirmárselo.

Mary no necesitaba el dinero que él aportaba porque tenía su propio sueldo, porque ganaba más que él. Siempre estaba más que claro lo que ella opinaba sobre todo lo habido y por haber, porque ella misma se lo decía (normalmente a gritos, y a menudo mientras trasteaba ruidosamente con las ollas y las sartenes para dar más énfasis a sus palabras). Cuando no quería que la tocara, le decía que la dejara en paz, pero cuando quería que lo hiciera, no tenía reparos en tomar la iniciativa, en apretarse contra él, en besarle la nuca y preguntarle si estaba demasiado cansado. Liza Meaney nunca haría algo así, jamás de los jamases, y a él le había complacido sobremanera esa actitud en un principio, le había parecido muy femenina. Liza era como un delicado pajarillo y eso había hecho que todo se volviera mucho más interesante cuando ella le permitía desabrocharle el vestido, cuando se ponía roja como un tomate cuando él la colocaba a horcajadas sobre su cuerpo o le susurraba que se diera la vuelta. Se la veía desconcertada y aterrada cada vez que la colocaba en una postura distinta, y al cabo de unos segundos escasos siempre volvía a cobijarse bajo las mantas tumbada boca arriba, ya que era así como se sentía cómoda y a salvo. Él se reía y asentía, accedía a hacerlo así, y pensaba para sus adentros que tenía mucho que enseñarle si estaba dispuesta a aprender. Pero después de diez meses estaba claro que Liza Meaney no quería ese tipo de cosas, que para ella el sexo sería siempre un apartado más de la transacción que habían acordado. Aunque él le resultaba simpático y le atraía (estaba seguro de que lo notaría de no ser así), el sexo con él era para ella como una tarea más, como prepararle el desayuno o lavarle la ropa o tenerle la cena lista cuando llegaba a casa.

Llevaban seis meses prometidos, pero aún no se habían casado. Ella les mostraba a todos los vecinos el anillo (una sencilla alianza de plata), y puede que fuera eso lo único que quería: que el mundo entero viera que no era una de esas mujeres que vivían con un hombre sin que hubiera un compromiso de por medio. Ella había alegado al principio que quería encontrar la forma de traer a su madre de Inglaterra para que asistiera a la ceremonia, a veces decía que quería esperar a que terminara el curso escolar para que Samuel no se distrajera. A él le daban ganas de preguntarle que por qué iba a distraerse el crío por una boda y, más aún, qué necesidad había de cruzar un océano para asistir a una (la verdad, él había supuesto que sería cosa de ir los dos al ayuntamiento, firmar un par de documentos y salir a cenar a un restaurante), pero se quedaba callado y, al ver que iban transcurriendo las semanas sin que llegara ninguna carta de Inglaterra, sin que se hablara siquiera de si iban a celebrar una pequeña fiesta, dejó de preocuparse por el tema. Puede que aceptar el compromiso sin presionarlo para que se celebrara la boda fuera la leve forma que ella tenía de establecer su autoridad, eso e insistir en que él siguiera con la cura a pesar de que ya no la necesitaba.

La medicina que le daban al principio le daba náuseas, y había dado por hecho que eso formaba parte del tratamiento: hacía que el paciente tuviera náuseas para que no pudiera mantener en el estómago ni alcohol ni ninguna otra cosa. Había pasado dos semanas sin apenas fuerzas, encogido en la cama y vomitando en la palangana que Liza le acercaba, y a pesar de eso ella había vuelto cada cuatro horas con otra dosis que había medido previamente en una tacita de té, tal y como había indicado el médico.

Cuando había ido a Bellevue por primera vez para ver de qué iba todo aquello, a su regreso le había dicho a Liza que aquella cura era para gente que estaba mucho peor que él. Había carteles anunciando el tratamiento de Oppenheimer por todo el barrio y publicados en grandes letras mayúsculas en los periódicos.

—Los he visto, Liza. ¡Por Dios, los he visto y yo no estoy así! Uno de ellos, un muchacho que apenas podría considerarse un hombre, estaba sudando a mares en el suelo y se quejaba de que tenía frío. Me gusta tomarme un traguito de vez en cuando, eso es todo, y me corto el brazo si sales a la calle y encuentras a un solo hombre que diga que no bebe nunca.

Ella se había limitado a contestar que, si quería vivir allí, iba a tener que seguir yendo a aquel sitio, así que él había regresado una y otra vez, y poco después lo mandaron a casa con instrucciones de cuánta medicina tomar y a qué intervalos. Al cabo de un mes le dijeron que dejara de tomársela, pero que llevara siempre un poco en su vieja petaca. El hecho de que nunca sintiera la necesidad de recurrir a esa petaca demostraba a su vez que no necesitaba la cura. Era cuestión de tomar una decisión firme y eso era lo que había hecho. El tratamiento era efectivo al cien por cien siempre y cuando se siguieran las instrucciones del médico, y dichas instrucciones eran simples: no beba.

Samuel estaba preparándose para un examen que iba a permitirle saltarse dos cursos en el colegio y asistir al centro de estudios superiores, si sacaba una nota lo bastante alta las clases le saldrían gratis y solo tendría que costearse los libros. Había que procurar hacer el mínimo ruido posible en la casa para que el crío pudiera estudiar y, por primera vez desde que la conocía, Liza lo hizo callar a media frase una mañana cuando él estaba preguntándole si quedaba algo de café. Lo hizo callar y dirigió una mirada de preocupación hacia su hijo, que estaba enfrascado estudiando matemáticas, y en ese momento él se dio cuenta de que ella nunca llegaría a quererlo (ni a ningún otro hombre) tanto como quería a ese muchacho.

En la empresa de hielo no ofrecían la posibilidad de hacer horas extra y las tardes se le hacían demasiado largas desde las cinco, la hora en que terminaba su turno, hasta las diez, que era cuando solía acostarse. Para dejarle al niño más tiempo y que pudiera estudiar tranquilo se había pasado por casa de Michael Driscoll, con el fin de ver si necesitaba ayuda en algo, y el viejo le había dicho que había que reemplazar algunas tablas del suelo, que uno de los armarios estaba roto y había que arreglarlo, que había que sacar su carcomida cama a la calle y reemplazarla por una nueva, y que había que reparar el enyesado de la pared de detrás del fregadero. Esa primera vez que había estado allí bromeó diciendo que ya era un poco tarde para prestarle tanta atención a la casa, y Driscoll había contestado que nunca era demasiado tarde y que le había echado el ojo a una buena mujer.

—Estás de broma, ¿verdad? —había dicho él.

—Cuando te la encuentres sabrás que es ella, y será otro el que se ría.

Alfred no le hizo mucho caso y se puso manos a la obra con el trabajo que se le asignaba. Después de terminar una tarea, dejaba pasar unas semanas antes de volver a pasar por casa del viejo para ver qué nuevo trabajito le tenía reservado, y en los periodos en que Driscoll no tenía nada para él, se limitaba a quedarse por las cuadras tras terminar su jornada para charlar con el tipo que lo relevaba, o bajaba caminando hasta los muelles para ver las mercancías que se descargaban.

Una tarde, cuando pasó por casa de Driscoll tras la jornada de trabajo, este abrió de inmediato la puerta a pesar de que no esperaba su visita.

—¿La has visto ya? —El viejo miró por encima del hombro de Alfred hacia la escalera desierta, tosió contra la manga de su camisa y se la remangó.

—¿A quién?

—A Mary. Estaba en la escalera, acabo de hablar con ella ahora mismo.

—¿Mary Mallon está en este edificio?

—Se mudó a vivir con la señora Borriello hace una semana, ¿no lo sabías?

Alfred sintió que un temblor le recorría los brazos y las piernas, y creyó oír los pasos de una mujer por la escalera. Observó con atención a Driscoll para asegurarse de que no estuviera tomándole el pelo. Él había enviado una carta a North Brother varios meses atrás, y al ver que ella no contestaba había supuesto que seguía enfadada con él (y con razón). Mary le había comentado que el abogado era optimista, que a lo mejor la liberaban en cuestión de meses, pero ¿por qué iba a creerse él que pudiera ser cierto?

—¿Lo dices en serio, Driscoll?

—¡Lo juro por mi vida!

—¿Cómo la liberaron? ¿Cuándo? ¿Ha preguntado por mí? ¿De qué han estado hablando?

—Ella solo pasaba por el descansillo cuando yo estaba buscando mi llave en el bolsillo. La he saludado, ella me ha respondido, le he dicho que me alegraba de ver que estaba de vuelta y me ha dado las gracias. Puede que aun esté subiendo por la escalera. ¡Vamos, ve tras ella!

Lo que hizo Alfred fue entrar en la casa de Driscoll y revisar el grifo que había que reparar porque goteaba. Mientras hacía una lista mental de lo que iba a necesitar, notó en la espalda el peso de la mirada del viejo, quien sin duda estaba observándole para intentar descifrar cómo se había tomado la noticia. Necesitaba tiempo para pensar, no tenía ni idea de lo que iba a decirle a Mary. Su cuerpo entero ardía en deseos de echar a correr hacia la puerta, de ir a verla. ¿Por qué estaría viviendo en casa de la señora Borriello? ¿Cómo le irían las cosas? Intentó imaginarse lo que iba a decirle, y al darse cuenta de que no se le ocurría ni por dónde empezar, optó por imaginar lo que le diría ella. Mary le preguntaría antes que nada si ya se había casado con Liza Meaney, y cuando él contestara que no, preguntaría a continuación si aún seguía viviendo con el crío y con ella; él tendría que admitir que sí, y ese sería el final de la conversación.

—Mañana no puedo venir —le dijo con voz un poco ronca a Driscoll, después de reparar el grifo—. Me encargaré de lo demás otro día.

—Tendrás que hablar con ella tarde o temprano —le advirtió el viejo.

A Alfred le dieron ganas de darle un empujón, de zarandearlo, pero el impulso se esfumó con rapidez. Con quien estaba enfadado era consigo mismo, con nadie más.

—No tengo por qué hacerlo.

A pesar de sus palabras, quería hacer mucho más que hablar con ella. Quería subir corriendo en ese mismo instante para verla, para suplicarle su perdón, para tomarla entre sus brazos. No entendía cómo había podido pasar algo así, cómo era posible que no se hubiera enterado. ¿Cómo era posible que no tuviera ni idea de que ella había vuelto a la ciudad?

No se acercó al 302 de la calle 33 Este mientras intentaba asimilar lo del regreso de Mary. Cada día, al despertar por la mañana y ver a su lado el cabello rubio de Liza en la almohada, pensaba de inmediato en Mary, quien estaba durmiendo tan cerca del piso que habían compartido durante tantos años y parecía haber regresado a su antigua vida, pero sin él. Liza le preguntó en varias ocasiones si todo iba bien en las cuadras y él contestó con sequedad que sí y procuró pasar menos tiempo aun en la casa. En otra ocasión, cuando ella le preguntó si llevaba consigo la medicina al ver que estaba a punto de salir, se dio cuenta de que pensaba que había vuelto a beber. Si bien era cierto que había ido al Nation's Pub por primera vez en meses, se había quedado en la puerta y no había llegado a entrar. Además, era mucho más fuerte la necesidad que tenía de ir al 302 de la calle 33 Este. Finalmente, después de pasar dos semanas dándole vueltas y más vueltas a la noticia del regreso de Mary, al terminar su jornada de trabajo en las cuadras se dirigió hacia la casa de Driscoll para terminar el trabajo que estaba esperándolo allí, y para decidir si iba a volver a acercarse o no a ese lugar.

Mientras avanzaba por la Tercera Avenida, al pensar en la posibilidad de volver a verla se sentía como si tuviera un pájaro cantor en el pecho revoloteando e intentando liberarse. Se detuvo en el puesto de cacahuetes de la calle 29 para comprar una bolsa que pensaba compartir con Driscoll, pero incluso eso lo hacía pensando en ella, por si estaba observándolo y al volverse se la encontraba allí parada, con una media sonrisa en los labios, lista para decir: «Vaya, vaya... ¡Mira a quién tenemos aquí!».

Era la primera tarde en que el frío empezaba a notarse de verdad, y al llegar al edificio no encontró a nadie en el escalón del vestíbulo. Se detuvo al pie de la silenciosa escalera, alzó la mirada y contó los escalones que conducían hasta la cuarta planta; cuando llamó a la puerta de Driscoll y vio que no salía a abrir, tanteó por encima del marco superior de la puerta en busca de la llave que el viejo guardaba allí y entró en la casa.

—¿Hay alguien en casa?

Al no recibir respuesta, abrió la puerta del dormitorio de Driscoll y lo vio acostado en la cama, enredado entre las sábanas.

—No me siento bien —dijo el viejo sin mirarlo.

Alfred se acercó un poco más a la cama y vio que tenía un rictus de dolor en la cara, que para intentar encontrar algo de alivio para lo que fuera que le pasaba se revolvía de un lado a otro aferrado a la almohada. Mientras permanecía allí, oyéndolo toser durante largo rato, por primera vez en dos semanas apartó a Mary de su mente.

—¿Qué te pasa?

Posó la mirada en la coronilla de Driscoll y notó cómo le clareaba el pelo en aquella zona; la parte posterior del cráneo parecía pequeña y delicada, como un huevo fino, y carente de pelo.

—Vete, déjalo para otro día.

A pesar de las palabras del viejo, Alfred se quedó allí parado como un jovencito que no sabe qué hacer.

—No me siento bien, eso es todo. Vuelve dentro de unos días.

—¿Quieres que te traiga algo? ¿Has comido? —Al ver que se limitaba a acercarse aun más a la pared sin contestar, añadió—: Vendré mañana a ver cómo estás.

Driscoll no contestó y él decidió marcharse. Al llegar abajo se paró un momento porque se sentía tentado a subir a ver a Mary, pero iba a regresar al día siguiente y puede que en ese lapso de tiempo se le ocurriera la forma perfecta de abordarla.

Llegó a casa a tiempo de cenar con Liza y Samuel, aunque ninguno de los tres habló apenas. Al llegar la mañana decidió que no podía pasar ni un día más sin ver a Mary, y una vez que la decisión estuvo tomada empezó a consumirle la impaciencia y no quería perder el tiempo en las cuadras, a solas con los caballos. Con la llegada del frío la demanda de hielo había bajado mucho, al igual que el suministro hasta la recolecta de invierno. Los carros salían a diario, pero los clientes eran en su mayoría negocios y también se vendía algún que otro bloque de hielo a las casas de la gente pudiente, gente a la que no le importaba lo más mínimo que la leche y la mantequilla se dejaran en el alféizar de la ventana (eso era lo que Mary había hecho siempre, lo que Liza hacía), pero que prefería servir a sus invitados las bebidas con hielo incluso en los meses de invierno. Últimamente había empezado a sentir esa comezón que le decía que no iba a seguir trabajando mucho más tiempo en aquel lugar, así que iba a tener que encontrar otra cosa. Diez manzanas al norte había una cuadra que la empresa de hielo alquilaba al Departamento de Salud, y que le resultaba más interesante. En las tardes en que no estaba demasiado ocupado se acercaba hasta allí con la excusa de que se interesaba por las propiedades de la empresa. Cuando había entrado a trabajar en las cuadras no entendía por qué necesitaban tantos caballos los del Departamento de Salud. Cada vez que había uno demasiado viejo para tirar de un carro cargado de hielo o alguno demasiado difícil de manejar, sus compañeros de trabajo decían que los del Departamento de Salud se quedarían el animal; él había empezado a decirlo también, pero no se había enterado del porqué de todo aquello hasta una soleada tarde otoñal en la que recorrió aquellas diez manzanas para distraerse y, al llegar a la cuadra, vio que la amplia sala lateral que se usaba como lechería tiempo atrás, cuando en la ciudad había vacas, se había convertido en un matadero de caballos. Había dos animales sostenidos con cuerdas, los dos tenían una sangrienta raja en el cuello de la que sobresalía un instrumento de cristal. Bajo el voluminoso vientre de ambos habían colocado hilera tras hilera de cubos para recoger la sangre, y unos hombres con la típica bata blanca de laboratorio pululaban alrededor.

—¡Fuera! —le gritó uno de ellos.

El tipo estaba agachado junto al caballo más grande, revisando el tubo de cristal, y al ponerse en pie apresuradamente para echarlo de allí resbaló en un charquito de sangre y volcó varios cubos al intentar mantenerse en pie. Los demás soltaron imprecaciones y fulminaron con la mirada a Alfred. Los caballos, que todavía estaban vivos, lo miraron con ojos desorbitados y llenos de terror, y daba la impresión de que comprendían que él era el único de toda la sala que podría estar dispuesto a ayudarlos.

—¡Dios bendito! —exclamó al salir de nuevo a la soleada calle. Delante de la puerta había un enjambre de moscas que revoloteaban enfebrecidas por el olor de la sangre.

Cruzó la otra puerta, la que daba a la cuadra propiamente dicha, donde había unos caballos comiendo heno como si estuvieran en un prado; al ver a un muchacho sentado en un cubo del revés, leyendo un periódico viejo, se acercó a él y le preguntó:

—¿Qué están haciendo esos tipos?

—Sangrando —contestó el muchacho, con toda la tranquilidad del mundo, antes de pasar la página.

Horas después, cuando Samuel y él estaban con los codos apoyados en la mesa a la espera de que Liza les sirviera la cena, fue el crío quien le explicó qué era lo que debía de haber visto; al parecer, se sangraba a los caballos para obtener suero, que a su vez se utilizaba para preparar inoculaciones contra las enfermedades.

—Serán para la difteria, probablemente —afirmó Samuel—. He leído sobre el tema. O puede que para la fiebre tifoidea, están trabajando en algo de eso.

—¡Venga ya! ¿Sangre de caballo?

—Suero de caballo. Le inyectan la enfermedad al caballo y esperan a que desarrolle lo necesario para combatirla y entonces le sacan la sangre y la reducen a esas cositas que luchan contra la enfermedad y eso lo meten en una inyección que le ponen a la gente. ¿Nunca te has preguntado qué es lo que hay en las inyecciones? —Se reclinó en la silla y lo observó con interés.

A Alfred le dio vergüenza admitir que nunca se había planteado lo que pudiera haber en ellas. Antes de ir a ver al doctor Oppenheimer no le habían puesto una inyección en toda su vida, y empezó a preguntarse qué estaría metiéndole en el cuerpo aquel tipo. En su país natal había brujería pero, que él recordara, nada tan oscuro como aquello (algunas hierbas y plantas que se mezclaban de una forma determinada, cataplasmas que se aplicaban en el pecho, flores aromáticas que se picaban hasta convertirlas en un polvillo que se echaba en el té...). Eso de la sangre de los caballos parecía una magia más siniestra. Liza se había vuelto hacia su hijo para escuchar su explicación y, cuando vio que el crío había terminado, se centró de nuevo en su cacerola de salsa con las mejillas teñidas de un rubor causado por el orgullo y la satisfacción que sentía.

En esa ocasión, mientras esperaba a que terminara aquella aburrida jornada de trabajo para poder ir a la calle 33, se planteó ir a la cuadra del Departamento de Salud, pero lo que hizo fue dar por terminada la jornada de trabajo y poner en la hoja de registro que había salido a las cinco cuando en realidad eran las dos.

Driscoll no había mejorado. Alfred abrió la puerta con cuidado y supo de inmediato por el silencio y la fría cocina que aún seguía acostado. Le encontró en la misma postura y al ponerle la mano en la nuca notó que tenía la piel muy caliente y le oyó soltar un gemido.

—¿Te traigo algo?

Se sentía como un inútil torpón que era demasiado estúpido para saber cómo ayudar. Fue a la cocina y empapó un paño con agua fría, regresó al dormitorio y se lo puso a Driscoll en la frente, y se preocupó al ver que las sábanas se oscurecían en aquellas zonas que entraban en contacto con el agua. Driscoll intentó apartarse.

—Me parece que necesitas ayuda —lo dijo más para sí mismo que para que el viejo lo oyera. Tenía que avisar a un médico, pero no lo había hecho nunca.

Podría haber llamado a la puerta de Fran o subir a casa de Jimmy Tiernan para decidir entre los dos cómo proceder, pero dejó atrás el descansillo de la segunda planta, dejó atrás el de la tercera y siguió subiendo. A quien necesitaba era a Mary. Las hermanas de edad avanzada que también vivían en la cuarta planta habían dejado la puerta entreabierta para airear un poco su casa, y sabía que podía pararse y pedirles ayuda. Había visto a Driscoll hablando con ellas alguna que otra vez y, cuando una se había hecho daño en la rodilla, el viejo les había subido una bandeja con un bacalao asado porque ellas no podían salir de casa. Pero, en vez de detenerse allí, siguió andando rumbo a la casa de la señora Borriello y respiró hondo. Si la que abría era la mujer, iba a verse obligado a explicarle lo que pasaba en voz bien alta y poco a poco para que lo entendiera, y entonces lo oirían todos los vecinos y malinterpretarían el motivo que lo había llevado a subir hasta allí. Porque si estaba allí era por Driscoll, y si al final resultaba que debido a eso Mary y él volvían a hablar de nuevo, pues muy bien, pero lo principal era que Driscoll mejorara.

Quien abrió fue el menor de los hermanos, que abrió los ojos como platos al verlo.

—¿Está Mary?

El crío alzó un dedo para indicarle que esperara y cerró la puerta. Se oyó movimiento en el interior, el sonido de una silla deslizándose hacia atrás por un suelo de madera, y al cabo de un momento fue la señora Borriello quien abrió la puerta, con el niño asomándose desde detrás de su madre.

—¿Qué quiere? —preguntó ella.

—Busco a Mary, tengo entendido que vive aquí.

—¿Por qué?

Empezó a irritarse.

—El señor Driscoll no se encuentra bien y se me ha ocurrido que ella sabría qué hacer.

—¿Está enfermo?

—Sí. Desde ayer, puede que desde antes. ¿Mary se encuentra aquí?

Pero la señora Borriello ya había agarrado el pañuelo con el que se cubría el pelo. Pasó junto a él rumbo a la casa de Michael Driscoll después de decirle algo con rapidez al niño, que se quedó mirándolo desde el quicio de la puerta y dijo al fin:

—Ella no vuelve a casa hasta más tarde.

—¿Ah, sí? ¿Acaso llevas su agenda?

—No, la lámpara. La llevo a la cocina cuando ella llega a casa de la lavandería, y mientras come nosotros estudiamos matemáticas en la mesa. Mi hermano y yo, quiero decir. Y después llevo la lámpara de vuelta a mi dormitorio. Mi madre dice que es nuestra, pero que tenemos que prestársela porque no está bien pedirle a una persona que coma a oscuras cuando hay una buena lámpara en la habitación de al lado.

—¿Trabaja en una lavandería? ¿Dónde?

—Cerca de Washington Square.

—¿En qué zona? ¿En qué calle?

—¡Señor Briehof!

Era la voz de la señora Borriello que lo llamaba desde abajo.

—Antes vivías arriba, ¿verdad? —le preguntó el niño.

La señora Borriello añadió algo y el crío se encargó de traducirlo.

—Dice que necesita leña para el fuego. Entra tú a por un poco de la nuestra, quiere que yo baje a ayudarla. —Echó a correr escalera abajo, diciéndole algo a su madre a viva voz.

Alfred se volvió hacia la casa de los Borriello, puso la mano en el pomo de la pesada puerta y la abrió del todo. Al igual que en el resto de las viviendas del 302, las puertas rozaban ligeramente el suelo y dejaban unos pequeños arañazos curvados que uno se encontraba en todas las habitaciones cual felpudo de bienvenida. La leña estaba amontonada junto a la estufa, había ramitas de tamaños varios que debían de haber recogido por la ciudad. Tras seleccionar algunos de los trozos más pesados, se volvió de nuevo hacia la puerta y fue entonces cuando vio un catre con dos blusas dobladas encima. En el alféizar de la ventana que había justo encima vio un peine de mujer, varias horquillas, polvos para el pelo y un tubo de crema que reconoció, al igual que el peine. Dejó la leña sobre la mesa y se sentó en el borde del catre de Mary; aunque no se atrevió a tocar las blusas (estaba haciendo mal con solo sentarse allí y arrugar la colcha). Contempló con atención el cuello de las prendas en busca de algún rastro que hubiera dejado su piel, de algún detalle que pudiera percibirse en la tela. Las olisqueó y entonces se inclinó hacia delante, con la cabeza entre las rodillas miró debajo del catre para ver si había algo que hubiera quedado olvidado allí, algo que pudiera llevarse consigo. No encontró nada. Se planteó dejarle una nota (esa carta tan esperada que ella había ansiado recibir durante su estancia en North Brother), o la lata vacía de tabaco que tenía en el bolsillo y que ella sabría sin duda que era de él, ya que sabía perfectamente bien que compraba esa marca y, además, la iban a poner al tanto de que él se había presentado allí y se había quedado unos minutos solo en la casa. Oyó en ese momento los ligeros pasos del niño subiendo los escalones de dos en dos, así que se dispuso a alisar la colcha, pero decidió dejarla tal y como estaba para que Mary pudiera visualizarlo sentado allí, pensando en ella. Recogió la leña y, para cuando la tuvo cargada en sus brazos, el crío ya había llegado junto con su hermano. Al parecer, su madre les había ordenado que salieran de casa de Driscoll, los había enviado a casa con órdenes estrictas de cerrar la puerta y no volver a bajar, y les había dicho que si ella no estaba de vuelta para la cena se portaran bien, se hirvieran un par de huevos, recogieran la cocina y se acostaran pronto. Había algo en el edificio, y no quería que ellos se acercaran hasta que se supiera de qué se trataba.

Driscoll había empeorado. Tenía fiebre alta y se quejaba de que le dolía la espalda, cuando tosía contra la almohada dejaba manchitas de sangre. La señora Borriello le llevó una taza de caldo y, como él no podía sostenerla por sí mismo, se sentó en el borde de la cama y se la acercó a la boca.

—Poco a poco, a sorbitos pequeños.

A veces daba la impresión de que se encontraba un poco mejor, pero de repente empezaba a gemir y a aferrarse a la cama como si fuera cuestión de ir hundiéndose más y más en ella, como si quisiera descender más allá de aquella habitación y llegar a un lugar más fresco situado debajo de todo aquello, un lugar donde poder encontrar algo de alivio.

—¿Salgo a buscarle alguna medicina? ¿Voy a por el médico? Tiene algo de dinero ahorrado —dijo Alfred.

Al ver que la señora Borriello lo miraba como si quisiera actuar a modo de muro e interponerse entre Driscoll y él, se dio cuenta de que lo había malinterpretado.

—Me refiero a que creo que se puede pagar al médico con ese dinero; además, me parece que cuando alguien enferma tiene que verlo un médico aunque no tenga dinero.

—Sí, tiene razón.

—Yo no había visto nunca algo así, ¿y usted?

—Sí. La sangre en la almohada, la tos y la fiebre. Lo vi una vez.

—Está bien, pues iré a por un médico.

—¿A dónde?

—No tengo ni idea, subiré a preguntar a Fran. Ella avisó a uno cuando se puso malo uno de sus hijos. —Estaba deseando preguntar dónde estaba Mary, a qué hora regresaba a casa.

En ese momento se oyó el roce de la puerta contra el suelo al abrirse poco a poco y la voz de un crío.

—¿Mamá?

La señora Borriello cruzó la habitación en un santiamén, empujó a su hijo pequeño para que permaneciera en el pasillo e intentó cerrarle la puerta en las narices mientras le gritaba algo en italiano, pero el niño se resistió e intentó bloquear la puerta con la punta de la bota. Mientras ellos forcejeaban, Alfred salió al pasillo y alzó en brazos al crío.

—¡Fuera, fuera, fuera! —les gritó ella antes de añadir algo en italiano.

—¡Voy a quedarme con mi mamá! —protestó el niño a voz en grito, mientras Alfred lo sacaba de la vivienda.

Su madre gritó algo más en italiano y el crío lo tradujo.

—Dice que avisemos a todo el mundo, que nadie debe bajar a casa del señor Driscoll. Que ya es bastante malo que haya dos personas expuestas, tres contándome a mí. Dice que me va a matar en cuanto me agarre después. A ti te dice que no entres en casa de la señorita Fran cuando le digas lo del médico, que hables con ella a través de la puerta. ¿Quieres que lo haga yo? Mi madre dice que a lo mejor estamos respirando lo que sea que hay en el aire.

Mientras iba escalera arriba con el niño en brazos, Alfred pensó en Liza, en que iba a preocuparse al ver que no llegaba, pero no podía hacer nada al respecto y, a decir verdad, no sería buena idea regresar a casa después de haber respirado aquella cosa y exponerlos tanto a Samuel como a ella. Seguro que era comprensiva y entendía que él había tenido que quedarse allí hasta que el asunto quedara solucionado. Si Mary llegaba a casa después y los niños la ponían al tanto de todo (de que él había estado buscándola, de que se había quedado para ayudar a la señora Borriello, de que había bajado la leña a toda prisa para ayudar a Driscoll), si el hecho de enterarse de todo eso la animaba a querer verlo de nuevo (solo para hablar), si al hablar con él se ablandaba hasta el punto de permitirle tocarla... en fin, ¿qué culpa tendría él si las cosas sucedieran así?

El único médico al que Fran conocía se había ido a vivir al norte de la ciudad, pero el señor Stern, un vecino de la tercera planta, sabía de un buen hombre que hacía visitas a domicilio. Se decidió que fuera Jimmy Tiernan el encargado de ir a buscarlo a la calle 16 Oeste, y Patricia lo siguió con la mirada cuando bajó apresurado la escalera y salió a la calle. Para ella era un alivio que su esposo se alejara del veneno que acechaba en casa del señor Driscoll; de hecho, ya había decidido que a primera hora de la mañana se irían con los niños a Nueva Jersey, a casa de su hermana, y se quedarían allí hasta que pasara todo aquello.

Para cuando Jimmy Tiernan regresó, ya eran cerca de las ocho de la tarde y les gritó a través de la puerta de Driscoll que el médico iba a llegar en breve. Alfred y la señora Borriello iban sentándose junto al viejo por turnos; en un par de ocasiones, cuando le tocaba a ella y él estaba sentado en la silla que había en un rincón del dormitorio, intentó sacar a colación a Mary.

—Su hijo me ha comentado que Mary trabaja en una lavandería. Ella le lanzó una mirada y se limitó a asentir.

—¿Le gusta estar allí? No sé si usted lo sabrá, pero ya había trabajado antes de lavandera. Cuando la conocí se dedicaba a eso.

Al ver que ella actuaba como si ni siquiera lo hubiera oído, se dio cuenta de que era inútil intentar sacarle algo de información. Cuando le tocó sentarse junto a Driscoll de nuevo, mientras le pasaba la compresa por la frente se dio cuenta de que era la primera vez en toda su vida que estaba cerca de alguien tan enfermo. A las nueve de la noche, cuando alguien llamó a la puerta con firmeza y oyeron a un hombre que decía ser el doctor Hoffman, le embargó un alivio enorme y se levantó como un resorte para ir a abrir.

El doctor Hoffman les preguntó cuáles habían sido los primeros síntomas que había presentado Driscoll, cuánto tiempo llevaba en ese estado, cómo estaba de salud antes de caer enfermo. Cuando lo incorporaron para sentarlo en la cama, el viejo cayó hacia delante sobre el regazo del médico como un bebé dormido al que su madre saca de la cuna. Hoffman lo auscultó, le tomó el pulso y le ordenó a Alfred que fuera a la tienda más cercana para pedirles que llamaran a una ambulancia.

Él se apresuró a obedecer y cuando bajaba la escalera a toda prisa oyó una voz a su espalda.

—¿Cómo está Driscoll?

Se volvió y vio a Mary parada dos escalones por encima del descansillo de la segunda planta, enfundada en un vestido verde oscuro con doble abotonadura hasta el cuello. Ella le resultaba tan familiar como su propio reflejo en el espejo, y en ese momento vio con claridad lo estúpido que había sido al fingir que podía estar con otra mujer, una a la que apenas conocía y que apenas lo conocía, cuando su vida estaba justo ahí, parada por encima de él en un escalón.

—Me han dicho que vaya a por una ambulancia.

—¡Pues ve!

Alfred echó a correr. Corrió a toda velocidad, impulsándose con los brazos y alzando las rodillas y esquivando a los peatones que se interponían en su camino. Cuanto más rápido iba más joven se sentía, y a pesar de que la tarea que se le había asignado era seria, se sentía exultante. ¡Mary había vuelto! ¡Seguro que lo perdonaba! Iban a

252

reconciliarse, él dejaría a Liza y buscaría un lugar donde vivir con Mary, conseguiría un buen trabajo. Saltó por encima de un montón de excrementos de caballo y saludó con un gesto al vendedor ambulante de salchichas, que se quedó atónito al verlo pasar a toda velocidad. No podía negarse a casarse con Mary después de pedirle matrimonio a Liza Meaney, pero puede que ella no quisiera hacerlo, que no tuviera interés en casarse. En todo caso, nada de todo eso tenía ni la más mínima importancia. Lo único que importaba era que volvieran a vivir juntos, saber que al llegar a casa cada noche el uno estaría allí, esperando al otro.

Cuando regresó a casa de Driscoll, Mary había ocupado el puesto de la señora Borriello junto a la cama del viejo y estaba hablando con el médico. La señora Borriello, por su parte, estaba sentada con los codos apoyados en la mesa y las manos en la cabeza.

—¿Qué pasa? —les preguntó desde la puerta.

—El doctor cree que es una tuberculosis rampante —contestó Mary sin volverse a mirarlo.

—Van a llevarlo a una clínica. Ustedes tienen que estar atentos, y si ven que empiezan a presentar algún síntoma deben aislarse de inmediato —dijo el médico.

Ya era cerca de la medianoche cuando la ambulancia se llevó a Michael Driscoll. Una vez que los vecinos se hubieron retirado de los descansillos desde donde habían estado presenciando lo que ocurría, Mary recordó lo que las enfermeras del Riverside solían hacer después de atender a un paciente y les indicó a Alfred y a la señora Borriello que se lavaran las manos. Él estaba apoyado en la pared que separaba la cocina del dormitorio y ella era vívidamente consciente de que estaba observándola, pero apretó el vientre y reprimió el impulso de mirarlo mientras le hablaba como si no fuera el hombre al que amaba desde los dieciséis años, sino una persona como cualquier otra.

—Te aconsejo que al llegar a tu casa te laves bien. Hierve en agua la ropa que llevas puesta, o deshazte de ella.

Con Driscoll en el hospital no había motivo alguno para que Alfred fuera al vecindario; si él dejaba de aparecer por allí, entonces en cuestión de un par de horas lo que estaba pasando en ese momento habría quedado atrás, no tendría importancia alguna, y ella podría seguir fingiendo que él no existía. Lo oyó tomar aire como si se dispusiera a decir algo, pero lo soltó de nuevo.

La señora Borriello la tomó de la mano y fue entonces cuando él decidió intervenir.

—Un momento, por favor. —Dio dos pasos hacia la puerta como si quisiera impedirles pasar y dijo con voz suave—: Mary, ¿puedo subir para que hablemos un minuto? O a lo mejor prefieres que salgamos a dar un paseo.

—¡Pero si ya es de noche! —protestó la señora Borriello.

—Ella puede hablar por sí misma.

—¿Por qué? —le preguntó Mary.

—Tengo que hablar contigo.

—En otra ocasión, quizás.

Mary se fue sin más con la señora Borriello, y al llegar arriba y comprobar que los niños ya estaban dormidos llenó de agua tanto la olla más grande como la cafetera. Una vez que el agua rompió a hervir, las dos se despojaron tanto de sus respectivos vestidos como de la ropa interior y lo lanzaron todo hacia un rincón de la cocina. La señora Borriello fue la primera en meterse en la tina y Mary se encargó mientras tanto de meter toda la ropa interior en la olla y de removerla como si de un estofado se tratase; después invirtieron los papeles, fue ella quien se bañó mientras la señora Borriello removía. El agua hervía con tanto ímpetu que la olla daba saltitos sobre el fogón. Una vez que ambas estuvieron vestidas con ropa limpia, con el pelo mojado cayéndoles alrededor de los hombros y la ropa interior secándose sobre el fregadero, Mary preparó café y sirvió dos tazas. La señora Borriello bostezó. En la cocina reinaba un ambiente cálido y acogedor, Mary se sentía limpia y tersa bajo la ropa limpia. Al ver que la dueña de la casa alzaba los brazos y soltaba un suspiro de satisfacción, le preguntó con curiosidad:

—¿Cómo te llamas?

—Emilia. Mi familia me llamaba Mila.

—Es un nombre bonito.

—Ahora ya casi nadie me llama Mila.

—Sí, es verdad.

El tictac del reloj que descansaba sobre la repisa le trajo a la mente a la tía Kate. Recordó cómo solían quedarse juntas hasta tarde en la silenciosa cocina (su tía cosiendo, ella tomándose un té y leyendo en voz alta el periódico) hasta que llegaba la hora de acostarse.

Mila Borriello empezó a peinar su larga melena negra. Tras cepillar primero un lado y después el otro, se apartó el pelo de la cara y se lo recogió en un moño bajo. Al verla así, en camisón y con las mejillas sonrosadas aun por el vapor del baño y la cálida temperatura de la cocina, no había ninguna duda de que seguía siendo una mujer muy bella.

—¿Cuántos años tienes?

—Treinta y cuatro. —Esbozó una sonrisa—. ¿Creías que era mayor?

Mary asintió. Se miraron en silencio unos segundos y Mila admitió:

—Ya había estado casada antes de conocer a Salvatore.

—No lo sabía.

—Claro, ¿cómo ibas a saberlo?

Mary se limitó a esperar a que siguiera hablando.

—Se llamaba Alberto. Bueno, sigue llamándose así. Aún está vivo en alguna parte, no sé. Lo vi por última vez en Nápoles.

Mary notó que el ambiente iba relajándose cada vez más. Tenía una mano apoyada sobre la mesa, a quince centímetros escasos de la de Mila. Cuando eran vecinas, no había invitado nunca a aquella mujer a subir a su casa a tomar un té o un café, jamás había llamado a su puerta para preguntarle si necesitaba algo del mercado. Cuando quedaba con Fran y con Joan para ir a refrescarse los pies en la fuente o para pasear por el parque, nunca se les había ocurrido preguntarle a Mila Borriello si le apetecía acompañarlas. Alfred había comentado en alguna ocasión que no entendía por qué los Borriello no vivían en alguna de las calles llenas de italianos de la zona sur de la ciudad pero, aparte de eso, la verdad era que casi nunca los tenían en cuenta.

—Alberto era el padre de mi hijo mayor. ¿Te acuerdas de él?

El muchacho que había muerto ahogado también se llamaba Alberto pero allí se lo conocía como Albie. A los Albertos se los llamaba Albie en América.

—Sí me acuerdo.

—Alberto no era muy buen hombre. En ciertos aspectos sí que era un hombre decente, siempre ganaba buenos sueldos. Pero en casi todo lo demás no era muy bueno. Nos quería a nuestro hijo y a mí a su manera, pero no se portaba como debe hacerlo un hombre. Me alzaba la mano cada día, y yo sabía que también se la levantaría a mi niño. A lo mejor esperaba a que mi niño se hiciera fuerte, a lo mejor no. Al principio pensé que yo podía gastar un poco menos para que no se enfadara, que podía pasar menos rato sentada, pero al final vi que lo haría de todas formas y no soy una mujer que merezca que le peguen. Así que una vez me pegó con la pata de una silla y lo abandoné. Me llevé al niño mientras él estaba fuera y me quedé en casa de una vecina, y después vine a Nueva York y dije que era viuda. Entonces conocí a Salvatore aquí, en América, y le conté toda la verdad. Algunos hombres dejarían a una mujer al oír algo así; algunos se pondrían de parte del otro hombre sin conocerlo aunque esté tan lejos, aunque esté en Nápoles. Pero Salvatore no hizo nada de todo eso. Él me creyó y confió en mí y entonces tuvimos a nuestros dos hijos, Carmine y Anthony. Me trató bien todos los días de su vida.

Mila la miró con el semblante muy serio al añadir:

—Mis dos niños no saben nada de todo esto. Ellos creen que Alberto era su hermano de padre y madre, que era hijo de Salvatore.

—Te comprendo. —Mary recordaba con claridad aquella horrible tarde—. Siento muchísimo lo de Salvatore, y también lo de Albie. Tú y yo nunca hablamos sobre...

—No te preocupes. —Puso esa cara tan típica en ella, esa cara de labios fruncidos y ceño de preocupación propios de una viuda.

Las dos guardaron silencio durante un buen rato.

—Casi nunca me pongo a pensar en aquel día en que los envié a por leña. Me acuerdo sobre todo de cuando nos vinimos a vivir aquí, de cuando él y yo estábamos solos, de viajar con el bebé en el barco y de cómo me esforzaba por dejarle la parte más limpia de la sábana y las mejores porciones de comida. Ni te imaginas cómo se aferraba a mí mi Alberto cuando llegamos a este lugar. A veces es difícil comprender que ese niñito se convirtió en mi muchacho, que ese niñito desapareció y se convirtió en un joven y que ese joven desapareció después. Así que me dejó dos veces. No sé si me estás comprendiendo.

—Te expresas muy bien.

—No me refiero a mi forma de expresarme, sino a si comprendes lo que significa tener un bebé y estar muerta de preocupación por él y conseguir alejarlo por fin del peligro y que pasen muchas cosas buenas y que ese niño crezca y se convierta en un joven fuerte y sano y se esfume de repente. ¡Así, de repente, ya no está! ¡Se ha ido! Salió de mi cuerpo, lo alimenté y lo cuidé y un día salió de casa y no volvió. Como si ese muchacho no fuera nada y el amor que yo le tenía no fuera nada y, aunque durante todo ese tiempo habíamos creído que lo que sentíamos era algo bueno y fuerte y especial, en realidad fuera tan frágil como un pelo que puede romperse de un momento a otro.

Mila respiró hondo antes de continuar.

—Unos meses después del accidente vino un hombre con un documento que había que firmar, y ya está. Salvatore lo firmó y me explicó que no había nada más que las autoridades pudieran hacer. No lo encontraron en el río, no apareció por la orilla. Salvatore estaba tan triste como yo, pero para los hombres es distinto. Él salía a trabajar y volvía a casa y parecía el mismo de siempre, pero yo sabía que no era así. De tener tres hijos pasamos a tener dos.

A Mary le vino a la mente Tobias Kirkenbauer. Se vio a sí misma metiéndolo en el cochecito, bajándolo hacia la orilla con una cesta de pan y queso para merendar al aire libre. Intentó recordar lo que el uno le decía al otro, y aquella forma tan graciosa que él tenía de pronunciar su nombre. Recordó los pelillos que tenía el médico sobre el labio superior al alertarla de que no había que decirle a la señora de la casa que su hijo había muerto. Ella habría mentido si la señora Kirkenbauer hubiera preguntado por el pequeño, pero aquella mujer había muerto de todas formas. A pesar de que había estado en presencia de la muerte en suficientes ocasiones para saber lo que pasaba cuando hacía acto de aparición, siempre resultaba impactante ver que lo que da vida a una persona, sea lo que sea, puede esfumarse con tanta facilidad, como una gota de agua que se va por un desagüe. Puede que la señora Kirkenbauer se hubiera dado cuenta de que su hijo se había ido, a lo mejor es algo que una madre sabe sin más.

—No te cuento esto para que me digas que lo sientes, Mary. Cualquier persona decente se entristecería al oír algo así, no hay respuesta posible. Te lo cuento para que veas que tengo algo de experiencia con los hombres, que sé cómo es la vida. Una mujer que se ha casado dos veces y tiene tres hijos y consigue llegar a América con un niño, algo sabrá sobre el mundo y sobre los hombres. ¿Me comprendes? Podrás imaginarte cómo lo pasé en ese barco sin un marido y con un bebé al que alimentar.

Mary sabía lo que se avecinaba, y aguardó en silencio.

—Deberías mantenerte alejada de Alfred.

Sintió que empezaba a emerger la antigua actitud defensiva, pero se la tragó y se limitó a contestar:

—En cualquier caso, está casado.

Mila Borriello posó la mano sobre la suya antes de decir:

—¿Cuántas horas pasé con él desde que encontró al señor Driscoll y subió a llamar a mi puerta? En todo ese tiempo no mencionó a su esposa ni una sola vez. Tú fuiste la única mujer a la que mencionó.

Mary se sintió avergonzada por la inmensa alegría que le inundó el pecho al oír esas palabras, por ese familiar júbilo que solía sentir al oírlo abrir la puerta con la llave. Ahora que la había visto, seguro que inventaba excusas para regresar, así que ella tenía que decidir qué iba a hacer cuando eso sucediera. «Liza Meaney jamás llegará a conocerlo tan bien como yo», se dijo para sus adentros. Pero entonces recordó que Liza Meaney lo había curado, que lo había convencido de que permaneciera en un puesto de trabajo, que por aquella mujer había propuesto matrimonio y se había convertido en padrastro. Se vio a sí misma en North Brother mirando hacia la otra orilla, hacia Manhattan, preguntándose qué estaría haciendo él, qué sería lo que estaba impidiéndole escribirle, ir a verla. «No», decidió. «No».

18

La noche en que una ambulancia se llevó a Driscoll, Alfred se quedó a dormir en la casa del viejo. Hizo caso a Mary y se lavó en la palangana, como no quería dormir en la cama donde Driscoll había estado tosiendo buscó una manta limpia y se acostó en el suelo de la cocina. Por la mañana fue a las cuadras pensando en Mary, en cómo podía arreglar las cosas con ella.

Mientras limpiaba los pesebres y les daba de comer a los caballos, decidió esperar hasta que Samuel terminara los exámenes para decirle a Liza lo que ahora tenía muy claro: que no podía estar con ella, y mucho menos convertirse en su esposo. Iba a esperar hasta después de Navidad, hasta después de Año Nuevo. Pero cuando regresó a la casa que compartía con ella aquella tarde y los vio allí (la madre atareada en el fregadero, el hijo estudiando en la mesa), cuando vio la mirada que ella le lanzó para advertirle que no hiciera ruido, cuando dejó las botas junto a la puerta y la vio hacer una mueca de desaprobación, cuando vio que lo seguía por la casa para enderezar todo cuanto él tocaba para ponerlo bien y limpiar cualquier suciedad invisible que él pudiera tener en los dedos, se dio cuenta de que no iba a poder quedarse allí ni un solo día más. Volvió a ponerse las botas y salió por la puerta antes de que ella tuviera tiempo de preguntarle a dónde iba.

Al llegar a la calle fue directo hacia la cacofonía de sonidos (niños gritando mientras sus madres los llamaban a voz en grito; caballos relinchando y dándole con el hocico a cualquier cosa que se les acercara, el rítmico golpeteo de sus cascos; carros crujiendo y traqueteando; vehículos tocando la bocina y petardeando mientras circulaban a toda velocidad por las calles, con los pasajeros aferrados con fuerza a los agarraderos...), y se adentró en el luminoso ajetreo del Lower East Side.

Al ver que en muchas de las ventanas había velas navideñas esperando a ser encendidas al llegar la noche, se acordó de que tan solo faltaban diez días para las fiestas. No hacía demasiado frío (el día parecía más propio de octubre que de diciembre) y, después de cruzar la calle Allen y la calle Eldridge en dirección oeste pasó por los barrios donde imperaba lo italiano, por Mulberry y Mott. Entonces fue en dirección sur por Lafayette, y después torció de nuevo en dirección oeste hasta que llegó al portalón exterior del mercado de Chambers, en cuyo extremo noroeste habían puesto un árbol de Navidad decorado con abalorios y guirnaldas. Compró una hogaza de pan y unas rodajas de trucha ahumada envueltas en papel de periódico, y con la comida bajo el brazo volvió a doblar hacia el este. Varias manzanas después, se detuvo en una esquina y se puso a comer con un grupo de críos jugando a su alrededor con una pelota. Se chupó los dedos y de camino al río Este fue pasando junto a cientos de edificios de viviendas que se alzaban hombro con hombro como una hilera de firmes y erguidos soldados. Las zigzagueantes escaleras de incendios, descascarilladas y herrumbrosas, deslustraban todas aquellas fachadas y no le hacía falta mirar dentro para saber que los vestíbulos debían de estar igual de avejentados; podía imaginarse con claridad los enlucidos resquebrajados y desmoronados, las bucólicas escenas que se habían pintado tantas veces que todos los colores habían adquirido un tono grisáceo. En una sola calle pasó junto a una charcutería, una carnicería, una panadería, una sombrerería, una sastrería y una fábrica de zapatos de mujer. Vio a un agente de policía que estaba intentando que un perro saliera de la calzada, y a otro que estaba gritándole a un hombre que había echado un montón de huesos de pollo desde una ventana de la quinta planta. Al ver que el tipo contestaba en alemán y cerraba las cortinas, se acercó al policía.

—¿Quiere que le traduzca lo que le ha dicho?

—No, no hace falta que se moleste —contestó el agente antes de alejarse.

Alfred dobló una esquina tras otra hasta que tuvo frente a sí el puente de Brooklyn, esa reluciente y enorme joya suspendida sobre el agua y que, desde donde él se encontraba, parecía sostenerse por pura magia, por un simple entramado de alambres y cuerdas. El hombre que lo había ideado era alemán, y Alfred se sintió maravillado al ver la forma en que el puente parecía estar alzándose en un gran salto para sortear las aguas que tenía debajo. Reconoció en la estructura las góticas torres del viejo mundo, pero, en vez de parecer unas grandes moles adustas como sucedía en el país del Rin, allí tan solo infundían esperanza. Daba la impresión de que los arqueados portales que se abrían en ellas daban la bienvenida a todo aquel que cruzaba, como una serie de ancestros solemnes que sostenían a los nuevos americanos en las palmas de la mano.

Después de cruzar el puente, subió al tranvía en el lado de Brooklyn, se agarró con fuerza al asidero y al cabo de un buen rato se bajó en Coney Island. Allí, mientras pasaba junto a grupitos de jóvenes muchachas formando corros, cuchicheando entre ellas entre risas, recordó aquellas ocasiones en que había llevado a Mary hasta allí cuando la tía Kate aun vivía y la había visto bailar con las demás. Verla tan alegre era inusual incluso en aquel entonces (y con el paso del tiempo, cada vez había ido convirtiéndose en algo más inusual aun), pero valía la pena esperar; además, incluso la Mary severa, la Mary preocupada o la Mary con la espalda encorvada después de pasarse todo el día cocinando valía lo que cien Lizas Meaney.

* * *

Para cuando regresó a casa de Liza ya era cerca de la medianoche, y después de subir la estrecha escalera se detuvo en la puerta y aguzó el oído largamente para ver si seguía despierta esperándolo, o si el niño aun estaba estudiando en la mesa. Pensó en lo que iba a decirle a Liza, en si debería abrazarla o si no estaría bien hacerlo, en si debería contárselo él mismo al crío o si era mejor dejar que fuera ella quien lo hiciera. No oyó ningún ruido y por debajo de la puerta no asomaba ni un atisbo de luz.

Sabía que aquello iba a pillarla por sorpresa, que quizá sin él no le alcanzara el dinero para cubrir los gastos, que a lo mejor no podía pagar los estudios de su hijo. Pero seguro que encontraba otro inquilino, aunque sería mejor para ella que en esa ocasión fuera una mujer y, a decir verdad, los vecinos preferirían que así fuera. Decidió enviarle una carta, dio media vuelta y bajó de nuevo a la calle. Sí, sería más considerado evitarle a Liza la vergüenza de tener que verlo marcharse, evitar que pudiera sentirse tentada a suplicarle que se quedara. Sería más honorable permitir que ella se enfrentara a eso sola, y que después pudiera decirle lo que quisiera a Samuel. Él iba a limitarse a no volver a aparecer por la calle Orchard nunca más. En cuanto a los escasos artículos de ropa que había dejado en la casa, que hiciera lo que le diera la gana con ellos.

Pero de repente se acordó de que tenía treinta y un dólares guardados en un bote de café que había dejado en el estante superior de la despensa, y eso lo detuvo en seco cuando estaba cruzando el descansillo de la primera planta. Alzó la mirada hacia el oscuro hueco de la escalera, aguzó de nuevo el oído y, al cabo de unos segundos, negó con la cabeza y sacudió las manos como si estuviera dispersando esos billetes en la brisa. Dio un paso hacia la pesada puerta principal creyendo haber tomado una decisión, pero pensó otra vez en ese dinero al poner la mano en el picaporte. Se imaginó ese fajo tumbado de lado, curvado contra el bote, oliendo a café. ¿Qué haría Liza con él, comprarle libros al niño?

Subió de nuevo la escalera, apoyó la palma de la mano contra la puerta y entonces giró el picaporte lenta, muy lentamente, para que el pestillo no chasqueara como un disparo y la despertara. Solo abrió lo justo para poder entrar de lado y con tres pasos se plantó en la despensa, escudriñó con la mirada el estante superior y vio que estaba vacío. Revisó los estantes inferiores, el poyo de la cocina, la vitrina que había en la esquina. Una tabla del suelo crujió cuando rozó con el pulgar la campanita en miniatura, una pieza de colección que el marido de Liza (el padre del niño, que había fallecido a los veintisiete años) había traído de Filadelfia muchos años atrás. Se quedó allí plantado en medio del silencio hasta que se acordó del huequecito que había en la pared de ladrillos, entre la ventana y la vitrina. Era una pequeña cavidad que se había creado mucho antes de que él llegara a esa casa, y era imposible verla a menos que uno estuviera buscándola. Liza le había dicho a Samuel que era un buen escondite para guardar sus ahorros, y él se dirigió hasta allí de puntillas y metió la mano por detrás de la vitrina y buscó el huequecito bajo la luz de la luna. Encontró allí su bote de café, y justo al lado un azucarero desportillado que contenía los ahorros del niño. Con una agilidad digna de una bailarina, se inclinó hacia delante, tomó ambas cosas y apenas notó el suelo bajo los pies al escabullirse de allí a toda prisa, bajar la escalera y salir a la calle.

Por primera vez desde que había seguido la cura, sacó el frasco que contenía la medicina y allí, en la acera en penumbra, se la llevó a la boca y se tomó hasta la última gota fingiendo que era *whisky*. Al terminar, esperó a ver si la medicina surtía efecto, si le arrancaba de las entrañas toda esa ansiedad y la convertía en satisfacción, en lo que el doctor Oppenheimer había descrito como «la serena quietud de la sobriedad» y que no era sino la paz de no sentir ansia alguna, de sentirse bien en cuerpo y alma. Lo que sintió fue que se le revolvieron las tripas, y aun estaba inclinándose hacia delante a toda prisa cuando se vomitó encima y por todo el escalón de entrada; se dirigió trastabillante hacia la esquina y vomitó encima de la mierda de perro que había allí, se puso a cuatro patas y vomitó de nuevo. Al ver a la tenue luz de la farola de gas que un policía se acercaba con la mano puesta en la porra, echó a andar tan rápido como pudo. Se mantuvo cerca de los edificios y fue en dirección norte hasta llegar a una pequeña iglesia tras cuyas puertas había un cementerio; intentó vomitar otra vez, pero no salió nada porque no le quedaba nada dentro, así que tuvo arcadas sin echar nada detrás de una lápida, envolvió mejor el abrigo alrededor de su cuerpo, fue trastabillante hasta un banco y se quedó dormido allí.

Por la mañana, con el frío calándole hasta los huesos y el cuello dolorido, se dirigió hacia Washington Square Park. El crío de la señora Borriello le había dicho que la lavandería donde trabajaba Mary estaba cerca de allí, pero no había tenido oportunidad de sacarle más detalles. Tenía sus treinta y un dólares bien guardaditos en el bolsillo interior de su abrigo, junto con los once de Samuel. Once dólares no eran nada en comparación con la cantidad de platos llenos que él había puesto en la mesa, con todos los lápices y libros y cuadernos que había comprado. La comida, las cortinas nuevas... todo eso se había adquirido con el dinero que había aportado él. Seguro que Liza se las arreglaba bien sola, se dijo a sí mismo mientras notaba el grueso fajo de dinero en el bolsillo izquierdo del abrigo.

Empezó por buscar en la zona sur del parque, pero no encontró ni una sola lavandería. Había una a una manzana de distancia de la zona oeste del parque, pero entró a preguntar por Mary y no tenían ni idea de quién era. Le pasó lo mismo en las dos que encontró al recorrer las calles al norte del parque. Por fin, al este del parque, vio un cartel y supo que había dado con el sitio. Al echar un vistazo al interior del establecimiento vio a varios chinos yendo de acá para allá, y de repente alcanzó a ver fugazmente a Mary pasando por una habitación del fondo cargada con un montón de ropa doblada. Aunque el vómito que le manchaba los pantalones y los zapatos se había secado, apestaba tanto como si acabara de arrojarlo, y al llevarse una mano a la cara se dio cuenta de que tenía que asearse y afeitarse. Además, tenía hambre y quería lavarse los dientes. Uno de los chinos se acercó a la puerta, lo vio y dio media vuelta.

Tenía que adecentarse, tenía que pensar con calma lo que iba a decir. En vez de hablar con ella de inmediato tal y como había planeado, regresó a su antigua casa y entró en la de Driscoll con la llave que había encima del marco superior de la puerta. Después de desvestirse en la cocina, fue a ver lo que había en el armario del viejo y, tras sacar una camisa, pantalones y calcetines, salió de aquella habitación contaminada tan rápido como pudo. Usó la cuchilla y el jabón de Driscoll para afeitarse y entonces, tras asegurarse de que la puerta del dormitorio estuviera bien cerrada, se preparó en la cocina una taza de café bien fuerte y se la tomó junto a la estufa. Estaba nervioso, como si estuvieran dándole caza. Tenía la sensación de que sus perseguidores podrían estar agazapados en la calle, o espiándolo desde las plantas superiores de los edificios que había a lo largo de la avenida. Dejó la llave de Driscoll sobre la mesa y cerró la puerta tras de sí.

Fue directo a la lavandería (faltaba poco para la hora de cerrar), pero ella se negó a verlo. Un chino lo miró de arriba abajo con esos ojos inescrutables y le dijo que no se la podía molestar, a lo que él contestó que estaba dispuesto a esperar todo el tiempo necesario. Lo dijo alzando la voz y dirigiéndola hacia el fondo de la tienda, pero los sonidos que procedían de allí (el de manivelas y poleas, el silbido de una súbita nube de vapor) siguieron sin interrupción como si él no existiera. Al notar el olor a ropa húmeda y a planchas calientes que inundaba aquella pequeña sala, se preguntó si ella también olería así ahora, si había dejado de oler a fruta y a pan recién hecho y en vez de eso olía a almidón y a detergente para la ropa. Sabía de forma instintiva que ella lo había oído, seguro que estaba pendiente de lo que pasaba allí fuera. Le dijo al chino que avisara a la policía si quería, que le daba igual. Menos de quince minutos después estaba de vuelta en la calle encarándose a un viento que le golpeaba punzante el rostro como cien mil agujas, y abriéndose paso por aquel hervidero de gente cargada con paquetitos atados con coloridos lazos. Estuvo deambulando un rato por el vecindario hasta que al final regresó a la lavandería y se quedó parado delante de la puerta.

Sabía que ella iba a tener que salir tarde o temprano, y así fue; después de ver salir a dos empleadas, después de ver al chino colocando el cartel de *Cerrado*, la vio cruzar el umbral de la puerta al fin.

—Mary, tenemos que hablar.

Ella se detuvo en la acera a poco más de medio metro de él y se cubrió el pelo con un pañuelo antes de contestar.

—No, Alfred, no creo que tengamos nada de que hablar. Me parece que el tiempo para eso quedó atrás.

—No me he casado con ella.

—¿Y qué? ¿Qué se supone que debo hacer? ¿Acaso esperas que te dé las gracias?

—¡No! Yo solo...

—Vete, Alfred. Por favor. Déjame en paz.

Él la siguió con la mirada mientras la veía alejarse, mientras esperaba a que se detuviera de un momento a otro y se volviera a mirarlo por encima del hombro y le dijera algo más, pero ella dobló por la calle Greene y desapareció.

Alfred decidió que tenía que cambiar de táctica, que tenía que encontrar la forma de explicarse. Estaba claro que se había equivocado al dejar la llave dentro de la casa de Driscoll, porque le habría venido bien a corto plazo. Aunque disponía de su fajo de billetes, no quería gastarlos, así que fue a una charcutería de la calle 8 donde un viejo amigo de la época en que se dedicaba a repartir carbón trabajaba cortando carne, y le preguntó si podía dormir en el suelo del cuarto de almacenamiento.

Por la mañana se plantó a esperarla frente al 302 de la calle 33 Este, pero al ver que no salía supuso que había llegado tarde y ella ya se había marchado. Pasó por delante de la lavandería varias veces para matar las horas hasta que cerraran, pero no la vio ni de forma fugaz. Tan solo faltaban ocho días para Navidad, niños demacrados pedían limosna desde la mañana hasta la noche y en cada calle había un Papá Noel. Los mercados olían a clavo y canela, y los vendedores de árboles de Navidad pedían unas cifras exorbitantes por una mercancía que para Año Nuevo estaría marchita y quebradiza y descartada en alguna esquina.

Tenía que armarse de valor, encontrar las palabras adecuadas. Hundió los puños cerrados hasta el fondo de los bolsillos del abrigo, porque si los tenía fuera daba la sensación de que sus brazos iban a un ritmo distinto que el resto de su cuerpo; se alzó el cuello del abrigo y aceleró el paso. Su petaca estaba vacía y de vez en cuando se recordaba a sí mismo que debía ir a la consulta de Oppenheimer para obtener más medicina, pero le pasaba como con las viejas plegarias de su niñez: su mente pronunciaba las palabras, pero esas palabras carecían de significado y apenas las oía. La idea de llenar la petaca con algo mejor se le ocurrió por primera vez al pasar junto a un bar al que solía ir. Aunque en esa primera ocasión fue algo de lo más inocente, bastó con que la idea apareciera en su mente para que fuera ganando fuerza, no lograba quitársela de la cabeza. Intentó centrarse en que iba a poder hablar por fin con Mary, en que su vida iba a seguir adelante, pero cada vez que bajaba la guardia aparecía esa especie de picazón en el pecho que uno ardía en deseos de rascarse. Siguió deambulando por las calles, caminó y caminó y se compró un peine y unos calcetines mejores que los que llevaba, pero la comezón seguía estando ahí, agazapada en un rinconcito de su mente, burlándose de él. Se planteó limitarse a tomar un traguito, solo eso, y sintió un cosquilleo en la ingle, notó el golpeteo de su propio pulso palpitándole en la planta de los pies y en la punta de los dedos. Si le decía al cantinero que solo quería tomarse ese traguito y que no le sirviera ni uno más por nada del mundo, si se lo tomaba con rapidez y se marchaba de inmediato, si aquello era una cosa puntual que no volvía a repetirse...

Regresó al bar junto al que había pasado esa mañana. Con rapidez, sin pararse a pensarlo, buscó la mirada del cantinero, alzó un dedo, asintió cuando el tipo le mostró una botella. Lo vio agarrar un vaso, ponerlo sobre la barra y verter el líquido. Observó el proceso con tanta atención como si estuviera intentando pillar la trampa en un truco de cartas. Cuando el cantinero volvió a dejar la botella en el estante y le puso el vaso delante, él se quitó el sombrero, se lo bebió de un trago y volvió a dejarlo sobre la barra.

El cantinero lo miró con suspicacia.

—Oye, hermano, aquí se paga al contado.

—Tengo dinero.

La segunda vez, Alfred contempló aquel líquido ámbar por un momento antes de bebérselo en dos tragos. La madera pulida de la barra del bar se extendía a su derecha y formaba una curva que se perdía entre las sombras al fondo del local; en los vasos que se alineaban en pulcras hileras detrás del cantinero se reflejaba el sol que entraba por las ventanas. Allí fuera, en la calle, se ponía nervioso, los tendones y los músculos de su cuerpo adoptaban el frenético ritmo que había a su alrededor y se sentía exhausto, no podía relajarse, se sentía como una liebre que siempre está con las orejas tiesas y alerta por si oye llegar a los perros de caza. Pero la invasora ciudad detenía su avance al otro lado de la puerta y no entraba allí dentro, y el calorcillo de esos dos vasitos se extendía por su cuerpo y era más eficaz que cualquier abrigo, que la más cálida cama de plumas. Nadie hablaba salvo dos caballeros que cuchicheaban al fondo del local. No había músicos tocando y el cantinero ni siquiera se había molestado en ponerle un platito con algo de queso. Sintió que una familiar calma iba extendiéndose por todo su cuerpo desde el vientre. A pesar de que había perdido a su madre cuando aun era pequeño, sabía que esa sensación —esa ternura, esa inmensa compasión— es la que siente un crío al cobijarse en los brazos de su madre. Se movió hasta adoptar la postura acostumbrada en el taburete, apoyó la barbilla en el puño.

Contó los días que hacía que no se presentaba a trabajar en las cuadras y se preguntó si aún conservaría su empleo. Quizás fuera mejor que lo despidieran así, cuando empezara de cero con Mary, podría buscar otra cosa. Se pidió una cerveza para alternarla con el *whisky*. A lo mejor podía trabajar cargando muebles en mudanzas, también podía ir a recoger hielo en vez de esperar en las cuadras a que lo trajeran. Al llegar la hora del cierre en la lavandería no se molestó en ir, ya que decidió que tendría mejor suerte si abordaba a Mary cuando estuviera entrando o saliendo de casa. Tampoco se molestó en merendar ni cenar, los clientes del bar fueron marchándose y siendo reemplazados por otros, el fajo de billetes iba menguando. Pasada la hora de la cena, cuando el cantinero terminó de limpiar los vasos y la barra y le preguntó si tenía a dónde ir, se enderezó a toda prisa y bajó de un salto del taburete y salió del bar con rapidez.

La lavandería llevaba varias horas cerrada, así que esperó sentado en el vestíbulo del 302 de la calle 33 Este durante seis horas hasta que Mary apareció al fin. Estaba apoyado contra la pared con las piernas extendidas ante sí, abrió los ojos y la vio allí parada, mirándolo en silencio, con un periódico bajo el brazo y un paraguas en la mano.

—¿Qué haces aquí?

—Estoy esperándote.

Ella se inclinó un poco hacia delante para olfatear el aire. De repente, como si acabaran de escaldarla, retrocedió a toda prisa, apartó su larga falda a un lado e intentó sortear sus piernas para poder dirigirse hacia la puerta principal.

—¡Espera! —la agarró del tobillo a toda velocidad, notó el movimiento del delicado hueso bajo el pulgar mientras ella se esforzaba por liberarse.

—¡Suéltame!

Lo dijo con esa mirada asesina que solía lanzarle cuando estaba enfadada y él obedeció.

—¿Qué es lo que quieres, Alfred? ¿Por qué has venido? ¡Ojalá te mantuvieras alejado de mí!

—¿No me oíste cuando te dije que no estoy casado? ¡No me casé con ella!

Mary soltó una de esas carcajadas sordas que él conocía más que bien, una de esas que indicaban que estaba a punto de perder por completo los estribos, así que se levantó del suelo a toda prisa y retrocedió hasta quedar de espaldas contra la pared. Se le había olvidado cómo podía llegar a ser aquella mujer, se le había olvidado todo.

Ella alzó un dedo a escasos milímetros de su nariz.

—¡Mantente alejado de mí! ¿Está claro? ¡No vengas a la lavandería ni a este edificio! ¡No me busques por la calle!

—No estás hablando en serio, ¿verdad? No, claro que no.

Recordó todas las veces en que, de madrugada, había alzado la mirada y la había visto inclinándose hacia él. Recordó cómo le lavaba la ropa, cómo la metía en la tina y la escurría y le daba dos firmes sacudidas antes de colgarla junto a la estufa. Recordó el suave balanceo de sus senos al hacer alguna tarea, la curva de su blanca cadera desnuda por la mañana, lo escrupulosa que era siempre con el cuidado de sus propias manos y cómo se frotaba a menudo los dedos con limón para eliminar los olores, y le embargó el profundo anhelo de tomar esas manos en ese preciso momento y decirle que no podía rechazarlo. A veces (no siempre, solo alguna que otra vez), cuando le relataba algo que había pasado en el bar o le contaba algo sobre algún tipo al que acababa de conocer allí, ella se echaba a reír si la anécdota era lo bastante graciosa; dejaba lo que estuviera haciendo, se hundía en su lado de la cama y reía con ganas. A veces (no muy a menudo), ella hacía caso omiso de la luz del amanecer, que insistía en que había llegado la hora de levantarse, y se volvía hacia él, le pasaba un brazo por encima del pecho y se acurrucaba en el hueco de su brazo. Y aunque ella estuviera en el norte del estado, en Nueva Jersey o al otro lado de la ciudad y no pudiera regresar a casa cada día al finalizar la jornada, nunca se sentía solo porque sabía que acabaría por regresar a su lado.

Ella soltó un pequeño sonido gutural en ese momento, uno que él tan solo había oído brotar de sus labios en una o dos ocasiones en todos aquellos años. La vio respirar hondo, la vio recobrar la compostura antes de mirarle de nuevo.

—Por favor.

Aquella simple petición le impactó de lleno.

—Pero estoy seguro de que ahora las cosas serían distintas, Mary. No he...

Ella avanzó unos pasos de repente como si fuera a golpearlo. En su rostro se reflejó la furia que le hervía a flor de piel, que le teñía las mejillas de rojo. Tal y como se había mencionado en los periódicos, era una furia masculina y animal, la furia de un inmigrante, y eso era algo que requería de unas cuatro, cinco o hasta seis generaciones para quedar eliminado del todo. Pero tan solo fue un súbito relampagueo, y en un abrir y cerrar de ojos ella retrocedió, cerró los ojos y, al cabo de un instante, bajó los escalones de la entrada rumbo a la calle.

—Te lo digo muy en serio, Alfred —le dijo antes de marcharse sin más.

Él vagó sin rumbo fijo por la ciudad para aclararse las ideas, sus únicas paradas fueron en los bancos de los parques y en taburetes de bar. Pasó esa noche estirado en el largo asiento de un Ford Modelo T que estaba aparcado junto a un árbol en la calle 57, tapado hasta la barbilla con la manta del propietario, y el día siguiente lo pasó en el Nation's Pub. Cuando cayó la noche y vio que el coche ya no estaba allí, se cobijó en otro. Siguió así durante varios días hasta que se acordó de las cuadras de la compañía de hielo y pensó en lo calentito que se estaría allí, con los caballos descansando en sus respectivos compartimentos y las puertas bien cerradas. Solo quedaban unos días para Navidad, así que no habría nadie aparte del pobre diablo al que le hubieran asignado la tarea de ir a dar de comer a los animales y echar paja limpia.

Las cuadras estaban desiertas. Entró como pudo por una ventana que permanecía cerrada durante todo el invierno, pero sin el pestillo puesto; una vez dentro, trastabillando por el agotamiento, amontonó paja en el suelo de tierra y agarró una manta para caballos que encontró. Resolvió decirle a quienquiera que apareciera por allí que había vuelto al trabajo, que su presencia estaba justificada. Seguro que le creían.

Durmió durante horas y despertó sumido en una profunda oscuridad. Se oía la suave respiración de los caballos y el más cercano a él soltó un resoplido como preguntándole si estaba despierto, si ya se encontraba bien. Se sentó y encogió sus entumecidas rodillas contra el pecho. Seguro que Mary cambiaba de opinión, tenía que hacerlo. De no ser así, no habría ni una sola persona en toda la ciudad de Nueva York, ni una sola persona en todo el mundo, a la que le importara lo que pudiera ser de él.

Después de estirarse fue a por algo de comida a la habitación trasera, pero lo que encontró fue una botella medio llena de John Powers. Solemne ante semejante golpe de suerte, la alzó con tanto cuidado como si se tratara de un bebé y la llevó con ternura al montón de paja donde había estado durmiendo. Fue bajando hasta sentarse, se cubrió las rodillas con la manta, cerró los ojos y destapó la botella, y tomó un largo y ávido trago.

Al cabo de un rato (había perdido la noción del tiempo) vio por la ventana que el cielo estaba gris, pero no habría sabido decir si el día estaba dando paso a la noche o al revés. Dejó la botella vacía en la repisa de la ventana y regresó a la habitación trasera, donde había una sencilla silla de respaldo recto. A su espalda, los caballos piafaban y emitían amenazantes sonidos con la garganta. La oscuridad iba acrecentándose, así que buscó por allí y encontró una lámpara, aceite y cerillas. Se preguntó si habría llegado ya el día de Navidad, si sería precisamente ese. Sacó el cristal y el soporte de la mecha, vertió el aceite de la lata sin etiquetar que había encontrado en un rincón de la habitación, y soltó una imprecación cuando se le cayó un poco en el asiento de la silla. Arrancó el extremo ennegrecido de la mecha con la punta de los dedos, sacó una cerilla de madera y la rascó una, dos veces... Se le rompió, así que la tiró al suelo y la apartó de una patada antes de sacar otra. En esa ocasión sí que oyó esa pequeña succión de aire y, cuando la llama cobró vida, la sostuvo un momento antes de acercarla al extremo de la mecha.

Tiempo después, al volver la vista atrás y pensar en ese momento en que la llama alcanzó la tela de la mecha, lo vería tan claro que se preguntaría si estaba más sobrio de lo que había creído. No recordaba el tiempo que hacía fuera ni el estado en que se encontraba su propia ropa ni el olor de aquella manta para caballos ni cuándo se había llenado la barriga por última vez, pero sí que se acordaba de esa llama y del blanco de esa mecha. Era como si su mente hubiera tomado una fotografía que tan solo iba a poder observar con detenimiento tiempo después (la posición de la lata, hacia dónde apuntaba el pitorro, el olor del aceite...). Acercó la llama a la mecha y más adelante podría jurar que había sabido lo que iba a pasar justo antes de que sucediera, un instante antes, una fracción de segundo antes, un lapso de tiempo tan pequeño que habría sido imposible de medir. Lo supo mientras lo hacía, mientras veía cómo el naranja se encontraba con el blanco, y si uno de los filamentos hubiera estado doblado hacia el otro lado lo habría sabido antes, se habría detenido y lo hubiera evitado. Tocó la mecha con la llama y la habitación explotó.

19

Y así, sin más, Alfred desapareció. «Yo quería que se marchara y él se limitó a hacerme caso», se dijo Mary para sus adentros. En Navidad les regaló a los hermanos Borriello un tablero de damas con sus correspondientes fichas y ellos le regalaron a su vez horquillas para el pelo, pero mientras charlaban y comían y disfrutaban del árbol navideño que habían decorado con guirnaldas de palomitas, ella esperaba oírlo llamar a la puerta de un momento a otro suplicando verla. ¿Por qué no se habría casado con Liza? Se preguntó si habría vuelto a casa borracho y aquella mujer lo habría echado, o si solo sentía la necesidad de beber cuando la veía a ella. Las lituanas de la lavandería la miraron boquiabiertas cuando encargó a Li que le dijera a Chu que ya no iba a seguir siendo la encargada de escurrir la ropa, que estaba harta. Iba a lavar y a encargarse de atender a los clientes cuando le tocara, pero tampoco estaba dispuesta a ir a planchar en domingo; ah, y además quería un aumento de sueldo.

—Chu no aceptará —le advirtió Li—. Irena y Rasa llevan cinco años aquí, nada de aumentos de sueldo. Para ti tampoco.

—¡Pues ellas también se merecen uno! ¿Qué harían si las tres dejáramos el trabajo al mismo tiempo? Seguro que Chu sufriría pérdidas al tener que enseñar a tres nuevas empleadas a la vez. No, a más de tres, porque nosotras hacemos el trabajo de cinco personas. Los trabajadores hacen huelga y se organizan por toda la ciudad, no veo por qué no podemos hacer nosotras lo mismo.

Últimamente, incluso fuera de la lavandería tenía la sensación de que el mundo retrocedía ante ella, de que se le dejaba paso libre y se la trataba de forma distinta a los demás. Cuando entraba en las tiendas y dejaba su compra sobre el mostrador, daba la impresión de que la gente se encogía ligeramente bajo el abrigo, como reculando un poco. Discutía los precios para no pagar ni un solo centavo de más, examinaba bien cada producto para ver si los paquetes tenían alguna abolladura o había alguna fruta magullada, si la carne tenía alguna zona negruzca, si había algún hilo suelto en alguna pieza de ropa, y entonces le mostraba las taras al tendero o al carnicero o al dependiente de la tienda en cuestión. Compró un par de zapatos y los llevó de vuelta dos días después porque había un problema con el tacón izquierdo.

—A ese tacón no le pasa nada —afirmó el zapatero sin tocar el zapato, sin soltar siquiera el trapo que tenía en la mano.

Al ver la expresión altiva de aquel hombre cuyos dedos estaban ennegrecidos, cuyo chaleco estaba abierto con dejadez y había perdido dos botones, sintió como si el tiempo se ralentizara. Sacó el zapato de la bolsa, lo dejó sobre el mostrador con brusquedad y notó que todas las miradas se centraban en ella.

—Este tacón no está bien y quiero que me devuelva mi dinero.

—¿Se los ha puesto? —le preguntó el hombre, mientras inspeccionaba la suela.

Ella le contestó que por supuesto que sí. ¿Cómo diantres iba a saber que había un problema con el tacón si no se los hubiera puesto? Los segundos fueron pasando mientras oía los resoplidos de un segundo zapatero que estaba estirando cuero en la habitación de atrás, el rítmico golpeteo de la máquina de coser. Al ver que el hombre del mostrador señalaba hacia un cartelito donde ponía que no se aceptaban devoluciones si los zapatos se habían usado, ella asintió y anunció en voz alta:

—¡En este lugar venden zapatos rotos y se niegan a reembolsar el dinero!

Se dirigió hacia la puerta, la abrió con un firme empujón y, plantada en el quicio, le repitió lo mismo a un grupo de mujeres que pasaba por allí. Un hombre que había entrado en la tienda para ver la mercancía pasó junto a ella y se alejó con rapidez por la calle. Agarró entonces el cartel situado en la parte del escaparate donde estaban los zapatos de mujer, y exclamó con tono burlón:

—¡Aquí pone que son zapatos cómodos! Será una broma, ¿no?

El zapatero se llevó las manos a las caderas y le preguntó con exasperación:

—¡Oiga, señora! ¿Se puede saber qué problema tiene?

—Me gasté mi dinero en esta zapatería pensando que había recibido algo a cambio. Me quedaré aquí plantada un mes si hace falta y le contaré a la gente lo que pasa en este sitio, ¡los timos que se traen entre manos!

Se cruzó de brazos y se quedó mirándolo en silencio hasta que al final, tras soltar un sonoro suspiro, el hombre abrió el cajón del dinero y le devolvió el importe de los zapatos.

Un día, en junio, vio a una cocinera a la que conocía saliendo de la puerta lateral de un restaurante, y al pensar que aquella mujer podía cocer carnes en su jugo y trocear y saltear en aquel lugar sintió como si una mano le apretara la garganta. Por primera vez en todos los meses que llevaba inmersa en su nueva vida, no regresó a la lavandería después de su hora para la comida y tan solo encontró algo de paz una vez que llegó a casa y se sentó a la mesa de Mila Borriello. Contempló a los niños mientras estos estudiaban matemáticas, tomó el cepillo de manos de su amiga y la ayudó a limpiar el suelo.

Jimmy Tiernan subió una tarde en que su Patricia estaba fuera. Dio la casualidad de que Mila y los niños también habían salido, y fue Mary quien abrió la puerta.

—Pasa. —Señaló hacia una silla vacía.

—No, gracias —contestó él antes de apoyarse en el marco de la puerta—. Solo quería saber si has visto a Alfred.

Ella se volvió hacia el mostrador de la cocina y se atareó preparando la cafetera, midiendo cucharadas y tazas de agua.

—No. ¿Por qué lo preguntas?

—Bueno, es que hace algún tiempo le dije que podría conseguirle trabajo en un sitio... es en ese nuevo rascacielos que están construyendo enfrente del ayuntamiento, supongo que lo habrás visto. Lo vi interesado, me dijo que estaba empezando a aburrirse de las cuadras y que a ver si podía meterlo a trabajar allí. Y resulta que ya no he vuelto a saber de él, no me ha dicho ni pío. Le dije al jefe que conocía a un tipo que quería entrar a trabajar allí, pero no puede esperar mucho más.

Ella se dio la vuelta y se apoyó en el mostrador.

—No lo he visto, Jimmy. No sé nada.

—Pero ¿dónde está?

—¡Ya te he dicho que no lo sé!

—¡Vale, vale! —Alzó las manos en un gesto de paz—. Pensé que igual sabías algo. Fui a la casa esa de la calle Orchard y la señora actuó como si no supiera de quién le estaba hablando. Tampoco ha estado por allí.

Mary se frotó las sienes con las yemas de los dedos.

—Ya lo conoces, ¿fuiste a ver si estaba en el Nation's?

—Sí, pero tampoco saben nada de él. Según Tommy, estuvo allí un poco antes de Navidad y se lo veía de lo más ufano, pero no ha vuelto a aparecer desde entonces.

Ella puso la mano en la puerta; fue cerrándola centímetro a centímetro y, centímetro a centímetro, Jimmy Tiernan fue retrocediendo hacia el pasillo.

—En fin, si lo ves dile que gracias por nada, porque di la cara por él ante mi jefe.

Mary le cerró la puerta y él exclamó desde el otro lado:

—Pero ¡dile cuando lo veas que venga a verme de todas formas!, ¿vale? ¡Dile que no estoy enfadado! Me preguntaba dónde puede estar, eso es todo.

La señora O'Malley, una irlandesa a la que Mary conocía de pasada y que vivía en el edificio de enfrente, fue a verla un domingo de febrero de 1911 para pedirle que la ayudara con un cerdo que su marido había ganado en una partida de cartas en la calle 102. Borracho y muy satisfecho de sí mismo, el hombre se había presentado en casa con aquel animal de noventa kilos que llevaba una correa anudada al cuello, y fue incapaz de explicarle con claridad a su esposa cómo se las había ingeniado para llevarlo hasta allí. La señora O'Malley le dijo a Mary que su marido le había mostrado el cerdo como quien ofrece una cesta repleta de dinero o una sala llena de rosas rojas, como si estuviera regalándole algo hermoso o práctico ante lo que una debiera sentirse entusiasmada. Al final, había sido ella quien había tenido que cargar con la responsabilidad de vigilar al animal, que vivía en la callejuela que había detrás del edificio y estaba atado a la cerca junto al retrete comunitario. Llevaba allí cerca de una semana.

—Y ahora supongo que ha llegado el momento de hacer algo con él —afirmó Mary.

—Sí, y yo no tengo ni idea de cómo hacerlo.

Era inútil preguntarle si había acudido a algún carnicero, porque la verdad era que ella tampoco lo habría hecho de estar en su lugar. Un carnicero cobraría más de lo que valía el cerdo y se quedaría con las mejores partes.

—Tengo ganas de soltarlo y fingir que nada de esto ha pasado, porque sabe Dios dónde voy a poder guardar la carne, pero cada vez que me decido a hacerlo me fastidia pensar que se lo quedará el primero que se lo encuentre. Prefiero quedarme algo de carne y repartir el resto, puedo vendérselo a los vecinos y ganar algo de dinero. —La mujer entrelazó las manos—. Le estaría muy agradecida si me ayudara.

Sacrificar un animal no era cocinar, de cocinarlo se encargarían las afortunadas que consiguieran algún trozo; aun así, no supo si aceptar o no. Se frotó los ojos e intentó pensar con claridad mientras, por otra parte, se preguntaba también si aún era lo bastante fuerte para matar un cerdo de noventa kilos.

—Lléveme a donde lo tiene —dijo al fin.

La señora O'Malley dio una palmada de entusiasmo, le tomó la mano y le dio las gracias, y luego la condujo escalera abajo con renovado ímpetu. Tras cruzar la calle, entraron por la puerta principal del edificio, salieron por la trasera y bajaron los dos desvencijados escalones de madera que conducían al patio helado y enfangado donde estaba el cerdo, hurgando con el morro el suelo junto a la cerca. Mary se puso en cuclillas junto a él y le puso la mano en el lomo, al menos estaban en invierno y no iban a tener que preocuparse por las moscas. Se quitó un guante y comprobó cómo le funcionaban los dedos con aquel frío; el animal gruñó y pateó el suelo, su aliento subió en una blanca nube que la acarició en la garganta, y la sospecha que siempre la embargaba cuando estaba cerca de algún animal apareció de nuevo: la sospecha de que sabían lo que les deparaba el destino, de que nacían sabiéndolo, de que eran más inteligentes de lo que creían los humanos. Sintió una oleada de ternura hacia él.

—¿En qué piso vive usted?

—En el quinto. —La señora O'Malley se volvió para señalar hacia una distante ventana.

—Lo haremos aquí mismo —afirmó, sin apartar la mirada del cerdo—. Tengo unos buenos cuchillos en mi casa, pero búsqueme uno largo y fino para poder clavárselo. Consígame una sierra si puede, un martillo, todos los cubos limpios que pueda y también cordel.

Voy a buscar unas maderas para poder alzarlo, cuando lo tengamos todo me hará falta agua hirviendo; en gran cantidad y con rapidez. Una vez que haya conseguido todo lo que le he pedido y haya puesto el agua a hervir, vaya a preguntar a los vecinos quién quiere alguna porción de carne y pídales a unos cuantos que bajen para ayudarnos a voltearlo. En cuanto esté todo listo, regrese aquí de inmediato.

Para cuando la señora O'Malley regresó, Mary había conducido al cerdo hasta una zona umbría donde la hierba parecía bastante limpia, al fondo del patio. La señora O'Malley le entregó el martillo y los cuchillos que le había pedido, así como los cuatro cubos que había limpiado bien (tres eran prestados, uno suyo) y, cuando estuvieron preparadas, cuando ambas se habían despojado del abrigo y los guantes y los habían colgado con cuidado sobre la cerca, Mary le indicó que se colocara a horcajadas sobre el lomo del animal y lo sujetara para que ella pudiera propinarle el golpe. Hacía unos ocho o diez años como mínimo que no hacía algo así, pero aún conservaba su puntería perfecta y el animal se desplomó pesadamente.

—¡Ahora! —dijo antes de agarrar la enorme cabeza y clavarle el cuchillo con todas sus fuerzas.

La señora O'Malley sostuvo el primero de los cubos contra el animal para recoger todo lo posible mientras ella hundía más y más el cuchillo, el corazón le martilleaba en el pecho y notaba cómo el calor de su propio cuerpo formaba una barrera contra el frío que hacía. Las dos vieron con preocupación la cantidad de dulce sangre que caía sobre la hierba, que se colaba bajo la cerca y bajaba por la ligera pendiente de tierra hacia el retrete.

—¿Ha puesto el agua a hervir?

La señora O'Malley se incorporó de golpe, entró corriendo en el edificio y subió a toda velocidad los cinco tramos de escalera. Regresó unos minutos después con una olla de agua caliente que vertió sobre el animal desde la cabeza hasta las pezuñas, y cuando la vació dijo jadeante que tenía otra y fue a buscarla en un santiamén.

Mary se puso a quitar el pelo con la hoja del cuchillo y, al cabo de una hora, deslizó una mano con suavidad por aquella piel rosada para cerciorarse de que no quedara ninguno. Sintió que algo se le removía por dentro al mirar al animal, al ver aquellos ojos sin vida mirando hacia un viejo cubo metálico. Era un ser patético que seguramente había tenido una vida miserable, y hétele allí. Le hundió el cuchillo en el vientre y, tras tantear para comprobar que los intestinos estuvieran intactos, sacó las vísceras y las echó en el segundo cubo. Al moverse notó el peso de la sangre que le empapaba el bajo del vestido. Retorció y estiró hasta arrancar la cabeza y la echó en el tercer cubo.

—Me la quedaré yo como pago.

Oler las entrañas de ese cuerpo la llevó de vuelta a Irlanda. Recordó cuando, de niña, llevaba el estómago y los intestinos de una vaca al río. Recordó el estremecimiento que la recorría al ver a las anguilas saliendo como rayos de debajo de las piedras en el instante en que la primera gota de sangre caía en el agua.

Para cuando llegó al corazón del cerdo, los vecinos estaban haciendo cola con ollas y cuencos. Mila y los dos críos estaban allí, cada uno de los tres sostenía un recipiente para recoger las porciones que iban a llevarse a casa.

Esa noche, mucho después de la hora en que solía acostarse, tras llegar a la conclusión de que su ropa no tenía salvación, se restregó bien todo el cuerpo en la tina, apretó los nudillos contra sus doloridos brazos y se limpió bien debajo de las uñas. A pesar de lo tarde que era, no tenía ni pizca de sueño. Había aceptado el dinero que la señora O'Malley le había entregado, pero le habría dado igual no recibir ni un centavo. A lo largo de todo ese día (incluso en ese momento, cuando habían pasado ya tantas horas desde que había ayudado a envolver las piezas que la señora O'Malley había decidido quedarse), se había sentido como si alguien hubiera encendido una luz potente después de vivir durante tanto tiempo en una habitación en penumbra. Sonrió al dirigir la mirada hacia el morro que asomaba por el borde de la olla más grande de Mila.

Una mañana de marzo, Jimmy Tiernan le preguntó a voces desde el otro lado de la calle:

—¡¿Aún no sabes nada de él?!

Mary se hizo la sorda, pero varios días después coincidió de nuevo con él al entrar en el edificio.

—Me parece de lo más raro, Mary —lo dijo como si fueran un par de niños abandonados que compartían su dolor.

Ella intentó que le entrara por un oído y le saliera por el otro, pero empezó a estar pendiente de nuevo de si veía a Alfred al salir del edificio cada mañana. Michael Driscoll no había sobrevivido y algunos de los vecinos habían asistido a la misa funeraria, pero él no había hecho acto de presencia. El primer aniversario de su salida de North Brother llegó y se fue sin que nadie se diera cuenta, pero ella viajó sola a la zona norte de la ciudad en la línea IRT, caminó hasta el río y miró hacia la otra orilla. Al final no había intentado contactar con John Cane, ese paseo por Central Park nunca se había hecho realidad.

Sentía una impaciencia creciente en la lavandería desde que había sacrificado al cerdo; lo que se había esforzado por aceptar, lo que había intentado asimilar como algo permanente, no podía continuar. No era lavandera ni lo sería jamás; aquello era lo mismo que estar en North Brother, mirando por encima de las agitadas aguas hacia la vida que estaba perdiéndose en la otra orilla.

Y de buenas a primeras, una cálida tarde de sábado de finales de marzo en que estaba a cargo de la caja registradora e intentaba hacerle entender a un caballero que aunque habían hecho todo lo posible por quitar la mancha de tinta que tenía su camisa, no había forma humana de hacerlo, se interrumpió y olisqueó el aire. El caballero hizo lo mismo y su nariz lo condujo hacia la puerta; por primera vez en más de un año, las lituanas dejaron la ropa con la que estaban atareadas, se lavaron las manos y emergieron de la habitación trasera. Todo el mundo oyó la sirena de alarma procedente del edificio de al lado.

—¿Qué es lo que pasa? —preguntó ella.

Un retumbante sonido que parecía proceder de algún lugar por encima de sus cabezas fue cobrando más y más fuerza con cada segundo que pasaba, y de repente una de las puertas del edificio Asch se abrió de golpe y empezó a salir gente corriendo, muchachas jóvenes en su mayoría. Dejó la camisa del caballero sobre el mostrador y, apretando la llave de la caja registradora en el puño, dejó su puesto, salió a Washington Place, dobló la esquina de la calle Greene y, al ver la muchedumbre que miraba hacia arriba, alzó la mirada a su vez y vio lo que parecía ser un bulto de ropa cayendo de una ventana situada en una de las plantas superiores. Dedujo que estaban intentando salvar el material, pero le extrañaron las exclamaciones de horror que soltó la gente al ver que lanzaban desde arriba otro bulto. Un hombre se desmayó, pero quienes estaban a su alrededor apenas se dieron cuenta. Se acercó un poco más al borde exterior del gentío; la sirena de un camión de bomberos se oía en la distancia, acercándose cada vez más. Junto a los bultos de ropa llovían algunas monedas y le pareció raro que nadie intentara hacerse con ellas, todo el mundo estaba inmóvil, salvo una mujer que berreaba y agitaba los brazos y sollozaba llamando a Dios. Fue disculpándose conforme iba avanzando poco a poco, conforme iba abriéndose paso entre agentes de policía que la dejaron pasar sin decir nada, entre caballeros y damas y los panaderos del otro lado de la calle y los transeúntes y el par de niños que estaban mirando boquiabiertos hacia arriba. Al final, cuando logró por fin atravesar el gentío, vio que los bultos tenían piernas y brazos y caras, muchas de las cuales estaban quemadas y ennegrecidas. Alzó la mirada y, enmarcadas en una ventana de la novena planta, vio a tres muchachas tomadas de la mano. La de la izquierda estaba intentando apagar con la otra mano las llamas que le devoraban el pelo, y las tres estaban gritando algo que ninguno de los que estaban allí abajo alcanzó a entender. Las tres saltaron a la vez y dos de ellas siguieron tomadas de la mano hasta que se estrellaron contra el suelo, pero la tercera, la del pelo en llamas, se cubrió la cara con las manos y durante la caída su cuerpo quedó doblado, con la cabeza tocando prácticamente las rodillas, como hacen a veces los niños en un intento de impresionar a los demás al lanzarse al agua desde las rocas. Tardó un segundo en comprender que allí no había agua, que aquello no era un juego. Aquellas muchachas estaban lanzándose a una muerte segura, y desde allí abajo alcanzaba a verse un brazo de hombre que las ayudaba a subir al alféizar con tanta facilidad como si estuviera ayudándolas a subir al tranvía. Había otras saltando desde otras ventanas (unas solas, otras con una o dos compañeras), y el hombre que había ido a la lavandería con la camisa manchada de tinta les gritaba que esperaran, que por favor esperaran, que los camiones de bomberos venían ya de camino y las salvarían, les ordenaba a gritos que esperaran incluso cuando ya estaban cayendo al vacío.

Por fin llegó uno de los camiones, otro apareció segundos después, el gentío se abrió para dejarles paso y, en cuanto los vehículos se detuvieron junto al edificio, los bomberos procedieron a desenroscar las mangueras y extendieron las escaleras hacia arriba, las extendieron más y más hasta llegar al tope. Mary contempló con atención esas escaleras extendidas, vio la distancia a la que estaban la octava, novena y décima plantas, y entonces se puso en cuclillas y se puso a rezar.

—¡No van a llegar! —exclamó un hombre—. ¡Dios mío, no van a llegar a las tres últimas plantas!

Las exclamaciones generalizadas de lamento fueron ganando más y más intensidad y se tragaron todo los demás. Saltaron dos más, y después otra. Y otra más. El choque contra el suelo era tan atronador como el impacto de un automóvil contra un muro. Entre aquella selva de piernas que se extendía al pie del edificio Asch, Mary alcanzó a ver el cogote de una de las muchachas sobre la acera, el cabello recogido en una esmerada trenza.

* * *

La lavandería permaneció cerrada una semana mientras los cuerpos se alineaban en féretros provisionales a lo largo de la calle, mientras las familias intentaban identificar a sus seres queridos gracias a un reloj o a un medallón, por la forma en que se había remendado una media, por un lazo en el pelo. La cola era interminable, cientos de desorientadas personas vestidas de luto iban pasando mientras los carbonizados y destrozados cuerpos esperaban bajo el nítido sol de finales de marzo a que alguien los reclamara. Mary tuvo la impresión de que, en los días posteriores al incendio, la ciudad entera, desde el Upper West Side hasta los muelles del bajo Manhattan, estaba inmersa en una profunda tristeza. Los periódicos seguían vendiéndose, las cafeterías estaban abiertas, pero el mundo se había quedado en silencio. En cuestión de una semana más o menos, darían comienzo las acusaciones (que por qué estaba cerrada a cal y canto tal puerta, que cómo era posible que la alarma no hubiera sonado en las plantas superiores...), pero en esos primeros días, cuando la gente hablaba, había un único tema de conversación: esas muchachas, todas esas hermosas muchachas.

20

—¿Cómo voy a regresar a ese sitio? —le preguntó Mary al empleado que estaba revisando en ese momento su caso en las oficinas del Departamento de Salud.

Aquel lugar era un hervidero de actividad; entre los pasos golpeteando contra las tablas de madera pulida del suelo, las sillas que se arrastraban, el estridente sonido de un teléfono y las jactanciosas discusiones que se colaban por las puertas entreabiertas de los despachos, se vio obligada a alzar la voz para hacerse oír. Estaban a finales de mayo de 1911 y, tal y como se le había solicitado, se presentaba allí cada tres meses. La primera vez que pisó ese lugar, dio la impresión de que la actividad se detenía de golpe cuando anunció quién era, todos y cada uno de los hombres y mujeres sentados tras las mesas interrumpieron lo que hacían para observarla. Después, mientras ella procedía a sentarse en la zona de espera, habían intercambiado miradas entre ellos y, cuando oyó que la llamaban para atenderla y se puso en pie, notó el peso de todas aquellas miradas siguiéndola mientras cruzaba la sala. Esa era ya su cuarta visita, en cada una la había atendido una persona distinta y a esas alturas nadie se inmutaba al verla entrar; de hecho, la mayoría de ellos ni siquiera alzaba la mirada de los documentos que se amontonaban sobre sus respectivos escritorios. La música creada por el golpeteo de las teclas de las máquinas de escribir, por el sonido de la campanita y el retorno del carro al llegar al final de una línea, se oía incesante de fondo, y la oficina parecía estar hundiéndose bajo el peso de todo aquel papeleo (había archivadores abiertos, sobres, cuadernos, papeles sueltos, cintas de tinta usadas apiladas sobre las sillas y los alféizares de las ventanas, amontonadas en los rincones...). Ella se había planteado intentar convencerles de que le permitieran presentarse cada seis meses, en vez de cada tres. Había dudado sobre si sería buena idea comunicarles su decisión de dejar de trabajar en la lavandería, pero no tenía por qué sentirse culpable de nada y, si realmente era tan libre como ellos afirmaban, no podían tomar ninguna represalia en su contra.

—Sería incapaz de volver, ¡usted no se imagina el horror que se vivió ese día!

—Ah, ya veo —asintió el hombre, al leer de nuevo la dirección de la lavandería.

Todo el mundo tenía su propia opinión sobre la tragedia de la fábrica Triangle Waist, pero, teniendo en cuenta el tamaño de la ciudad, eran relativamente pocos los que la habían presenciado. Ella les había ordenado a un par de críos que estaban allí parados viendo lo que ocurría que se fueran a casa. Eran dos niños que le habían recordado a los hermanos Borriello y al ver que no le hacían caso y que permanecían allí, contemplando horrorizados el edificio en llamas como todos los que los rodeaban, agarró al más pequeño de los dos por los hombros, lo obligó a dar media vuelta, apoyó la frente contra la suya y le gritó: «¡Váyanse a casa! ¿Me estás oyendo? ¡Váyanse a casa!». Él la había mirado como desorientado, como si estuviera despertando de un sueño, y entonces tomó al otro crío de la mano y los dos se fueron corriendo de allí.

—¿Cómo ha estado ganándose la vida desde que dejó la lavandería? —le preguntó el hombre mientras hojeaba unos documentos.

Ella tuvo ganas de gritarle que eso no era de su incumbencia, pero contó hasta diez antes de contestar.

—La mujer con la que vivo de alquiler borda encajes para una sombrerería, ha estado enseñándome.

—Pero no cocina, ¿verdad? Veo aquí que ese es el acuerdo al que llegó cuando dejó de estar en custodia. Supongo que tiene claro que no puede trabajar de cocinera.

Al ver cómo le cambiaba la expresión, el súbito brillo de comprensión que relampagueaba en sus ojos, estaba claro que acababa de darse cuenta de quién era ella. En el expediente aparecía como Mary Mallon, pero no hacía falta ser adivina para saber que él estaba pensando en otro nombre: Mary Tifoidea.

—Según lo que pone aquí, corre el riesgo de infectar a otras personas si cocina para ellas.

—Ya sé lo que pone ahí.

Él cerró la carpeta del expediente y echó su silla un poco hacia atrás.

—Tardaremos un poco en encontrarle trabajo en otra lavandería. —Entrelazó las manos y la observó en silencio antes de añadir—: ¿Se ha planteado trabajar en una fábrica?

—¡¿Qué?!

Lo miró perpleja y se imaginó a sí misma entre las mujeres que se amontonaban ante las puertas de la cristalería o de la fábrica de relojes, a la espera de que sonara la campana que anunciaba el inicio de la jornada. Tenían que pedir permiso para ir al lavabo, se les exigía que ficharan al entrar y al salir. Al final de la jornada, cuando se disponían a marcharse, para comprobar que no llevaran en el bolsillo ninguna pieza, se las cacheaba, tal y como se había cacheado a las muchachas de la Triangle (la fábrica donde había ocurrido el incendio) en busca de retazos de seda y satén.

—¿Es usted consciente de que he cocinado para los Blackhouse y para los Gillespie? ¡Y también para Henry y Adelaide Frick, y para varios de sus amigos! —Se cruzó de brazos—. ¡Me niego a trabajar en una fábrica!

—No está en condiciones de ponerse altanera, señorita Mallon. No somos una agencia de empleo, así que tendremos que asignarle a alguien la tarea de encontrarle un nuevo trabajo porque yo no tengo tiempo para eso. Para serle sincero, quizás tenga mejor suerte si recurre a una agencia. Puede que ellos sepan de vacantes en casas particulares.

Mary se preguntó cuántos años tenía aquel tipo, si al llegar a casa su mamaíta le tenía la cena preparada.

—Llevo desde que nací encontrando trabajo por mí misma, anótelo en ese expediente. No necesito su ayuda para nada, y mucho menos que me encuentren otro puesto en el que tenga que pasarme el día escurriendo ropa.

—Como quiera —dijo él con un suspiro—. Cuando encuentre algo, recuerde venir de nuevo para informarnos de todos los detalles.

—¡No sabe cuántas ganas tengo de volver a este lugar! —Cerró de un portazo al salir.

Ya hacía más de un año que había salido de North Brother y, por primera vez en todo ese tiempo, no se sintió observada mientras caminaba por la calle. Al hombre se le había olvidado enviarla a que le tomaran una muestra, y aceleró el paso sonriente por si el tipo se acordaba de repente y salía corriendo a buscarla. No entendía cómo era posible que no se le hubiera ocurrido antes renunciar a su empleo en la lavandería, buscar algo mejor. Le compró unos mejillones al pescadero de la Primera Avenida y después se paró también a comprar vino blanco, perejil, mantequilla, un par de chalotas y una hogaza de pan. Mila iba a llevarse una grata sorpresa al llegar a casa y encontrarse la cena hecha, ella había estado cocinando con frecuencia creciente últimamente y su amiga había accedido a descontarle del alquiler lo que se gastara en las compras. Aunque no se le había dicho nada respecto a preparar su propia comida ni se le había prohibido cocinar para sus amistades sin recibir un sueldo a cambio, antes de cocinar por primera vez en casa le había recordado a Mila lo que el doctor Soper había dicho sobre ella, el motivo por el que había pasado cerca de tres años en North Brother. Le había dicho a su amiga que le encantaba cocinar y estaba dispuesta a ayudar, pero que lo entendería si prefería que sus hijos no comieran lo que ella preparara.

—¿Tuviste la fiebre? —le preguntó Mila en aquella ocasión.

—No. —Era la verdad, pero fue más sincera aún—. Dicen que eso no importa.

—¿Cómo no va a importar? Cocinaste para Alfred cuando vivían aquí, ¿verdad? Y para más gente.

—Sí, por supuesto que sí. Así era como me ganaba la vida.

—Pues decidido, puedes cocinar en casa. Confío en ti.

Mary preparó el primer plato de guisado con los niños en mente, tarareó una cancioncilla mientras troceaba las zanahorias y el apio. Al llegar el momento de llenar los platos fue cuando notó una incipiente desazón, cuando sintió en la nuca un frío gélido que le bajó por la espalda. Por un momento no supo qué hacer, pero los niños estaban deseando meter la cuchara al ver aquellos tiernos trozos de carne, al oler aquel humeante vapor que ascendía hacia sus mejillas mientras la nieve caía por el conducto de aire. Alargaron las manos para recibir sus respectivos platos y ella se los dio, y a partir de ese momento (por muchas veces que se asegurara a sí misma que no iba a pasar nada, absolutamente nada, que lo que pasaba era que aquellos médicos habían logrado ponerla nerviosa, que habían conseguido que dudara de sí misma sin motivo alguno), no pudo evitar estar pendiente durante semanas de si mostraban el más mínimo síntoma de la enfermedad y se preguntó si aquello sería como admitir que en el fondo se sentía culpable, que en el fondo sabía algo que era incapaz de asumir. Pero al ver que los niños no enfermaban, que ni siquiera tenían un simple resfriado, siguió cocinando para ellos. Les preparaba pasteles de carne y asados y *coq au vin*, y quiches de beicon y puerros, pero, aunque no se había sentido así de feliz desde 1907, al mismo tiempo estaba enfadada de nuevo por haber firmado ese documento en el que prometía no volver a trabajar como cocinera asalariada nunca más.

—¿Qué clase de trabajo vas a buscar? —le preguntó Mila esa noche, cuando terminaron de comer y lo único que quedaba de los mejillones eran las azuladas cáscaras apiladas en el centro de la mesa—. ¿Aún tienes prohibido cocinar?

—Sí.

Desde que había salido de las oficinas del Departamento de Salud, había estado preguntándose si trabajar de panadera contaba como cocinar, o si pertenecía a una categoría totalmente distinta. Recordó al lechero del norte del estado al que se le permitía permanecer en su negocio para supervisarlo. Había una panadería donde necesitaban personal a menos de cinco manzanas de allí.

—Ah. Y supongo que ellos se enterarían. —Al verla asentir, Mila le preguntó—: ¿Cómo podrían descubrirlo?

Mary no tenía una respuesta para eso, pero había firmado el documento y la llevarían de vuelta a North Brother si les mentía y la descubrían.

—No sé si trabajar de panadera, hacer pan y pastas y tartas, cuenta como cocinar o si está en una categoría distinta, ¿qué opinas tú?

Mila reflexionó al respecto con suma seriedad antes de contestar.

—Ser panadera es distinto, y quien diga lo contrario no sabe nada ni de lo uno ni de lo otro.

—Sí, eso es lo que creo yo también —asintió Mary.

A la mañana siguiente fue a la panadería donde necesitaban personal. El encargado del lugar le mostró el equipamiento del que disponían y le explicó cuántos panecillos, bollitos, bizcochos y tartas elaboraban y vendían a diario. Había un mostrador en la parte de delante donde la gente pedía los productos que estaban expuestos tras el cristal, pero la mayor parte del negocio estaba en los grandes pedidos que iban directamente a los comerciantes de la zona. Le preguntó a Mary acerca de su experiencia previa y, antes de dejarla a solas en el obrador con la otra panadera, le indicó que preparara algo para demostrarles el nivel que tenía.

—¿Dónde está el cacao? —preguntó ella mientras abría y cerraba armarios y cajones—. ¿Hay cacerolas para baño maría?

La otra panadera (una mujer algo mayor llamada Evelyn) señaló hacia un extremo de la mesa de trabajo y, aunque permaneció callada, observó con atención cómo reunía los ingredientes necesarios. Estuvo mirándola de reojo mientras ella amasaba y vertía y batía y mezclaba, pero, cuando sonó la campanita del horno, la mujer abandonó todo disimulo y dejó lo que estaba haciendo para volverse y verla sacar los suflés.

—Espera, aún pueden desinflarse.

—Van a quedar perfectos —afirmó Mary, y así fue.

El encargado anotó su nombre con naturalidad, sin hacer nada que indicara que lo había reconocido, y le dijo que se presentara a trabajar a primera hora de la mañana. Los lunes se reservaban en gran medida para los panecillos y los bollitos, los viernes para los bizcochos y las tartas, pero en los días restantes se hacía de todo (desde pan de arándanos y nueces a masa frita, pasando por pasteles personalizados decorados con flores de azúcar). La mandó a casa con un *strudel* de manzana que habían elaborado dos días atrás, y ella hizo todo el trayecto con la caja sobre las palmas mientras pensaba en lo que iban a decir los niños cuando se lo mostrara, ¡podía imaginárselos cenando a toda prisa sin apartar la mirada de aquella caja salpicada de manchas de aceite!

Tres meses después, cuando le tocó presentarse de nuevo en las oficinas del Departamento de Salud, se debatía intentando decidir lo que iba a decirles, lo que iba a hacer cuando, como siempre, le pidieran que firmara junto a su nombre, su dirección y su lugar de trabajo. Había llegado agosto y en la panadería hacía muchas elaboraciones con moras y albaricoques. Se sacudió la harina que tenía en las mangas y en la parte delantera del vestido, se lavó las manos a conciencia y se quitó las horquillas que mantenían su pelo sujeto en un severo moño mientras mezclaba y batía y vertía. En la panadería puso como excusa que tenía que llevar al hospital a una vecina que había enfermado y Jacob (el encargado) le dio una hora de plazo. Había pensado que un día, cuando se armara del valor necesario, podría llevar a Mila y a los niños a las oficinas del Departamento de Salud, decir que había cocinado para ellos y habían sobrevivido, pero seguro que aquella gente se limitaba a decir lo de siempre: que eso no demostraba nada; dirían que algunas personas eran inmunes, que había gente que ya contaba en su interior con protección contra la enfermedad, y que ella a veces no era contagiosa. A lo mejor contactaba con el señor O'Neill para que la ayudara a retomar su oficio de cocinera, pero aquel no era el día adecuado para eso, aún no había llegado el momento. Cuando el hombre que estaba atendiéndola le preguntó en qué había estado trabajando desde su última visita a las oficinas, se dispuso a decirle la verdad y a argumentar con elocuencia por qué trabajar de panadera era totalmente distinto a ser cocinera, pero en vez de eso se oyó a sí misma decir que trabajaba de ayudante en una tienda.

—¿Qué clase de tienda? —preguntó él.

Ella procuró hablar con un acento muy marcado.

—Una de esas donde se venden cosas bonitas a gente con dinero.

Mientras él la observaba con atención, se esforzó por mostrarse y sentirse lo más anodina y vacua posible para que el tipo viera a una mujer de mediana edad que iba perdiendo su cinturita, que encorvaba la espalda y llevaba unos zapatos horribles. Parpadeó como una simplona, se rascó detrás de la oreja.

—¿Se refiere a baratijas? ¿Qué clase de cosas bonitas?

—No sé, tienen muchos colores. La mercancía la veo muy poco, trabajo en la trastienda.

Era todo verdad, al menos en cierto sentido. Sí, era verdad si cambiabas un pelín el punto de vista, si hacías que las piezas encajaran.

En ese momento llegó una joven cargada con un montón de documentos que dejó sobre el escritorio y él suspiró y los apartó a un lado antes de anotar *Ayudante en tienda* en el expediente de Mary. Le indicó entonces que escribiera la dirección del establecimiento, y ella tomó la pluma que le ofrecía y la sostuvo en alto por un momento mientras intentaba pensar a toda velocidad, no había previsto que iba a tener que ponerla. Al final cambió un dígito del número. Si más adelante le decían algo al respecto, podría alegar que había sido un error sin mala intención, que se había equivocado por no tener claro cuál era el número exacto. Después de que ella firmara el documento, él firmó a su vez y procedió a llamar a la secretaria, a la que le pidió que la llevara al sótano para que se tomaran las muestras. Mary conocía perfectamente bien el camino hasta la pequeña sala, pero de todas formas no la dejaron bajar sola y, una vez allí, mientras permanecía en cuclillas sobre un cubo blanco, rezó a Dios para que sucediera algo que le permitiera largarse de inmediato mientras la enfermera parloteaba y parloteaba sin cesar sobre el tiempo, sobre el hecho de que a Vinie Wray le habían disparado a la entrada del teatro Hippodrome, sobre el nuevo plan del Departamento de Sanidad de recoger la basura de noche, sobre una naviera propiedad de J. P. Morgan que había anunciado que estaba construyendo el primer barco imposible de hundir.

—¿Quiere que vaya ya a por el tubo y la jeringa? —le preguntó la mujer en un momento dado.

—No, lo que quiero es que me deje a solas.

—No puedo hacer eso, señora. —Golpeteó el expediente con el dedo.

Mary oía el ajetreo de gente yendo y viniendo por el pasillo al otro lado de la puerta cerrada que tenía a su izquierda, a su derecha había una ventana por la que entraban los sonidos de la calle.

—Qué calor hace —dijo la enfermera antes de cerrar los ojos y apoyarse en la pared—. ¿Empiezan a venirle ganas?

—¡Me niego a hacer esto! —Se subió la ropa interior y se puso bien la falda.

La enfermera dio un paso hacia ella.

—¡Aún no ha pasado ni media hora! Mire, ¿qué le parece si nos tomamos un descanso y volvemos a intentarlo dentro de un rato? Supongo que no querrá tener que volver a venir mañana. ¿Quiere que le traiga un vaso de agua?

—¡Por mí como si se lanza al río y se ahoga! —le espetó mientras se dirigía hacia la puerta—. ¡Me largo de aquí!

Veinte minutos después estaba cascando huevos en un cuenco de cerámica.

Al día siguiente no regresó a las oficinas del Departamento de Salud, tampoco lo hizo a la semana siguiente. Pensaba que iban a ir a buscarla, pero no fue así. El verano terminó, con la llegada del otoño Evelyn y ella incorporaron a sus preparaciones calabaza, nuez moscada, clavo. Cuando Jacob decía de vez en cuando que un cliente había pedido un pastel o un bizcocho decorado con melocotones naturales o fresas troceadas, ella recordaba lo que le habían dicho una y otra vez en North Brother acerca de la necesidad de calentar la comida hasta que todos los gérmenes hubieran muerto. Le preguntaban si sabía lo que era un germen como si fuera una cría haciendo un examen, pero era después, cuando estaba de vuelta en su cabaña tumbada boca abajo en la cama y con las agitadas aguas de Hell Gate rugiendo a veinte metros de su ventana, cuando intentaba encontrarle sentido a todo lo que le explicaban sobre microbios invisibles que flotaban en el aire, que subían por la nariz y se te metían en la boca. Incluso después de tantos años seguía pareciéndole una especie de cuento para niños en el que hablaban de un mundo tan pequeñito que el ojo humano no podía verlo, o incluso una religión, en el sentido de que te pedían que creyeras en la existencia de algo sin permitirte verlo, tenerlo en tus manos, comprenderlo.

Mientras estaba en su puesto de trabajo, en la quietud del obrador de la panadería, tan lejos de North Brother, con esa familiar estampa de Evelyn enfrascada en su tarea con el cuello un poco encorvado hacia delante, trabajando a su vez a la luz de la ventana, oyendo tanto la campanilla que anunciaba que la puerta principal se había abierto como el tintineo del cajón de la máquina registradora al abrir y cerrarse, con el rítmico golpeteo de su cuchara contra el cuenco sonando con suavidad mientras batía sin cesar la masa, se sentía relajada y en paz. Enderezó varias rodajas de pera; colocó con las manos desnudas arándanos en un perfecto semicírculo y a continuación fresas; metió en un fugaz movimiento un dedo en el cuenco de helado para ver si faltaba azúcar, chupó con rapidez la cuchara con la que estaba batiendo la mezcla y, sin pensar en lo que estaba haciendo, volvió a meterla en el cuenco. Preparó una plancha de bizcocho para cuarenta comensales que rellenó con nata montada y, al ver que las dos capas resbalaban un poco al volver a montarlas, las colocó bien con las manos; las tocó de nuevo, presionó con el pulgar para que la nata llegara hasta los bordes. Al final de la jornada, cuando se lavó las manos pringosas, recordó todas las veces en que había tocado el bizcocho, pero no veía qué importancia podía tener un pequeño movimiento, un toquecito o el hecho de chupar por un instante una cuchara. Al fin y al cabo, eso era algo que hacían todas las cocineras, todas las panaderas y las madres y las abuelas para ver si una elaboración estaba en su punto, si el sabor era bueno. Seguro que algo tan inconsecuente, algo que ella misma hacía de forma casi inconsciente, no tenía ninguna importancia.

Regresó a las oficinas del Departamento de Salud tres meses después (en noviembre de 1911). Firmó de nuevo los documentos, se negó a dar las muestras y volvió a salir del edificio sin que nadie le pusiera impedimento alguno. En la panadería, al llegar diciembre, picaban trocitos de menta para espolvorearlos sobre los glaseados; Evelyn permanecía en su rincón del obrador, ella en el suyo, y trabajaban en medio de un apacible silencio. Puede que de vez en cuando se quemara el azúcar o que el contenido de alguna cacerola rebosara al hervir, pero por regla general se movían por el lugar con armonía (la una ponía su cacerola al fuego cuando la otra retiraba la suya; si Evelyn estaba cerca del horno cuando sonaba la campanita para avisar a Mary, lo abría para echar un vistazo, y viceversa). Trabajaba duro, pasaba diez horas seguidas al día de pie, para cenar tenía esquinas requemadas y pan del día anterior, y cada noche se iba feliz a la cama.

Llegaron de nuevo las navidades y otro crudo invierno más, el Hudson se heló y los críos fueron a patinar en las orillas. Mary creyó ver a Alfred en dos ocasiones (una al entrar en la panadería, la otra mientras caminaba por una avenida), pero en ambas resultó que no era él. En cualquier caso, estuviera donde estuviese, ojalá que tuviera un lugar cálido y seco donde resguardarse. A lo mejor se había marchado a Canadá, porque siempre había dicho que Nueva York le parecía un lugar demasiado pequeño y abarrotado; puede que hubiera decidido irse al sur, decían que por allí había bastante trabajo porque muchos negros estaban yéndose a vivir al norte. Y también era posible que aún estuviera en Nueva York, que hubiera regresado junto a Liza Meaney. A lo mejor se habían casado y se habían ido a vivir al norte del estado. Puede que aquella mujer lo hubiera ayudado a dejar de nuevo la bebida y que el matrimonio hubiera acabado celebrándose, a lo mejor habían tenido un hijo.

Al llegar 1912 se acordó de que, tal y como pasaba cada cuatro años, Alfred iba a tener un día de cumpleaños, y calculó cuántos había tenido hasta el momento. A él siempre parecía reconfortarle ver *29 de febrero* escrito en el periódico, como si fuera una prueba fehaciente de que la fecha existía y, por extensión, él también. Al día siguiente del cumpleaños, cuando se enteró de que un hombre había saltado de un aeroplano en pleno vuelo con ayuda de un gran velamen de seda (al parecer, llevaba esa tela a la espalda en una especie de

298

morral, la había desplegado para ir bajando flotando hasta el suelo y había salido ileso de la experiencia), lo primero que se le pasó por la cabeza era que se trataba de una noticia que habría despertado sin duda el interés de Alfred. Sí, era una de esas cosas que lo habrían impulsado a no salir esa noche; él se habría quedado en casa y los dos habrían pasado la velada juntos conversando al respecto, charlando sobre cómo el ser humano parecía ir volviéndose más ingenioso año tras año.

Pero ya no tenía sentido pensar en Alfred, ni esperar a que pudiera aparecer de un momento a otro, ni tener a veces la sensación de que estaba observándola, ni pensar en lo que podría decirle si volvía a verlo. Le conocía desde hacía más de veinte años y por las noches, tumbada en su catre en la cocina de los Borriello mientras los niños roncaban en la habitación de al lado, con el suave sonido de fondo de la rejilla de ventilación que había tras la estufa, mientras las voces de los vecinos viajaban a través del conducto de ventilación y los oía con tanta claridad como si estuvieran sentados a los pies del catre, se preguntaba a sí misma si realmente creía que él se había ido para siempre, se recordaba que hacía quince meses que no sabía nada de él. Contestaba que sí en un susurro dirigido a quienquiera que pudiera estar oyéndola a través del conducto de ventilación y se tapaba bien los hombros con las mantas. Aun así, oculta en el fondo de su mente, en un rincón tan recóndito que a veces temía no poder encontrarla de nuevo, había una llamita a la que protegía con la palma de la mano, a la que soplaba con suavidad, a la que iba añadiéndole una ramita tras otra para mantenerla con vida. Se decía a sí misma que Alfred iba a regresar y, tal y como sucedía cada vez que le costaba conciliar el sueño, una vez que admitía lo que sabía que era verdad, su cabeza se hundía más en la almohada y se quedaba dormida por fin.

En abril, cuando el *Titanic* llegó a Queenstown, pensó en lo idílica que debía de haber sido esa travesía en comparación con la que había vivido ella. Tan solo cinco días después, al salir de casa, apenas se había alejado seis metros del edificio cuando un joven vendedor de periódicos le dijo a viva voz:

—¡J. J. Astor ha perdido la vida en el *Titanic*! ¡Mil ochocientas personas han muerto!

El muchacho agitó ante ella un ejemplar del *New-York Daily Courant* y Mary sacó unas monedas para comprarlo. Había gente apiñada alrededor, compartiendo varios ejemplares y leyendo fragmentos en voz alta.

—¿Qué se sabe de la señora Astor? —preguntó una mujer.

—¡Está viva, la traen de regreso en el *Carpathia*! —gritó el muchacho.

En la ciudad no se habló de otra cosa durante todo ese mes. Mila le confió que no podía dormir porque no podía quitárselo de la cabeza, no podía dejar de pensar en toda esa gente en medio de esas aguas gélidas, tan lejos de casa. A su llegada a puerto, el *Carpathia* fue recibido por una multitud deseosa de ver a los supervivientes y en especial a la señora Astor, quien estaba embarazada y se detuvo para permitir que un reverendo bendijera su abultado vientre. Y, cuando el *Mackay-Bennett* llegó a Halifax con trescientos de los cadáveres, Mary se preguntó por qué a los supervivientes los llevaban a Nueva York y a los muertos no, y pensó en la horrible tarea que habían tenido que llevar a cabo los trabajadores del puerto de Halifax ese día.

En mayo de 1912, cuando llevaba un año entero en la panadería, Jacob entró por la puerta batiente del obrador para decirle que saliera a la tienda, que allí afuera había un hombre que quería verla.

—Qué raro. ¿Ha preguntado por una panadera o por mí en concreto?

Le temblaron las manos al dejar el colador en su sitio. Evelyn, quien estaba batiendo media docena de huevos, interrumpió su tarea y se volvió a mirarla.

—Venga, sal a la tienda.

Ella se dio cuenta en ese momento de que en el lugar reinaba un silencio inusual. Por regla general, a esa hora de la mañana se oían las voces de los clientes (unos pidiendo lo que querían en el mostrador, otros charlando mientras sacaban su compra de la bolsa de papel y se la comían de pie allí mismo), pero en esa ocasión lo único que se oía era ese silencio de la espera. Jacob mantuvo la puerta abierta mientras ella se acercaba al fregadero y se lavaba y secaba las manos, mientras se soltaba el pelo y volvía a recogérselo. Seguro que a Alfred le habían dicho que estaba en la panadería si había ido a buscarla primero a casa de los Borriello. Los dos críos iban a veces a buscarla para acompañarla a casa, e incluso Jacob se había acostumbrado a verlos por allí. De hecho, ella los enviaba a veces a casa al mediodía con algunas sobras del día anterior para que pudieran comérselas antes de que terminara su jornada. Cuando había sobrado mucho enviaba lo suficiente para que Fran y Joan pudieran comer también, y era consciente de que esas pastas, esas galletas y esas porciones de tarta endurecidas no llegaban a veces a la calle 33; de vez en cuando, esos dos pilluelos buscaban un tramo despejado de acera, se acomodaban en el suelo y se comían hasta la última miga.

Apoyó las yemas de los dedos sobre la mesa de trabajo y se lo imaginó allí, esperándola en la tienda. Le bastaría con verlo para saber si había vuelto a caer en la bebida o no. Se lo imaginó casado con Liza Meaney y decidió que era mejor salir mentalizada ante esa posibilidad para evitar llevarse una desilusión cuando cruzara la puerta batiente y lo viera.

Pero no vio a nadie hasta que Jacob se apartó a un lado y entonces se dio cuenta de que el hombre que estaba parado junto a la ventana con las manos entrelazadas a la espalda no era Alfred.

—Mary Mallon —dijo el doctor Soper. Permaneció donde estaba sin moverse, no extendió la mano hacia ella—. Acabo de contarle su historia a su jefe y ha convenido conmigo en que debe despedirla.

Mary sintió que toda su sangre se dirigía hacia su garganta en un torrente cuyo rugido ensordecedor le inundó los oídos, trastabilló hacia atrás y tuvo que apoyar una mano en el mostrador. Soper tenía un cabello brillante, unos zapatos relucientes, unas mejillas casi tan tersas y desnudas como el trasero de un bebé y un bigote recortado con esmero donde no había ni un solo pelo fuera de lugar. Estaba tal y como ella lo recordaba. Era como una estatua de cera con esa nariz tan afilada que podría usarse para acuchillar a un cerdo, un inútil paliducho y débil que acosaba a mujeres fuertes y sanas.

—¡Lo que te ha dicho es mentira! —le aseguró a Jacob, en voz baja y estrangulada, antes de darse cuenta de que encima del mostrador había una serie de artículos etiquetados donde se hablaba de su caso.

—No puedo arriesgarme, Mary.

—¿Has recibido alguna queja? ¿Ha venido alguien a decir que ha enfermado por culpa de algo que comió aquí?

—Ya le he dicho al doctor que no, pero él insiste en que eso da igual. Si algún cliente tuvo la fiebre puede que no supiera dónde la pilló, así que no nos habríamos enterado.

Ella agarró un plato de cortadillos de limón y se lo lanzó a Soper, quien, tras apartarse a un lado como si nada, alargó la mano para echar el pestillo a la puerta y miró a Jacob.

—¿Lo ve?, le he dicho que reaccionaría así.

—Mary, por favor. Dice que no podemos vender nada hasta que te vayas y freguemos bien todo el obrador, estoy perdiendo dinero con cada minuto que pasa. Si el Departamento de Salud pone un aviso en mi ventana, el negocio se va a pique. Entiéndeme, por favor.

—Recoja sus cosas y acompáñeme, señorita Mallon —le dijo Soper—. Voy a llevarla de inmediato al despacho del comisario Lederle.

Evelyn cruzó en ese momento la puerta batiente, posó la mano en el hombro de Mary y protestó con firmeza:

—¡Están cometiendo un error! —Sostuvo a Mary con más fuerza al ver que se tambaleaba un poco y la condujo de vuelta al obrador—. No te preocupes, encontrarás otro trabajo —le aseguró mientras llenaba de pastas la caja más grande.

—No, tú no lo entiendes —le dijo ella mientras la veía meter hogazas de pan del día en el morral de lona que usaba a diario.

Soper se había presentado allí con recortes de periódico, pero sin la policía. Seguro que la había encontrado por casualidad y solía llevar esos recortes en el bolsillo, a lo mejor la había seguido hasta allí. Puede que los del Departamento de Salud le hubieran mostrado su expediente y él hubiera ido en busca de la dirección que ella les había dado, y al llegar se hubiera encontrado con que el número estaba equivocado y esa dirección no existía. Eso habría despertado sus sospechas, pero, como no estaría seguro al cien por cien, habría decidido evaluar la situación por su cuenta. De haber tenido una absoluta certeza, habría llevado consigo a la policía, pero seguro que en ese momento estaba arrepintiéndose de no haber ideado un plan mejor.

—Sal por aquí, así no tendrás que hablar con él otra vez —le aconsejó Evelyn—. Yo lo distraeré para darte algo más de tiempo.

Mary había puesto un pie en el callejón cuando se dio cuenta de que no le había explicado a su compañera lo que había ocurrido. ¿Cómo podía contárselo en unos segundos escasos? ¿Cómo podía hacérselo entender?

—Trabajé hace tiempo para una familia de la zona norte y dicen que...

—Ya sé lo que pasó, seguí tu caso. —Evelyn le dio un pequeño empujón para instarla a que saliera de una vez—. Supe quién eras desde el primer día. —Al ver que Mary la miraba boquiabierta, se encogió de hombros con toda la tranquilidad del mundo—. No mentiste, diste tu nombre real. ¡Vete, Mary! ¡Buena suerte!

Agarrando con fuerza la caja de pastas y con su morral lleno de pan debajo del brazo, Mary se alejó corriendo por el callejón y salió a la avenida.

21

Mila guardó silencio mientras Mary recogía a toda prisa los polvos y las cremas que tenía en el alféizar de la ventana. En los veinte meses que había estado viviendo allí, siempre había mantenido sus pertenencias en los lugares que tenía asignados: debajo del catre, sobre el alféizar, en un estante de la despensa y en un cajón del tocador de Mila.

—¿A dónde piensas ir? —le preguntó su amiga, mientras ella metía sus cosas apresuradamente en su vieja bolsa de terciopelo.

—No lo sé.

Miró alrededor en busca de los cuadernos de los niños y al encontrarlos apoyó la punta del lápiz en el papel y se dio cuenta de que no sabía qué decirles. Dibujó un pájaro y, debajo, dos niños de la mano.

—¿Qué piensas hacer? —le preguntó a Mila antes de agarrar su bolsa y dejarla en el suelo.

—¡Lo principal ahora es lo que harás tú! Vayas a donde vayas, escríbeme. —Cuando Mary le juró que lo haría, añadió—: Volverás, ¿verdad? Cuando todo se tranquilice.

—Sí, claro que sí.

—Podrías quedarte una temporada en casa de Fran, si vienen aquí a buscarte les diré que no sé dónde estás.

Mary se imaginó a Soper presentándose en el edificio acompañado de un ejército de policías; se los imaginó haciendo guardia en la puerta de entrada, echando puertas abajo, revolviéndolo todo, buscándola hasta en los armarios.

—Lo siento, pero tengo que irme.

No había podido tomarse ni un instante para detenerse a recobrar el aliento desde que había salido de la panadería, se sentía como si estuviera más acelerada que el mundo que la rodeaba. Pasó junto a la puerta de Fran sin detenerse, pasó junto a la de Joan, lanzó una mirada por el pasillo hacia la vivienda que había pertenecido a Driscoll y en la que había entrado a vivir un joven hacía cosa de un año, y al salir como una tromba a la calle agachó la cabeza y echó a andar en dirección norte por el simple motivo de que por allí veía a menos gente y eso le permitiría caminar más rápido. Subió al tranvía en la calle 36, se aferró con fuerza al agarradero cuando viraron y cuando se detuvieron de golpe para dejar pasar a un perro, cuando se detuvieron de nuevo a media manzana de allí para que subieran más pasajeros. Bajó por la parte de atrás y se echó su bolsa al hombro.

No había vuelto a saber nada de Alfred desde que lo había dejado en el vestíbulo aquella mañana de principios de invierno; había pasado un año y medio desde entonces y se planteó pararse a preguntar en el Nation's si lo habían visto, pero cuando tuvo la oportunidad de hacerlo no se detuvo y pasó de largo junto a la llamativa puerta azul, junto a otros lugares que él solía frecuentar. Al llegar a la estación terminal de Grand Central avanzó esquivando los carritos que iban de acá para allá y, una vez que entró en el edificio, fue subiendo y recorriendo una rampa tras otra hasta llegar a la sala de espera principal (cuyo techo parecía tan lejano como el cielo) y encontró un sitio libre en uno de los largos bancos colocados frente a los tableros de los horarios.

Todo el que pasaba ante ella tenía algún destino concreto en mente. Quienes estaban sentados alzaban la mirada hacia los tableros de vez en cuando, le echaban después un vistazo al reloj y bajaban de nuevo la mirada hacia sus propias manos mientras se disponían a esperar unos minutos más. Se llamó a los pasajeros con destino a Scarsdale y después a los que se dirigían a Poughkeepsie; oyó que a su espalda anunciaban la salida de un tren con destino a Filadelfia. La gente más elegante esperaba en una zona separada al Twentieth Century Limited con destino a Chicago. Buscó en los tableros alguno que fuera a Dobbs Ferry, y cuando se oyó la llamada para abordar permaneció atenta mientras los pasajeros que iban a tomar ese tren se ponían en pie, lanzaban una breve mirada tras de sí para asegurarse de que no se dejaban nada y se dirigían a paso rápido hacia la vía indicada. Hubo una segunda llamada, después una tercera. Se quitó la bolsa de encima del regazo y la puso en el suelo, junto a sus pies, y dejó que su espalda se amoldara al curvado respaldo de madera; cerró los ojos, se tocó los párpados con las yemas de los dedos y notó un cosquilleo en la nariz; el sollozo que había ido generándose allí durante todo el día se alzó como una oleada que se eleva sobre el océano, que avanza imparable y se extiende por la orilla.

—Disculpe, señora...

El hombre que acababa de dirigirse a ella le dio un golpecito en el hombro. Llevaba un uniforme con una chaqueta y gorra que hacían juego.

—¿Desea esperar en la sala para damas? ¿Sabe dónde está?

Ella pensó que se refería al lavabo, así que, cuando la condujo hasta una gran puerta de roble, llamó dos veces y le indicó a la mujer que salió a abrir que era una pasajera que tan solo necesitaba descansar un rato y que no había que cobrarle los veinticinco centavos requeridos, temió que el tipo se hubiera confundido y eso la metiera en algún problema cuando descubrieran el malentendido. Pero él la instó a entrar y la mujer que había abierto la puerta la condujo primero por una pequeña sala donde había colgados una serie de ligeros abrigos primaverales de mujer y la hizo entrar después a otra, una más espaciosa con acabados en roble cuarteado y con una alfombra de estilo persa en el suelo. Señaló entonces hacia una de las mecedoras que había disponibles y, cuando ella le dio las gracias, se despidió con una pequeña reverencia antes de alejarse.

Mary se dio cuenta de que había espejitos redondos diseminados por la sala, además de los de cuerpo entero que estaban colgados junto a los vestuarios. Aunque el lugar estaba diseñado para parecerse al tocador de una residencia privada, tenían a la venta todo lo necesario para cada paso que una dama requería para acicalarse, y había una serie de habitaciones anexas a aquella donde vio un pequeño salón de uñas donde las damas podían hacerse la manicura, un lustrador de zapatos, una peluquera y una costurera. Había también una zona donde una podía quitarse la ropa de viaje y ponerse más presentable, y unas mujeres vestidas de uniforme azul revoloteaban por allí ofreciendo ayuda. En un momento dado, una de ellas se le acercó e hizo ademán de tomar su bolsa, pero se alejó al ver que, lejos de entregársela, ella la aferraba con más fuerza.

Se habría quedado de buen grado un mes entero en esa sala cálida y luminosa, pero no se lo habrían permitido y no tenía sentido quedarse allí ni una hora sabiendo que al final iba a tener que marcharse y no tenía a dónde ir. Mientras contemplaba la escena de un río y un prado salpicado de flores plasmada en un cuadro que colgaba en la pared, recordó que le había prometido a John Cane que iría a verlo algún día, que saldrían a dar un paseo. Sabía que podía acudir a él, que podía esperar en el embarcadero a que llegara en el transbordador y contarle entonces todo lo ocurrido, que él le permitiría quedarse en su casa una temporada si se lo pedía. Se vería obligada a escuchar su sermón y puede que él fingiera en un primer momento que iba a negarse, pero al final le diría que sí. O puede que supiera de alguien que estuviera buscando un huésped. Por lo que John le había contado, vivía con un hermano que no estaba bien del todo, pero estaba convencida de poder manejar la situación sin problema. Solo sería una situación temporal hasta que se solucionaran las cosas, y sería amable y considerada con el hermano de John.

Pero cuando salió de la sala para damas y se dirigió hacia la línea IRT para viajar hasta la zona norte de la ciudad, se detuvo solo un segundo en lo alto de la escalera antes de proseguir en dirección este hacia la casa de huéspedes donde se había alojado antes de mudarse a casa de la señora Post. La propietaria no dio muestra alguna de haberla reconocido y, mientras aquella mujer la conducía a la planta de arriba por la escalera trasera, supo incluso antes de que se detuvieran ante una puerta que se trataba de la misma habitación donde había dormido en 1910. La mujer se marchó después de decirle que el desayuno se servía a las siete, y ella cerró la puerta y echó el cerrojo antes de caer rendida en la estrecha cama. Se quedó dormida de inmediato.

El desayuno consistió básicamente en dos hileras de rostros taciturnos llevándose cucharadas de gachas a la boca, masticando y tragando. Ella apartó a un lado su plato y, al salir a la soleada calle, un grupo de palomas alzó el vuelo de golpe y dejó tras de sí manchas de un gris negruzco que salpicaban el suelo entre plumas, cartones vacíos de leche y una caja abierta de galletas saladas que alguien había dejado allí tirada, a merced del aire.

Deambuló por las calles durante una hora con su bolsa al hombro. Casi siempre iba en dirección oeste, pero de vez en cuando doblaba hacia el sur. Se paró a meterse un trozo de papel en el tacón del zapato, le dolía el hombro. A las diez se detuvo en un parque, se quitó los zapatos y caminó descalza por la extensión de hierba que había tras los bancos mientras se comía una pera. Cuando dejó la fruta más que repelada, se echó su bolsa al hombro de nuevo y prosiguió en dirección sur hasta llegar al ayuntamiento, que tenía justo enfrente el rascacielos ya casi terminado donde Jimmy Tiernan se pasaba el día entero colgado a vete tú a saber cuántas plantas de distancia del suelo, ayudando a colocar en su sitio un panel de terracota tras otro.

Echó la cabeza hacia atrás para mirar hacia allí arriba y pensó para sus adentros que, con aquella pirámide que lo coronaba, el edificio tenía aspecto como de catedral. Dos horas después, cuando lo vio salir entre el resto de los trabajadores con los hombros encorvados por el cansancio y un círculo amarillo de sudor en el cuello, lo llamó en voz alta.

—¡Jimmy!

—Hola, Mary. —Se apartó de los demás y se acercó a ella, su fiambrera parecía pequeña en aquella manaza tan grande.

—¿Puedo hablar contigo un momento?

Él se cruzó de brazos.

—¿Qué ha pasado? ¿Te envía Patricia?

—No.

Titubeó por un segundo, consciente de que los compañeros de Jimmy los observaban con curiosidad. Habían ido colocándose a lo largo de la pared (algunos estaban en cuclillas, otros de pie, otros sentados y con las piernas extendidas), fueron sacándose bocadillos y termos de los bolsillos y se pusieron a comer. Ella les dio la espalda para no verlos y poder centrarse en Jimmy.

—Verás, es que... eh... me gustaría saber si al final averiguaste a dónde se fue Alfred.

—¿Qué quieres decir?

—El año pasado estuviste preguntando por él, ¿te acuerdas? Cuando había un trabajo para él.

—Sí, claro que me acuerdo. ¿Ha vuelto a desaparecer?

Ella lo miró con perplejidad.

—¿A qué te refieres? ¿Conseguiste encontrarlo después de hablar conmigo?

—¿De verdad que no te enteraste?

—¿De qué? No sé nada de él.

Jimmy la tomó del brazo y la condujo hacia los escalones del ayuntamiento.

—Hubo un accidente, Mary. Un fuego. Le explotó una lámpara en las manos y sufrió graves quemaduras. Pasó meses en el Willard Parker y después lo llevaron a un hospital para quemados que hay en Harlem.

Ella negó con la cabeza, no daba crédito a lo que estaba oyendo.

—¿De qué estás hablando, Jimmy?

—Yo me enteré porque me extrañaba que se hubiera esfumado de buenas a primeras y me pasé una tarde por las cuadras para preguntar si lo habían visto. Me contaron que el accidente fue allí, en las mismas cuadras, justo antes de la Navidad de 1910.

—¡Santo Cielo!

—Al salir del hospital para quemados se pasó a verme por aquí para ver si podía conseguirle trabajo, pero como no había nada le dije: «Briehof, lo que tienes que hacer es marcharte rumbo al oeste. En los estados del centro hay trabajo de sobra, constrúyete allí una casita», y te juro por Dios que yo creo que siguió mi consejo. Te lo digo de verdad, Mary, yo creo que se marchó así, de buenas a primeras. Qué tipo tan loco. Me daba la impresión de que no querías hablar de él, así que le sugerí a Patricia que te lo contara ella. Ya sé que no se llevan demasiado bien, pero pensé que te lo contaría o que se lo contaría a Fran para que se encargara ella de ponerte al tanto, que hablaran del tema entre ustedes y formaran su propia opinión; además, pensé que Alfred contactaría contigo por carta, porque preguntó por ti.

—No, Patricia no me dijo nada.

Él le ofreció un trozo de bocadillo y ella lo aceptó agradecida antes de preguntar:

—¿Dónde está el hospital?

—En la calle 127 Oeste, creo. A lo mejor es la 128. Entre Broadway y Ámsterdam.

—Puede que allí sepan a dónde pensaba ir, a lo mejor les dejó una dirección.

—No lo creo, Mary. Vino a verme en noviembre, ya hace seis meses de eso. Y si realmente se marchó rumbo al oeste...

¿Cómo era posible que se hubiera marchado tan lejos sin avisarle? ¿Cómo era posible que hubiera estado tan gravemente herido y ella ni se hubiera enterado? Jimmy y ella permanecieron allí sentados, contemplando en silencio el rascacielos, hasta que él dijo al fin:

—Cincuenta y cinco plantas, ¿te lo puedes creer?

Mary alcanzaba a ver la silueta de un hombre sobre una de las vigas, casi arriba del todo.

—Pero ¿estaba bien? ¿Se había recuperado? ¿Las quemaduras fueron muy graves?

—Sí, bastante, pero cuando lo vi ya estaba mejor.

—No entiendo por qué Patricia no me dijo nada. Tendrías que haberte asegurado de que me lo había contado, Jimmy. Tendrías que haberte dado cuenta de que no iba a hacerlo. Me dan ganas de ir a verla ahora mismo para dejarle muy claro lo que pienso de ella.

Él suspiró.

—Por favor, Mary, no te lo tomes a mal. Ya tenemos suficientes problemas.

El edificio del hospital para quemados era más nuevo que los de los alrededores, la mampostería todavía no se había ennegrecido. Mary esperaba encontrarse algo parecido al Willard Parker o al Riverside, pero se trataba de un edificio humilde de cuatro plantas, sin nada que indicara su función más allá de una placa situada encima de la puerta donde ponía, en sencillas letras sin florituras: *Hospital de San Juan Apóstol para quemados convalecientes de Morningside Heights.* Había árboles a lo largo de la calle y unas niñas jugaban con un cochecito de juguete. Tiró de la campanilla y abrió poco después una monja vestida por entero de blanco que la hizo entrar a un pequeño vestíbulo con el suelo de mármol. En los pasillos reinaba el silencio y ella lanzó una breve mirada hacia la escalera y vio que entre la primera planta y la segunda había un descansillo con una gran vidriera de colores. Aparte de Central Park, donde se oían los pájaros y los grillos en verano, y de North Brother, era el lugar de Manhattan más silencioso que había pisado.

—Estoy buscando a un paciente, se llama Alfred Briehof —le dijo a la monja en voz baja. Se oyó procedente de alguna de las plantas superiores el sonido de alguien moviendo una cama con ruedas—. Sé que ya no está aquí, pero me gustaría saber si dejó alguna dirección donde se lo pueda localizar.

—Briehof. Discúlpeme un momento.

La mujer agachó la cabeza para ocultar su rostro bajo el hábito, se volvió hacia un escritorio y abrió uno de los cajones inferiores. Deslizó los dedos por encima de los nombres que figuraban encima de cada carpeta, fue pasándolos sin prisa hacia delante y hacia atrás. Cerró el cajón y abrió otro, el lento avance de los dedos se repitió otra vez.

—Aquí está, Briehof. —Sacó una de las carpetas y echó un somero vistazo—. Se le dio de alta en... a ver... sí, en noviembre. Disculpe, ¿podría decirme cuál es su relación con él? —Dirigió la mirada hacia la bolsa de Mary, que estaba sobre un banco de la zona de espera.

Ella carraspeó antes de contestar.

—Soy su hermana, acabo de enterarme de lo del accidente. He venido a pasar unos días en Nueva York y no sé a dónde pudo ir cuando se fue de aquí.

—Entiendo.

Al verla bajar de nuevo la mirada hacia el expediente, rezó para que no leyera en algún sitio que Alfred era alemán, pero por si acaso intentó inventar alguna buena excusa para explicar el hecho de que dos hermanos tuvieran acentos tan distintos.

—Aquí está el documento que firmó al recibir el alta.

—¿Dio alguna dirección?

—Lo siento, pero no.

Mary suspiró.

—¿Estaba muy mal?

La monja inclinó la carpeta para que volviera a abrirse y contestó después de consultar durante unos segundos el expediente.

—No sabría qué decirle. Estuvo varios meses aquí y eso es mucho tiempo, pero, por otro lado, está vivo y se marchó por su propio pie.

—Sí —susurró Mary. La monja tenía razón—. ¿Se menciona en alguna parte que tuviera intención de viajar hacia el oeste en busca de trabajo?

—No, pero el hecho de que se fuera de la zona explicaría por qué no vino para el seguimiento médico. Los pacientes con ese tipo de heridas suelen venir una vez al mes a por nuevas recetas.

Mary pensó en todos los estados del país que él había dicho que le gustaría llegar a visitar algún día, ¿cómo iba a poder encontrarlo?

Una hoja suelta se salió de la carpeta en ese momento y cayó al suelo, y la monja se agachó a recogerla.

—Espere —le dijo mientras leía lo que ponía—. Parece ser que pasó por aquí hace un par de semanas quejándose de que le dolían un poco las heridas. Usted tenía razón, estuvo unos meses en Minnesota, pero regresó a Nueva York hace unas semanas y el médico le entregó varias recetas. Aquí pone que vive en la calle 125, pero no se especifica si es la del este o la del oeste ni se menciona el número concreto. —Giró el papel para ver la otra cara—. Supongo que puede probar yendo a ver al médico, explicarle que es su hermana. —Se sacó un lápiz del bolsillo, anotó con rapidez la dirección de la consulta del médico en cuestión en una esquina de la hoja y la arrancó para entregársela.

—Gracias.

—Supongo que ya habrá intentado contactar con su esposa, ¿verdad?

—¿Con quién?

—Con la esposa del señor Briehof, supongo que ella debe de saber dónde se encuentra. Aunque, ahora que veo la dirección de esa mujer, me extraña que no estén viviendo juntos. Puede que se separaran después de que él sufriera el accidente.

—¿Está casado? Llevo unos años sin ver a mi hermano. —Se esforzó por controlar su expresión.

—Bueno, al ser ingresado dijo que tenía esposa. —La enfermera bajó la mirada hacia el expediente—. Una tal Mary Mallon que vive en la calle 33 Este.

22

Cuando Alfred despertó estaba tumbado de espaldas con una almohada bajo la cabeza y otra bajo el brazo. Vio una ventanita cuadrada, un techo distante, una puerta cerrada. Movió la pierna y el súbito dolor le arrancó una exclamación ahogada, tenía parte del cuerpo vendado. Intentó volverse hacia la lámpara que había sobre la mesita de noche, pero, al alzar el brazo derecho, sintió una especie de brillante fogonazo ardiente que se encendió en el interior de su cuerpo, que emergió de sus músculos y de sus huesos en un estallido.

Cuando volvió a abrir los ojos de nuevo vio a una enfermera observándolo desde detrás de un portapapeles. Abrió y cerró los ojos varias veces... En algunas de esas ocasiones había luz en la habitación, en otras estaba a oscuras; algunas veces había un hombre observándolo, otras una mujer, por regla general no había nadie. Se oían sonidos de fondo (pies arrastrándose por un suelo de linóleo, gente hablando en voz baja, las chirriantes ruedas de un carrito...), pero, en vez de quebrar ese silencio, esa atmósfera de quietud total, los sonidos enfatizaban aún más el vacío, centraban la atención en él, y después de cada pequeño sonido el mundo parecía incluso más silencioso que antes.

Varias veces al día, desde algún punto tan cercano a su cuerpo que sabía que podría alargar la mano y tocarlo si lograra que su cuerpo funcionara, se oía el delicado tintineo de un cristal seguido de la inconfundible sensación de alguien dándole un golpecito con el dedo... había un segundo golpecito, y entonces notaba un pinchazo que solía ser en la parte interna del codo, pero que en ocasiones era en el antebrazo y alguna que otra vez en la espalda. A cabo de un momento... «Uno, dos, tres...», notaba un pequeño temblor en las entrañas, una presión en el pecho y en la cabeza que tan solo duraba el tiempo justo para que empezara a entrarle el pánico, y entonces le inundaba una profunda paz. Era como si alguien hubiera calentado una manta junto a la estufa y lo hubiera cubierto con ella, le hubiera tapado bien los hombros y hubiera apagado la luz. Era como renacer, como un bebé que baja la barbilla hacia el pecho y se adentra en ese oscuro túnel; como la pesa de plomo que se usa para sondar las profundidades y el premio es el hecho de alcanzar ese objetivo, de encontrar la profundidad, y a veces sentía el mar meciéndose bajo su cama. Oía el sonido del océano y la voz de su madre, sentía el olor de los Alpes y la hierba alemana bajo sus pies, el aire de su tierra natal. Luego, como si hubiera cruzado de un gigantesco salto un continente y un océano, estaba de vuelta en Nueva York con una montaña de carbón a su espalda, Mary al otro lado de una puerta, Mary removiendo un guiso de espaldas a la habitación, Mary quitándose las horquillas y sacudiendo su melena. Habló con su padre y también con su hermano, rio y bromeó con Mary mientras bailaban juntos en Coney Island, en Hoboken, en Manhattan; la hizo girar al son de la música por una habitación de hospital de reluciente suelo blanco y negro como un tablero de ajedrez. Volvía a tener siete años y tenía finas láminas de pino amarradas a los pies; era un quinceañero fuerte que esquivaba con rapidez a un policía en Mercer; tenía cuarenta años y estaba cansado, pero estaba haciendo acopio de fuerzas para levantarse y volver a empezar.

Al final empezó a saber algunas cosas, así que alguien debía de habérselas contado, pero no habría sabido decir quién ni cuándo. El tiempo iba alargándose más y más hasta que se rompía de golpe: una hora le parecía una semana y una semana podía parecerle un día. Sabía que ya había empezado el nuevo año, pero, en un momento dado, una enfermera le puso una mano en la mejilla y le dijo que estaban a quince de marzo. Sí, había llegado marzo, faltaba poco para la primavera. Estaba en un hospital, había sufrido graves quemaduras; no estaban seguros de si podría volver a usar el brazo derecho porque, del codo para abajo, todo había quedado destruido prácticamente hasta el músculo; la parte superior del pecho en ese lado estaba un poco mejor, pero aún había riesgo de infección. No habría sabido decir si les había dicho una sola palabra, a veces le hacían preguntas y esperaban su respuesta. «¿Cómo se siente?», «¿Qué fue lo que pasó?», «¿Acaso no sabe lo afortunado que es?».

Le daban de comer, lavaban su cuerpo. Le preguntaron si era católico y contestó asintiendo porque sí, suponía que podría decirse que sí, pero ¿estaba bautizado? Había ido a misa unas cuantas veces con Mary y la tía Kate. Un sacerdote se presentó allí un domingo para ofrecer la eucaristía, y él abrió la boca para aceptarla; después de eso, tuvo pesadillas en las que lo descubrían y lo echaban a la calle, pero siguió aceptándola domingo tras domingo y al final empezó a sentirse reconfortado por las visitas del sacerdote, por la forma en que este le posaba siempre su huesuda mano en la cabeza antes de marcharse. El domingo de Pascua le llevaron cordero con gelatina de menta y fueron dándoselo poquito a poquito con un tenedor como si fuera un niño. El cuatro de julio le dijeron que mirara por la ventana y vio desde allí los brillantes destellos azules, rosados y blancos de los cohetes que se alzaban en el cielo y caían cerca de allí. Desde su cama oía el canto de los pájaros, pero el sonido desapareció al cabo de varias semanas. La primavera y el verano habían quedado atrás de nuevo.

Le dijeron que estaba mejorando, que no había infección, que con el tiempo recobraría la movilidad del brazo aunque este no tuviera un aspecto demasiado agradable. Los nervios habían sufrido graves quemaduras y sí, no había duda de que esa era una mala noticia, pero, por otra parte, el que se hubieran quemado significaba que ya no iba a sentir dolor en esa zona. Iban a trasladarlo y eso le causaría cierta incomodidad, pero iban a administrarle algo para facilitarle las cosas.

Le habían dicho que el hospital para quemados se encontraba en la zona norte de la ciudad; al parecer, era un hospital de beneficencia manejado por unas monjas que habían consagrado su vida al servicio de san Juan Apóstol. No esperaban nada a cambio... una limosna, si acaso; lo que él pudiera permitirse. Le habían asegurado que el hospital se encontraba en un barrio muy tranquilo y se habían echado a reír cuando él había preguntado, en tono de broma: «¿Más tranquilo aún que este?». Y entonces una de las monjas le había dicho que iba a administrarle algo para el trayecto, y él había cerrado los ojos y había oído el tintineo del frasquito de cristal.

Al otro lado de la ventana de la habitación que le asignaron en el hospital para quemados había árboles, cuando soplaba el viento veía sus sombras meciéndose en la pared. Las monjas querían que caminara más, que diera vueltas por el pasillo, que practicara alzando una taza, sosteniendo un tenedor, lavándose solo. Se quejaba porque le picaba todo el cuerpo, vomitaba, no le gustaba estar en aquel lugar, quería regresar al Willard Parker. Le administraban la medicina mediante comprimidos (dos redondeadas pastillas blancas tres veces al día, que se ponía en la lengua y se tragaba antes de que la monja tuviera tiempo de pasarle un vaso de agua) y, aunque terminaban por hacer efecto, no eran tan rápidos como las inyecciones, con las que empezaba a flotar en cuanto la aguja le atravesaba la piel. Una de las monjas le explicó que las inyecciones eran más caras, que dado que aquel era un hospital de beneficencia tenían que emplear el material que se les facilitaba: morfina, opio, codeína, cocaína, heroína, pastillas, tinturas, sales que se aspiraban. Todo servía para lo mismo, para aliviar el dolor. Le dijeron que querían ser cuidadosas con la morfina, porque habían notado que algunos pacientes se resistían a dejar de usarla incluso cuando ya estaban curados. Los médicos habían sugerido que se usara en su lugar cocaína o heroína. Solían llevarle una tintura de opio después de la cena y se bebía hasta la última gota, pero no era capaz de conciliar el sueño en medio de tanto silencio y el ulular de los árboles lo mantenía despierto toda la noche. En aquel lugar, cuando no hacía demasiado frío hacía demasiado calor y estaba empeorando.

Cuando una monja le aseguró que no estaba empeorando ni mucho menos, que estaba muy recuperado y que ya habían pasado más de diez meses desde el accidente, a él le dieron ganas de agarrarla de los hombros y zarandearla. ¿Acaso no se daban cuenta de la gravedad de sus heridas? Ni siquiera reposaba del todo cuando lograba quedarse dormido, y cuando gritaba y berreaba durante la noche y despertaba a los demás pacientes era cuando aparecía por fin un médico con cara de agobio con una aguja y una jeringa en ristre. Entonces se quedaba relajado, dormía tranquilo, así que al final acabaron por añadir la inyección a su rutina diaria a la hora de dormir.

Se pasaba las tardes intentando recorrer los pasillos y le costaba entender al Alfred de antes, el que siempre parecía estar de camino a algún lugar, el que sentía la necesidad constante de escapar de dondequiera que estuviese; qué distinto era todo ahora, cuando, a pesar de que apenas tenía nada con lo que ocuparse, los días iban pasando con rapidez, plácidamente. Caminaba, descansaba, contemplaba las sombras que se proyectaban en la pared, cerraba los ojos y escuchaba, regresaba a su habitación para tomarse la medicación; se daba cuenta entonces de que ni siquiera había tenido que consultar un reloj porque su cuerpo se encargaba de avisarle y, tal y como esperaba, apenas llevaba un minuto sentado en el borde de la cama, descansando, cuando alguien aparecía con un vaso blanco. Él se tomaba lo que fuera que le dieran en ese momento, pero ya estaba esperando expectante ese momento después de la cena en que aparecía el médico con la jeringa.

En noviembre le dijeron que ya estaba en condiciones de marcharse de allí, le aconsejaron que empezara a pensar en lo que iba a hacer al salir. Le preguntaron si tenía algún trabajo esperándolo, si había alguien con quien quisiera contactar. Por algún milagro, el hospital no se había quedado con los cien dólares que le habían entregado como liquidación los de las cuadras de Crystal Springs y decidió dejar veinticinco para las monjas. Cuando llegó la mañana en que se le dio el alta, lo afeitaron y le cortaron el pelo, le dieron una muda de ropa, un sombrero, zapatos y una cajita de pastillas para el dolor; si no le hacían efecto, un médico llamado Tropp que iba unas horas al hospital y tenía su consulta cerca de allí le recetaría otra cosa, y si se quedaba sin medicina y Tropp no estaba disponible, lo que tenía que hacer era ir a una botica y pedir que le dieran algo. Cualquier boticario podía facilitarle una tintura de opio o una pequeña dosis de heroína hasta que el doctor pudiera atenderlo.

Cuando salió a la calle por primera vez en once meses, caminó directo a la consulta de Tropp y le dijo que las monjas le habían dado pastillas, pero que por las noches necesitaba algo más fuerte. Tal y como esperaba, el médico le preguntó si era capaz de inyectarse a sí mismo la medicación y le contestó sin vacilar que por supuesto que sí. Una vez que le pagó, el médico le entregó una bolsita que contenía una jeringuilla de cristal, dos agujas, varios viales de morfina líquida y una receta para que pudiera obtener más, y al salir a la calle se la guardó con cuidado en el bolsillo de la chaqueta. Al llegar a la estación, subió la larga escalera rumbo al andén E1 y cuando el tren llegó protegió su bolsillo en medio de aquella marea de gente. Su brazo tenía un aspecto horrible, pero funcionaba bien y podía usar un tenedor o girar un picaporte sin problema, pero a veces le dolía y se sentía cansado. Le habían enseñado ejercicios para fortalecer los músculos, pero descubrió que la medicación era lo que mejor funcionaba para lidiar con esa especie de desequilibrio, con esa sensación de tener un lado del cuerpo como estirado y el otro suelto. La medicación era un ecualizador que nivelaba todo su cuerpo, que llenaba su mente de calma y serenidad e inundaba de bienestar sus días. Notaba el pecho tirante, como si se le hubiera encogido la piel, pero la medicación también lo ayudaba en ese aspecto. Gracias a ella, se sentía relajado y caminaba por las calles sembradas de papeles a un ritmo constante, poniendo un pie delante del otro con fluidez, sintiendo el rítmico balanceo de los brazos a ambos lados del cuerpo. Incluso su cabeza parecía estar perfectamente alineada sobre los hombros. Cuando llegó a la estación de la calle 34 y subió la escalera hasta la calle, recorrió una manzana en dirección sur y después cruzó y caminó en dirección este hasta que vio su antigua casa. Se detuvo, se tocó el bolsillo con cuidado para asegurarse de que no se hubiera roto nada, se acercó un poco más y se sentó en el escalón de entrada de un edificio.

No sabía si ella seguiría trabajando aún en la misma lavandería, si seguiría viviendo en casa de Mila, pero no tardó en verla aparecer por la Tercera Avenida flanqueada por dos niños, uno a cada lado. Tanto el uno como el otro parloteaban sin parar y rivalizaban por acaparar su atención, y ella los escuchaba con semblante serio aunque saltaba a la vista que, fuera lo que fuese lo que estaban diciéndole, se sentía feliz. Posó una mano sobre la cabeza del crío más bajito y le entregó la caja que llevaba en las manos, los dos pequeños se adelantaron corriendo y ella les gritó algo con una sonrisa en el rostro y los siguió a paso sosegado mientras se llevaba de vez en cuando la mano al cuello de la camisa o se atusaba el pelo. Se la veía rejuvenecida. No había ni rastro de aquella expresión de fastidio que solía ser tan habitual en ella, esa cara rígida y severa que solía poner cuando iba de acá para allá por la casa cuando vivían juntos, moviéndose a su alrededor y pasando un trapo por la mesa mientras lo ignoraba por completo. Si él limpiaba una olla, tendría que haber restregado más a fondo; si ponía el azúcar en su sitio, ella le decía que se le había caído un poco al suelo; era un inútil, un vago, un borracho que no la quería, que no tenía ni idea de todo lo que ella hacía por él. «Alfred, esto no puede seguir así», solía decirle ella, con un tono de voz mucho más suave que el que empleaba cuando estaba borracho.

Al verla acelerar el paso, se levantó del escalón y se paró en medio de la acera. La tenía justo enfrente, al otro lado de la calle, así que bastaría con que ella girara la cabeza para verlo. «¡Venga, ve a hablar con ella!», se dijo para sus adentros. Pero se limitó a quedarse allí mirándola y en un abrir y cerrar de ojos la vio entrar en el edificio y desaparecer.

Driscoll había muerto y no podía acercarse al Lower East Side porque no quería encontrarse a Liza, así que le pidió al cantinero del Nation's que le dejara pasar una noche allí a cambio de unas monedas. No sintió ni el más mínimo deseo de tomar una copa y le costó de nuevo entender al Alfred de antes. A la mañana siguiente se dirigió hacia la zona baja de la ciudad para hablar con Jimmy Tiernan, quien le dijo que conocía a un tipo que a su vez conocía a otro que había conseguido trabajo en Minnesota despejando terrenos y aseguraba que era el mejor trabajo que había tenido en toda su vida. Aunque era una faena dura y laboriosa, era un buen trabajo en el que podías respirar aire limpio y no tenías que fichar ni aguantar que un jefe estuviera atosigándote constantemente. Jimmy le explicó que él mismo quería irse a vivir allí, pero que Patricia no accedería por nada del mundo. Comentó que podrían construirse una casa de troncos con tres habitaciones (o cuatro, cinco o todas las que quisieran), despejar el terreno y vender la madera, criar ganado, cultivar, pero que su mujer no estaría dispuesta a ir más allá de Queens. Después de hacer ese último comentario con una carcajada, Jimmy añadió sonriente:

—Pero tu caso es distinto, Alfred. No hay nada que te impida ir. Vete en primavera, cuando no haga tan mal tiempo.

En Nueva York llevaban dos semanas con lluvia, la ciudad entera languidecía bajo ese manto húmedo y gris que no daba ni un respiro. Según Jimmy, en Minnesota hacía tanto frío en invierno que no llovía; el aire era tan gélido que a uno se le helaban hasta los pelillos de la nariz, pero al menos había un gran cielo azul.

De Grand Central salía un tren con destino a Chicago dos veces por semana, una vez allí podía hacer trasbordo y tomar otro que lo llevara a Minneapolis y, a partir de ahí, tendría que ir decidiendo qué hacer en función de cómo fueran sucediéndose las cosas. Costaba imaginarse que hubiera ciudades tan separadas las unas de las otras, ciudades con puertos fluviales y barcazas y basura y olores propios. Era impresionante imaginarse viajando hasta tan lejos y a semejante velocidad, y saber que aun así tan solo habría llegado a la mitad del territorio americano. Nueva York no era como el resto de América ni mucho menos, eso lo sabía cualquiera que leyera un periódico. Todas las granjas de Minnesota tenían agua buena y abundante, un arroyo, tierra fértil y extensos pastos, la gente comía pan del blanco y carne a diario, los árboles crecían derechos y eran tan altos que sus ramas parecían acariciar el cielo. Había gente que construía sus casas en Minnesota y no veían a otras familias en todo el invierno, que allí duraba seis meses. En Nueva York, sin embargo, siempre estabas rodeado de gente, de personas tanto conocidas como desconocidas, no había escapatoria. Te los encontrabas a cada minuto del día mendigando unas monedas o pidiéndote que pagaras alguna que otra deuda, se topaban contra ti por la calle y no se disculpaban; olían a pollo, a los repollos y las remolachas y las carnes ahumadas y las especias que habían traído consigo de su tierra natal, bien guardados en el forro de la ropa; se quedaban las mejores piezas de fruta del mercado, cuando cruzabas la calle te rozaban los pies con las ruedas de sus automóviles o de sus carros. Minnesota no era la única opción que tenía, había otros lugares como Wisconsin o Wyoming. Había oído decir que en México y en Arizona hacía calor durante todo el año, y que si un hombre caminaba por el desierto estaría curtido como el cuero en menos de una hora. En la zona del centro del país había indios. En Nueva York había lugares con nombres indios, pero ya no quedaba ni un solo indio porque todos se habían ido hacia el oeste.

Le dijo a Jimmy que era una buena idea, que no tenía necesidad de pensárselo, que se largaba. Construiría una casa allí, en aquel lugar tan lejano, y entonces mandaría a por Mary. Fuera como fuese, lograría convencerla de que le diera otra oportunidad, de que viajara a reunirse con él en el oeste, donde podrían iniciar realmente una nueva vida. No quería ni acordarse de aquella última vez que había hablado con ella, de aquella mañana en el vestíbulo del viejo edificio; no quería ni imaginarse el aspecto tan deplorable que debía de tener después de pasar tantos días bebiendo y durmiendo donde podía. La próxima vez que hablara con Mary tendría algo sólido que mostrarle, un plan, y ella se daría cuenta de lo arrepentido que estaba.

—¿Piensas irte ya? —le preguntó Jimmy—. Espera hasta Navidad, hasta Año Nuevo.

—No, no voy a esperar.

Compró un billete para viajar a Chicago y pagó por un plato de comida en el tren, pero cuando llegó la hora de hacer trasbordo subió al tren con destino a Minneapolis sin pagar y permaneció en el pequeño retrete hasta que se pusieron en marcha. Un auxiliar lo vio cuando salió finalmente de allí y se dispuso a dar la voz de alarma, pero él alzó una mano y se metió la otra en el bolsillo; un dólar bastó para silenciar al tipo, y seguía siendo menos que lo que costaba un billete. Sintiendo el peso cada vez mayor del cansancio, con el temor incipiente de que a lo mejor no había sido tan buena idea aventurarse tan lejos de Nueva York, retrocedió para entrar de nuevo en el retrete y, con un pie manteniendo la puerta cerrada y el otro apoyado en el borde del inodoro, se sacó una aguja del bolsillo de la chaqueta, la limpió contra la camisa, la unió a la jeringa y la metió en uno de los viales de morfina. Estaba tirando del émbolo hacia atrás cuando el tren tomó una curva. El joven auxiliar lo ignoró durante el resto del trayecto, así que pudo dormir tranquilamente en dos asientos del fondo del vagón. Cuando no estaba dormido miraba por la ventanilla y contemplaba los árboles, que conforme iban acercándose a Minnesota cada vez eran más grandes y fuertes. Pensó en los de Nueva York, se los imaginó intentando respirar jadeantes algo de aire y luchando por tener algo de espacio.

Al llegar a Minneapolis se enteró de cómo llegar al puerto y consiguió trabajo en la fábrica Gold Medal como mozo de carga, los sacos de harina que tenía que llevar a cuestas eran tan grandes como un hombre. La casa de huéspedes que encontró era más limpia que cualquiera de las que había visto en Nueva York, la gente resultaba menos amenazadora. Todo el mundo lo miraba con curiosidad y al cabo de unos días se dio cuenta de que cerraban sus respectivas puertas con llave pensando en él. La zona del brazo que había quedado peor tan solo quedaba expuesta durante las horas centrales del día, esas en las que estaba trabajando duro y empezaba a sudar y se remangaba la camisa. Las monjas le habían cortado fatal el pelo y no se había afeitado desde que había salido de Harlem, tenía que lavar su ropa y buscar tanto un médico como una botica. Al verle las cicatrices de un brazo y la piel deformada del otro, uno de sus compañeros le habló de un lugar situado en la avenida Hennepin donde quizás pudieran ayudarlo. Le dijo que era un fumadero, así que fue allí esperando encontrar un sitio regentado por un chino, pero, tal y como sucedía con todos los establecimientos que había en Minneapolis, el propietario resultó ser un hombre blanco, delgado y barbudo cuyo canoso pelo debió de ser rubio tiempo atrás; que llevaba puesto un caftán atado a la cintura con una cuerda. El tipo, que al parecer había llegado a Minneapolis procedente de San Francisco, lo recibió como si fuera un hermano del otro extremo del país al que no veía en años y le aseguró que allí las cosas eran distintas. Procedió entonces a mostrarle cómo se sujetaba la pipa, le indicó con un gesto de la mano las sillas diseminadas por aquella sala donde reinaba un silencio sepulcral, y al no recibir respuesta alguna regresó sin más a su puesto en la entrada.

Alfred permaneció allí parado por un momento, nadie le dirigió la palabra ni le prestó la más mínima atención. Se decidió al fin por una mecedora situada junto a una ventana desde donde se veía el Misisipi y una islita que había en medio del río; la escena le recordó a Mary, a la cabaña donde había vivido, y al cerrar los ojos se la imaginó caminando de acá para allá sin poder salir de North Brother, mirando hacia la otra orilla mientras pensaba en él. Se preguntó si habría estado buscándolo a raíz del accidente, estaba convencido de que Jimmy Tiernan ya la habría puesto al tanto de lo ocurrido y sabía que debería enviarle una carta. Sí, tenía que contarle que no había vuelto a beber desde las navidades de 1910... aunque quizás sería mejor idea esperar, ir a ver lo que podía ofrecer el norte, ver qué clase de vida podían forjarse juntos en esas tierras.

Al cabo de dos semanas empezó a preguntar a unos y otros sobre qué tal estaba el trabajo en el norte, despejando tierras, y los hombres con los que habló le contaron todo tipo de historias sobre mantos de nieve que llegaban a las copas de los árboles, aires tan fríos que se te congelaba la minga en menos de tres segundos si salías a echar un pis; los peces se congelaban en los ríos; los pájaros que no se iban rumbo al sur caían de los árboles como piedras y, al llegar el deshielo en primavera, volvían a despertar y alzaban el vuelo. Iba a tener que llevar la comida hasta allí a cuestas y tendría que empacar lo suficiente para cuatro meses, puede que cinco, controlando muy bien lo que comía para evitar quedarse sin provisiones.

—Cúbrete ese brazo cuando estés buscando trabajo —le aconsejó uno de sus compañeros—. Nadie querrá tener cerca algo así.

—Puede que no sea bonito, pero es muy suave —afirmó antes de bajar la mirada hacia la piel de su brazo derecho.

Le recordaba a la cera de las velas, una cera derretida que se extendía caprichosa en ondulantes cimas y valles. No tenía ninguna sensibilidad en la superficie de ese brazo, así que a veces tenía que bajar la mirada para ver si llevaba la camisa remangada o no. Y a veces se hincaba las uñas con fuerza en la piel, pero lo único que notaba era la presión contra el hueso.

—No, no me refiero a eso —dijo el hombre, antes de agarrarle del brazo bueno para acercarlo a la luz—. ¿Qué vas a hacer con esto?

—¡No me toques! —Se liberó de un tirón y en un abrir y cerrar de ojos le agarró el brazo y se lo torció hacia la espalda.

El tipo no volvió a dirigirle la palabra.

Cargar sacos de harina era un trabajo agotador, y por las noches dormía desde que apoyaba la cabeza en la almohada hasta que el sol le tocaba la cara. Oyó hablar de una clínica situada junto al lago Harriet donde los médicos sabían mucho sobre control del dolor y daban recetas a quienes podían pagar por ellas. Fue a ese lugar, le mostró sus heridas a un tal doctor Karlson y le explicó que sus planes eran viajar al norte después de las Navidades y trabajar allí hasta la primavera, y el tipo no solo le recetó suficientes pastillas para todo el invierno y cuatro botellas grandes de tintura, sino que también le facilitó morfina adicional, dos agujas más y otra jeringa. Le pagó por todo ello y se dio cuenta de que iba a marcharse rumbo al norte justo a tiempo, porque a pesar de que los medicamentos eran baratos (un vial de morfina costaba menos que una botella de *whisky*) sus ahorros iban menguando día a día. El médico le aconsejó que intentara no tomar mucha medicación porque de lo contrario podría sufrir problemas estomacales, podría faltarle energía por las mañanas y tener dificultad a la hora de mantenerse activo a lo largo de la jornada, y le advirtió que no fuera a los fumaderos porque el opio que se utilizaba en ellos era de contrabando y vete tú a saber lo que podría llegar a contener. Le dijo que se limitara a tomar lo que se le recetaba, las sustancias que tenían la aprobación de la Junta de Salud.

Se tomaba la tintura por las mañanas y notaba cómo le recorría el cuerpo al desayunar, las pastillas las llevaba en el bolsillo, las agujas las reservaba para las noches. Esa comezón que siempre aparecía minutos antes de despertar se había aquietado para cuando salía rumbo al puerto y todo le parecía distante, como si fuera un espectador viendo la vida de otra persona. Antes, en Nueva York, estaba tan metido en su propia vida que había estado a punto de ahogarse en ella, pero ahora era como si estuviera flotando junto a sí mismo y, cuando había algo que no estaba bien del todo, podía limitarse a inclinarse un poco y hacer un pequeño ajuste.

En la casa de huéspedes se celebró la llegada de la Navidad con pudin de pan, una ronda de villancicos y vino caliente especiado. Un francocanadiense llamado Luc, que tenía sangre india, le vendió un abrigo de la compañía Hudson Bay. En una tienda de segunda mano consiguió unos gruesos pantalones, una especie de mocasines de cuero curtido (el paciente vendedor le enseñó a ponérselos sobre dos pares de calcetines, y le aseguró que si lo hacía correctamente sus pies permanecerían calentitos y secos), y también dos pares de gruesos calcetines de lana, dos camisas, dos chalecos y un gorro de piel.

A mediados de enero, Luc le habló de dos hermanos que habían comprado unas hectáreas de terreno a muy buen precio y andaban buscando a un par de buenos leñadores.

—¿Se te da bien usar un hacha?

—De maravilla —contestó él.

—Claro, apuesto a que sí.

Por su tono de voz, estaba claro que no le había creído, pero aun así le dijo que fuera a verlo en unos días.

Cuando llegó la fecha indicada, Alfred se puso toda la ropa que poseía y al llegar se encontró con que Luc había cargado dos trineos con todo cuanto iban a necesitar. Al tirar del suyo calculó que debía de pesar unos ciento treinta kilos. Tenían harina de maíz y de trigo, manteca, mantequilla, diversos pescados ahumados, jamón, arroz, melaza, hachas, cerillas, picos, palas, azadas, azúcar, pistolas, pólvora y cartuchos. Él llevaba medicación para toda una temporada bien guardadita en los bolsillos interiores, y al moverse oía el ruido casi imperceptible de las pastillas entrechocando unas con otras. Luc lo tenía todo preparado para que un carro los llevara hasta el cruce de caminos donde se encontraba el asentamiento más cercano al campamento de los dos hermanos y a partir de allí recorrieron a pie los últimos veinte kilómetros; los trineos se deslizaban con tanta facilidad por el hielo que cubría la capa superior de nieve que no dejaban huella alguna a su paso.

Encontraron a los hermanos tras cuatro horas de caminata. Gustaf y Eric habían levantado su campamento junto a un pinar, contra el tronco de un árbol caído que debía de tener cerca de dos metros de grosor. Interrumpieron su tarea al verlos llegar y se acercaron para ayudarlos a arrastrar los trineos aquellos últimos metros hasta el campamento, que era tan ingenioso como Luc había dicho: consistía en unos postes que habían cortado con esmero y habían colocado inclinados desde la nieve hasta lo alto del tronco, coronados por capas de ramas de abeto y cubiertos con una manta de caucho. Los hermanos habían amontonado la nieve tanto en la parte de detrás de aquella pequeña estructura como a ambos lados, y habían encendido una hoguera delante; cada uno tenía dos mantas y sobre el fuego colgaba una olla.

Era un lugar limpio, tan estéril como si fuera de algodón blanco, y Alfred sintió que sus pulmones iban fortaleciéndose, que su cuerpo iba limpiándose. Luc le enseñó a blandir el hacha, a usar el serrucho, y cada día que pasaba los manejaba con mayor rapidez. Gustaf y Eric vieron sus quemaduras, lo vieron administrarse la medicación de noche y tomarse las pastillas por la mañana con una taza de café, pero no hicieron comentario alguno al respecto. Su cuerpo funcionaba como una máquina; sudar, respirar, ese dolor al llegar la noche tan completamente distinto al dolor que había sentido en las caderas después de pasarse cerca de un año tumbado en una cama de hospital... todo ello le daba paz. Comía más en una sola sentada de lo que solía comer a lo largo de todo un día cuando vivía en Nueva York; uno de los hermanos comentó que se lo veía más fuerte y no había duda de que estaba en lo cierto. Agarraba una de las asas del serrucho, Luc o uno de los suecos agarraba la otra y, mientras que antes se requerían unas cincuenta pasadas para cortar un tronco, a esas alturas tan solo hacían falta una docena o incluso menos. Hacia atrás y hacia delante, hacia atrás y hacia delante... Los dientes del serrucho iban hundiéndose cada vez más en el pálido interior del tronco, y sentía el golpeteo acelerado de su propio corazón cuando el sueco tiraba hacia atrás una última vez y alzaba una mano para indicar que el árbol iba a caer. Llevaban los troncos hasta el río y al llegar la primavera los intercambiarían por carne y fruta fresca.

El sol se ponía temprano, antes de las cuatro de la tarde, pero la luna era tan grande y las estrellas tan brillantes que se dio cuenta de que allí, tan al norte, la noche tenía un significado distinto. No había ni pizca de viento, ni un pequeño soplo que agitara un poco los árboles, y la quietud y el silencio eran tales que, abrigadito bajo aquellas cálidas capas de ropa, se olvidaba del frío que hacía. Minnesota era algo que había que vivir en carne propia y pensaba en Mary, en cuánto disfrutaría ella al ver un cielo tan límpido y despejado. El interior de la tienda era tan cálido como cualquier casa y estando allí le costaba entender al Alfred de antes, el que siempre estaba hurgándose los bolsillos en busca de alguna moneda que poder meter en el contador de gas. A diferencia de los habitantes de Nueva York, que eran esclavos de lo que ganaban, él no iba a necesitar dinero alguno hasta que llegara la primavera en aquella fría tierra salvaje. Quería contarle todo aquello a Mary, quería que ella lo viera con sus propios ojos.

Pero una mañana, después de que Luc partiera rumbo al cruce de caminos para conseguir una bomba extractora a cambio de algo de madera, los hermanos se pusieron a cortar un tronco tan grueso como un hombre tumbado de lado y cuando iban por la mitad se dieron cuenta de que el árbol no se inclinaba en la dirección adecuada y había empezado a caer. Intercambiaron unas frenéticas palabras en su propio idioma y el mayor de los dos, Gustaf, cometió una estupidez: alzó las manos a la desesperada y apoyó el hombro contra el tronco.

Alfred se quedó plantado como un pasmarote al otro extremo del terreno que ya había quedado despejado, a unos setenta metros de los hermanos, y presenció enmudecido el accidente. Vio a Gustaf haciendo un súbito movimiento, el árbol se desplomó de golpe y Eric estaba gritando y... siguió allí parado por un segundo, y entonces se dio cuenta de que era a él a quien Eric estaba llamando a gritos.

Gustaf estaba inconsciente cuando lo metieron en la tienda y al abrirle la camisa vieron de inmediato que tenía el hombro dislocado.

—¡Está vivo! ¡Gracias a Dios! —exclamó Eric.

Alfred asintió. Sí, estaba vivo, pero ¿qué importancia tenía eso si estaban en medio de la nada con un hombre herido? Luc iba a tardar varios días en regresar y ni Eric ni él mismo tenían la más remota idea de lo que había que hacer.

—¿Deberíamos intentar recolocárselo? —le preguntó Eric.

—No lo sé.

Eric agarró el brazo de su hermano mayor y, tras agachar la cabeza por un momento y respirar hondo, le puso una rodilla sobre el pecho y tiró con fuerza para intentar recolocarle el hombro; lo intentó de nuevo con un grito ensordecedor, Gustaf había despertado y se puso a gritar también. Eric lo intentó por tercera y cuarta vez, le quitó la camisa a su hermano para poder agarrarlo mejor, le dio una cuchara para que la mordiera.

Mientras se encargaba de sujetarle las piernas a Gustaf, Alfred se dio cuenta de que iban a pedirle su medicación. Él les había dicho que era para el dolor y estaba claro que el del sueco era peor que el suyo, así que iba a tener que dársela. Si no lo hacía, seguro que se la quitaban sin miramientos. Aunque eran buenos hombres, eran hermanos y con tal de salvarse ellos estarían dispuestos a matarlo. Calculó cuánto le quedaba de lo que había conseguido en la clínica situada junto al lago Harriet, había sido disciplinado a la hora de administrar las dosis y tan solo se había concedido algo extra en un puñado de ocasiones, cuando el aire era tan frío y la piel que cubría sus heridas se volvía tan tirante que temía que se le agrietara y volviera a abrírsele.

Les ofreció la medicación antes de que tuvieran oportunidad de pedírsela y ellos la aceptaron agradecidos. Pasaron días, una semana. Luc seguía sin regresar y Eric se preguntó en voz alta si debería ir él mismo al cruce de caminos o enviar al propio Alfred. El dilema al que se enfrentaba era obvio: tan solo estaban ellos tres en el campamento y Gustaf no podía moverse; el que se quedara allí tendría que cuidarlo con esmero, pensar en su bienestar ante todo, y Eric era el único que haría algo así. Por otra parte, decidir que fuera Alfred quien se marchara rumbo al cruce de caminos implicaba confiar en que un total desconocido hiciera lo que se le había pedido, confiar en que buscara a alguien dispuesto a acudir a socorrerlos. Estaba claro que los hermanos no confiaban en él. Como Eric tomaba una dosis de medicina tras otra para administrársela a su hermano, en un momento dado optó por comentar que ya les había dado bastante, que tenía que guardarse un poco para sí mismo, y al ver la mirada gélida que le lanzó el sueco supo que sus instintos no se habían equivocado. Era mejor dar voluntariamente que acabar asesinado. Sus sueños se volvieron aterradores y terminó por no poder conciliar el sueño, le dolía todo el cuerpo y tenía náuseas. En la tierra del norte no había más olores que el de los pinos y el del frío, sentía el interior de la nariz en carne viva y se imaginó un conducto helado desde sus fosas nasales hasta los pulmones.

Una noche, Eric lo zarandeó hasta despertarlo y le preguntó ceñudo:

—¿Qué es lo que te pasa?

Se dio cuenta de que había estado gritando y moviéndose inquieto en sueños. Él no tenía la culpa de que Gustaf hubiera calculado mal al talar aquel árbol, pero Eric le había hecho la pregunta en tono acusador y sin el más mínimo atisbo de compasión.

Los suecos se pasaban el día entero parloteando y cantando, y aquellos rostros enrojecidos que antes le parecían tan alegres se habían convertido en un reflejo más de lo egoístas que eran. Eran un par de monstruos. Sí, tan solo un monstruo optaría por vivir tan lejos de la civilización, cavaría un hoyo en la nieve y diría que ese era un lugar adecuado para vivir. En la tierra del norte vivían animales extraños que dejaban huellas que no reconocía, y estaba convencido de que todos ellos estaban agazapados entre los pinos, observándolo al amparo de las sombras a la espera de ver lo que hacía.

Daba igual que les entregara a los suecos hasta la última gota de medicina, hasta la última pastilla; para ellos siempre sería el forastero. Aunque daba la impresión de que Gustaf no iba a peor, tampoco estaba mejorando, y él empezaba a sentir que le hervía la sangre en las venas cada vez que veía a Eric apropiándose de su medicina.

—¡Tu hermano no la necesita! —protestó, y vio que Eric lo miraba como si acabara de salir desnudo de detrás de una cortina.

Empezó a tomar dosis más grandes tanto por las noches como al llegar la mañana, para poder aprovechar algo antes de que los suecos lo dejaran sin nada. No volvieron a talar ni un solo árbol. Los sonidos que antes llenaban la jornada de trabajo (el ruido de los serruchos, los chasquidos, los hachazos...) se habían desvanecido y los días se habían vuelto tan silenciosos y llenos de quietud como las noches. Tan solo se oía de vez en cuando el sonido de la olla sobre el fuego, el chisporroteo del beicon al entrar en contacto con la sartén caliente, las botas de Eric pisoteando la capa superior de nieve junto a la entrada de la tienda; y de repente, diez días después del accidente, se oyó el súbito chasquido del hielo del río resquebrajándose, como una ráfaga de disparos que se repetía cada pocos minutos. Alfred no había oído jamás nada semejante.

Una mañana, dos semanas después del accidente, Eric tomó al fin una decisión.

—Tienes que ir al cruce de caminos, Alfred. Luc tendría que haber vuelto hace días, dile que vuelva y envíanos también a alguien que pueda auxiliarnos. —Posó la mano en la cabeza de su hermano—.

Creo que tiene algo roto por dentro, que le pasa algo más aparte de lo del hombro. No sé, a lo mejor tiene un par de huesos rotos.

—No sé si me acuerdo bien del camino. ¿Pasamos por un claro o fueron dos?, ¿puedo llevarme la brújula?

Eric lo miró con desaprobación y dijo con voz llena de amargura:

—Tú no tienes nada de leñador. —Le entregó la brújula con brusquedad—. ¡Deja esas medicinas aquí para mi hermano! —Alargó la mano hacia el cañón de una de las escopetas que yacían de lado junto a la cabeza de Gustaf, las mantenían cargadas por si pasaba algún ciervo.

Alfred sacó un bote de pastillas y se lo dio sin oponer resistencia, ya que sabía que pronto volvería a estar de regreso en la ciudad.

—¡Déjalo todo! —Eric le dio un golpecito en el otro bolsillo con la escopeta.

Alfred cerró la mano alrededor del último vial que le quedaba, del segundo bote de pastillas.

—Lo voy a necesitar durante el trayecto, sin esto no podré caminar toda esa distancia arrastrando mis cosas. Lo necesito para descansar, no puedo...

Antes de darse cuenta estaba de espaldas en el suelo y tenía la rodilla del sueco en el cuello. Bajó el brazo bueno, agarró a tientas el bote y el vial, y le puso ambas cosas delante de las narices a toda prisa.

Al llegar al cruce de caminos encontró a Luc sentado entre dos hombres en el único bar que había en veinticinco kilómetros a la redonda, los tres lo miraron como si hubieran estado esperando su llegada. Le contó a Luc lo del accidente y que Gustaf estaba herido, pero el tipo empezó a cabecear y se quedó dormido mientras lo oía hablar, así que salió del bar en busca de algún carro o lo que fuera para poder regresar a la ciudad.

Era abril y la primavera ya había llegado a Minneapolis. Ahora que estaba de vuelta en un lugar donde las mujeres iban enfundadas en entalladas chaquetas de entretiempo y los hombres estaban bien afeitados, notaba el fuerte pestazo que echaba su propio cuerpo. El fumadero estaba cerrado, preguntó en la casa de huéspedes dónde podía encontrar trabajo para costearse el viaje de regreso a Chicago y desde allí a Nueva York, pero nadie pudo ayudarlo. Fue a la clínica del lago Harriet y se gastó el dinero que le quedaba en comprar medicinas. Había sido un error irse a vivir a aquel lugar, a aquella tierra donde reinaba una pulcritud tan extraña. Las tiendas cerraban pronto, la comida era insulsa y la gente solo hablaba del próximo plato de comida, del tiempo, de aprovechar el fin de semana para ir a cazar. Tenía que regresar a casa lo antes posible, ¡gracias a Dios que no había contactado con Mary para convencerla de que fuera hasta allí!

Se dirigió hacia la zona de almacenes y después hacia la estación de tren, donde vio que se estaban acoplando varios vagones de carga en la vía principal. Aprovechando un momento en que el ferroviario entró en la estación, se acercó a la vía y fue asomándose a ver lo que había en los vagones. Uno de ellos olía a maíz, otro a alforfón, en el tercero miró a la derecha y a la izquierda y de repente vio entre las sombras un par de ojos que estaban fijos en él. Le recorrió un estremecimiento y retrocedió un paso.

—¡O te largas o entras para que no te vean! —le dijo una voz amenazante.

Subió al vagón sin pensárselo dos veces, se refugió a toda prisa en un oscuro rincón y susurró:

—¿Hacia dónde vamos, hacia el este?

Sus ojos iban acostumbrándose a la penumbra y vio que el hombre era en realidad un muchacho de unos quince años, dieciséis como mucho.

—Boston —contestó otra voz antes de añadir—: Oye, espera un momento, ¿estás enfermo?

—No.

—Si lo estás no vamos a ayudarte, ¿está claro? Te enterraremos bajo toda esta mierda y te dejaremos aquí.

—No estoy enfermo.

—Pues no tienes buena pinta.

—Como nos atrapen por tu culpa te mato —le aseguró la primera voz.

Alfred se recostó en su lecho de guisantes amarillos; al cabo de un rato, oyó que echaban el cerrojo al otro lado de la puerta y el tren se puso en marcha rumbo al Atlántico.

Y TENDIÓ SOBRE MÍ LA BANDERA DE SU AMOR

23

Mientras se dirigía hacia la consulta del doctor Tropp tras salir del hospital de San Juan Apóstol, Mary sujetaba con fuerza el trocito de papel que le había dado la monja y rezó para que Alfred le hubiera dado al médico su dirección. No lo había visto en diecisiete meses. ¿Quién había ido a visitarlo durante todo el tiempo que había pasado en el hospital? ¿Quién se había asegurado de que los médicos lo atendieran bien? Saber que Liza no había cumplido esas funciones era un alivio, pero, por otro lado, ella misma tampoco lo había hecho. Alfred había vivido esa horrible experiencia sin nadie a su lado mientras ella elaboraba pastas tan tranquila en la panadería, ajena a lo que él estaba pasando.

Era la primera vez que recorría el barrio situado al norte de la Universidad de Columbia, y notó que ese ritmo frenético y esa vibrante energía de Morningside Heights iban apagándose hasta desvanecerse del todo en cuestión de unas seis manzanas escasas. En la zona de la universidad había edificios de piedra rojiza tan bellos como los de Park Avenue, y edificios residenciales dotados de ascensor; las aceras estaban limpias, las extensiones de césped bien cuidadas, las zonas verdes del campus estaban salpicadas de rosales que resaltaban cual joyas relucientes. Pero bastaba con ir unas manzanas más al norte para encontrar calles desiertas y cubos de basura que no se habían vaciado en semanas. Los escasos automóviles que había aquí y allá estaban aparcados sin ton ni son, unos miraban hacia el oeste y otros hacia el este, y algunos estaban medio montados en el bordillo. Había una pocilga junto al río y el olor impregnaba las calles circundantes.

La consulta del doctor Tropp estaba en la calle 129. Llamó a la puerta y al ver que no contestaba nadie entró sin más y lo encontró dormitando sobre su escritorio.

—Disculpe...

Cuando tuvo la certeza de que estaba bien despierto y atento le explicó que era la esposa de Alfred Briehof, que acababa de regresar procedente del extranjero y quería saber dónde estaba su marido. Le bastó con lanzar una breve mirada alrededor para darse cuenta de que allí no había ni secretaria ni pacientes. Dio la impresión de que a Tropp no acababan de convencerle sus explicaciones, pero aun así rebuscó entre los papeles que tenía esparcidos por todo el escritorio.

—A ver... Briehof... Lo vi una única vez desde que regresó de Minnesota, no me acuerdo de si me dio alguna dirección. —Sacó al fin una carpeta de entre todo aquel caos y la abrió—. Ah, sí.

Mary sintió que el corazón se le aceleraba, esperó expectante, y Tropp añadió al fin:

—El 545 de la calle 125 Oeste.

Ella intentó mantener bajo control su entusiasmo, se recordó a sí misma que no se había mostrado nada comprensiva la última vez que Alfred había intentado hablar con ella. Cabía la posibilidad de que él le diera la espalda, tal y como había hecho ella dieciocho meses atrás. Puede que esos meses que había pasado en el oeste (haciendo vete tú a saber qué) le hubieran enseñado que los vacíos que tenía en su vida podían llenarse fácilmente, puede que ya no estuviera interesado en ella. El morral que había estado paseando por la ciudad desde que había salido esa mañana de la casa de huéspedes le parecía cada vez más pesado, pensó en Mila y en los niños y se preguntó si Soper habría ido a buscarla a la casa. Ojalá que su amiga pudiera convencerlo de que ella se había marchado de allí de forma definitiva y el tipo dejara a los tres en paz.

Al llegar a la dirección que le había dado Tropp pensó que el edificio se parecía en cierta forma a un hotel, pero uno donde el conserje se ha largado hace años y el vestíbulo tiene el techo plagado de telarañas y el suelo lleno del barro que han ido dejando los zapatos de la gente. Fue bajando la mirada por la columna de nombres que había junto a los timbres y lo encontró cuando iba por la mitad. Apretó el botón y, justo cuando empezaba a pensar con preocupación que a lo mejor estaba estropeado, oyó el sonido de un hombre bajando la escalera. Los pasos no parecían los de un enfermo incapacitado, no eran los pasos renqueantes de un hombre herido y lleno de dolor, y al oír que se detenían supo que la había visto a través del cristal de la puerta.

Al cabo de un momento, Alfred abrió la puerta y salió a la calle. La miró en silencio, se metió las manos en los bolsillos, se balanceó un poco hacia atrás sobre los talones y se limitó a decir:

—Mary.

La camisa remangada hasta el codo permitía apreciar cómo tenía la piel del brazo derecho desde la mano hasta allí. Llevaba el faldón de la prenda suelto por encima de los pantalones y los pies desnudos dentro de los zapatos. Tenía unas oscuras ojeras y el cabello más salpicado de gris que antes, pero, aparte de eso, seguía siendo el mismo Alfred y a ella le bastaron cinco segundos para saber que allí arriba no estaba Liza, ni Liza ni ninguna otra mujer. Olisqueó el aire por pura costumbre, pero solo olía a loción de después del afeitado y a jabón; tenía el pelo húmedo y todavía no se había peinado. Lo observó con mayor detenimiento y ladeó ligeramente la cabeza. No veía ni rastro de esa agitación como de animal encerrado que se adueñaba de él cuando bebía (el movimiento constante, las ansias de salir, las manos jugueteando constantemente con algo), y tampoco tenía la misma actitud que cuando se habían visto durante la audiencia en

341

1909. No tenía la cara bien rellenita, pero no se lo veía delgaducho; no estaba nervioso, pero percibía en él una ligera impaciencia. No había forma de saber qué estaría pensando.

—¿Puedo entrar? —Vio en su expresión el momento en que él se percató del morral y se dio cuenta de lo pesado que era.

—Sí, claro —lo dijo como si se hubieran visto la semana anterior. La precedió por el largo vestíbulo, pero la esperó al llegar al pie de la escalera para dejarla subir primero—. El segundo piso.

La siguió escalera arriba en silencio, sujetándose a la baranda con su mano herida; se movía con lentitud, con cuidado. Cuando llegaron al descansillo señaló con la cabeza hacia una puerta situada a la izquierda, empujó para abrirla y le indicó que entrara.

—Me he enterado de lo de tu accidente.

Esperó a decirlo hasta que ambos estuvieron dentro y alargó la mano para indicarle que le mostrara el brazo herido. Daba la impresión de que se le había quedado en carne viva, de que la piel se había fundido antes de solidificarse de nuevo, y quería deslizar la palma de la mano por ella y aprenderse esa nueva topografía. En ese brazo no tenía vello y la mano se veía hinchada, abultada, como si hubiera que drenarla. Presionó la parte hinchada con la punta de un dedo.

—Ahora ya estoy bien, tuve suerte —afirmó él.

—Acabo de enterarme —le dijo, como si eso explicara por qué no había intentado localizarle antes—. Jimmy me ha dicho que a lo mejor te habías ido al oeste.

—Ah —contestó como restándole importancia—. Tenía pensado mandarte una carta, pero al final...

Se interrumpió como si le hubiera distraído de repente algo que los sentidos de Mary no alcanzaron a percibir, se volvió hacia el mostrador de la cocina y se puso a abrir y a cerrar las puertas de los armarios. Aunque el dormitorio no estaba impecable tampoco estaba sucio, la cama estaba sin hacer pero las sábanas parecían limpias; había tazas y platos y cucharas esparcidos por el mostrador de la cocina, pero daba la impresión de que lo había lavado todo y lo había dejado allí para que se secara. En vez de dejar la ropa sucia tirada por toda la casa, la tenía amontonada en un rincón. Cuando se dio cuenta de que él estaba lo bastante bien como para arreglárselas por sí mismo fuera del hospital, creyó que se avecinaba una escenita; pensó que iba a tener que exponerle sus argumentos de inmediato, que iba a verse obligada a remangarse e ir retrocediendo en el tiempo dejando al descubierto un año tras otro tras otro hasta que ambos quedaran exhaustos, hasta que todo estuviera dicho y no quedara nada por añadir, y pudieran empezar entonces a hablar de la nueva situación en la que estaban y de cómo iban a lidiar con el mañana. Creía que iba a tener que establecer un límite y dejárselo claro; creía que él iba a intentar culparla, y tenía preparada una lista de agravios con la que iba a bombardearle si él se atrevía a insinuar siquiera que ella había sido la culpable de que su relación se rompiera. Sí, se había preparado para todo eso y resulta que él apenas parecía percatarse de su presencia.

—¿Quieres café? —Se lo preguntó sin volverse a mirarla, puso del derecho la taza que tenía sobre el mostrador y sacó otra de un armario que tan solo contenía varios platos dispares.

—¿Te encuentras bien?

Puede que un accidente como el que había sufrido cambiara a una persona, a lo mejor había sido demasiado cruel al dejarlo solo en el vestíbulo aquella vez; a lo mejor había estado esperándola y esperándola hasta que al final, al ver que ella no regresaba, que no lo buscaba, se había visto obligado a olvidarla por completo. A lo mejor se había hecho sus propias promesas a sí mismo, y el hecho de que ella hubiera regresado de improviso lo había descolocado. Le echó un rápido vistazo a la cocina y vio una única botella de Powers Gold en el estante superior de un armario, aún quedaban dos tercios de *whisky*; vio otra junto al fregadero, una de Baby Powells que estaba vacía, y se preguntó si aquello sería una especie de nueva disciplina. Volvió a olisquear el aire y siguió sin percibir nada raro. Puede que Alfred hubiera descubierto al fin cuál era la dosis exacta, tal y como haría un doctor, y la midiera de forma rigurosa.

Al ver que él notaba dónde tenía puesta la mirada y que procedía entonces a agarrar la botella vacía y a echarla a la basura, le dijo sin inflexión alguna en la voz:

—No he dicho nada.

Él se apoyó contra el mostrador de la cocina y se cruzó de brazos antes de contestar.

—¿De qué va todo esto, Mary? ¿Ha pasado algo?

—Tengo hambre, ¿por qué no comemos? ¿Quieres que te prepare algo?

—Ya lo hago yo.

Poco a poco, sin dejar de observarlo con atención, fue explicándoselo todo mientras cenaban unos huevos fritos con tostadas que él se encargó de preparar y servir en platos limpios (tan limpios, de hecho, que ella llegó a preguntarse si Jimmy se las habría ingeniado para avisarle de alguna forma de que ella había puesto rumbo a la parte alta de la ciudad para intentar localizarlo). Cuando ella alegó que el oficio de panadera no tenía nada que ver con el de cocinera, él sonrió por primera vez (aunque fue una sonrisa burlona), la miró por encima del hombro para preguntarle si estaba realmente convencida de eso o si estaba intentando hacérselo creer a él, y entonces se volvió de nuevo hacia los fogones, le dio la vuelta a un huevo y después al otro. Ella interrumpió su relato para alzar la barbilla y ver si había roto las yemas, y al ver que habían quedado intactas siguió hablándole de la panadería, de Evelyn y de Jacob, le contó que le había lanzado a Soper el plato de cortaditos de limón al verle. Alzó la barbilla de nuevo y le dijo que los huevos estaban listos, así que él los puso en dos platos junto con las respectivas tostadas. Cuando Mary hundió la dura esquina de pan en el cremoso centro, la yema se extendió por su plato en un bello y puro río amarillo que revelaba que estaba en su punto. Le contó también lo del incendio en la Triangle y le confesó que, por extraño que pudiera parecer, ese día se le había quedado incluso más grabado en la memoria que el de su salida de North Brother rumbo a la audiencia o el de su liberación. Se acordaba de todos y cada uno de los detalles; de todas y cada una de las prendas que llevaba puestas ese día, incluyendo la ropa interior; del hombre con la camisa manchada de tinta y de la propia camisa, una prenda a rayas de un claro tono azul. Recordaba a las lituanas alzando la mirada hacia el techo con cara de miedo al oír el retumbante sonido, el súbito pandemonio que se creó en la calle y aquella estremecedora calma de los días posteriores.

—¿Qué has estado haciendo tú? La monja me ha dicho que saliste del hospital en noviembre.

—Sí, así fue. —Deslizó la punta del dedo por el plato y se la llevó a la boca—. Pasé una temporada en Minnesota, pero...

—¿Pero qué?

Sabía de antemano lo que iba a oír. Se lo veía sano y fuerte, andaba derecho y sin tambalearse y no le temblaban las manos, pero era el mismo «pero» de siempre. ¿Qué habría sido en esa ocasión? ¿Habría bebido mientras trabajaba? ¿Habría sido impuntual de forma reiterada?

—Ese lugar no estaba hecho para mí. —Echó hacia atrás su plato y se levantó para servirse un poco de café—. ¿Qué piensas hacer? ¿Vas a quedarte aquí?

Mary supo de forma instintiva que él había dirigido la mirada hacia el pesado morral. La conocía desde que era una muchacha de diecisiete años, desde hacía toda una eternidad, y a pesar de eso estaba nerviosa.

—Sí —afirmó antes de volverse a mirarlo.

Él se quedó quieto durante un instante y luego puso una mano en el respaldo de la silla donde estaba sentada y asintió.

—Bien, me parece perfecto.

Esa noche, cuando Mary entró en el pequeño dormitorio para ponerse el camisón, él la siguió y se sentó en el borde de la cama. Estaba un poco más gordita que la última vez que se habían visto. Él había adelgazado. Ella tenía el vientre y los brazos lacios, ya no iba a poder tener hijos y eso era algo a lo que le costaba acostumbrarse. «Cuando me case», «Cuando tenga un hijo»... eran cosas que las mujeres solían decir muy a la ligera, y descubrir de pronto que era una mujer de cuarenta y tres años que jamás llegaría a tener hijos, saber que ese futuro ya había llegado, que ya formaba parte del pasado, no era fácil de aceptar.

Una vez que ella tuvo su ropa doblada y bien colocada encima del tocador, junto a su bote de crema y su peine, Alfred le dijo que iba a salir a buscar leche y pan, y por primera vez en todo el día la embargó la sensación de haber cometido un error. Todo parecía apuntar a que él había dejado la bebida, y resulta que aún no había pasado ni un día entero con ella y ya estaba buscando excusas para salir. Se imaginó a sí misma conociendo a sus nuevos vecinos cuando él regresara a casa a las dos de la madrugada, llamándola a voz en grito, así que optó por no contestar y se limitó a tumbarse de lado en la cama y a cerrar los ojos. Menos de quince minutos después se incorporó de nuevo, sobresaltada, cuando oyó que alguien cerraba los cerrojos de la puerta principal y el sonido de pasos acercándose.

—¡Qué susto me has dado! —exclamó cuando Alfred apareció en la puerta del dormitorio. Al verle sentarse en la silla del escritorio le vino a la mente la imagen de un sacerdote escuchando una confesión años atrás, al otro lado del Atlántico.

—¿Cómo vamos a hacer esto, Mary?

—No lo sé.

Él sacó una botella de aceite del escritorio, la destapó, se echó un poco en la palma de la mano y procedió a aplicárselo en el brazo malo con movimientos enérgicos, como si a fuerza de frotar pudiera lograr que esa piel volviera a ser como antes. Cuando volvió a guardar la botella, Mary vio que el cajón contenía también unos pequeños viales, una jeringa y pastillas esparcidas cual semillas por un prado, y se levantó de la cama para poder echar un vistazo.

—Para el dolor —le explicó él mientras iba sacándolo todo para mostrárselo.

—¿Aun te sigue doliendo? —Le sorprendió que así fuera. Aunque el brazo estaba dañado, parecía haber quedado sellado, como si se hubiera curado a sí mismo por completo y se hubiera escudado del dolor.

—A veces. Dicen que lo necesito como tratamiento de mantenimiento.

—¿Y eso es algo inusual? Ha pasado bastante tiempo. —Dirigió la mirada hacia su brazo sano y vio que tenía la carne de gallina.

—No sé, el médico sigue dándome las recetas. —Cerró el cajón después de volver a guardarlo todo—. A veces me cuesta dormir y la medicación también me sirve para eso. Me cuesta dormir desde que volví a Nueva York.

Mary se arrodilló junto a él y observó el brazo más de cerca. Era como el tronco de un árbol que está cubierto por una gruesa corteza y parece impenetrable, y en comparación la pálida piel del brazo sano tenía un aspecto vulnerable y daba la impresión de que podría romperse o quemarse con suma facilidad.

—¿Solo te quemaste el brazo?

Sin decir palabra ni titubear, con movimientos firmes, él se desabrochó la camisa y abrió la parte derecha. El fuego le había quemado el pecho desde la clavícula hasta la parte inferior de la caja torácica. Aunque las heridas no habían sido tan graves como las del brazo, habían dejado en él una huella indeleble. Ella posó la mano sobre su piel y notó bajo la palma los latidos de su corazón.

—Quería escribirte y empecé varias cartas, Mary, pero no sabía qué poner. Estaba intentando pensar en las palabras perfectas para convencerte de que accedieras a volver a verme y has aparecido de repente. Así, sin más, has aparecido y aquí estás —antes de besarla, la agarró de los antebrazos y posó la frente contra la suya, bajó entonces la cabeza hacia su cuello para inhalar su aroma y apoyó la cabeza en su hombro.

Mary cerró los ojos y notó el abrasivo roce de su barba incipiente contra la delicada piel del cuello, y de repente se sintió muy cansada. Al volver la vista atrás tuvo la impresión de que en esos veintiséis años que hacía que se conocían no se habían detenido ni un segundo, que se habían dedicado a trabajar y a pelear y a subir y bajar escaleras y a abrir y cerrar ventanas y a contar el dinero en la mesa y a pelear de nuevo y a salir otra vez y que, de vez en cuando, se miraban el uno al otro y conversaban y reían y hacían el amor sin prisas, sin apresurarse porque tuvieran algún quehacer pendiente. Un niño se puso a chillar en casa de alguno de los vecinos, una mujer le gritó que se callara. La luz que entraba por la ventana había ido menguando, la oscuridad había ido adueñándose del dormitorio, y ese lugar que a ella le había parecido austero y vacío en un primer momento empezó a parecerle meramente sencillo y sobrio. Aquí y allá veía la impronta de Alfred... su cuchilla de afeitar sobre el borde de la palangana, sus botas tumbadas boca arriba junto a la puerta.

—Lo siento, Mary —dijo él al cabo de un rato.

—Sí, yo también.

24

Pasaron el resto de la primavera poniéndose al día. Alfred trabajaba de carretero con el sindicato de transportistas y había sido elegido para aprender a conducir un vehículo motorizado. Antes de irse a trabajar preparaba su medicación con suma atención y precisión, como un médico preparando las dosis que debían administrárseles a pacientes que vivían en algún lugar lejano y temiera dejarse algo importante. El hombre que solía echar las sillas hacia atrás al levantarse de golpe se había esfumado, después de llegar a casa tras la jornada de trabajo casi nunca volvía a salir a menos que ella lo convenciera de que la acompañara al mercado o a dar un paseo. Mary le mandó una carta a Mila en la que le decía que estaba a salvo, que lo lamentaba si Soper había estado molestándola después de que ella se fuera. Quería preguntarle a su amiga si Soper había ido a buscarla, si había ido acompañado de la policía, pero no quería mandarle su nueva dirección por miedo a que Soper estuviera controlando el correo.

—¿Ese tipo tiene autoridad para hacer algo así? —le preguntó Alfred cuando ella le transmitió sus temores.

—No lo sé, pero lo que tengo claro es que lo haría si pudiera.

Se planteó ir a las oficinas del Departamento de Salud para explicar lo que había sucedido, pero sabía que ni una sola de esas personas iba a tragarse eso de que el oficio de panadera y el de cocinera eran distintos. A decir verdad, ahora que se paraba a pensar en ello ni ella misma se lo creía. Fuera como fuese, la cuestión era que nadie había enfermado (seguro que habría llegado algún rumor a la panadería si alguno de los clientes hubiera tenido la fiebre tifoidea), pero estaba convencida de que Soper debía de haber alertado a todos y cada uno de los trabajadores del Departamento de Salud y que, por mucho que se esforzara ella en hacerles cambiar de opinión, ninguno iba a ponerse de su parte. Empezarían de nuevo con las pruebas, la enviarían de regreso a North Brother... No, era mejor no correr ese riesgo.

El piso donde vivían era más barato que el que habían compartido en la calle 33 y con el sueldo de Alfred tenían para pagar el alquiler, pero ella quería trabajar. No se atrevía a buscar empleo en restaurantes ni en panaderías por miedo a que Soper estuviera buscándola por todas partes, así que empezó a ofrecer sus servicios como lavandera a la gente del vecindario. Se suponía que todas las viviendas del edificio donde vivían eran unipersonales y en ocasiones, cuando veía a un grupo de vecinos charlando en el vestíbulo junto a los buzones y pasaba junto a ellos, los oía susurrar sobre la pareja que estaba incumpliendo de forma flagrante las normas que todos los demás respetaban. Sí, se decía por ahí que él había sufrido un accidente, que había pasado un año en el hospital. ¿Dónde había estado ella durante todo ese tiempo? Toda mujer comprende lo solo que puede llegar a sentirse un hombre y más aún tratándose de un hombre herido, un hombre trabajador. ¿De cuánto tiempo disponía para sí mismo?, ¡pobrecito! Pero en cuanto a ella... ¿de dónde había salido?, ¿qué tramaba? Alfred Briehof era un vecino apreciado, un hombre callado que vivía y dejaba vivir sin meterse con nadie, pero ella era una mujer poco amigable que parecía tener un concepto demasiado elevado de sí misma y que había empezado a ir ofreciéndose como lavandera cuando sabía perfectamente bien que en el barrio había otras dos mujeres que ya se dedicaban a eso. No había duda de que era una desagradecida. Una mujer podía llevar las cosas de su familia a cualquiera de las lavanderas que había en esa calle y, por lo tanto, cuando elegía a una de ellas se daba por hecho que la lavandera en cuestión le ofrecería una taza de té o una porción de tarta, que le rebajaría cincuenta centavos de vez en cuando. Pero esa nueva vecina nunca tenía esos detalles, daba la impresión de que no le importaba lo más mínimo quedar bien, y si una le mencionaba siquiera que el cuello de una camisa no estaba todo lo limpio que cabría esperar teniendo en cuenta el precio que había pagado, se plantaba ante ti con actitud belicosa y te miraba con una expresión aterradora.

Llegó el otoño y una fresca neblina cubrió la ciudad. Mary recorría el mercado con una cesta por la que asomaban unas zanahorias cuyas verdes hojas colgaban en un lacio manojo terroso. Eligió papas (una para Alfred, otra para ella), pasó la mano para quitarles un poco la tierra y calculó la profundidad de los cortes que iba a tener que hacer con la punta del cuchillo para quitarles los brotes y las magulladuras. Alfred la seguía y se limitaba a contemplar sin interés los puestos mientras esperaba a que seleccionara lo que quería, ella preparaba la cena para ambos todas la noches y siempre procuraba ser lo más creativa posible ciñéndose al presupuesto del que disponían. Cuando el sindicato de transportistas se puso en huelga, se esforzó por publicitar aún más sus servicios como lavandera, intentó abarcar más terreno y sus esfuerzos dieron resultado. Su reputación fue creciendo, iban a verla mujeres cargadas con las camisas de sus maridos y dejó de molestarse en guardar la tabla de planchar por las noches. Alfred estaba siempre cansado, siempre. Dormía por la mañana y también por la tarde, se tomaba su medicación al despertar y a la hora de la comida y antes de la cena, y también antes de acostarse. El sindicato de transportistas dio por terminada la huelga al vencer en su lucha por el día de Navidad y por conseguir que no se descontara del sueldo la hora de la comida, así que regresó al trabajo.

La vida que llevaban no se parecía a la de ninguna de las épocas que habían vivido en el pasado. Había días en que Alfred no se sentía lo bastante bien para ir a trabajar y tenía que tomarse una dosis extra de medicina, y pasaban más tiempo juntos que separados. En el pasado quizás se habrían sentido agobiados por el hecho de vivir en un espacio tan reducido, podrían haber enloquecido como un par de perros rabiosos, pero en ese momento les resultaba reconfortante, los calmaba. Cada uno tenía sus propios dominios: Alfred permanecía gran parte del tiempo en el dormitorio, sentado en la silla del escritorio o tumbado en la cama, y ella casi siempre estaba en la cocina. Al llegar del trabajo, él solía ir directo al dormitorio para aplicarse aceite en el brazo y en el pecho y para inyectarse la medicación que solo podía administrarse mediante una aguja y una jeringa, y cuando ella se asomaba para avisarle de que la cena estaba lista, casi siempre lo encontraba acurrucado en la cama y totalmente rendido, con una mano cerrada bajo la barbilla y la otra extendida con la palma hacia arriba.

A veces cerraba los ojos incluso estando despierto; según él, la luz le molestaba y desde el accidente había empezado a tener dolores de cabeza. Le dolían las entrañas, le costaba mantener el calor, se sentía mareado... la medicación lo ayudaba con todo ello, pero solo de forma temporal.

Un día, en octubre de 1912, se quedó dormido al volante de un camión mientras se dirigía hacia Riverdale y se salió de la carretera. Transportaba ladrillos para un constructor y, aunque no se rompió ni uno solo y tampoco hubo heridos, la empresa insistió en despedirlo y los del sindicato le encontraron otro empleo. La situación se repitió (en esa ocasión cuando estaba transportando cuatro mil pollitos de un día de edad desde Nyack, una localidad del estado de Nueva York, hasta el Bronx), y lo trasladaron de nuevo con la advertencia de que la próxima vez tan solo iban a poder conseguirle un puesto de despachador porque no podían hacer milagros. Él les dijo que estaba seguro de que la cosa volvería a repetirse, así que podían buscarle ese puesto de despachador sin más demora. Después de eso, ella empezó a notarlo más distante, como si se hubiera cubierto la cabeza con una capucha y se hubiera adentrado en un lugar sombrío.

En Navidad compartieron una pechuga asada de ganso y Mary leyó en voz alta el periódico. A finales de febrero de 1913, ella le compró un buen abrigo de lana gris para reemplazar aquel otro tan horrible que él se había comprado en Minnesota. Alfred se lo puso durante todo ese mes y ella se encargó luego de guardarlo con bolas de naftalina hasta el año siguiente. Llegó la primavera y las aceras empezaron a llenarse de niños como si fueran bulbos que se habían plantado en otoño y habían brotado del suelo de la noche a la mañana; gritaban y chillaban y jugaban a la pelota en la calle y esquivaban el tráfico y asustaban a los caballos, y Alfred permanecía parado junto a la ventana escuchándolos.

Llegó el verano, y un domingo de finales de junio Mary lo convenció de ir a pasar el día fuera. Se dirigieron a la estación Pensilvania, cuya estructura de granito rosado resultaba imponente, compraron dos billetes para Long Island y pasaron el día en la playa. Ella iba preparada con una sábana limpia para que pudieran sentarse en la arena y con una cesta de comida; pasearon por las rocas con los zapatos en la mano hasta que Alfred empezó a sentirse cansado y durmieron una siesta sobre la sábana antes de regresar a Manhattan. Durante el trayecto de vuelta a la ciudad comentaron que no se podían creer que no hubieran hecho nunca antes esa salida. Afirmaron con convicción que volverían a repetir la experiencia antes de que el verano llegara a su fin, pero llegaron unos días lluviosos y cuando volvió a salir el sol ella comentó que los billetes de tren eran muy caros, y después él no se sintió con ganas de salir, y antes de que se dieran cuenta había llegado el otoño.

Las hojas cayeron de los árboles y llegó un invierno más, dio comienzo un nuevo año; y de buenas a primeras, un día a finales de febrero de 1914, Alfred regresó de la consulta del doctor Tropp con el rostro macilento, fue directo al dormitorio y cerró la puerta.

—¿Qué ha pasado? —le preguntó ella mientras llamaba a la puerta. Al ver que no contestaba, abrió sin más y lo encontró de pie junto a la ventana, con las manos en las caderas.

—Nada. No puede darme más recetas, es una nueva ley.

—No lo entiendo.

—Yo tampoco. Lo único que me ha dicho es que ha salido una nueva ley, y que no puede seguir haciéndome recetas para el tratamiento de mantenimiento. Se ve que los del gobierno van a empezar a revisar todas las que haga y si no les gusta lo que ven, le quitarán el permiso para ejercer. Me ha dicho que de ahora en adelante vaya a una clínica de mantenimiento que hay en la calle 8.

—Bueno, entonces no veo dónde está el problema.

—Es una clínica de reducción.

—¿Qué quiere decir eso? ¿Van a darte algo o no?

—Van a... —dejó la frase inacabada, acercó un dedo al cristal de la ventana y dibujó un círculo; a continuación dibujó un cuadrado—. Es una clínica donde te ayudan a ir dejando la medicación hasta que al final te la quitan del todo.

—Pero ¿te duele cuando se te pasa el efecto?

—No lo sé —admitió mientras se frotaba el brazo.

Hacia el final de su vida, cuando Mary no tenía nada que hacer salvo pensar en las cosas que había hecho cuando aún era joven y, en especial, durante esos meses en los que iba acercándose al final de su juventud y empezaba a envejecer, se preguntó por qué había perdido tanto tiempo, un tiempo tan valioso, intentando cambiar las cosas: intentando cambiarse a sí misma y a Alfred y la forma en que vivían y lo que pensaban y lo que tenían y la forma en que se hablaban el uno al otro y la forma en que se amaban. Todo. Cuando Alfred le contó que Tropp ya no iba a hacerle más recetas, ella se quedó allí plantada con la mirada fija en su nuca deseando para sus adentros que él le restara importancia a aquella noticia y le asegurara que todo iba a salir bien. Quería que él se olvidara de sus medicinas, que se afeitara y fuera a trabajar, que se ganara su sueldo, que la acompañara al mercado, que hablara con ella. Y años después se dio cuenta de que, quizás, lo único que él había deseado de ella en ese momento era que le pusiera las manos en los hombros, que le besara el cuello, que le dijera que pasara lo que pasase todo acabaría por solucionarse.

La clínica le redujo la dosis de medicación en su primera visita, y le dijeron que el objetivo era que dejara la medicación por completo en cuestión de seis semanas. Ella lo acompañó. Habían pasado casi dos años desde que Soper la había descubierto en la panadería, desde que había salido huyendo por la puerta de atrás. Conforme iba pasando el tiempo cada vez pensaba menos en ese tipo; al recordar los años que había pasado temiendo que llegara la fecha de la siguiente revisión, intentando hacer sus necesidades en un orinal mientras una joven enfermera intentaba darle conversación, se preguntó si había sido una locura someterse a algo así. En aquel entonces se sentía cansada, estaba confundida, asustada y enfadada. El joven médico que los atendió en la clínica de reducción hizo oídos sordos cuando Alfred le dijo que no podía dejar la medicación, que no podía trabajar sin ella, y les explicó a su vez que había dejado de ser una medicina para él desde que se habían sanado sus heridas, que había dejado de ser un paciente y se había convertido en un adicto. Alfred apretó los puños y la piel del cuello se le moteó de rojo por la furia que lo embargaba, pero no dijo ni una sola palabra. Según añadió el médico, aunque Alfred no tenía la culpa de lo que pasaba, llevaba años sin ser un paciente y, ahora que se sabía más acerca de toda esa clase de sustancias, estaba en sus manos liberarse de aquella soga que tenía alrededor del cuello. Ella creyó que él iba a protestar, que iba a explicarle al médico que las heridas aún seguían doliéndole de noche, que estaba en una categoría totalmente distinta, pero Alfred se limitó a apretar la mandíbula y a marcharse de allí sin más, y para cuando ella salió a la calle tras él no lo vio por ninguna parte.

«Ahí es donde tendrías que haberlo hecho mejor», pensó la distante Mary al volver la vista atrás hacia la que estaba viviendo aquel momento. «Ahí es donde tendrías que haberlo ayudado más, donde tendrías que haber usado toda tu fuerza interior para escudarlo de cualesquiera que fuesen sus miedos». El precio de la medicación había subido con la llegada de la ley nueva y más tarde, cuando Alfred le dijo que no iba a renunciar a esas sustancias, que no podía hacerlo, que simplemente no podía, se quedó callada por egoísmo. Le gustaba aquel Alfred. No habían discutido en cerca de dos años; se sentaban a la mesa juntos para las tres comidas diarias y, aunque él se quedaba dormido de vez en cuando mientras ella le hablaba, aunque se pasaba las mañanas junto a la ventana, con la mirada perdida fija en la acera desierta que había al otro lado de la calle, le parecía un bajo precio a pagar a cambio de que hubiera paz entre ellos.

Él le dijo que la medicación se podía comprar en otros sitios; iba a salir más cara, sobre todo ahora, tal y como estaban las cosas, pero no quedaba más remedio. Ella tendría que haberle dicho que ni hablar y, para ser más categórica aun, tendría que haber actuado tal y como lo habría hecho en los viejos tiempos: tendría que haber lanzado al fuego lo que quedaba de la medicación antes de salir a paso firme de la habitación. Pero en vez de eso se había limitado a asentir y le había preguntado dónde.

A la mañana siguiente, cuando vio que él había despertado antes que ella y estaba poniéndose una camiseta interior limpia, no le preguntó a dónde iba ni a qué hora iba a volver a casa.

Pero permanecer callada no le sirvió de nada. A pesar de su decisión de no oponerse a lo que él quería, la paz que había reinado entre ellos durante esa época quedó truncada, destruida por completo. La heroína era más barata que la morfina entonces, no estaba tan estrictamente regulada, y Alfred había oído hablar de un médico de la calle 90 Este que no dudaba en recetar heroína para problemas respiratorios graves.

—¿Sufre usted algún problema respiratorio, señor Briehof? —le preguntó cuando fue a verlo, mientras pasaba el pulgar por las hojas de su talonario de recetas.

Alfred le pagó, y desde el instante en que inhaló la sustancia supo que no era exactamente igual a la de antes. Lo mismo pasaba con la morfina. Todo se cortaba, se mezclaba con lactosa o bicarbonato; incluso el láudano se diluía con alcohol, con sirope o zumo. Él medía sus propias dosis, pero no le servía de nada. A veces dormía durante días enteros, pero ya no encontraba solaz en el mundo de los sueños. Daba vueltas y vueltas en la cama y se aferraba a la almohada, y cuando Mary entraba a ver cómo estaba, se encontraba a menudo con que había empapado las sábanas de sudor, aunque era igual de probable que se lo encontrara temblando y encogido, abrazándose como un niñito. Se cagaba encima. En el pasado, incluso cuando bebía, tenía el básico sentido común de disculparse por algo tan repugnante, pero ahora se cagaba y no decía nada y se limitaba a apartarse de la mierda. Quienes llegaban cargados de ropa sucia se detenían en el umbral de la puerta, respiraban hondo y decían que regresarían en otra ocasión; los del sindicato de transportistas enviaron una carta avisando que no podían readmitirlo hasta que pagara las cuotas que debía.

Fue en ese momento cuando ella tendría que haberse marchado, o en ese otro, y si no en ese o en ese... Alfred habría reaccionado si ella se hubiera ido, habría prestado atención, pero se había quedado y había intentado ganar más dinero, y todo cuanto ganaba se lo daba a él. Las leyes se volvieron más estrictas, los medicamentos iban subiendo de precio mes a mes.

Cuando una vecina de la cuarta planta regresó del hospital, ella se distrajo subiéndole una quiche y una hogaza de pan con pasas recién hecha y, una vez que la mujer tuvo fuerzas suficientes para salir de nuevo de su casa, bajó a darle las gracias y le preguntó si podría preparar otra de esas quiches para una amiga suya. Agregó que le pagaría, por supuesto, y en ese momento Mary sintió como si algo se encendiera en su interior. Le dijo que sí y le dio un precio, una cifra que era casi tanto como lo que ganaba con media jornada de trabajo como lavandera. Una sola quiche. Y, en vez de decir que el precio era excesivo, la mujer la miró agradecida y le dijo que había sido su quiche lo que le había dado fuerzas.

Su miedo a que Soper pudiera estar al acecho detrás de cada esquina, a que estuviera espiándola a través de alguna pequeña grieta de la puerta, se había desvanecido por completo y se imaginó horneando en la pequeña cocina, colocando lo que fuera preparando a lo largo del alféizar de la ventana. Hizo correr la voz de que cocinaba y hacía entregas de comida, y empezó a comentarse por el vecindario que sus platos estaban muy buenos. Dejó de trabajar como lavandera, y en una ocasión en que Alfred se sentía lo bastante bien para hacerle compañía en la cocina y estaba lo bastante animado para hablar, se acercó a ella por la espalda y le susurró que no había lugar más cálido y acogedor en el mundo que ese pisito de ambos cuando ella tenía mantequilla derritiéndose en la sartén, cuando echaba un puñado de cebolla picada y unas zanahorias troceadas.

Él llegó un día al anochecer con un ojo morado y el labio roto y pasó varios días muy mal, vomitando en cuencos que acababa volcando cuando empezaba a moverse agitado en la cama. Ella se puso su mejor vestido y fue a ver al doctor Tropp decidida a convencerle de que, tal y como había hecho tantas veces en el pasado, hiciera una nueva receta para Alfred, pero al llegar se encontró con que el cartel de la consulta había desaparecido y la puerta estaba cerrada con llave. Acudió a un boticario que le dijo que no podía hacer algo así, que le retirarían el permiso para ejercer su profesión, que ahora había que llevar un registro y cada cierto tiempo se presentaba un inspector a revisar los datos. Le aconsejó que fuera a la clínica de reducción y, cuando ella contestó que ya había estado allí, él se encogió de hombros como diciendo que no podía hacer nada para ayudarla.

—Pero hay ciertos lugares a los que se puede acudir —le dijo ella con frialdad—. Sé que los hay, no intente hacerme creer que no es así.

—Sí, pero se necesita dinero. Y hay que tener estómago.

—Lo tengo.

Al igual que el doctor Tropp, el médico de la calle 90 Este se había esfumado súbitamente y sin dejar rastro, pero se enteraron de que había otro en la calle Spring. Alfred quiso saber de cuánto dinero disponía Mary, hasta el último centavo. A juzgar por cómo la miraba, estaba claro que pensaba que eso iba a enfurecerla, que iba a contestarle que no era de su incumbencia cuánto dinero tuviera o dejara de tener, pero ella se acercó al armario y contaron entre los dos hasta la última moneda. Él no estaba en condiciones de ir hasta la consulta porque le dolía el estómago, así que ella se aplicó un poco de maquillaje y fue sola. Dado que la consulta estaba en la parte baja de la ciudad, esperaba encontrar oscuros callejones y puertas cerradas, así que se sorprendió cuando la hicieron entrar en una agradable sala de espera. Al cabo de unos minutos le indicaron que pasara a otra, una bien iluminada y limpia donde un hombre con barba le preguntó qué era lo que necesitaba exactamente. Ella detalló lo que Alfred había estado tomando y, cuando él estipuló un precio, contó el dinero y lo puso sobre la mesa.

En casa siempre tenía el horno en marcha y compró más ollas y sartenes para poder tener varias elaboraciones esperando mientras otras cosas estaban cocinándose. Preparaba tartas, tanto dulces como saladas; preparaba también asados, estofados, guisos. Fue corriéndose más y más la voz. Ganaba más dinero y cada dos semanas, tras apartar lo necesario para el pago del alquiler, tomaba todo cuanto tenía y salía rumbo a la calle Spring para conseguirle más medicación a Alfred. Él se sentaba a la mesa cuando se sentía lo bastante bien, a un ladito para no estorbar, y la observaba con la palma de la mano apoyada en las cicatrices que le surcaban el pecho.

* * *

Que ella supiera, nadie había enfermado por culpa de lo que cocinaba, pero a veces, cuando se encontraba con alguien al que llevaba tiempo sin ver, no podía evitar preguntarle si estaba bien, si había estado enfermo. Al final siempre resultaba que la persona en cuestión había estado ausente por causas que no tenían nada que ver con la comida, y eso la llevaba a acordarse de North Brother y a pensar en lo absurdo que parecía todo después de tanto tiempo. La gente enfermaba y después solía recuperarse. Era triste que alguien no lograra salir adelante, pero era increíble que la hubieran culpado a ella, a una mujer normal y corriente, cuando la ciudad de Nueva York era un hervidero de enfermedades y los médicos habían empezado a afirmar que incluso los asideros del metro estaban bajo sospecha. ¿Qué iban a hacer, clausurar las estaciones? ¡No, claro que no!

Una tal señora Hughes pasó a verla un día. Le dijo que vivía a dos manzanas al norte de allí y que su hijo acababa de prometerse en matrimonio, que había oído hablar de ella y quería servirle algo especial a su futura nuera, algo que pudiera asegurar haber preparado ella misma.

—Unas natillas como las que se hacen en el viejo mundo —propuso la mujer—, podría servirlas calentitas sobre fruta variada troceada. Le traeré aquí mis platos para que usted los prepare y después me lo llevaré todo a casa en un periquete.

Mary estaba preparando en ese momento un asado y al oír esas palabras sintió que le daba un vuelco el estómago e interrumpió por un momento su tarea.

—Prepararé las natillas, pero de la fruta se encarga usted en su casa.

—Pero si le pago...

—No, solo haré las natillas. —Nunca antes le había puesto pegas a un cliente, y a ella misma le sorprendió su propia decisión de no aceptar lo que le pedía la señora Hughes.

—Pero ¿por qué? —le preguntó la mujer, sorprendida.

—¿Quiere las natillas o no?

—No, no las quiero si no me prepara también la fruta.

—No —lo dijo con voz firme y se cruzó de brazos.

Si estaba negándose no era porque lo que le habían dicho en North Brother fuera cierto, sino porque le habían metido tanto miedo que tenía la mente hecha un lío. Sí, su renuencia tan solo se debía a eso. Lo que habían hecho con ella era realmente criminal, no era de extrañar que hubiera quedado algo afectada. Sintió la súbita necesidad de lavarse las manos y echarse agua en la cara.

La señora Hughes se llevó las manos a las caderas y siguió insistiendo.

—¡De verdad que no la entiendo! Me dijeron que usted prepara todo tipo de comida, que es muy buena.

—Mire, ¿qué le parece si le preparo un delicioso pastel de fruta? En esta época del año, sería una opción mejor. Tráigame su tartera, le haré uno precioso y se lo llevaré a su casa recién salido del horno.

—Pero para el pastel también tendrá que trocear fruta de todas formas, ¿no?

—Sí, pero... —Mary suspiró—. Está bien, tráigame la fruta.

Días después, cuando la señora Waverly (una vecina de la tercera planta) fue a verla una mañana y le preguntó si podía hablar con ella sobre un asunto serio, Mary tragó saliva e intentó recordar todo lo que había cocinado a lo largo de ese mes. Cuando trabajaba en la panadería no se había preocupado tanto, pero no era lo mismo porque allí estaban el espacioso obrador, la cola de clientes que llegaba a la calle, Evelyn amasando y troceando plácidamente en su rincón... Lo limpiaban todo al finalizar la jornada y a la mañana siguiente, al entrar por la puerta trasera, las herramientas estaban prístinas. La panadería estaba bien ventilada e iluminada, había espacio para moverse y una serie de repisas donde se dejaban enfriar las cosas. Ahora que estaba trabajando en su propia cocina sentía que apenas tenía espacio, y le parecía que las superficies estaban pringosas constantemente por muchas veces que metiera un paño en agua caliente y limpiara a conciencia el mostrador, la mesa, los armarios y el suelo. Respiró hondo mientras intentaba prepararse para oír lo que la señora Waverly deseaba decirle, pero, en vez de contarle que había habido un brote de fiebre en el vecindario, la mujer le preguntó si se había planteado alguna vez conseguir trabajo como cocinera profesional.

—Si es usted capaz de cocinar tan bien aquí —recorrió con la mirada la estrecha cocina, el pequeño horno—, no me imagino lo que podría hacer en una cocina de verdad.

Mary mantuvo la boca cerrada y se limitó a escuchar.

—Soy la enfermera jefe del Hospital Sloane de Maternidad, la cocinera acaba de dejar su puesto. El sueldo es excelente y puedo asegurarle que se trata de un lugar muy agradable. ¿Ha cocinado alguna vez a esa escala? Todas las camas suelen estar ocupadas, y también hay que contar a los médicos y a las enfermeras y a algún que otro visitante de vez en cuando. Puedo proponerla para el puesto. —Se echó a reír—. La verdad es que yo soy la encargada de encontrar a la persona adecuada, así que lo tendría todo a su favor. —Al ver que permanecía callada y tragaba saliva, añadió—: ya sé que suena abrumador, pero contaría con ayuda de sobra.

—No es eso... —Dejó la cuchara sobre el mostrador de la cocina y se cruzó de brazos. Se sentía un poco mareada y se habría sentado de haber tenido donde hacerlo, pero había puesto a enfriar unos pasteles de carne sobre el asiento de las dos sillas.

—Piénseselo bien —insistió la señora Waverly—. Si hace un buen trabajo le subirán el sueldo, y es un empleo estable. La última cocinera llevaba años allí.

Mary tocó el borde del mostrador. Se imaginó el tamaño de la nevera que debían de tener en el hospital, lo grande que debía de ser el horno, los distintos compartimientos para asar y para mantener la comida caliente, los montones y montones de impecables platos blancos, las ollas y cazuelas con fondo de cobre.

—Mire, ¿por qué no se acerca por allí para hablar con el administrador? Así podrá plantearle cualquier duda que pueda tener. Deme su nombre completo y le avisaré de que va a ir a verlo.

—Sí, está bien. De acuerdo.

—¿Tiene una hoja de papel? ¿Mary qué más? ¿Puede deletrearme su apellido?

—Es fácil de escribir. Me llamo Mary Brown, como el color en inglés.

Si no hubiera estado tan nerviosa, la entrevista le habría dado risa. Se lavó bien la noche anterior y volvió a hacerlo por la mañana, se cortó las uñas y se frotó los puños de la ropa con bicarbonato y un cepillo de dientes, usó un poco del tónico capilar de Alfred para echarse hasta el último cabello hacia atrás y dejar su rostro completamente despejado. El administrador (que estaba claro que no tenía ni idea de cocina) se limitó a preguntarle si era capaz de cocinar para tanta gente, pero no le hizo ni una sola pregunta sobre cómo pensaba arreglárselas para aprovechar al máximo los ingredientes, para procurar hacer elaboraciones sencillas, para asegurarse de que toda la comida se sirviera al mismo tiempo y se mantuviera caliente. Pero entonces le pidió una referencia, y ella tragó saliva y tuvo ganas de darse de cabezazos contra la pared por no haber anticipado algo así. En cualquier caso, logró mantener la compostura y contestó con calma.

—Sí. La señora Emilia Borriello, puedo anotarle su dirección. Y la señora Harriet. . . Harriet Sloane.

—¿Sloane? ¿Se llamaba igual que nuestro hospital?

—Sí, así es.

—Vaya, ¡me parece una buena señal! —dijo él. Tras anotar la dirección de Mary, procedió a escribir encima su nombre—. Dijo que se apellidaba Browne, ¿verdad? —Alzó un poco la hoja de papel para mostrársela.

—Sin *e* al final. Brown.

363

—De acuerdo. —Corrigió el apellido y le estrechó la mano.

Mary esperaba que le dijera que iba a contrastar primero sus referencias y que ya le avisaría cuando tomara una decisión, pero no fue así. Dado que la señora Waverly la había recomendado, el hombre le dijo que podía incorporarse al trabajo el lunes siguiente a menos que le enviaran otras instrucciones. De camino a la salida pasó junto a una sala donde había seis mujeres recuperándose, cada una con su bebé en una cuna junto a la cama.

25

Una vez que se acostumbró a que la llamaran señora Brown, Mary llegó a la conclusión de que el hospital era sin duda el mejor lugar donde había trabajado. Había presenciado partos en el pasado (había sido la encargada de sujetar una pierna cuando una vecina de la tía Kate se había puesto de parto de forma imprevista, y en muchas ocasiones había esperado al pie de la escalera junto con el resto de los miembros del servicio mientras la señora de una casa gemía y gritaba hasta que el médico llegaba con el cloroformo) y creía que el Sloane sería un lugar caótico. En un vecindario, las embarazadas solían recorrer los pasillos al ponerse de parto para intentar ayudar a que naciera el bebé, iban de acá para allá deslizando las yemas de los dedos por las empapeladas paredes para ayudarse a mantener el equilibrio, así que esperaba tener que ir serpenteando entre embarazadas que recorrían exhaustas los pasillos del hospital. Pero el Sloane resultó ser un lugar muy bien organizado, un sitio limpio, bien iluminado y reluciente donde todas las habitaciones estaban dotadas de extraños artilugios que proporcionaban a los médicos información sobre el bebé que estaba por llegar. Oía hablar a las enfermeras de algo llamado «sueño crepuscular» y tardó una semana en darse cuenta de que se referían al parto, que solía ser silencioso. El hecho de que en muchas ocasiones los bebés también permanecieran en silencio al nacer era algo que a ella le resultaba preocupante, pero las enfermeras ni se inmutaban y, con toda naturalidad, envolvían los laxos cuerpecitos en mantas y los colocaban sobre la almohada junto a sus respectivas madres para que estas pudieran contemplarlos. Los bebés tardaban horas e incluso días en

reaccionar, en empezar a gimotear y a llorar, y a los que estaban especialmente inquietos se les administraba un poco de jarabe de codeína para calmarlos.

A los médicos les daba igual lo que les preparara de comer, lo único que les importaba era que de la cocina salieran platos de comida caliente. En las residencias privadas no se le permitía al personal expresar su opinión sobre ningún tema político; en el Sloane, sin embargo, pasaban el rato hablando del presidente Wilson, del impuesto sobre la renta, de la guerra que estaba gestándose en Europa. El administrador la llamaba a su despacho de vez en cuando, pero solo era para preguntarle si contaba con toda la ayuda y el equipamiento necesarios. Las empleadas eran honestas, y cuando ella las mandaba a comprar algo, le traían lo que había pedido. ¿Qué más le daba a ella si se llevaban a casa algo de comida? Al fin y al cabo, era lo que ella misma había hecho multitud de veces en el pasado.

Llegaba al hospital a las cinco de la mañana y se iba a las cinco de la tarde, tras asegurarse de que las demás sabían cómo terminar la cena que les dejaba empezada y que las cantidades eran las correctas y no iba a faltar comida. La última tarea que hacía siempre antes de irse era dejar la avena en remojo, para que al día siguiente se cocinara con rapidez.

Pero una tarde, cuando llevaba unas seis semanas en el Sloane, llegó a casa con dos bocadillos de pechuga de pavo envueltos con esmero en el bolso y se encontró a Alfred tirado en el suelo al lado de la cama donde dormía ella, tenía el rostro grisáceo y la piel tan fría como un trozo de bacalao.

—¡Alfred! —gritó antes de agarrarle las manos y tirar para intentar levantarlo. Se las soltó y le abofeteó la cara—. ¡Alfred! —Le dio otra bofetada.

Justo cuando se disponía a salir corriendo a la escalera para pedir auxilio, él parpadeó e intentó incorporarse.

—Ve a por Jimmy o a por el señor Hallenan, Mary. Alguien fuerte.

—¿Se puede saber de qué estás hablando? ¡Ya no estamos en la calle 33! ¡Alfred, por favor, no me asustes!

Permaneció callado tanto tiempo que ella empezó a pensar que se había quedado dormido con los ojos abiertos, pero reaccionó al fin.

—Ya estoy bien. Me he confundido por un momento, nada más.

Ella soltó un largo suspiro de alivio.

—¡Qué susto me has dado!

Al día siguiente se resistía a dejarlo solo durante doce horas. Se planteó pedirle a alguno de los vecinos que se pasara a verlo de vez en cuando mientras ella estaba trabajando, pero mientras bajaba la escalera se dio cuenta de que, aunque intercambiaban saludos y algún que otro comentario cordial al cruzarse por la escalera, y a muchos de ellos les había lavado la ropa o les había cocinado algún plato, lo cierto era que no conocía a ninguno lo bastante bien como para pedir un favor así; además, seguro que le harían un montón de preguntas al respecto, y puede que le fueran con el chisme a alguien. No, era mejor dejar que Alfred durmiera tranquilo. A veces se pasaba el día entero durmiendo y lo más probable era que ese fuera el caso. Permanecería encogido bajo las mantas hasta que ella regresara a casa y, con un poco de suerte, conseguiría entonces que comiera algo. Le había dejado un plato con pan y mantequilla junto a la cama, además de un buen vaso de agua.

No logró concentrarse en su tarea en todo el día. Una mujer que acababa de dar a luz había muerto en medio de la noche, se determinó que la causa había sido una septicemia y por todas partes, incluso en la cocina, se extendió un ambiente de tristeza y desánimo. Las enfermeras lloraban por aquella niñita que había quedado huérfana de madre, lloraron con más fuerza aun cuando el marido llegó y hubo que enseñarle cómo tomar en brazos y sostener un bebé. Todo el mundo creyó que el silencio de Mary se debía a aquella tristeza generalizada y fue un alivio no tener que responder a preguntas incómodas. Lo de aquella mujer era terrible, que falleciera una persona joven era siempre una tragedia, pero no pudo evitar pensar que las mujeres que acudían a ese hospital eran ricas. Dar a luz en el Sloane costaba más de lo que ella ganaba en seis meses, y alguien con esa cantidad de dinero también debía de tener personal a su servicio y el apoyo de su familia. En esa ciudad morían mujeres pobres a diario, mujeres que tenían dos, tres o cuatro niños que quedaban huérfanos.

No podía dejar de pensar en si Alfred habría despertado, en si habría visto el pan. A veces se sentía mucho mejor después de asearse, así que le iba a dejar una pastilla de jabón y un paño sobre la repisa para que recordara hacerlo. Podía fingir que le dolía la cabeza, marcharse temprano, ir a casa para ver cómo estaba. A él le iría bien ir a dar un paseo si se sentía con fuerzas para ello, quizás sería buena idea que salieran a cenar fuera. Habían abierto un restaurante nuevo cerca de la universidad, a lo mejor le sentaba bien estar rodeado de gente. Seguro que la energía de la ciudad le animaba y le daba fuerzas renovadas.

Troceó y salteó y se llevó la cuchara a la boca para probar cómo estaba el guiso, volvió a meterla en la olla y removió con ella la comida. Echó sal y pimienta, picó orégano y perejil y deslizó el dedo por la hoja del cuchillo para añadirlos a la olla. Todo ello mientras seguía pensando en Alfred. Midió un poco de nata, revisó vasos y platos y tenedores y cucharas para asegurarse de que estuvieran bien limpios, le pidió a una de las muchachas nuevas que volviera a lavarlo todo otra vez.

Cuando llegó a casa, Alfred le dijo que se encontraba mejor, pero que no quería salir a ningún sitio, así que se sentó sola en la cocina y puso los pies sobre la silla que solía usar él. Estaba cansada, y al sentarse fue cuando tomó conciencia realmente de lo preocupada que había estado. Intentó leer un poco, pero no podía concentrarse y acababa releyendo la misma frase una y otra vez.

A la mañana siguiente, el ambiente entre las enfermeras era bastante tirante. Faltaban dos que no se habían presentado a trabajar porque se encontraban mal, una de ellas era la señora Waverly y, sin ella controlando la situación con serena autoridad, las demás eran como un grupo de niñitas que se habían quedado solas en una habitación sin la supervisión de un adulto. Mary pensó en Alfred, ojalá que no hubiera pillado nada. Puede que lo que le aquejaba en ese momento no tuviera nada que ver con la medicación, a lo mejor había pillado una gripe y en uno o dos días estaría recuperado.

Al llegar a casa al final de la jornada volvió a encontrárselo bastante mal, pero era obvio que se había levantado de la cama mientras ella estaba en el hospital (el cajón de la cubertería estaba medio colgando, había un vaso sucio en el fregadero). Lo encontró durmiendo en la cama totalmente vestido y tuvo que llamarlo tres veces por su nombre y sacudirlo para lograr que abriera los ojos y la mirara.

—Mary. —Posó una mano sobre el regazo de ella antes de quedarse dormido de nuevo.

Al día siguiente se ausentaron varios miembros más del personal; una madre a la que se le había dado el alta un mes atrás fue ingresada junto con su hijo, los dos tenían una fiebre muy alta y una de las ayudantes de cocina comentó que debía de ser otro caso de septicemia. El administrador le asignó a la enferma una habitación para ella sola y fue a ver a Mary para preguntarle si estaría dispuesta a echar una mano cuando tuviera algún momento libre; le dijo que había mucho que hacer y que solo sería por unos días, hasta que todos se hubieran recuperado de lo que fuera que parecía estar circulando por allí y el hospital volviera a contar con el personal al completo. Los médicos recorrían los pasillos a paso rápido y con semblante grave, cansados y obviamente preocupados; los que solían marcharse a la misma hora que ella alargaban aún más la jornada, y algunos se quedaban toda la noche allí. En una ocasión, mientras pasaba por un pasillo empujando el carrito con la cena, vio a tres de ellos hablando en voz baja en un rincón apartado. Uno se quitó las gafas y se frotó los ojos con cansancio.

Estaba en la habitación de una de las pacientes, levantando la tapa que cubría un plato de estofado de ternera, cuando una súbita idea la recorrió como un temblor. Una enfermera entró en ese momento, pasó junto a ella, le tomó el pulso a la paciente, se asomó a la cuna para ver cómo estaba el bebé y al volverse hacia ella puso cara de preocupación.

—¡Vaya por Dios! ¡No me digas que tú también lo has pillado! —La ayudó a sentarse en una silla y le sostuvo las muñecas durante unos segundos—. Tienes el pulso acelerado. —Le puso el dorso de la mano en la frente—. No tienes fiebre.

—Estoy bien. Un poco cansada, eso es todo —susurró ella.

—¿Estás segura?

—¿Es septicemia? —Alcanzó a decir, mientras luchaba por evitar que le temblara la voz—. ¿Puede tratarse de otra cosa?

La joven enfermera suspiró antes de contestar.

—Al principio pensaron que sí que lo era, pero al ver que había tantos casos lo descartaron. Ahora creen que puede ser fiebre tifoidea.

Mary sintió que en sus entrañas estallaba un caos irrefrenable, la enfermera la instó a reclinarse en la silla.

—Deberías irte a tu casa, Mary.

Al ver a un médico que pasaba por el pasillo, la mujer le hizo un gesto para que se acercara y le dijo lo que pasaba.

—Váyase a casa, señora Brown —dijo él—. Venga mañana si se siente bien, pero si no es así es mejor que se quede en casa. Nos las arreglaremos sin usted.

—¡He dicho que estoy bien!

—Órdenes del médico.

Estaba demasiado cansada para protestar. Recogió sus cosas, le dejó instrucciones a la mujer que estaba ayudando en la cocina y salió del hospital antes del mediodía.

Tendría que haber regresado junto a Alfred de inmediato, pero en vez de eso se limitó a caminar y caminar y cuando por fin se fijó en lo que hacía se dio cuenta de que había recorrido un montón de manzanas sin percatarse. Se dejó llevar por la marea de transeúntes y sintió que se sumía en una especie de trance mientras posaba la mirada en los escaparates, mientras sorteaba plaquitas de hielo y rodeaba excrementos de caballo amontonados que se habían quedado helados, petrificados, y que permanecerían así hasta los cálidos días de finales de marzo. Era febrero de 1915 y caminaba por la calle con el abrigo abierto, con su pálido cuello expuesto al cortante viento. Anhelaba tumbarse y dormir, pero siguió caminando y caminando hasta que llegó a casa por fin.

Abrió la puerta más o menos a la misma hora en que solía hacerlo todos los días y decidió que si Alfred le preguntaba qué le pasaba, no iba a contárselo para no preocuparlo. Él ya tenía bastante encima en ese momento. Pero estuvo a punto de echarse a reír cuando abrió la puerta y lo vio tumbado bajo las mantas, tal y como lo había dejado esa mañana. Estaba claro que su preocupación había sido innecesaria. Él llevaba semanas sin preguntarle cómo estaba, cómo le iba en su nuevo puesto, si le gustaba trabajar allí; tan solo se había interesado por saber cuándo iba a cobrar, cuándo podría ir de nuevo a la consulta del tipo aquel de la zona sur de la ciudad. Empezó a adueñarse de ella una ira creciente y no se molestó en intentar hacer poco ruido al llenar de agua la tetera y ponerla a hervir, todo lo contrario. «¡Que se pudra ahí dentro si quiere!», pensó para sus adentros. Ella se pasaba los días trabajando y preocupándose por él, y de repente surgía algo así. ¡Dios del Cielo, otra vez aparecía en su vida la fiebre tifoidea!

Se volvió hacia la puerta abierta del dormitorio y gritó con sequedad:

—¡Alfred! ¿Has comido algo? ¿Has salido de casa?

Aquello le recordó los viejos tiempos, estaba haciendo preguntas cuyas respuestas sabía de antemano. Era consciente de que estaba intentando provocar una discusión, pero era incapaz de contenerse. ¿Qué iban a hacer ahora? ¿Cómo iba a poder ayudarla? Alfred iba a tener que reaccionar de una vez y reincorporarse al sindicato de transportistas, tenía que olvidarse por completo de su medicación.

—¡Alfred!

Cerró de golpe la ventana que daba al patio de luces, la casa estaba helada. Entró en el dormitorio y cerró también la ventana, abrió las cortinas para dejar entrar los últimos rayos de tenue luz que le quedaban a ese día.

—¡Levántate! —le dijo con una mano en la cadera mientras bajaba la otra hacia la esquina de la colcha.

Tenía intención de apartarla de golpe, de tirar de él hasta que se levantara de la cama, de seguirle por todo el vecindario hasta que protestara y mostrara aunque solo fuera un atisbo de esa actitud combativa que ella necesitaba si iban a seguir adelante.

—¿Alfred...?

Se dio cuenta al fin de que él tenía el rostro grisáceo y los labios teñidos de azul. Dejó caer la esquina de la colcha y le tocó la mejilla; la tenía fría, no estaba sudorosa ni cálida al tacto. Acercó el rostro al suyo intentando percibir su aliento. «¡Ve a pedir auxilio! ¡Corre!», se ordenó a sí misma. Notó cómo todos y cada uno de los músculos de su cuerpo se tensaban para impulsarla, para que bajara corriendo a la calle en busca de algún policía, de algún teléfono, pero no podía apartar la mirada de Alfred. La turbulenta agitación que momentos antes la inundaba se había parado de golpe y había sido sustituida por una inmovilidad absoluta, como si todo en su interior hubiera quedado en pausa, como una bailarina que da un salto al aire y queda suspendida sobre el escenario por un segundo, a medio camino entre dos puntos pero sabiendo que va de camino y que habrá llegado en cuanto abra los ojos. Alzó la esquina de la colcha y se tumbó junto a él, le pasó el brazo por encima del pecho. Mientras permaneciera allí, así, como si estuvieran dormidos, aún no habría sucedido, aún no sería verdad; mientras no lo supiera nadie y no entrara ninguna otra persona en su casa y no se lo llevaran. Las pastillas estaban esparcidas por encima del escritorio y por el cajón, las agujas que él solía mantener tan limpias y organizadas estaban separadas, tiradas aquí y allá, mezcladas con la ropa sucia, había una de pie en el interior de una taza vacía de café. Pensó para sus adentros que debería limpiar todo aquello y se dio cuenta de que le daba igual el desorden.

—Hay fiebre tifoidea en el hospital —le dijo con la mirada puesta en el techo.

Temió estar empezando a olvidar ya lo que se sentía al abrazarlo cuando no estaba frío, cuando había calidez en su cuerpo, y el corazón le palpitó con fuerza en el pecho cuando creyó notar que él se disponía a abrazarla a su vez. Pero Alfred permaneció callado y no la abrazó y, al cabo de unos minutos, ella fue a la tienda del barrio para pedir ayuda.

26

El médico con el que Mary habló por teléfono desde la tienda le dijo que iría de inmediato después de cenar y, fiel a su palabra, llamó al timbre a eso de las ocho. Después de revisar a Alfred y de confirmar lo que ella le había dicho por teléfono, echó un vistazo alrededor y su mirada se detuvo en el cajón abierto, en las pastillas y en los viales.

—¿Es eso lo que tomaba?

Ella asintió y entonces cubrió el pecho de Alfred con las mantas, lo arropó bien. Aún tenía la sensación de que él iba a abrir los ojos de un momento a otro, cada dos por tres tenía la impresión de que le había visto hacer un pequeño movimiento. Se quedó mirando su rostro inexpresivo y pensó en los bebés del hospital, en lo contentos y satisfechos que se los veía cuando estaban bien arropados con sus mantas.

—¿Y usted? —le preguntó el médico.

Debía de tener unos diez años menos que ella y le recordaba al señor O'Neill, parecía un muchacho que se había puesto la ropa de trabajo de su padre para sentirse mayor.

—¿Yo qué?

—¿Se toma alguna de estas sustancias? —Se acercó al escritorio y empujó varias de las pastillas con la punta del dedo.

—¡Deje eso! —le ordenó antes de cerrar el cajón con firmeza.

—El forense llegará en breve —dijo él, sin inmutarse lo más mínimo, antes de marcharse.

Mary sabía que debería estar más alterada, pero se dio cuenta de que estaba tan cansada que no tenía energía ni para eso. Resultaba difícil de comprender que se lo iban a llevar, y que ya no iba a verlo nunca más. Había fiebre tifoidea en el hospital. Una cosa estaba vinculada con la otra, estaba tan segura de eso como lo había estado de que el hecho de llevar puesto un sombrero idéntico al de la señora Bowen era lo que la había enviado a North Brother. Si ella había llevado la fiebre tifoidea al hospital, si se la había transmitido a esas mujeres que acababan de dar a luz y a esos niños, entonces era cierto lo que habían dicho acerca de ella y también había llevado la enfermedad a los otros sitios, había matado a Tobias Kirkenbauer. Un frío viento hizo temblar los cristales de la ventana y volvió a bajar la mirada hacia Alfred. Hizo un repaso de los años que habían compartido para intentar recordar a todas las personas a las que debería avisar, y después de pensar largo y tendido en ello tan solo se le ocurrieron media docena de nombres, entre ellos Liza Meaney y su hijo, Fran, Joan y Jimmy Tiernan. Decidió que era preferible no decir nada a celebrar un funeral y ver que acudían tan pocas personas, todas ellas deseosas de regresar a sus respectivos quehaceres. Abrió de nuevo el cajón del escritorio y rebuscó hasta que encontró una pluma y una hoja de papel. Su intención era hacer una lista de todo lo que tenía que hacer, pero en cuanto la punta de la pluma tocó el papel pensó en lo extraño que estaba siendo su propio comportamiento, y pensó también que sería mejor aprovechar para mirarlo de nuevo porque sería la última vez. Se volvió hacia él y mientras lo observaba se dio cuenta de que no sabía qué era lo que estaba buscando. Más allá del color de su cara (que iba haciendo que su rostro fuera resultándole menos y menos reconocible con cada cuarto de hora que pasaba), lo que más la afectaba era el hecho de que no se hubiera movido en absoluto. No se le había movido ni un solo dedo, ni un solo pelo; no lo había oído toser ni jadear ni gruñir.

¿Qué era lo que había hecho el señor Kirkenbauer tras la muerte de su esposa? La había abrazado, la había alzado de la cama y la había apretado contra su ancho pecho; había derramado unas enormes lágrimas sin importarle quién pudiera verlo llorar, había depositado un beso en su coronilla y le había dicho que la amaba. Inmersa en el silencio absoluto que se había adueñado del piso de ambos, Mary deslizó la punta del dedo por la mano de Alfred, por la familiar hilera de nudillos; examinó las irregulares uñas, observó con atención su rostro inexpresivo. ¿A dónde iba una persona al morir? Ojalá lo supiera. Se despidió de él en silencio. «Me parece que aun no comprendo lo que ha pasado, pero cuando lo haga te echaré de menos. Y lo siento».

El forense llegó a las once de la noche, lo acompañaba su hijo adolescente a modo de ayudante.

—Aquí, señora Briehof —le indicó, tras poner un documento sobre la mesa y decirle que lo firmara—. Y aquí.

Ella no se molestó en corregirlo y firmó como Mary Briehof porque así era más fácil, y así se irían de allí. Colocaron a Alfred en una camilla y, mientras salían al pasillo (el muchacho caminando de espaldas, el padre de frente), oyó que el tipo le decía a su hijo que eso era lo que les pasaba a los drogadictos, que era algo que se veía a menudo en aquel trabajo. Ella no alcanzó a oír lo que contestó el hijo e intentó ignorar el sonido que hacían al bajar con dificultad la escalera, intentó no imaginarse el cuerpo de Alfred deslizándose por la camilla, resbalando mientras lo bajaban. El forense le había entregado una tarjeta con la dirección a la que tenía que ir a la mañana siguiente para hacer los arreglos necesarios y el nombre de la persona de contacto, y ella fue doblándola una y otra vez hasta que quedó tan pequeña como un guijarro y se la metió en el fondo del bolsillo.

Aquella noche le resultó imposible dormir y poco antes del amanecer, vestida aún con la misma ropa del día anterior, bajó a la calle para despejarse la mente. Echó a andar en dirección oeste, hacia el Hudson, bajó la suave cuesta hasta la orilla y se puso en cuclillas mientras veía cómo una pequeña barcaza iba acercándose desde el norte. Se preguntó cuánto tardaría en dejar de sentir que él estaba en casa, esperándola; cuánto tiempo iba a pasar hasta que el espacio que él había creado en su vida empezara a estrecharse y a cerrarse, hasta que no alcanzara a recordar del todo lo que era conocerlo y que él la conociera. En aquellos meses en que se habían perdido la pista mutuamente sabía que él estaba allí, en algún lugar del mundo, que era un puntito en el mapa, y podía entretenerse preguntándose si estaría pensando en ella y si ese puntito que era él y el puntito que era ella estaban acercándose el uno al otro sin que se dieran cuenta. Una mujer y un niño que pasaban por allí la saludaron con la cabeza. «No lo saben con solo verme», se dijo mientras los veía subir la cuesta rumbo a la calle. «Qué raro. Con algo así, debería bastar con verme para saberlo».

No se había planteado ir ese día al hospital, pero una vez que el sol salió del todo le pareció mejor trabajar aunque fueran unas cuantas horas. Además, ya tenía la impresión de que había pasado muchísimo tiempo. A la luz de la mañana recordó que existía la posibilidad de que lo que circulaba por el hospital no fuera fiebre tifoidea. Había distintos tipos de fiebre, y la enfermera no lo había afirmado con certeza; además, incluso suponiendo que lo fuera, puede que no tuviera ninguna relación con ella. En el hospital entraban y salían multitud de personas a diario, desde repartidores hasta abuelas orgullosas, vete tú a saber lo que arrastraban consigo al entrar. Pensó en los hermanos Borriello, que habían comido todo lo que les preparaba y no habían enfermado ni una sola vez; Alfred jamás había enfermado por su culpa, ni la tía Kate. Pensó en todas las familias para las que había trabajado. Se dijo que era una coincidencia; una bastante extraña, sí, pero coincidencia al fin. Se preguntó qué habría podido hacer de forma distinta, qué habrían hecho ellos de forma distinta de haber estado en su pellejo. Pensó en el lechero de Camden y se lo imaginó colando su leche, recorriendo su propiedad con sus nietos.

Mientras permanecía allí con la mirada perdida puesta en Nueva Jersey, que se alzaba al otro lado del ancho río Hudson, se preguntó también si era posible que una persona supiera algo sin saberlo; se preguntó si era posible ser consciente de una verdad y, en un abrir y cerrar de ojos, dejar de saberla, sellar tras un grueso muro ese portal de conocimiento hasta que no pudiera salir de allí ni el más mínimo resquicio de luz. Al volver la vista atrás hacia 1909, hacia los confusos y calurosos días de la audiencia, y recordar todo lo que habían dicho sobre ella (que no tenía amigos, que no limpiaba bien la cocina), sintió que volvía a despertar en su interior esa rabia visceral. La culpaban por ser obstinada e irlandesa, porque no estaba casada y no se doblegaba ante ellos. Se acercó con pasos rápidos al agua para dar patadas a las piedras, cerró los ojos mientras sentía la purificadora caricia del viento en la cara. A pesar de todo, por mucho que intentara convencerse de que tenía razón, era como si otra verdad distinta permaneciera allí, agazapada tras una puertecita que pasaba casi inadvertida. Mientras pensaba en lo fría que estaba el agua del río en ese momento, en la rapidez con la que entumecería el cuerpo de alguien que se metiera en ella, cerró los ojos y dirigió la mirada hacia esa puerta, esa puerta sin adornos y de aspecto tan sencillo que estaba allí, esperando a ser abierta.

Decidió contarle al administrador lo de Alfred, para que supiera que iba a faltar al trabajo por el funeral y pudiera organizarse. A lo mejor se lo contaba también a algunas de sus compañeras de la cocina, y quizás fuera buena idea pasarse por el viejo edificio para informar a Jimmy en persona y pararse a conversar un rato con Fran o con Mila. Hacía demasiado que no las veía.

Además, a los del hospital podría extrañarles que no se presentara, y quizás les diera por empezar a indagar sobre el historial de Mary Brown como cocinera.

Al llegar saludó al portero con un gesto de cabeza, como siempre, pero lo observó con disimulo para ver si detectaba en su rostro alguna señal de agotamiento, algún primer síntoma de una fiebre incipiente.

Cuando llegó a su planta y abrió la puerta la recibió un silencio desconcertante, al recorrer el pasillo iba viendo habitaciones vacías y no encontró ni a una sola enfermera. Las salas de recuperación estaban igual de desiertas, ni siquiera estaban las camas. Conforme fue acercándose a la cocina cuando oyó por fin el sonido ahogado de voces conversando. Al pasar junto a la sala de los médicos vio al doctor Henshaw parado en el umbral de la puerta, pero se limitó a verla pasar en silencio y no contestó cuando ella le dio los buenos días.

«¡Huye de aquí!», se dijo mientras daba un paso más y después otro, mientras avanzaba hacia las voces procedentes de la cocina. «¡Corre, vete ya!». Era como si estuviera caminando a través de una masa de agua, se sentía ligera y pesada a la vez. Tenía que salir de allí, marcharse, adentrarse en el frío aire invernal y no mirar atrás. Lanzó una mirada por encima del hombro hacia la puerta que daba a la escalera; a su derecha tenía los ascensores, pero era como si le hubieran puesto un ronzal y estuvieran tirando de ella, como si fueran enrollándose la cuerda alrededor de la mano para ir acercándola más y más hasta lograr tenerla justo donde querían.

Llegó por fin a la cocina, y estaba quitándose el bolso del hombro para colgarlo en el gancho de siempre cuando vio a Soper parado a un metro y medio escaso de distancia. Junto a él se encontraba el jefe de departamento, y tras ellos dos desconocidos. Se respiraba un ambiente de calma y paciencia, como si llevaran toda la noche esperándola y ahora que había llegado pudieran tachar ese último punto que les quedaba en la larga lista de tareas pendientes. Uno de los desconocidos fue a posicionarse junto a la puerta por la que ella acababa de entrar.

—Mary Mallon —dijo el doctor Soper sin moverse de donde estaba.

Parecía tan complacido de verla que ella se preguntó por un segundo si estaría allí por algún otro motivo, pero esa posibilidad quedó descartada al instante cuando vio la mirada que intercambió con uno de los desconocidos. Ella acababa de confirmar algo que él sospechaba, una posibilidad que había compartido con los demás, y se sentía complacido al ver confirmadas sus sospechas. Empezaron a desplegarse por la cocina de forma casi imperceptible para ir ocupando cada esquina. Ella procedió a colgar su abrigo junto a su bolso, tal y como hacía cada mañana, y entonces, sin mirar a ninguno de ellos, se acercó a la estufa para ver cómo estaba la avena. Abrió a continuación la nevera y tomó nota mental de los huevos y la leche que había. Y entonces se sentó en el taburete, el que usaban cuando se ponían a mondar algo, se llevó las manos a la cara y rompió a llorar.

27

Mary no opuso ninguna resistencia. Los escuchó y asintió, y tan solo en una ocasión se acordó de su bolso, que se había quedado colgado en el hospital. Cuando el doctor Soper le ofreció la mano para ayudarla a subir a bordo del transbordador en el que iban a cruzar Hell Gate, ella la aceptó y ocupó su asiento. Entre las preguntas que le hicieron hubo una o dos sobre Alfred y ella se limitó a decir que había fallecido, pero no les dijo que había ocurrido el día anterior ni que había que organizar el funeral ni que todo era aun tan reciente que todavía no había podido asimilar nada, que aun no alcanzaba a comprender nada más allá de que ahora que estaba de vuelta en North Brother, ahora que estaba a una distancia real y física de él, de la casa que compartían, de su vida en común, daba la impresión de que podía verlo todo con mayor claridad. Era como retroceder un poco para poder ver una escena en su conjunto, no solo la parte central.

Su cabaña había permanecido vacía en los cinco años que hacía que no la veía, y tuvieron la amabilidad de airearla durante media mañana mientras ella respondía a las preguntas de los médicos en el edificio principal del hospital. Aquella primera vez años atrás ella había protestado y discutido y ellos habían cambiado el tono de sus preguntas de acuerdo a eso, pero en esa ocasión todo fue muy distinto:

contestó de inmediato cada pregunta y dio la impresión de que ellos agradecían su actitud. Se le había pedido que se presentara de forma periódica para el seguimiento, pero no lo había hecho; se le había pedido que no cocinara, pero lo había hecho; conocía las condiciones que se le habían puesto a cambio de quedar en libertad y las había incumplido de forma consciente. Ella asintió. Se preguntó si su garceta aún seguía viviendo en algún lugar de la isla, si John Cane seguía yendo y viniendo a diario en el transbordador.

—Ha puesto vidas en peligro —le dijo uno de los médicos.

Era obvio que temían no poder hacérselo entender, que les preocupaba que ella no comprendiera por qué habían vuelto a detenerla.

—La vez anterior fue por desconocimiento, pero ahora es un acto criminal.

—Sí, ya lo sé.

Al decirlo se dio cuenta de que no estaba dándoles la razón sin más, sino que era realmente consciente de ello. Pero lo que ellos jamás podrían llegar a comprender era que había sido un riesgo que valía la pena.

—¿Conviene con nosotros en que adoptar un nombre falso es de por sí una admisión de culpabilidad?

Ella asintió, pero volvían a estar en lo mismo que en el caso anterior. Había tantas cosas que no habría sabido explicarles, cosas que ni ella misma comprendía... Era posible vivir dándole la espalda a aquello que no te resultaba conveniente. Había gente que enfermaba de fiebre tifoidea cuando ella cocinaba para ellos y, en algunos casos, esa gente moría. Pero la mayoría de las veces nadie enfermaba, y era una cocinera muy buena. Además, ¿acaso no era posible que esas personas fueran a morir de todas formas? Si nuestras vidas están predeterminadas antes de nuestro nacimiento, ¿qué podía hacer ella al respecto? Y si todo el que nace está destinado a morir, si todos estamos destinados a renacer y a encontrarnos de nuevo en el más allá, si el tiempo que pasamos en este mundo no es más que un puñado de segundos en comparación con la vida eterna que nos espera después de la muerte, en fin, entonces podría decirse que el crimen que ella había cometido era muy poca cosa, ¿verdad? Se podría considerar que no era peor que el que había cometido el río Este, que había ahogado en sus aguas a Alberto Borriello. Si bien era cierto que ella había corrido un riesgo, vivir ya era un riesgo de por sí y casi todo el mundo convenía en que valía la pena asumirlo.

Y entonces pensó en el hijo de los Kirkenbauer, en aquel bracito sin fuerzas alrededor de su cuello, en aquella cálida mejilla contra la suya, y sintió un enorme peso oprimiéndole el pecho. No iba a argumentar nada para intentar defenderse, no iba a discutir con ellos. Si decidían ponerle unos grilletes en los tobillos y lanzarla al río, no opondría ninguna resistencia.

Pero ellos tan solo querían que permaneciera en North Brother, no lanzarla al río, y en cuanto abrió la puerta de su cabaña y se apoyó contra la estufa para recorrer el lugar con la mirada, se dio cuenta de que lo único que la sorprendía era que estar de vuelta en North Brother no era desagradable del todo. Aquella vivienda de tres metros por cuatro le resultaba tan familiar, conocía tan bien todos y cada uno de los pliegues de las polvorientas cortinas y cada crujido de las tablas del suelo, que le parecía increíble pensar que, apenas unas horas atrás, no esperaba volver a ver jamás ese lugar. Cada parte de la vida resulta extraña y a la vez inevitable. El colchón de su cama estaba podrido, así que le llevaron otro. La primera noche durmió plácidamente y a la mañana siguiente John Cane le dejó un bollito y una taza de café fuera, junto a la puerta. Decidió que, cuando lo viera después, le pediría que fuera a ver al forense para avisarle de que a ella le había surgido un imprevisto, pero que le dijera que con la pequeña cantidad de dinero que ella tenía guardada para el alquiler le comprara a Alfred una camisa y una corbata nuevas y le consiguiera un ataúd decente. «Dile que lleve a Alfred al cementerio de St. Raymond, en el Bronx», le pediría a John Cane. Y, si el forense se quedaba con su dinero y enterraba a Alfred en camiseta en algún otro cementerio de la ciudad, lo más seguro era que ella no llegara a enterarse jamás. Más aún: si John no iba a hablar con el forense, si se sentía demasiado cansado como para emplear su tiempo en buscar a un desconocido para hablar sobre un hombre que nunca le había caído simpático por hacerle un favor a una amiga que no había contactado con él en cinco años... en fin, de ser así, lo más seguro era que ella tampoco llegara a enterarse.

Ella ya no era tan especial como la primera vez. En cinco años habían descubierto a más portadores sanos, aunque a los demás se les permitía seguir viviendo en casa con sus respectivas familias. Los periódicos que se habían puesto de su parte en 1909 se enteraron de lo que pasaba, pero en esa ocasión le adjudicaron el papel de villana. Según se afirmaba en un periódico, estaba celosa de mujeres jóvenes que todavía podían tener hijos y, enloquecida por un compañero agresivo que era adicto a las drogas, había conseguido trabajo en el hospital con el propósito deliberado de infectar a esas madres que acababan de dar a luz y matar a sus hijos; veinticinco personas habían contraído fiebre tifoidea en el Hospital Sloane de Maternidad, dos de ellas habían muerto. Mary leyó el artículo, lo releyó, y en ambas ocasiones tuvo que contener el aliento. Lo leyó por tercera vez y entonces lo dobló, lo dejó en el escalón de entrada de su cabaña y decidió que no volvería a leer el periódico hasta que su captura dejara de ser noticia.

Tres días después de su regreso a la isla, John Cane fue a visitarla; se dio cuenta de que él le rehuía la mirada a pesar de que notaba cómo la observaba de soslayo cuando ella estaba mirando hacia otro lado. Conversó un rato con él, pero al final se quedaron en silencio y mientras estaban allí sentados, temblando de frío en el escalón de entrada de la cabaña, vio al viejo caballo en la distancia, tapado con una manta a cuadros y mirando hacia la otra orilla.

—Creía que a estas alturas ya habría muerto —comentó al cabo de un rato.

John Cane se puso en pie, dio unas palmadas y le gritó al caballo que se fuera antes de decir:

—¿Muerto? ¡Claro que no! —Dio varias palmadas más para calentarse las manos; las bajó luego hacia las puntas de los dedos de los pies, las alzó al cielo y volvió a bajarlas—. No se iría de North Brother ni por toda la hierba fresca del reino. —Entonces la miró por fin—. Y la verdad es que lo entiendo, aquí se puede vivir bien.

—Vale, John. Vale.

Y al otro lado de aquellas azules aguas sonó un silbato y unos doce desconocidos retrocedieron un paso en el andén mientras el tren que esperaban llegaba a la estación. Mary se quedó en el escalón mientras veía a John ascender por el sendero y entrar por la puerta principal del hospital, y entonces entró en su cabaña.

EPÍLOGO

Octubre de 1938

Los médicos me han pedido que escriba algo sobre mi vida y sobre el tiempo que he pasado aquí, pero no me han indicado que me dirija a nadie en concreto, sino que lo redacte como si fuera un diario. Un diario es algo que su autor guarda en privado, pero tengo la impresión de que ellos piensan leer este, puede que después de mi muerte. Me dicen que lo escriba como yo quiera. Supongo que no esperan que me quede mucho tiempo de vida, porque de otra forma no me habrían pedido esto. Me falta poco para cumplir los sesenta y nueve años y sufrí una apoplejía en abril. Me cuesta caminar, pero puedo sostener una pluma y escribir, lo que para mí supone una bendición a pesar de que escriba lentamente. El té se me cae a veces por la parte izquierda de la boca y eso me resulta embarazoso. Tiene gracia, cuando sufrí la apoplejía me recuperé durante un tiempo en el hospital y me cuidaron, y pensé esto sí que es estar enferma y no que me traten como si estuviera enferma cuando estoy sana. Recibo de mucha mejor gana todos esos cuidados y esas atenciones cuando son realmente necesarios y no se me imponen sin más.

He sido lo que ellos llaman una «invitada especial» de la ciudad de Nueva York durante veintitrés años, veintiséis si se incluye también mi primera estancia en North Brother. Ahora me tratan muy bien y hay enfermeras que aún no habían nacido cuando estuve por primera vez en esta isla, y ellas no saben nada sobre mi caso más allá de que no estoy enferma en el sentido tradicional (o, al menos, que no lo estoy como los pacientes moribundos del hospital).

Mi cuerpo pesa mucho y a veces me da tanta vergüenza mi aspecto que no quiero salir de mi cabaña en varios días. A veces paso una hora entera recordando cuando era joven y delgada y fuerte, pero no sirve de nada ponerse a pensar así en las diferencias y mucho menos en las que no se pueden evitar. Digan lo que digan, yo era una mujer hermosa e inteligente, y una gran cocinera. Tan solo pienso en lo injusto que es esto cuando alguna de las jóvenes enfermeras me mira y sé que debe de estar pensando que soy fea y horrible, me parece que es importante que sepa que antes yo no era así. Y entonces, para ser justa, pienso en hasta qué punto me busqué esto yo misma por lo que dije y lo que hice y por ser combativa. Además, soy consciente de que ya no sería hermosa ni aunque no hubiera puesto jamás un pie en North Brother; no es un problema de geografía, sino de edad.

El padre Silva me visita más a menudo últimamente y me parece que quiere que me sienta en paz ahora que no me encuentro demasiado bien, pero los sacerdotes todavía siguen causándome fastidio. Supongo que mi fe está intacta (o tan intacta al menos como lo estuvo siempre), pero los que me crispan los nervios son estos sacerdotes tan estúpidos. El que solía venir a verme durante la Gran Guerra rezaba por la paz y por el fin del hambre en Rusia, y después de tanto rezo quería tomarse una taza de té y se molestaba si el hospital había enviado bollitos normales en vez de unos rellenos de pasas o de arándanos.

Me permitieron trabajar en el hospital durante muchos años y me gustó hacerlo. Era parecido a cocinar en el sentido de que todo debe ser de una forma concreta (los líquidos y los sólidos y las cantidades y las mezclas), pero con la diferencia de que el resultado final no es una comida deliciosa, claro, sino un informe escrito en una hoja de papel. Me encargaba de anotar las cifras y los investigadores decían que los ayudaba mucho. En una ocasión le di a la doctora Sherman una manzana que me había llevado de la cafetería para mí, pero era una manzana tan grande y lozana y yo tenía el estómago tan lleno que decidí dársela a ella, pero la dejó junto a la centrifugadora que contenía orina y hubo que tirarla a la basura. Ella me pidió disculpas, pero yo tengo claro que la dejó allí a propósito para tener una excusa y poder tirarla. Cuando pasó eso me di cuenta de que lo que se decía sobre mí en el pasado nunca llegaría a olvidarse.

John Cane murió en 1929 y, que yo sepa, George Soper aún sigue vivo, pero ya se ha retirado. John Cane era amigo mío y lo echo de menos. A veces, cuando estoy cansada, me confundo y tengo la sensación de que voy a verlo, pero entonces recuerdo que ya no está. Soper escribe sobre mí de vez en cuando, no sé si llegó a casarse ni si tiene hijos y supongo que debería confesar que, ya que yo no tuve nada de eso, espero que él tampoco. A veces sigo pensando que él tiene la culpa de todo esto, incluso la muerte de Alfred parece ser culpa de Soper en cierto sentido. El padre Silva dice que esto es lo que debo esforzarme por corregir. Soper no tiene toda la culpa; yo también tengo parte de culpa, y la ciudad también, y al mismo tiempo no es culpa de nadie. Las cosas son como son.

Me mantengo al tanto de las noticias, pero incluso las cosas más graves me parecen muy distantes. Ninguno de los acontecimientos que pasan en el mundo afecta a North Brother, donde todo sigue igual que siempre. Casi todos los días paso unas horas tejiendo con un grupo en la unidad de recuperación del hospital, y cuando hace buen día, las enfermeras nos ayudan a sacar las sillas fuera y a sentarnos en círculo bajo el sol. Algunos sábados pasan una película sonora en la cafetería, justo antes de mi apoplejía pasaron *Sin novedad en el frente* y me pareció fantástica, pero entonces alguien me dijo que se había estrenado varios años atrás y eso me chocó, porque me pregunté qué otras cosas me habré perdido y tardaré años en enterarme de que han pasado. Alguna que otra vez viene a verme algún escritor o algún periodista, pero hoy en día eso ya es algo muy poco frecuente. A principios de este año me dijeron que puedo salir de la isla si quiero, si hay alguien a quien quiera ir a visitar (o incluso aunque solo sea para visitar la propia ciudad). En un primer momento pensé que me estaban echando de aquí, pero entonces me di cuenta de que se referían a una salida de un día, y en ese momento me sorprendieron dos cosas: la primera es que no quería que me pidieran que me fuera de North Brother para siempre, y la segunda que ya no tengo a nadie a quien ir a visitar.

Últimamente he estado pensando cada vez más y más en el hijo de los Kirkenbauer y en la hija de los Bowen y en las demás personas que dicen que murieron por mi culpa. El que más me afecta de todos es Tobias Kirkenbauer, y lo menciono sin saber si quien está leyendo esto sabrá quién es él. Sé que los registros sobre mí tan solo se remontan hasta 1901 y él murió en 1899. La verdad es que no sé qué poner sobre él en estos renglones, tan solo diré que me acuerdo de él, que lo quería y que, de haber pensado por un segundo que estaba causándole algún daño, no me habría quedado allí por nada del mundo. Si alguno de ustedes pudiera ver el interior de mi mente sabría que mis acciones no fueron un crimen, sino un mero accidente, un malentendido. Soper me dijo en 1915 que puedo afirmar haber sido una víctima una vez, pero no en una segunda ocasión. Se refería con eso al hospital de maternidad y supongo que también a la panadería, a cómo pude poner en peligro todas esas vidas. Tan solo puedo decir que yo creía estar obrando bien, pero en realidad estaba haciendo algo incorrecto, y que esa fue una tónica que se repitió a menudo. Lo que quiero decir ahora sobre ese dulce niñito es que, si de verdad existe un cielo y lo veo allí, espero que él se acuerde de mí, y que corra a mis brazos y me perdone.

AGRADECIMIENTOS

Le estoy profundamente agradecida a Chris Calhoun, mi agente literario además de buen amigo, por la confianza que depositó en esta novela y por una perfecta jornada neoyorquina que nunca olvidaré. Muchas, muchísimas gracias a mi incomparable editora, Nan Graham, por ver los puntos fuertes del manuscrito inicial y por impulsarme a mejorarlo; a Kelsey Smith, por leer con ese ojo tan afinado que tiene y por ayudarme a encontrar soluciones cada vez que me encontraba en algún aprieto; a Jenny Meyer, mi agente en el extranjero, por llevar a Mary Mallon a lugares a los que esta no había llegado jamás; a mi editora en el Reino Unido, Jessica Leeke, por su entusiasmo y su apoyo.

Del montón de libros y periódicos que consulté mientras escribía este libro debo destacar la fascinante obra de Judith Walzer Leavitt titulada *Typhoid Mary: Captive to the Public's Health*, que me sirvió de punto de comienzo y fue mi piedra angular durante cuatro años. Para ahondar en el punto de vista de la clase trabajadora a finales del siglo XIX y principios del XX, recurrí también a una serie de breves autobiografías que se publicaron en un principio en *The Independent*, y que Hamilton Holt recopiló en 1906 bajo el título de *The Everyday Lives of Undistinguished Americans as Told by Themselves*.

Le debo mucho a la Fundación Ucross de Ucross (Wyoming), por concederme más de ocho mil hectáreas de silencio durante dos semanas clave en 2010. Gracias también a la Biblioteca Pública de

Filadelfia, a la Biblioteca Butler de la Universidad de Columbia y al Departamento de Inglés del Barnard College, donde llevé a cabo gran parte del proceso de documentación y escribí grandes secciones de esta novela.

Huelga decir que no importa cuánto se documente una si no dispone de tiempo para escribir; así que le doy las gracias a mi madre, Evelyn Keane, por cuidar tan bien a mis niños cuando yo me iba un par de horas en busca de algún lugar tranquilo, y también a mi tía, Mae O'Toole, por estar ahí de inmediato cuando más la necesitaba.

Gracias a mis queridas amigas Eleanor Henderson y Callie Wright, que sacrificaron horas de trabajo para leer mi obra y darme su opinión; cuando descubría que me había metido en un atolladero, alguna de las dos siempre me ayudaba a encontrar una salida.

Mi más profunda gratitud a Julie Glass por pensar en mí en el otoño de 2011. Nunca olvidaré cómo unas cuantas palabras llenas de generosidad ayudaron a impulsar hacia delante esta novela.

Por encima de todo, gracias a Marty por su paciencia y por darme aliento, y a nuestros dos hijos, Owen y Emmett, por dormir sus horas y ser unos hombrecitos tan divertidos y considerados cuando están despiertos. Cuando sean lo bastante mayores para leer esta novela, intenten imaginarse a ustedes mismos por todas partes: jugando con sus trenecitos alrededor de mis pies mientras tecleo, coloreando las páginas de los primeros borradores, buscando a mamá gusano y a papá gusano fuera con Bobo mientras yo intento terminar para volver a estar con ustedes cuanto antes. Los quiero.